民國文化與文學研究文叢

十六編

李 怡 主編

第 4 冊

京派小說研究

文學武 著

國家圖書館出版品預行編目資料

京派小說研究／文學武 著 -- 初版 -- 新北市：花木蘭文化事業有限公司，2023〔民 112〕
序 6+ 目 2+246 面；19×26 公分
（民國文化與文學研究文叢 十六編；第 4 冊）
ISBN 978-626-344-526-0（精裝）
1.CST：中國小說 2.CST：現代小說 3.CST：文學流派
4.CST：研究考訂
820.9   112010619

特邀編委（以姓氏筆畫為序）：

丁　帆	王德威	宋如珊
岩佐昌暲	奚　密	張中良
張堂錡	張福貴	須文蔚
馮　鐵	劉秀美	

民國文化與文學研究文叢
十六編　第 四 冊　　　　　　　ISBN：978-626-344-526-0

京派小說研究

作　　者　文學武
主　　編　李　怡
企　　劃　四川大學中國詩歌研究院
總 編 輯　杜潔祥
副總編輯　楊嘉樂
編輯主任　許郁翎
編　　輯　張雅淋、潘玟靜　美術編輯　陳逸婷
出　　版　花木蘭文化事業有限公司
發 行 人　高小娟
聯絡地址　235 新北市中和區中安街七二號十三樓
　　　　　電話：02-2923-1455／傳真：02-2923-1452
網　　址　http://www.huamulan.tw 信箱 service@huamulans.com
印　　刷　普羅文化出版廣告事業
初　　版　2023 年 9 月
定　　價　十六編 18 冊（精裝）台幣 45,000 元

京派小說研究

文學武 著

作者簡介

　　文學武，男，1968 年生。河南省潢川縣人。1997 年 3 月畢業於復旦大學中文系，獲文學博士學位。2012 年 9 月～ 2013 年 8 月臺灣大學高級訪問學者。現任教上海交通大學人文學院中文系，長聘教授，博士生導師，國家社科基金重大項目首席專家。曾先後在《文學評論》《文藝理論研究》《中國現代文學研究叢刊》《學術月刊》《中國比較文學》《浙江學刊》《中山大學學報》《社會科學》等重要學術刊物發表論文 100 多篇。著有《風雨中的野百合》《革命時代的文學敘事和話語》《京派文學與中國現代都市文化空間關係研究》等多部專著，另有譯著多種。主持國家社科基金重大項目、一般項目等多項。

　　近年來，主要從事中國新文學以及中國現代知識分子與中國革命關係、中外文論關係的研究。

提　　要

　　該書是海內外第一部系統研究京派小說的專著。作為京派文學成就最高的文體，京派小說在廢名、沈從文、凌叔華、林徽因、蕭乾、蘆焚、汪曾祺等作家的努力下迅速成熟起來，在文學的人性描寫、風俗描寫及小說抒情化等眾多方面成就斐然，成為中國現代小說一股不可忽視的力量。該書稿分為上、下兩編，上編以綜合研究方法為先導，分別從京派小說的歷史軌跡、人文理想、文體特徵、與傳統藝術精神關係、現代性意識、審美理論等角度詳盡探討了京派小說的思想內涵和藝術魅力，深入闡釋了京派小說的文化意味和藝術淵源，並將其與中國當時另一股有影響的文學流派海派小說進行了共時性的比較研究。下編是作家個案研究，作者依次論述了廢名、沈從文、凌叔華、林徽因、蕭乾、汪曾祺等京派小說家的具體創作，著重剖析了作家的創作觀念、創作道路及藝術特徵等因素，這些個案研究與上編的總論有互為補充、整體與局部相契合的功效。在詳實資料基礎和繼承前輩學人研究的基礎上，本書最終得出了一個基本結論：京派小說是中國現代小說史上一個較為成熟、完備的小說流派，其對中國現代小說的貢獻是多方面的，其深廣的人道情懷、獨有的文學理念和圓熟的藝術風範不僅進一步豐富和發展了中國現代小說，而且對於當今的創作仍然極具借鑒的價值，歷史同樣會公正地記錄下京派小說為中國文學所做的一切。

　　書稿是一部內容紮實、學風嚴謹、富有獨立見解的學術研究著作，是京派文學研究的一個可喜的新收穫，對中國現代文學研究的深入開拓和發展都提出了值得思考的獨到見解。此外書稿文筆靈秀，語言清新自然，並無學術著作常見的呆板和沉悶，給人耳目一新之感。

鬱結、盤桓與頓挫：中國現代文學中的國家—民族敘述——《民國文化與文學研究文叢·十六編》引言

李　怡

　　1921 年 10 月，「新文學運動以來的第一部小說集」由上海泰東圖書局推出〔註1〕，這就是郁達夫的《沉淪》。從 1921 年至 1923 年，這部小說集被連續印刷十餘次，銷量累計至 20000 餘冊，在新文學初創期堪稱奇觀。「對於他的熱烈的同情與感佩，真像《少年維特之煩惱》出版後德國青年之『維特熱』一樣」〔註2〕，因為，「人人皆可從他作品中，發現自己的模樣。……多數的讀者，由郁達夫作品，認識了自己的臉色與環境」〔註3〕。當然，小說中能夠引起讀者共鳴的應該有好幾處，包括性愛的暴露、求索的屈辱等等，但足以令讀者產生一種普遍的情緒激昂的還是其中那種個人屈辱與家國命運的相互激蕩和糾纏，這樣的段落已經成為了中國現代文學史引證的經典：

　　　　他向西面一看，那燈檯的光，一霎變了紅一霎變了綠的，在那裡盡它的本職。那綠的光射到海面上的時候，海面就現出一條淡青的路來。再向西天一看，他只見西方青蒼蒼的天底下，有一顆明星，在那裡搖動。

　　　　「那一顆搖搖不定的明星的底下，就是我的故國，也就是我的

〔註1〕成仿吾：《〈沉淪〉的評論》，《創造》季刊 1923 年 2 月第 1 卷第 4 期。
〔註2〕匡亞明：《郁達夫印象記》，載《郁達夫研究資料》，北京：知識產權出版社，2010 年，第 52 頁。
〔註3〕賀玉波編：《郁達夫論》，上海：光華書局，1932 年，第 84 頁。

生地。我在那一顆星的底下，也曾送過十八個秋冬。我的鄉土嚇，我如今再不能見你的面了。」

他一邊走著，一邊盡在那裡自傷自悼的想這些傷心的哀話。走了一會，再向那西方的明星看了一眼，他的眼淚便同驟雨似的落下來。他覺得四邊的景物，都模糊起來。把眼淚揩了一下，立住了腳，長歎了一聲，他便斷斷續續的說：

「祖國呀祖國！我的死是你害我的！」

「你快富起來，強起來吧！」

「你還有許多兒女在那裡受苦呢！」〔註4〕

在這裡，一位在異質文明中深陷焦慮泥淖的中國青年將個人的悲劇置放在了國家與民族的普遍命運之中，並且在自己生命的絕境中發出了如此石破天驚般的吶喊，一瞬間，個人的生存苦難轉化為對國家與民族的整體控訴，鬱積已久的酸楚在這一心理方式中被最大劑量地釋放。這也就是作者自述的，「眼看到的故國的陸沉，身受到的異鄉的屈辱」〔註5〕，「我的消沉也是對國家，對社會的。現在世上的國家是什麼？社會是什麼？尤其是我們中國？」〔註6〕所以，在文學史家看來，這部作品的顯著特點就在於「性、種族主義、愛國主義在他心底裏全部纏結在一起」〔註7〕。

《沉淪》主人公于質夫投海之前的這一段激情道白擊中的是近代以來中國人的普遍心理與情緒，1921 年的「《沉淪》熱」、百年來現代中國文學與現實人生的不解之緣從根本上都與這樣的體驗和情緒緊密相關：在中國現代文學的普遍主題中，國家觀念和民族意識的凸顯格外引人注目，或者說，個人命運感受與國家、民族宏大問題的深刻聯繫就是我們文學的最基本構型。

在很大的程度上，我們的中國現代文學研究自始至終都沒有否認過這一基本事實。1922 年，胡適寫下新文學的第一部小史《五十年來中國之文學》，就是以「國」定文學，是為「國語的文學」。1923 年，瞿秋白署名陶畏巨發表新文學概觀，也是以「西歐和俄國都曾有民族文學的先聲」為參照，將新文學

〔註4〕郁達夫：《沉淪》，《郁達夫文集》第一卷，廣州：花城出版社，1982 年，第 52～53 頁。

〔註5〕郁達夫：《懺餘獨白》，《郁達夫文集》第七卷，廣州：花城出版社，1982 年，第 250 頁。

〔註6〕郁達夫：《北國的微音》，《郁達夫文集》第三卷，廣州：花城出版社，1982 年，第 91 頁。

〔註7〕李歐梵：《李歐梵自選集》，上海：上海教育出版社，2002 年，第 38 頁。

視作「民族國家運動」的一部分，宣布「他是民族統一的精神所寄」〔註8〕。
王瑤的《中國新文學史稿》奠定了新中國現代文學的學科基礎，在以「新民主
主義革命」為核心話語的歷史陳述中，「外爭國權，內除國賊」、「民族解放」
的政治背景十分清晰。唐弢主編《中國現代文學史》繼續依託「新民主主義革
命時期」的階級狀況展開，反對帝國主義對中華民族的侵略、挽救民族危機也
是這一歷史過程的重要組成部分。新時期以降，被稱作代表「新啟蒙」思潮的
二十世紀中國文學觀更是將國家民族的現代化進程作為文學探索的基本背
景，明確指出：「爭取民族的獨立解放，民族政治、經濟、文化，民族意識的
全面現代化，實現民族的崛起與騰飛，是本世紀全民族的中心任務，構成了時
代的基本內容，社會歷史的中心，民族意識的中心，對於這一時期包括文學在
內的整個意識形態起著一種制約作用，決定著這一時期文學的性質、任務、歷
史內容，以及歷史特徵，等等。」〔註9〕新時期影響中國現代文學研究的思想，
在內有李澤厚《中國現代思想史論》的「啟蒙／救亡雙重變奏」說，在外則有
夏志清《中國現代小說史》的「感時憂國」說，它們的思想基礎並不相同，但
卻在現代文學的國家民族意識上有著高度的共識。直到新世紀以後，儘管意識
形態和藝術旨趣的分歧日益加大，但是平心而論，卻尚未發現有誰試圖根本否
認這一基本特徵的存在。

　　在我看來，《沉淪》主人公于質夫將個人的悲劇追溯到國家民族的宏大命
運之中，於生存背景的揭示而言似乎勢所必然，不過，其中的心理邏輯卻依然
存在許多的耐人尋味之處：于質夫，一個多愁善感而身心孱弱的青年在遭遇了
一系列純粹個人的生活挫折之後，如何情緒爆發，在蹈海自盡之際將這一切的
不幸通通歸咎於國家的弱小？這是羸弱者在百般無奈之下的洗垢求瘢、故入
人罪，還是被人生的苦澀長久浸泡之後的思想的覺悟？一方面，我不能認同徐
志摩當年的苛刻之論：「故意在自己身上造些血膿糜爛的創傷來吸引過路的人
的同情」〔註10〕，那是生活優渥的人的高論，顯然不夠厚道，但是，另一方面，
從 1920 年代的爭論開始，至今也有讀者無不疑惑：「『零餘人』不僅逃避承擔
時代的重任，而且自身生活能力低下，在個人情慾的小圈子裏執迷不悟，一旦

〔註8〕陶畏巨：《荒漠裏》，《新青年》季刊 1923 年 12 月 20 日第 2 期。
〔註9〕陳平原、黃子平、錢理群：《二十世紀中國文學三人談──民族意識》，《讀書》
　　　　1985 年第 12 期。
〔註10〕見郭沫若：《論郁達夫》，載《回憶郁達夫》，長沙：湖南文藝出版社，1986 年，
　　　　第 3 頁。

得不到滿足，連生命也毫不猶豫地捨棄。這樣的人物是時代的主旋律上不和諧的音符，他的死是一種歷史的必然。郁達夫在作品主人公自殺前加上這麼一條勉強的『尾巴』，並不能讓主人公的思想高尚起來。」〔註11〕郁達夫恐怕不會如此的膚淺，但是《沉淪》所呈現的心理邏輯確有微妙隱晦之處，至少還不曾被小說清晰地展開，這就如同現代文學史上的二重組合──個人悲劇／國家民族命運的複雜的鏈接過程一樣，其理昭昭，其情深深，在這些現象已經被我們視作理所當然的歷史事實之後，我們是不是進一步仔細觀察過其中的細節？究竟這些「國家觀念」和「民族意識」有著怎樣具體的內涵，有沒有發生過值得注意的重要變化，它們彼此的結構和存在是怎樣的，是不是總是被奉為時代精神的「共主」而享有所向披靡的能量，在它們之間，內在關聯究竟如何，是不容置辯的相互支撐，一如我們習以為常的「國家民族」的關聯陳述，還是暗含齟齬和衝突？

　　這就是我們不得不加以辨析和再勘的理由。

一

　　中國現代文學在表達個人體驗與命運的時候，總是和國家與民族的重大關切緊密相連，然而，「國家」與「民族」這兩個基本語彙及其現代意涵卻又是近代「西學東漸」的一部分，作為西方思想文化的複雜構成，其本身也有一個曲折繁蕪的流變演化歷史。所以，同一個「國家觀念」與「民族情懷」的能指，卻很可能存在著千差萬別的所指。

　　大約是從晚清以降，中國知識界開始出現了越來越多的「國家」與「民族」的表述，以致到後來形成了大家耳熟能詳的名詞、概念、主義和系統的思想。自1960年代開始，當作為學科知識的「民族學」等需要進一步理性建設的時候，人們再一次回過頭來，試圖深入追溯「民族」理念的來源，以便繪製出清晰的知識譜系，這樣的追溯在極左年代一度中斷，但在新時期以後持續推進；新時期至今，隨著政治學、社會學、文化學領域對中外文明史、國家制度史的理論思考的展開，「國家」的概念史、意義史也得到了比較充分的總結。

　　百餘年來中國知識分子對「民族」的理解來源複雜，過程曲折，我們試著將目前學界的考證以圖表示之：

〔註11〕吳文權：《感性縱情與理性斂情──從〈沉淪〉和〈遲桂花〉看郁達夫前後期的創作風格》，《重慶工學院學報》2005年第7期。

考證人	時間結論	來源結論	最早證據	學界反應
林耀華《關於「民族」一詞的使用和譯名問題》（《歷史研究》1963年第2期）	不晚於1900年	可能從日文轉借過來	章太炎《序種姓上》	1980年代以後不斷更新中國學者的引進、使用時間
金天明、王慶仁《「民族」一詞在我國的出現及其使用問題》（《社會科學輯刊》1981年第4期）	1899年	從日文轉借過來	梁啟超的《東籍月旦》	韓錦春、李毅夫等考證《東籍月旦》作於1902年；此前梁啟超已經使用該詞
彭英明《中國近代誰先用「民族」一詞？》（《社會科學輯刊》1984年第2期）	1898年6月	近代中國開始使用	康有為的《請君民合治滿漢不分摺》	經過多人考證，最終確認康有為此摺乃是其1910年前後所偽造
韓錦春、李毅夫《漢文「民族」一詞的出現及其初期使用情況》（《民族研究》1984年第2期）	1895年	從日文引入	《論回部諸國何以削弱》（《強學報》第2號）	新世紀以後開始被人質疑
韓錦春、李毅夫編《漢文「民族」一詞考源資料》，（中國社會科學院民族研究所民族理論研究室1985年印）	近代中國人開始使用	在中國古代典籍中未曾出現，近代以前「民」、「族」是分開使用的		新世紀以後開始被人質疑
彭英明《關於我國民族概念歷史的初步考察》（《民族研究》1985年第2期）	1874年前後使用	可能來自英語	王韜《洋務在用其所長》	
臺灣學者沈松僑《我以我血薦軒轅——皇帝神話與晚清的國族建構》（《臺灣社會研究季刊》第二十八期，1997年12月）	20世紀中國知識分子	從日文引入		新世紀以後開始被人質疑

【英】馮客《近代中國之種族觀念》（楊立華譯），江蘇人民出版社 1999 年	1903 年，晚清維新派，梁啟超首次使用			
茹瑩《漢語「民族」一詞在我國的最早出現》（《世界民族》2001 年第 6 期）	唐代	與「宗社」相對應，但與現代意義有差別	李筌所著兵書《太白陰經》之序言：「傾宗社滅民族」	
黃興濤《「民族」一詞究竟何時在中文裏出現？》（《浙江學刊》2002 年第 1 期）類似觀點還有方維規《論近代思想史上的「民族」、「Nation」與中國》（香港《二十一世紀》2002 年 4 月號）	1837 年或之前出現；1872 年已有華人在現代意義上加以使用	很可能是西方來華傳教士的偶然發明	《論約書亞降迦南國》（1837 年 10 月德國籍傳教士郭士臘等編撰《東西洋考每月統記傳》）	
邸永君《「民族」一詞見於〈南齊書〉》（《民族研究》2004 年第 3 期）	南齊	中國自身的語彙，意義與當今相同	道士顧歡稱「諸華士女，民族弗革」（《南齊書》卷 54《高逸傳・顧歡傳》）	
郝時遠《中文「民族」一詞源流考辨》（《民族研究》2004 年第 6 期）	就詞語而言至少魏晉以降即有；古漢語「民族」一詞在 19 世紀 70 年代或之前傳入日本	古漢語「民族」一詞在中國有早於日本的且接近現代的含義；國人對「民族」對應的西文 nation、volk 及其含義的理解，無疑主要來自日本翻譯的西學著作；中國現代民族（nation）觀念受到日譯西書的影響	從魏晉以降至清，作為詞語使用不絕，總體傾向於各種具體的族群分類，現代抽象的意義概念屬於近代產物；日文「民族」為中文輸入的結果，與近代中國的西書漢譯有關	

此表列出了新中國成立至今學界所考證的概念史，以考證出現的時間為序。從中，我們大體上可以知道這樣一些基本事實：

1. 在近現代中國的思想之中，雙音節詞彙「民族」指的是經由長期歷史發展而形成的穩定共同體，它在歷史、文化、語言等方面與其他人群有所區別，「血緣、語言、信仰，皆為民族成立之有力條件」〔註12〕。相對而言，在古代中國，「民」與「族」往往作為單音節詞彙分開使用，「族」更多的指涉某一些具體的人群類別，近似於今天所謂的「氏族」、「邦族」、「宗族」、「部族」等等，所以在一個比較長的時間裏，我們從「民族」這個詞語的近現代含義出發，傾向於認定它的基本意義源自國外，是隨著近代域外思潮的引進而加進入中國的外來詞語，大多數學者認為它來自日本，原本是日本明治維新之後對西方術語的漢譯，也有學者認為它可能就是對英文的中譯。

2. 漢語詞彙本身也存在含義豐富、歷史演變複雜的事實，所以中國學者對「民族」的本土溯源從來也沒有停止過。雖然古代文獻浩若煙海，搜索「民族」一詞猶如大海撈針，史籍森森，收穫艱難，然而幾經努力，人們還是終有所得，正如郝時遠所總結的那樣，到新世紀初年，新的考證結論是：在普遍性的「民」、「族」分置的背景上，確實存在少數的「民族」合用的事實，而且古漢語的「民族」一詞，已經出現了近似現代的類別標識含義，在時間上早於日本漢文詞彙。在日本大規模地翻譯西方思想學術之前，其實還出現過借鑒中國語彙譯述西方書籍的選擇，日本漢文中的「民族」一詞很可能就是在這個時候從中國引入的。「『民族』一詞是古漢語固有的名詞。在近代中文文獻中，現代意義的『民族』一詞出現在 19 世紀 30 年代。日文中的『民族』一詞見諸 19 世紀 70 年代翻譯的西方著述之中，係受漢學影響的結果。但是，『民族』一詞在日譯西方著作中明確對應了 volk、ethnos 和 nation 等詞語，這些著作對 nation 等詞語的定義及其相關理論，對清末民初的中國民族主義思潮產生了直接影響。『民族』一詞不屬於『現代漢語的中—日—歐外來詞。』」〔註13〕

3. 「民族」一詞更接近西方近代意義的廣泛使用是在日本，又隨著其他漢文的西方思想一起再次返回到了中國本土，最終形成了近現代中國「民族」概念的基本的含義。

總而言之，「民族」一語，從詞彙到思想，都存在一個複雜的形成過程，這裡有歷史流變中的意義的改變，也有中國／西方／日本思想和語言的多方

〔註12〕梁啟超：《中國歷史上民族之研究》，《飲冰室合集》第 8 冊，北京：中華書局，1989 年，第 860 頁。
〔註13〕郝時遠：《中文「民族」一詞源流考辨》，《民族研究》2004 年第 6 期。

對話與互滲。從總體上看，現代中國的「民族」含義與西方近代思想、日本明治維新後的思想基本相同，與古代中國的類似語彙明顯有別。1902 年，梁啟超在《論中國學術思想變遷之大勢》一文中，第一次提出了「中華民族」的概念，五年後的 1907 年，楊度《金鐵主義說》、章太炎《中華民國解》又再次申述了「中華民族」的觀念，雖然他們各自的含義有所差異，但是從一個大的族群類別的角度提出民族的存在問題卻有著共同的思維。民族、中華民族、民族意識、民族主義、民族復興，串聯起了近代、現代、當代中國思想發展的重要脈絡，儘管其間的認知和選擇上的分歧依然存在。

與「民族」類似，中國人對「國家」意義的理解也有一個複雜的演變過程，所不同的在於，如果說在民族生存，特別是中華民族共同命運等問題上現代知識分子常常聲應氣求的話，那麼在「國家」含義的認知和現實評價等方面，卻明顯出現了更多的分歧和衝突。

「國家」一詞在英語裏分別有 country、nation 和 state 三個詞彙，它們各有意指。Country 著眼於地理的邊界和範圍，側重領土和疆域；nation 強調的是人口和民族，偏向民族與國民的內涵；state 代表政治和權力，指的是在確定的領土邊界內強制性、暴力性的機構。現代意義上的國家概念就是政治學意義的 state。作為政治學的核心術語，state 的出現是近代的事，在這個意義上說，古代社會並沒有正式的國家概念。這一點，中西皆然。

就如同「民」與「族」一樣，古漢語的「國」與「家」也常常分置而用。早在先秦時期，也出現了「國」與「家」的合用，只是各有含義，諸侯的封地謂之「國」，卿大夫的封地謂之「家」，這是不同等級的治理區域；然而不同等級的治理區域能夠合用為「國家」，則顯示了傳統中國治理秩序的血緣基礎。先秦時代，周天子治轄所在曰「天下」，周天子的京師曰「中國」，「禮崩樂壞」之後，各諸侯國的王畿也稱「中國」，再後，「中國」範圍進一步擴大，成了漢族生存的中原地區具有「德性」和「禮義」的文明區域的總稱，最早的政治等級的標識轉化為文化優越的稱謂，象徵著「華夏」（「以德榮為國華」〔註14〕）之於「夷狄」的文明優勢，是謂「中國有文章光華禮義之大」〔註15〕。「天下」與「中國」相互說明，構成了一種超越於固定疆域、也不止於政治權力的優越

〔註14〕 上海師範大學古籍整理組校點：《國語》，上海：上海古籍出版社，1978 年，第 183 頁。

〔註15〕 （漢）孔安國傳，（唐）孔穎達等正義：《尚書正義》，上海：上海古籍出版社，1990 年，第 43 頁。

的文明自詡。隨著非漢族統治的蒙元、滿清時代的出現，「中國」的概念也不斷受到衝擊和改變，一方面，蒙古帝國從未被漢人同化，「中國」一度失落，另一方面，在清朝，原來的「四夷」（滿、蒙、回、藏、苗）卻被重新識別而納入「中國」，而夷狄則成了西洋諸國。儘管如此，那種文明的優越感始終存在。到了晚清，在「四夷」越來越強大的威懾下，「中國」優越感和「天下」無限性都深受重創，「近代中國思想史的大部分時期，是一個使『天下』成為『國家』的過程」〔註16〕，這裡的「國家」觀念就不再是以家立國的古代「國家」了，而是邊界疆域明確、彼此獨立平等的國際間的政治實體，也就是近現代主權時代的民族國家。1648 年《威斯特伐利亞和約》的簽訂，標誌著歐洲國家正式進入主權時代。到 19 世紀，一個邊界清晰、民族自覺的民族國家成為了國際外交的主角。國家外交的碰撞，特別是國際軍事衝突的失敗讓被迫捲入這一時代的中國不得不以新的「國家」觀念來自我塑形，並與「天下」瓦解之後的「世界」對話，一個前所未有的民族—國家的時代真正到來了。現代中國的民族學者早就認識到：「民族者，裏也，國家者，表也。民族精神，實賴國家組織以保存而發揚之。民族跨越文化，不復為民族；國家脫離政治，不成其為國家。」〔註17〕

　　然而，正如韋伯所說「國家」（state）是「到目前為止最複雜、最有趣」的概念〔註18〕，一方面，「非人格化」的現代國家觀念延續了古羅馬的「共和」理想，國家政治被看作超越具體的個人和社會的「中立」的統治主體，一系列嚴謹、公平的社會治理原則成為應有之義，另外一方面，從西方歷史來看，現代意義的國家的出現與十七、十八世紀絕對王權代替封建割據，與路易十四「朕即國家」（L'État, c'est moi）的事實緊密相關，這些原本與中國歷史傳統神離而貌合的取向在有形無形之中進入了現代中國的國家理念，成為我們混沌駁雜的思想構成，那些巨大的、統一的、排他性的權力方式始終潛伏在現代國家的發展過程之中，釋放魅惑，也造成破壞。此外，置身普遍性的現代民族國家的歷史進程，中國的民族—國家的聯結和組合卻分外的複雜，與西方世界主

〔註16〕【美】約瑟夫‧列文森著、鄭大華、任菁譯：《儒教中國及其現代命運》，桂林：廣西師範大學出版社，2009 年，第 84 頁。

〔註17〕吳文藻：《民族與國家》，《人類學社會學研究文集》，北京：民族出版社，1990年，第 35～36 頁。

〔註18〕Max Weber, "'Objectivity' in Social Science and Social Policy," in The Methodology of Social Sciences, trans. & ed., Edward A. Shils & Henry A. Finch, Glencoe: The Free Press, 1949, p. 99.

流的單一民族的國家構成，多民族的聯合已經是中國現代國家的生存基礎，在我們內在結構之中，不同民族的相互關係以及各自與國家政權的依存方式都各有特點，當然從「排滿革命」到「五族共和」，也有過齟齬與和解，民族主義作為國家政治的基礎，既行之有效，又並非總能堅如磐石。

二

西方馬克思主義的重要代表弗雷德里克・詹姆森有一個論斷被廣泛引用：「所有第三世界的本文均帶有寓言性和特殊性：我們應該把這些本文當作民族寓言來閱讀，特別當它們的形式是從占主導地位的西方表達形式的機制——例如小說——上發展起來的。」「第三世界的本文，甚至那些看起來好像是關於個人和利比多趨力的本文，總是以民族寓言的形式來投射一種政治：關於個人命運的故事包含著第三世界的大眾文化和社會受到衝擊的寓言。」[註19] 魯迅的小說就是這一論斷的主要論據。拋開詹姆森作為西方學者對魯迅小說細節的某些誤讀，他關於中國現代文學與國家民族深度關聯的判斷還是基本準確的。中國現代文學史上的幾乎每一場運動都與民族救亡的目標有關，而幾乎每一個有影響的作家都有過魯迅「我以我血薦軒轅」式的人生經歷和創作衝動，包括抗戰時期的淪陷區文學也曾經以隱晦婉曲的方式傳達著精神深處的興亡之歎。即便文學的書寫工具——語言文字也早就被視作國家民族利益的捍衛方式，一如近代小學大家章太炎所說：「小學」「這愛國保種的力量，不由你不偉大。」[註20] 晚清語言改革的倡導者、切音新字的發明人盧戇章表示：「倘吾國欲得威振環球，必須語言文字合一。務使男女老幼皆能讀書愛國。除認真頒行一種中國切音簡便字母不為功。」[註21]

只是，詹姆森的「民族寓言」判斷對於千差萬別的「第三世界」來說，顯然還是過於籠統了。對於這一位相對單純的現代民族國家的學者而言，他恐怕很難想像現代的中國，既然有過各自不同的「國家」概念和紛然雜陳的「民族」意識，在真正深入文學的世界加以辨析之時，我們就不得不追問，這些興亡之

〔註19〕【美】弗雷德里克・詹姆森：《處於跨國資本主義時代中的第三世界文學》，見張京媛主編《新歷史主義與文學批評》，北京：北京大學出版社，1993年，第234、235頁。

〔註20〕章太炎：《我的生平與辦事方法》，《章太炎的白話文》，瀋陽：遼寧教育出版社，2003年，第74頁。

〔註21〕盧戇章：《中國第一快切音新字》原序，《清末文字改革文集》，北京：文字改革出版社，1958年，第2頁。

慨究竟意指哪一個國家認同，這民族情懷又懷抱著怎樣的內容？現代中國知
識分子所經歷的複雜的國家—民族的知識轉型，因為情感性的文學的介入而
愈發顯得盤根錯節、撲朔迷離了。

在中國新文學史的敘述邏輯中，近現代中國的歷史進程就是一個義無反
顧的棄舊圖新的過程。

王瑤《中國新文學史稿》一開篇就認定了五四新文學的「徹底性」與「不
妥協性」：「反帝反封建是由『五四』開始的中國現代文學的基本特徵，這裡
『徹底地』、『不妥協地』兩個形容詞非常重要，這是關係到對敵鬥爭的重大
課題。」〔註 22〕

唐弢主編《中國現代文學史》這樣立論：「清嘉慶以後，中國封建社會已
由衰微而處於崩潰前夕。國內各種矛盾空前尖銳，社會危機四伏。清朝政府極
端昏庸腐朽。」「為了挽救民族危亡的命運，從太平天國到辛亥革命，中國人
民進行了一次又一次的革命鬥爭。」「在這一歷史時期內，雖然封建文學仍然
大量存在，但也產生了以反抗列強侵略和要求掙脫封建束縛為主要內容的進
步文學，並且在較長的一段時間裏，不止一次地作了種種改革封建舊文學的努
力。」「『五四』文學革命運動的興起，乃是近代中國社會與文學諸方面條件長
期孕育的必然結果。」〔註 23〕

嚴家炎主編《二十世紀中國文學史》的最新表述：「歷史悠久的中國文學，
到清王朝晚期，發生了前所未有的重大轉折：開始與西方文學、西方文化迎面
相遇，經過碰撞、交匯而在自身基礎上逐漸形成具有現代性的文學新質，至五
四文學革命興起達到高潮。從此，中國文學史進入一個明顯區別於古代文學的
嶄新階段。」〔註 24〕

這都是中國現代文學研究的經典性論述，它們都以不同的方式告訴我們，
自晚清以後，中國的社會文化始終持續進步，五四新文學展開了現代國家—民
族的嶄新的表述。從歷史演變的根本方向來說，這樣的定位清晰而準確，這就
如同新文化運動領袖陳獨秀在當時的感受：「我生長二十多歲，才知道有個國

〔註22〕王瑤：《中國新文學史稿》上冊，《王瑤文集》第 3 卷，太原：北嶽文藝出版
社，1995 年，第 7 頁。

〔註23〕唐弢主編：《中國現代文學史》，北京：人民文學出版社，1979 年，第 1～2 頁、
6 頁。

〔註24〕嚴家炎主編：《二十世紀中國文學史》，北京：高等教育出版社，2010 年，第
1 頁。

家，才知道國家乃是全國人的大家，才知道人人有應當盡力於這大家的大義。」〔註25〕換句話說，是在歷史的進步中我們生成了全新的國家─民族意識，而新的國家─民族憂患（「盡力於這大家的大義」）則產生了新的現代的文學。

但是，這樣的棄舊圖新就真的那麼斬釘截鐵、一往無前嗎？今天，在掀開新文學主流敘述的遮蔽之後，我們已經發現了歷史場域的更多豐富的存在，在中國現代文學（而不僅僅是現代的「新文學」）的廣袤的土地上，歷史並非由不斷進化的潮流所書寫，期間多有盤旋、折返、對流、纏繞……現代的民族國家──中華民國雖然結束了君主專制，代表了歷史前進的方向，但卻遠遠沒有達到「全民認同」的程度，在各種形式的理想主義的知識分子那裡，更是不斷遭遇了質疑、批評甚至反叛，而「民族」所激發的感情在普遍性的真誠之中也隱含著一些各自族群的遭遇和體驗，何況在中國，民族意識與國家觀念的組合還有著多種多樣的形式，彼此之間並非理所當然的融合無隙。這也為現代文學中民族情感的轉化和發展留下了豐富的空間。

1933 年 8 月，上海世界書局出版了錢基博的《現代中國文學史》。這部早期的中國現代文學史著也是最早標舉「現代」之名的文學論著。然而，有意思的是，與當下學者在「現代性」框架中大談「民族國家」不同，錢基博的用意恰恰是借「現代」之名表達對彼時國家的拒絕和疏離：「吾書之所為題現代，詳於民國以來而略推跡往古者，此物此志也。然不題民國而曰現代，何也？曰『維我民國，肇造日淺，而一時所推文學家者，皆早嶄然露頭角於讓清之末年；甚者遺老自居，不願奉民國之正朔；寧可以民國概之！』」〔註26〕「不願奉民國之正朔」就必須以「現代」命名？錢基博的這個邏輯未必說得通，不過他倒是別有意味地揭示了一個重要的事實：「一時所推文學家者」成長於前朝，甚至以前朝遺民自居，缺乏對這個新興的民族國家──中華民國的認同。近年來，隨著現代文學研究空間的日益擴大，一些為「新文化新文學」價值標準所不能完全概括的文學現象越來越多地進入了文學史家的視野，所謂奉「民國乃敵國」的文學群體也成了「出土文物」，他們的獨特的感受和情感得以逐漸揭示，中國現代作家的精神世界的多樣性更充分地昭示於世。正如史學家王汎森所說：「受過舊文化薰陶的讀書人在面對時代變局時，有種種異於新派人物的

〔註25〕陳獨秀：《說國家》，《陳獨秀著作選》第一卷，上海：上海人民出版社，1993年，第 44 頁。
〔註26〕錢基博：《現代中國文學史》，上海：上海世界書局，1933 年，第 8～9 頁。

回應方式，包括與現代截然迥異的價值觀和看法。以往我們把焦點集中在新派人物身上，模糊或忽略了舊派人物。」「儘管我們無須同意其政治認同，可是的確值得重新檢視他們的行為與動機，以豐富我們對近代中國思想文化脈絡的瞭解。」〔註27〕這樣一些拒絕認同現實國家的知識分子還不能簡單等同於傳統意義上的「遺民」，因為他們的焦慮不僅僅是對政權歸屬的迷茫，更包含了對現代社會變遷的不適，和對中西文化衝突的錯愕，這都可以說是現代文化進程中的精神危機，是不應該被繼續忽視的現代文學主流精神的反面，它包含了歷史文化複雜性的幽深的奧秘。「清遺民議題呈現豐富的意涵，除了歷史上種族與政治問題外，也跟文化層面有著密切的關聯。他們反對的不單來自政治變革，更感歎社會良風善俗因而消逝，訴諸近代中國遭受西力衝擊和影響。」「充分顯現了忠清遺民的遭遇及面對的問題，固然和過去有所不同，非但超乎宋元、明清易代之際士人，而且在心理與處境上勢將愈形複雜。」〔註28〕在「現代文學」的格局中，他們或以詩結社，相互唱酬追思故國，「劇憐臣甫飄零甚，日日低頭拜杜鵑」〔註29〕；或埋首著述，書寫「主辱臣死」之志，吟詠「辛亥濺淚」之痛〔註30〕，試圖「託文字以立教」；或與其他文學群體論爭駁詰，一如林紓以「清室舉人」自居，對陣「民國宣力」蔡元培，反對新文化運動，增添了現代文壇的斑斕。在這一歷史過程中，一些重要代表如王國維的文學評論，陳三立、沈曾植、趙熙、鄭孝胥等人的舊體詩，辜鴻銘的文化論述，都是別有一番「意味」的存在。

中華民國是推翻君主專制而建立起來的「民族國家」，然而，眾所周知的史實是，這個國家長期未能達成各方國民的一致認同，先是為創立民國而流血犧牲的國民黨人無法接受各路軍閥對國家的把持，最後是抗戰時代的分裂勢力（偽滿、汪偽）對國民政府國家的肢解，貫穿始終的則是左翼知識分子對一切軍閥勢力及國民黨獨裁的抨擊和反抗，雖然來自左翼文學的批判否定還

〔註27〕王汎森：《序》，林誌宏著《民國乃敵國也：政治文化轉型下的清遺民》，北京：中華書局，2013年，第2頁。

〔註28〕王汎森：《序》，林誌宏著《民國乃敵國也：政治文化轉型下的清遺民》，北京：中華書局，2013年，第3、4頁。

〔註29〕丁仁長：《為杜鵑庵主題春心圖》，《丁潛客先生遺詩》，第32頁，廣州九曜坊翰元樓刊行1929年刻本（轉引自110頁）。

〔註30〕「主辱臣死」語出清末湖北存古學堂經學總教習曹元弼，晚清經學家蘇輿著有《辛亥濺淚集》（長沙龍雲印刷局石印本），作於辛亥年間，凡四卷，收錄七言絕句33首。

不能說他們就是「民國的敵人」，因為在推翻專制、走向共和、反抗侵略等國家大勢上，他們也多次攜手合作，並肩作戰，但是，關於現代國家的理想形態，左翼知識分子顯然與國家的執政者長期衝突，形成了現代史上最為深刻的無法彌合的信仰分裂。另外，數量龐大的自由主義知識分子群體，其思想基礎融合了近代以來的西方啟蒙思想和中國傳統士人精神，作為現代社會的公民，民主、自由、科學的理念是他們基本的立世原則，雖然其中不乏溫和的政治主張者，甚至也有對社會政治的相對疏離者，但都莫不以「天下大任」為己任，他們不可能成為現實國家秩序的順從者，常常表達出對國家制度和現狀的不滿和批評，並以此為自我精神的常態。在民國時代，真正不斷抒發對現實國家「忠誠無二」的只有三民主義、民族主義文學運動的參與者以及國家主義的信奉者。但是，問題在於，與國民黨關聯深厚的三民主義、民族主義文學運動卻始終未能成為文學的主導力量，至於各種國家主義，本身卻又與國民黨意識形態矛盾重重，在文學上影響有限，更不用說其中的覺悟者如聞一多等反戈一擊，在抗戰結束以後以「人民」為旗，質疑「國家」的威權。

　　總而言之，在現代中國的主流作家那裡，國家觀念不是籠統的一個存在，而是包含著內部的分層，對家國世界的無條件的憂患主要是在族群感情的層面上，一旦進入現實的政治領域，就可能引出諸多的歧見和質疑，而且這些自我思想的層次之間，本身也不無糾纏和矛盾，于質夫蹈海之際，激情吶喊：「祖國呀祖國！我的死是你害我的！」在這裡，生死關頭的情感依託是「祖國」，說明「國家」依舊是我們精神的襁褓，寄寓著我們真誠的愛，然而個人的現實發展又分明受制於國家社會的束縛，這種清醒的現實體驗和篤定的權利意識也激發了另外一種不甘，於是，對「國家」的深愛和怨憤同時存在，彼此糾結，令人無以適從。

　　關於民國，魯迅也道出過類似的矛盾性體驗：

　　　　我覺得彷彿久沒有所謂中華民國。

　　　　我覺得革命以前，我是做奴隸；革命以後不多久，就受了奴隸的騙，變成他們的奴隸了。

　　　　我覺得有許多民國國民而是民國的敵人。

　　　　我覺得有許多民國國民很像住在德法等國裏的猶太人，他們的意中別有一個國度。

　　　　我覺得許多烈士的血都被人們踏滅了，然而又不是故意的。

我覺得什麼都要從新做過。〔註31〕

在這裡，魯迅對「民國」的失望是顯而易見的：它玷污了「革命」的理想，令真誠的追隨者上當受騙。然而，當魯迅幾乎是一字一頓地寫下「中華民國」這四個漢字的時候，卻也刻繪了對這一現代國家形態的多少的顧惜和愛護，猶如他在《中山先生逝世後一週年》中滿懷感情地說：「中山先生逝世後無論幾週年，本用不著什麼紀念的文章。只要這先前未曾有的中華民國存在，就是他的豐碑，就是他的紀念。」〔註32〕從君主專制的「家天下」邁入現代國家，民國本身就是這樣一個「先前未曾有」的時代進步的符號，也凝聚著像魯迅這樣「血薦中華」的知識人的思想和情感認同，所以在強烈的現實失望之餘，他依然將批判的刀鋒指向了那些踏滅烈士鮮血的奴役他人的當權者，那些污損了民國創立者的理想的人們，就是在「從新做過」的無奈中，也沒有遺棄這珍貴的國家認同本身。在這裡，一位現代作家於家國理想深深的挫折和不屈不撓的擔當都躍然紙上。

民族認同通常情況下都是與國家觀念緊緊聯繫的。但是，近現代中國，卻又經歷了「民族」意識的一系列複雜的重建過程，而這一過程又並不都是與國家觀念的塑造相同步的，這也決定了現代中國文學民族意識表達的複雜性。在晚清近代，結束帝制、創立民國的「革命」首先舉起的是「排滿」的旌旗，雖然後來終於為「五族共和」的大民族意識所取代，實現了道義上的多民族和解。但是，民族意識的整合、中華民族整體意識的形成並沒有取消每一個具體族群具體的歷史境遇，尤其是在一些特殊的歷史時期，這些細微的民族心理就會滲透在一些或自然或扭曲的文學形態中傳達出來。例如從穆儒丐到老舍，我們可以讀到那種時代變遷所導致的滿人的衰落，以及他們對自己民族所受屈辱的不同形式的同情。老舍是極力縫合民族的裂隙，在民族團結的嚮往中重塑自身的尊嚴，「老舍民族觀之核心理念，便是主張和宣揚不同民族的平等和友好。他的全部涉及國內、國際民族問題的著述，都在訴說這一理念。他一生中所有關乎民族問題的社會活動，也都體現著這一理念。」〔註33〕穆儒丐則先是書寫著族人命運的感傷，在對滿族歷史命運的深切同情中批判軍閥與國民黨

〔註31〕魯迅：《忽然想到》，《魯迅全集》3卷，北京：人民文學出版社，2005年，第16～17頁。

〔註32〕魯迅：《中山先生逝世後一週年》，《魯迅全集》7卷，北京：人民文學出版社，2005年，第305頁。

〔註33〕關紀新：《老舍民族觀探賾》，《中國現代文學研究叢刊》2015年第4期。

政治，曲曲折折地修正「愛國」的含義：「我常說愛國是人人所應當做的事，愛國心也是人人所同有的，但是愛國要使國家有益處，萬不能因為愛國反使國家受了無窮的損害。國民黨是由哄鬧成的功，所以雖然是愛國行為，也以哄鬧式出之。他們不能很沉著的埋頭用內功，只不過在表面上瞎哄嚷，結局是自己殺了自己。」〔註34〕到東北淪陷時期，他卻落入了日本殖民者的政治羅網，在意識形態的扭曲中傳遞著被利用的民族意識。同為旗人作家，老舍與穆儒丐雖然境界有別，政治立場更是差異甚巨，但都提示了現代民族情感發展中的一些不可忽略的複雜的存在。

除此之外，我們會發現，作為一種總體性的民族意識和本族群在具體歷史文化語境中形成的人生態度與生命態度還不能劃上等號。例如作為「中華民族」一員的少數民族例如苗族、回族、蒙古族等等，也有自己在特定生存環境和特定歷史傳統中形成的精神氣質，在普遍的中華民族認同之外，他們也試圖提煉和表達自己獨特的民族感受，作為現代中國精神取向的重要資源，其中，影響最大的可能就是沈從文對苗文化的挖掘、凸顯。在湘西這個「被歷史所遺忘」的苗鄉，沈從文體驗了種種「行為背後所隱伏的生命意識」，後來，「這一分經驗在我心上有了一個分量，使我活下來永遠不能同城市中人愛憎感覺一致了」〔註35〕。沈從文的創作就是對苗鄉「鄉下人」生命態度與人生形式的萃取和昇華，為他所抱憾的恰恰是這一民族傳統的淪喪：「地方的好習慣是消滅了，民族的熱情是下降了，女人也慢慢的像中國女人，把愛情移到牛羊金銀虛名虛事上來了，愛情的地位顯然是已經墮落，美的歌聲與美的身體同樣被其他物質戰勝成為無用的東西了」〔註36〕。

三

國家觀念與民族意識的多層次結合與纏繞為中國現代文學相關主題的表達帶來了層巒疊嶂的景象，當然也大大拓展了這一思想情感的表現空間。從總體上看，最有價值也最具藝術魅力的國家—民族表現，最終也造成了中國現代作家最獨特的個人風格。

〔註34〕穆儒丐：《運命質疑》（6），《盛京時報・神皋雜俎》1935 年 11 月 21、22 日。

〔註35〕沈從文：《從文自傳》，《沈從文全集》第十三卷，太原：北嶽文藝出版社，2002 年，第 306 頁。

〔註36〕沈從文：《媚金、豹子與那羊》，《沈從文全集》第五卷，太原：北嶽文藝出版社，2002 年，第 356 頁。

在中國現代文學中，雖然對國家、民族的激情剖白也曾經出現在種種時代危機的爆發時刻，但是真正富有深度的國家—民族情懷都不止於意氣風發、高歌猛進，而是纏繞著個人、家庭、地域、族群、時代的種種經歷、體驗與鬱結，在亢奮中糾結，在熱忱裏沉吟，在焦灼中思索，歷史的頓挫、自我的反詰，都盡在其中。從總體上看，作為思想—情感的國家民族書寫伴隨著整個中國現代文學跌宕起伏的歷史過程，在不同的歷史關節處激蕩起意緒多樣的聲浪，或昂揚或悲切，或鏗鏘或溫軟，或是合唱般的壯闊，或是獨行人的自遣，或是千軍萬馬呼嘯而過的酣暢，或是千廻百轉淺吟低唱的婉曲，或者是理想的激情，或者是理性的思考，可以這樣說，現代中國的國家—民族書寫，絕不是同一個簡單主題的不斷重複，而是因應不同的語境而多次生成的各種各樣的新問題、新形式，本身就值得撰寫為一部曲折的文學主題流變史。在這條奔流不息的主題表現史的長河沿岸，更有一座座令人目不暇給的精神的雕像，傲岸的、溫厚的、孤獨的、內省的……

從晚清到新中國建立的「現代」時期，中國文學的國家—民族意識的演化至少可以分作五大階段。

晚清民初是第一階段。在國際壓迫與國內革命的激流中，國家—民族意識以激越的宣言式抒懷普遍存在，改良派、革命派及更廣大的知識分子莫不如此。正如梁啟超所概括的，這就是當時歷史的「中心點」：「近四百年來，民族主義，日漸發生，日漸發達，遂至磅礡鬱積，為近世史之中心點。」〔註37〕從革命人于右任的「地球戰場耳，物競微乎微。嗟嗟老祖國，孤軍入重圍。」（《雜感》）「中華之魂死不死？中華之危竟至此！」（《從軍樂》）到排滿興漢的汗血、愁予之「振吾族之疲風，拔社會之積弱」〔註38〕，從魯迅的《斯巴達之魂》、《自題小像》到晚清民初的翻譯文學乃至通俗文學都不斷傳響著保衛民族國家的豪情壯志。亦如《黑奴傳演義》篇首語所說：「恐怕民智難開，不知感發愛國的思想，輕舉妄動，糊塗一世，可又從哪裏強起呢？作報的因發了一個志願，要想個法子，把大清國的傻百姓，人人喚醒。」〔註39〕近現代中國關於民族復興的表述就是始於此時，只是，雖然有近代西方的民族—國家概念的傳入，作為

〔註37〕梁啟超：《論民族競爭之大勢》，《飲冰室文集》之十第10頁，中華書局1989年版。

〔註38〕《崖山哀》，《民報》1906年第二號。

〔註39〕彭翼仲：《黑奴傳演義》篇首語，1903年（光緒二十九年）3月18日北京《啟蒙畫報》第八冊。

文學情緒的宣言式表達有時難免混雜有中國士人傳統的家國憂患語調。

五四是第二階段。思想啟蒙在這時進入到人的自我認識的層面，因而此前激情式宣言式的抒懷轉為堅實的國家—民族文化的建設。這裡既有作為民族文化認同根基的白話文—國語統一運動，又有貌似國家民族意識「反題」的個人權力與自由的倡導。白話文運動、白話新文學本身就是為了國家的新文化建設，傅斯年說得很清楚：「我以為未來的真正中華民國，還須借著文學革命的力量造成。」〔註40〕胡適說：「我的『建設新文學論』的唯一宗旨只有十個大字：『國語的文學，文學的國語』。我們所提倡的文學革命，只是要替中國創造一種國語的文學。」〔註41〕這裡所包含的是這樣一種深刻的語言—民族認識：「事實上，因為一個民族必須講一種原有的語言，因此，其語言必須清除外來的增加物和借用語，因為語言越純潔，它就越自然，這個民族認識它自身和提高其自由度就越容易。……因此，一個民族能否被承認存在的檢驗標準是語言的標準。一個操有同一種語言的群體可以被視為一個民族，一個民族應該組成一個國家。一個操有某種語言的人的群體不僅可以要求保護其語言的權利；確切而言，這種作為一個民族的群體如果不構成一個國家的話，便不稱其為民族。」〔註42〕後來國語運動吸引了各種思想流派的參與，國家主義者也趕緊表態：「近來有兩種大的運動，遍於全國，一種是國家主義，一種是國語。從事這兩種運動的人不完全相同，因此有人疑心主張國家主義者對於國語運動漠不關心，甚至反對，這就未免神經過敏，或不明了國家主義的目的了。國家主義的目的是什麼，不外『內求統一外求獨立』八個大字，現在我要借著這次國語運動的機會，依著國家主義的目的，說明他與國語運動的密切關係，並表示我們國家主義者對於國語運動的態度。」〔註43〕而在近代中國，對「國家主義」的理解有時也具有某些模糊性，有時候也成為對普泛的國家民族意識的表述，例如梁啟超胞弟、詞學家梁啟勳就認為：「國家主義與個人主義，似對待而實相乘，蓋國家者實世界之個人而已。」〔註44〕陳獨秀則說：「吾人非崇拜國家主義，而作絕對之主張。」「吾國國情，國民猶在散沙時代，因時制宜，

〔註40〕傅斯年：《白話文學與心理的改革》，《新潮》1919 年 5 月第 1 卷第 5 期。

〔註41〕胡適：《建設的文學革命論》，胡適選編《中國新文學大系‧建設理論集》，上海：上海良友圖書印刷公司，1935 年，第 128 頁。

〔註42〕【英】埃里‧凱杜里著、張明明譯：《民族主義》，北京：中央編譯出版社，2002 年，第 61～62 頁。

〔註43〕陳啟天：《國家主義與國語運動》，《申報》1926 年 1 月 3 日。

〔註44〕梁啟勳：《個人主義與國家主義》，《大中華雜誌》1915 年 1 月第 1 卷第 1 期。

國家主義，實為吾人目前自救之良方。」「近世國家主義，乃民主的國家，非民奴的國家。」〔註45〕五四的思想啟蒙雖然一度對個人／國家的關係提出檢討和重構，誕生了如胡適《你莫忘記》一類號稱「只指望快快亡國」的激憤表達，表面上看去更像是對國家—民族價值的一種「反題」，但是在更為寬闊的視野下，重建個人的權力與自由本身就是現代民族國家制度構建的有機組成，我們也可以這樣認為，在五四時期更為宏大而深刻的文化建設中，個人意識的成長其實是開闢了一種寬闊而新異的國家—民族意識。劉納指出：「陳獨秀既將文學變革與民族命運相聯繫，又十分重視文學的『自身獨立存在之價值』，他的文學胸懷比前輩啟蒙者寬廣得多。」〔註46〕

　　1920中後期至1930後期是第三階段。伴隨著現代國家民族的現代發展，中國文學所傳達的國家—民族意識也在多個方向上延伸，不同的文學思潮在相互的辯駁中自我展示，三民主義、民族主義、國家主義、自由主義、左翼無產階級、無政府主義對國家、民族的文學表達各不相同，矛盾衝突，論爭不斷。其中，值得我們深究的現象十分豐富。三民主義、民族主義對國家、民族的重要性作出了最強勢的表達，看似不容置疑：「我們在革命以後，種種創造工作之中，要創造一種新文藝，要創造出中華民族的文藝，三民主義的文藝。因為文藝創造，是一切創造根本之根本，而為立國的基礎所在。」〔註47〕然而，國家—民族情懷一旦被納入到政治獨裁的道路上卻也是自我窄化的危險之舉，三民主義、民族主義文學的強勢在本質上是以國民黨的專制獨裁為依靠，以對其他文學追求特別是左翼文藝的打壓甚至清剿為指向的，在他們眼中，「民族文藝最大的敵人，是普羅毒物，與頹廢的殘骸，負有民族文化運動的人，當然向他們掃射。」〔註48〕這恣意「掃射」的底氣來自國家的政治權威，例如委員長的宣判：「要確定，總理三民主義為中國唯一的思想，再不好有第二個思想，來擾亂中國」〔註49〕。這種唯我獨尊的文學在本質上正如胡秋原當年所批評的那樣，是「法西斯蒂的文學（？），是特權者文化上的『前鋒』，是最醜陋的警犬，他巡邏思想上的異端，摧殘思想的自由，阻礙文藝之

〔註45〕陳獨秀：《今日之教育方針》，《青年雜誌》1915年1月15日第1卷第2號。
〔註46〕劉納：《嬗變》修訂版，北京：中國人民大學出版社，2010年，第19～20頁。
〔註47〕葉楚傖：《三民主義的文藝底創造》，《中央週報》1930年1月1日。
〔註48〕劉百川：《開張詞》，《民族文藝月刊》創刊號，1937年1月15日。
〔註49〕蔣介石：《中國建設之途徑》，《先總統蔣公全集》第1冊，臺北：中國文化大學出版社，1984年，第557頁。

自由創造」〔註50〕。國家主義在思維方式上與三民主義、民族主義如出一轍，只不過他們對國民黨的文藝政策尚有不滿，一度試圖獨樹旗幟，因而也曾受到政府的打壓；在文學史的長河中，國家主義最終缺少自己獨立的特色，不得不匯入官方主導的思潮之中。在這一時期，內涵豐富、最有挖掘價值的文學恰恰是深受官方壓迫的左翼無產階級文學、自由主義文學，甚至某些包含了無政府主義思想的文學。左翼文學因為其國際共產主義背景而被官方置於國家—民族的對立面，受到的壓迫最多；自由主義、無政府主義因為對個人權力與自由的鼓吹也被官方意識形態視作危險的異端。但是，平心而論，在現代中國，共產主義、自由主義和無政府主義本身就是思想啟蒙的有機組成，而思想啟蒙的根源和指向卻又都是國家和民族的發展，因此，在這些個人與自由的號召的背後，依然是深切的國家—民族情懷，正如自由主義的領袖胡適所指出的那樣：「民國十四五年的遠東局勢又逼我們中國人不得不走上民族主義的路」，「十四年到十六年的國民革命的大勝利，不能不說是民族主義的旗幟的大成功」〔註51〕。換句話說，在自由主義等文學思潮的藝術表現中，存在著國際／民族、國家／個人的多重思想結構，它們構織了現代國家—民族意識的更豐富的景觀。

抗戰時期是第四階段。因為抗戰，現代中國的民族復興意識被大大地激發，文學在救亡的主題下完成了百年來最盪氣迴腸的國家—民族表述，不過，我們也應該看到，由於區域的分割，在國統區、解放區和淪陷區，國家—民族意識的表達出現了較大的差異。在國統區，較之於階級矛盾尖銳的 1920～1930 年代，國家危亡、同仇敵愾的大勢強化了國家認同，民族意識更多地融合到國家觀念之中，「抗戰建國」成為文學的自然表達，不過，對國家的認同也還沒有消弭知識分子對專制權力的深層的警惕，即便是「戰國策派」這樣自覺的民族主題的表達者，也依然自覺不自覺地顯露著民族情懷與國家觀念的某些齟齬〔註52〕。在解放區，因為跳出了國民黨專制的意識形態束縛，則展開了對「民族形式」問題的全新的探索和建構，其精神遺產一直延續到當代中國，

〔註50〕 胡秋原：《阿狗文藝論》，《文化評論》1931 年 12 月 25 日創刊號，參見上海文藝出版社編輯《中國新文學大系 1927～1937 第 2 集文藝理論集 2》，上海：上海文藝出版社，1987 年，第 503 頁。

〔註51〕 胡適：《個人自由與社會進步》，《獨立評論》1935 年 5 月 12 日第 150 號。

〔註52〕 參見李怡：《國家觀念與民族情懷的齟齬——陳銓的文學追求及其歷史命運》，《文學評論》2018 年第 6 期。

成為了二十世紀下半葉中國國家—民族文學表達的重要內容。在淪陷區，文學的國家表達和民族表達曖昧而曲折，除了那些明顯「親日媚日」的漢奸文學外，淪陷區作家的思想複雜性也清晰可見，對中華民族的深層情懷依然留存，只不過已經與當前的「國家」認同分割開來，因為滿漢矛盾的歷史淵源，對自我族群的記憶追溯獲得鼓勵，卻也不能斷言這些族群的認同就真的演化成了中華民族的「敵人」。總之，戰爭以極端的方式拷問著每一個中國作家的靈魂，逼迫出他們精神深處的情感和思想，最後留給歷史一段段耐人尋味的表達。

抗戰勝利至新中國成立是第五階段。抗戰勝利，為國家民族的發展贏來了新的歷史機遇，如何重拾近代以後的國家—民族發展主題，每一個知識分子都在面對和思考。然而，歷經歷史的滄桑，所有的主題思考也都有了新的內容：例如，近代以來的民族復興追求同時還伴隨著一個同樣深厚的文藝復興或曰文化復興的思潮，兩者分分合合，協同發展，一般來說，在強調國家社會的整體發展之時，人們傾向以「民族復興」自命，在力圖突出某些思想文化的動態之時，則轉稱「文藝復興」，相對來說，文藝復興更屬於知識界關於國家民族思想文化發展的學術性思考。抗戰勝利以後，國家—民族話題開始從官方意識形態中掙脫出來，民族復興不再是民族主義的獨享的主張，它成為了各界參與的普遍話題，因為普遍的參與，所以意義和內涵也大大地拓展，不復是國民黨政治合法性的論證方式，左翼思想對國家—民族的表述產生了更大的影響，這個時候，作為知識界文化建設理想的「文藝復興」更加凸顯了自己的意義。這是歷史新階段的「復興」，包含了對大半個世紀以來的國家—民族問題的再思考、再認識，當然也包含著對知識分子文化的自我反省和自我認識。早在抗戰進行之時，李長之就開始了對五四新文化運動的反思，試圖從發揚本民族文化精神的角度再論文藝復興，掀起「新文化運動的第二期」，1944 年 8 月和 1946 年 9 月，《迎中國的文藝復興》一書先後由重慶與上海的商務印書館推出「初版」，出版的日期彷彿就是對抗戰勝利的一種紀歷。新的民族文化的發展被描述為一種中西對話、文明互鑒的全新樣式：「近於中體西用，而又超過中體西用的一種運動」，「其超過之點即在我們是真發現中國文化之體了，在作徹底全盤地吸收西洋文化之中，終不忘掉自己！」〔註 53〕這樣的中外融通既不是陳腐守舊，又不是情緒性的激進，既不是政治民族主義的偏狹，又不等同於一般「西化」論者的膚淺，是對民族文化發展問題的新的歷史層面的剖解。

〔註 53〕李長之：《迎中國的文藝復興》，上海：上海商務印書館，1946 年，第 58 頁。

無獨有偶，也是在抗戰勝利前後，顧毓琇發表了多篇關於「中國的文藝復興」的文章，1948 年 6 月由中華書局結集為《中國的文藝復興》，被視作「戰後『復員』聲中討論中華民族復興問題的比較系統、全面的論著」〔註 54〕。在顧毓琇看來，文藝復興才是民族復興的前提，而「創造精神」則是文藝復興的根本：「中國的文藝復興乃是根據於時代的使命，因此不能不有創造的精神。中國的文藝復興，乃是根據於世界的需要，因此不能違背文化的潮流。以文化的交流培養民族的根源，我們必定會發揮創造的活力，貫徹時代的使命。」〔註 55〕1946 年初，誕生了以《文藝復興》命名的重要文學期刊，「勝利了，人醒了，事業有前途了。」〔註 56〕《文藝復興》的創刊詞用了一連串的「新」，以示自己創造歷史的強烈願望：「中國今日也面臨著一個『文藝復興』的時代。文藝當然也和別的東西一樣，必須有一個新的面貌，新的理想，新的立場，然後方才能夠有新的成就。」「抗戰勝利，我們的『文藝復興』開始了；洗蕩了過去的邪毒，創立著一個新的局勢。我們不僅要承繼了五四運動以來未完的工作，我們還應該更積極的努力於今後的文藝復興的使命；我們不僅為了寫作而寫作，我們還覺得應該配合著整個新的中國的動向，為民主，絕大多數的民眾而寫作。」〔註 57〕創造和新並不僅僅停留於理想，《文藝復興》在 1940 年代後期發表了一系列對個人／國家／民族歷史命運的探索之作：小說《寒夜》、《圍城》、《引力》、《虹橋》、《復仇》，戲劇《青春》、《山河怨》、《拋錨》、《風絮》，以及臧克家、穆旦、辛笛、陳敬容、唐湜、唐祈、袁可嘉等人的詩歌；求新也不僅僅屬於《文藝復興》期刊一家，放眼看去，展開全新的藝術實踐的不只有解放區的「大眾化」，1940 年代後期的中國文學都努力在許多方面煥然一新，中國現代作家的自我超越也大都在這個時期發生，巴金、茅盾、沈從文、李廣田……

此時此刻，思想深化進入到了一個新的歷史階段，一些基於國家、民族現狀的新的命題出現了，成為走向未來的歷史風向標，例如「民主」與「人民」，解放區的政治建設和文化建設是對這兩個概念的最好的詮釋。不過，值得注意

〔註 54〕《顧毓琇全集》編輯委員會：《顧毓琇全集・前言》，《顧毓琇全集》第 1 卷，瀋陽：遼寧教育出版社，2000 年，第 3 頁。
〔註 55〕顧一樵：《中國的文藝復興》，原載《文藝（武昌）》1948 年 3 月 15 日第 6 卷第 2 期。
〔註 56〕李健吾：《關於〈文藝復興〉》，《新文學史料》1982 年第 3 期。
〔註 57〕鄭振鐸：《發刊詞》，《文藝復興》1946 年 1 月 10 日創刊號。

的是，這兩大主題也不僅僅出現在解放區的語境中，它們同樣也成為了戰後中國的普遍關切和文學引領。前者被周揚、馮雪峰、胡風多番論述，後者被郭沫若、茅盾、艾青、田漢、阿壠、聞一多熱烈討論，也為穆旦、袁可嘉、朱光潛、沈從文、蕭乾深入辨析，現實思想訴求與藝術的結合從來還沒有在藝術哲學的深處作如此緊密的結合〔註58〕。「人民」則從我們對國家─民族的籠統關懷中凸顯出來，成為一個關乎族群命運卻又拒絕國民黨專制權力壓榨的強有力的概念，身在國統區的郭沫若與聞一多等都對此有過深刻的闡發。左翼戰士郭沫若是一如既往地表達了他對專制強權的不滿，是以「人民」激活他心中的「新中國」：「文藝從它濫觴的一天起本來就是人民的。」「社會有了治者與被治者的分化，文藝才被逐漸為上層所壟斷，廟堂文藝成為文藝的主流，人民的文藝便被萎縮了。」「一部文藝史也就是人民文藝與廟堂文藝的鬥爭史。」「今天是人民的世紀，人民是主人，處理政治事務的人只是人民的公僕。一切價值都要顛倒過來，凡是以前說上的都要說下，以前說大的都要說小，以前說高的都要說低。所以為少數人享受的歌功頌德的所謂文藝，應該封進土瓶裏把它埋進土窖裏去。」〔註59〕曾經身為「文化的國家主義者」的聞一多則可謂是經歷了痛苦的自我反省和蛻變。激於祖國陸沉的現實，聞一多早年大張「中華文化的國家主義」〔註60〕，但是在數十年的風雨如晦之後，他卻幡然警悟，在《大路週刊》創刊號上發表了《人民的世紀》，副標題就是：「今天只有『人民至上』才是正確的口號」。無疑，這是他針對早年「國家至上」口號的自我反駁。這樣的判斷無疑是擲地有聲的：「假如國家不能替人民謀一點利益，便失去了它的意義，老實說，國家有時候是特權階級用以鞏固並擴大他們的特權的機構。」「國家並不等於人民。」〔註61〕倡導「人民至上」，回歸「人民本位」，這是聞一多留在中國文壇的最後的、也是最強勁的聲音，是現代中國國家─民族意識走向思想深度的一次雄壯的傳響。

〔註58〕參見王東東：《1940年代的詩歌與民主》，臺北：政治大學出版社，2016年。

〔註59〕郭沫若：《人民的文藝》，1945年12月5日天津《大公報》。

〔註60〕聞一多：《致梁實秋》（1925年3月），《聞一多全集》第12卷，武漢：湖北人民出版社，1993年，第214頁。

〔註61〕聞一多：《人民的世紀》，原載於1945年5月昆明《大路週刊》創刊號，《聞一多全集》第2卷，武漢：湖北人民出版社，1993年，第407頁。

序　京派文學研究的可喜新收穫

彭定安

　　文學武所著《京派小說研究》即將出版，囑我寫序，我欣然接受。這有著好幾方面的原因。首先，應該說及的就是他曾經是我的碩士研究生，後來又在復旦大學師從陳鳴樹教授，獲得博士學位；因此，他能有這本專著出版，我不僅感到高興，而且有頗為榮幸之感。其次，則是這本專著本身的價值和意義，令我願意為之寫序。再有，我為能給昔日的學生略盡微薄之力而深感欣慰。

　　通讀全書，我感覺到一種清新而沉著、樸實而深厚的學術蘊涵。這對一部學術專著來說，是很可貴的。這部專門研究京派小說的著作，圍繞自身的主題，在廣闊的學術視野觀照下，以綜合的、整體的、比較的研究方法，展開研究視閾，深入研究對象，揭示其意義，發掘其文化蘊藏和審美特質，從而創獲了可觀可喜的學術成就。它陳言之務去、新見之迭出，既吸取繼承既有之研究成果，又發明新義與卓見，構成了一部研究京派文學的新成果。

　　京派與海派，是中國現代文學以至現代學術與現代文化的一種曾經風行且鋒芒相對的文學——學術——文化現象；它們南北挺立，各據要津，風采各異，創獲與奉獻各有千秋，文化品性與審美質地南北輝映，但它們之間卻有著深深的門戶之見、流派之爭，甚至展開了彼此的攻伐，不相融合，「勢不兩立」。然而，它們實質上卻共同存在於一個相同的時代、相同的社會與相同的文化語境之中，做著雖然有別卻匯向共同的民族文化創造與文化發展之中。本可以相通而對立，本應該分工合作而在筆墨上「刀兵相見」。特別是，在歷史的發展上，在後來的社會狀態中，卻出現了雖非海派勝出卻是發源於上海的左翼文學及其作家，佔據了勝利者的地位，引領著民族文學潮流並掌握文學與文化大

局，而京派及其主要代表作家卻屈居被批判、接受改造的位置，「向無產階級投降」，大部轉向（有的早就退出了京派隊伍而進入革命文學陣營），其頭面人物如沈從文等則被「淘汰出局」，離開了文學隊伍。但這只是歷史發展的「物質上」和「社會存在」方面的結局，卻並非文學與文化上的最終結論。在改革開放以來的文學新時期中，翻案文章由漸露頭角到連篇累牘，評價日高、聲譽日隆，尤其是周作人、沈從文，在文學與文化上的地位，真是好評如潮，節節上升，儼然有躍居中國現代文學的頂峰之勢；研究論著也層出不窮，有為數可觀的論者（尤其海外的論者），把他們二位放到了魯迅之上，並褒一貶一，甚至在相對立中揚周沈而鄙棄魯迅。於是京派文學遠不止於「徹底平反」而且越來越被看好，並被有些論者作為革命文學、左翼文學的對立面，以後者之「非文學」來「比拼」下去，來抬高京派文學。至於革命文學、左翼文學卻在部分研究中，不僅失卻昔日的榮光，而且日遭否棄。在「京派與海派」之爭的「現在進行時」的研究論述中，貶海揚京，已成一種思潮和「理論總結」。更有甚者，「禍延」革命文學與左翼文學，其中，貶損否棄魯迅和對茅盾的小說作品貶之欲逐出「大學課堂」，是其顯例與極端。這是最近二十年來中國文學風景之一角。上述文壇風景與語境，應該是文學武的研究論著的著述背景與文化格局。不過，他在研究和著作中，卻絲毫沒有跟風之意，也沒有人云亦云之態，而是依據文學的事實，即依據作家的實際表現、作品的實際狀況，來予以評論，既不跟風趨時髦，又不固執褊狹，堅持原有的評述結論。這種實事求是的態度、求實務真的嚴謹學風和保持獨立見解的學術風範，我以為都是很好的，表現了新一代學人的良好學術品性。我為文學武有這種優良的表現而感到高興和欣慰。

這部著作不僅是在對 20 世紀 30 年代「京派」文學實績和京海兩派之爭的實際進行了認真研究的基礎上撰寫的，而且還是在對那時尤其是新時期以來的諸多研究成果進行了認真研究的基礎上來分析比較、縱論評述的。它的內容豐富、研討深入、分析細緻，取眾家論說之長、避或有論斷之偏，依據事實，依據新的研究成果、新的文學觀念、理論學說與審美觀念，來進行認真的實事求是的論述。既沒有盲目否棄或「巧取」前人的成果，或者埋沒了前輩學者的論述精粹；又沒有不顧研究的歷史和既有的成果，憑空獨創新說。既尊重了前輩的學術遺產和積澱，又在比較評騭的基礎上，獨立思考，深入研究，作出自己的評述與結論。這不僅表現了良好的學風與學術品德，而且也體現了這部著作自身的學術價值。

　　在研究的視閾和範疇上，我以為還有兩點可取。其一，沒有延續既有的研究規範，一般地研究京派文學甚或「京派一般」——擴及京派學術文化甚至其他諸多文化現象，而是獨闢蹊徑，限定在研究京派小說這一範疇。這個選擇和命題，是有見地的。京派小說有出色的成就、鮮明的特點、獨特的審美素質，也許不妨說其成就與貢獻在京派文學的散文與詩歌的成就之上，雖然後兩者的成就也足可傲人。因此，京派小說很可以研究也很應該研究，其研究成果對於今天的文學研究、文學創作都是有益的。其二，對京派小說的研究，又沒有侷限於小說「一隅」，而是研究視野比較開闊、研究方法比較多樣，是多元、多角度、多方面地進行研究，使研究工作本身及其表述（論述文本）都是比較宏闊而細緻的。

　　這種研究範式，在本書的學術結構中，切實地體現出來了。它以上下兩編的模式，先縱論、總論京派小說種種，然後是分論，分別論述了幾位京派小說中的重鎮如廢名、沈從文、林徽因、汪曾祺等。總論部分，除序言外，以七章的篇幅，分別論述京派小說的流派特徵和歷史軌跡，其人文理想、文體特徵、與海派學說的比較、與中國藝術精神的淵源，其現代性意識和審美理論等。這七章構成一個立體的京派小說面面觀，一個京派小說的整體構架和形象，從與現實生活、時代精神、社會狀況的關係，到審美特質、文體特徵、現代性以至於審美理論，再展開論證，可以說是從裏到外、從內涵到形式、從內在性質到外在體現，都一一論到了。應該說，這是對京派小說進行了比較全面、開闊、綜合的論述，是京派文學研究可喜的新進展、新收穫。

　　還要提出的是，其中進行了與海派小說的比較研究。文學的比較研究是文學研究中一個可取的、可以在比較中互見短長並開啟新質地的研究方法，在與海派小說的對比中來認識和闡發京派小說的特質與內涵，是很可取的研究方法。而且，還要特別指出的是，這種研究不是因襲舊論，抑此揚彼或褒此貶彼，或是跟風趨時高揚京派而貶斥海派，實際上則是借機貶抑革命文學、左翼文學；作者跳出了舊的窠臼，亦不尾隨名家亦步亦趨，而是認真而實際地對兩個文學流派進行比較研究，實事求是而不添加外在因素特別是非文學因素摻入其內。還有，研究京派小說創作而加入其審美理論，加以審視，揭示其理論與創作實踐之間的關係，這也是可取的，在認識論和方法論上都表現了深沉的見地。

　　在論述京派小說的時空文化背景時，作者越出習見的基本的政治分野觀

察研討，而指出「它既和『五四』新文化運動有著血肉的關聯，也和 20 世紀二三十年代北京的都市文化空間密不可分」，這一分析是正確的，切實揭示了京派小說的文化根底。這自然也就同時論證了這個小說流派及其作品的性質。同時，作者還揭示和論證了京派小說與中國傳統文化及藝術精神，以及同西方現代文學的親緣關係與文化淵源，這就更進一步充實了對京派小說古今中外、傳統現代的文化根基的揭示。總之，作者從時代的、中外的綜合視角，從社會、歷史、道德、哲學、美學等方面，從京派小說生存時代中興廢起伏的自由主義、人道主義等諸多思潮和鄉土文學、現代文學等文學現象中，來觀察、體驗、審視、研究京派小說。因而能夠取得比較全面、系統、客觀的評述效果。

在這種評價論證中，我以為很可取的是，作者在其中論證了京派小說的人文理想、人道主義以及其人性思想，並且指出這是「把握京派小說最核心之所在」。這一論旨，不僅論定了京派小說的社會性質和審美素質，並且發掘肯定了京派小說的核心意義與價值—它們作為文化積澱，至今保留著閱讀價值和社會意義。由此，作者還進一步深入揭示了京派小說的進步意義：「它所追求的愛與美的理想，它所抨擊的紳士階級的虛偽、墮落，所對民族道德觀、文化觀的思考，使其顯示出不可否認的進步性，儘管這種真誠而執著的探索在嚴峻的社會現實中無法得到實現。」

京派小說的這種人文理想，同它的作家們的鄉土文學情結和創作實踐，是緊密結合的；同他們對於西方現代主義和自由主義思潮的認同，也是緊密聯繫的。所以其作品的思想質地和社會理念，一面是京派小說中著力表現的「自然狀態下人性的莊嚴、優美……大大落後於中國現代文明的進程……更多地保留了一種近乎原始生活的社會狀態」；另一方面則是對於現代都市文化空間中的西方現代文明、自由主義思潮在知識分子生活中的體現。「傳統」／「現代」、「東方」／「西方」、「城市」／「鄉村」、「出世」／「入世」，這種二律背反思維、情感及其文學表現，構成了京派小說矛盾複雜的內涵意蘊與審美質素。在對京派小說的文體特徵的論述中，對其「抒情小說體式」特徵的論證，很有價值，並且指出這種小說體式「促進了小說與詩歌、小說與散文的融合與溝通，強化了作家的主觀情緒」。這對於認識京派小說以至於掌握中國現代小說的精髓，都是有啟發意義的。京派小說作家幾乎是「清一色」的留洋學者、「洋大學生」，他們的現代知識分子文化風範很濃，思想行為和做派洋味頗足，但在探索他們的「儒家人文理想」的表現時，卻揭示了他們自身和作品中的儒家思

想道德的深層蘊涵。這是很有意義的一種民族現代文學現象，既是中國現代文學的特點又是它的優點。

從以上簡明扼要的介紹中，我們可以看到本書對於京派小說的民族文化傳統、儒家人文理想、鄉土情結、現代民主意識等重要人文情懷、民間意念與農村民風等的內蘊與意蘊，都做了認真細緻的研究和敘論。這是京派小說—京派文學的民族文化底蘊。從這一基本點上，我們可以體察到京派文學與海派文學「內骨子裏」的相同與相通。只是它們各自關注的角度、視閾、社會層面、立足點與態度、激發程度與目標指向不一致、不相同。但它們卻曾經那樣對立和爭鬥。這是中國現代文學—現代文化發展的特異色彩與社會內涵，其中包含深刻的時代風貌與歷史經驗教訓。《京派小說研究》為此提供了文學史實和理論依據。這既是它的正產品，又是它的副產品。

下編的作家論中也多有獨立創見，既是對前輩學者真知灼見的繼承，又有自己的獨立見解；在本書的論述架構中，則與上編的總論有互為補充、整體與局部相契合的功效。

如《廢名論》中，對廢名（馮文炳）的創作宗旨和作品審美特質的首肯，指出「難道文學的最高價值只能通過現實主義來表現嗎？廢名的創作實踐恰恰對此的回答是否定的。廢名雖然沒有遵循所謂現實主義的創作原則，但他忠實於自己的審美理想，在日常生活的描寫中賦予了詩意的建構和昇華，在鄉村普通人物身上鎔鑄了自己的感情，充滿了人性的美好和光輝，其作品中豐潤的文化內涵顯然是現實主義所無法涵蓋的。讀懂廢名需要用另一種文化維度來思考」。如此論述是大膽的也是富有見地的。這不僅於認識和評價廢名有用，而且對於品評一般小說作品和文學作品也是有益的。又如對沈從文的論述：「在沈從文龐大的文學審美體系中，始終有一個基點，就是他的理想主義，對愛與美的執著，對重建民族信仰的渴望。……即使在階級矛盾、民族矛盾空前尖銳的時代背景下，儘管他多次受到左翼文藝的指責，這位湘西水手依然固守著自己的理想，為這個桃花源式的邊地文明唱了一曲輓歌。……這種牧歌情懷成為作家心靈的棲居之所，也成為物慾喧囂時代難得的一片精神綠洲。」對沈從文的這種論述，抓住了思想的精要與藝術的靈魂，也提煉了它特異的審美素質；同時，也把它納入時代的視野中，並以其與左翼文學比較、比襯，顯示其既疏離現實苦難又「彌補」現實缺陷的雙重社會—審美品格。這個論定，應該是被認可的。此外，還有對蕭幹、林徽因、凌叔華和汪曾祺的分論，也都各有

精彩，這裡不一一贅述了。

　　總之，我以為文學武這部對於京派小說的專論，是一部內容紮實、學風嚴謹、富有獨立見解的著作，它是目前尚為少見的對京派小說的專門研究，因此是京派文學研究的一個可喜的新收穫，也是中國現代文學研究領域的新收穫。

　　拉雜寫下以上一些讀書感受，權為之序，內容無足觀，且以此作為我與文學武「師生一回」的紀念吧。——事實上，他這多年來，學識精進，我已經難為其師，只是就「曾經的關係」而言吧。

2010 年 8 月 19 日瀋陽

目

次

上編　總　論

引　言

　　黑格爾說：「任何科學的研究，如果太片面地採取排斥偶然性、單求必然性的趨向，將不免受到空疏的『把戲』和『固執的學究氣的正當譏評』」[註1]事實上確實如此。研究客體所顯示的必然性必須通過無數的偶然性的中介才能達到。完全排斥了偶然性就意味著研究失去了個體生命的豐富多彩，不可避免地墜入到簡單化、片面化和空疏化的境地。對於 20 世紀中國文學的研究也同樣應遵循這樣的規律，我們不僅要注意那些具有一般意義和規律的文學命題，對於那些經常處在邊緣地位甚至一度被遮蔽的文學現象和文學事實也應該給予足夠的重視。20 世紀 80 年代以來，中國現代文學研究呈現出空前活躍的姿態，中國新時期現代文學研究的歷史實質上是一個不斷深化、重構的歷史，一些幾成定論的作家、作品和歷史結論被重新解讀、闡釋，而另一些長期被遮蔽的作家和文學現象也開始逐漸浮出歷史的地表成為人們關注的熱點。京派文學作為 20 世紀中國文學史的一個偶然性的文學現象正是在這樣大的背景下理所當然地進入人們關注的視野。

　　京派文學是 20 世紀中國文學史上一個有影響、比較成熟的文學流派，發軔於 20 世紀 20 年代，在 30 年代逐漸形成明確的流派標誌並匯成一幕頗為壯觀的文學景象，影響波及 40 年代後期。京派文學的出現是有著其特定的時空文化背景的，它既和「五四」新文學運動有著血肉的關聯，也和 20 世紀 20、30 年代北京的都市文化空間密不可分，由此形成了其獨特的文化風貌、審美個性和文學理想。京派文學作為一種文學現象在 20 世 30 年代就被不少人所

〔註 1〕黑格爾：《小邏輯》第 303 頁，商務印書館 1981 年版。

提及，如魯迅、曹聚仁、胡風、徐懋庸、姚雪垠等，但他們大多是在與海派文學比較時採用了這樣的概念。如曹聚仁說：「京派不妨說是古典的，海派也不妨說是浪漫的；京派如大家閨秀，海派則如摩登女郎。……『一成為文人，便無足觀』，天下烏鴉一般黑，固無間乎『京派』與『海派』也。」〔註2〕姚雪垠說：「海派有江湖氣、流氓氣、娼妓氣；京派則有遺老氣、紳士氣、古物商人氣。而後者這些氣質，都充分的體現在知堂老人的生活、脾性與文章上。」〔註3〕徐懋庸說：「文壇上倘真有『海派』與『京派』之別，那麼我以為『商業競賣』是前者的特徵，『名士才情』都是後者的特徵。」〔註4〕胡風則在為一位青年作家作品的評論中涉及到了京派文學，並對京派文學追求所謂「高雅」的創作傾向提出了較為嚴厲的批評：「曾經有過一次關於文壇上的『京派』『海派』的小小論爭。爭些什麼，現在當然模糊了，只記得當時曾得到了這麼一個印象：所謂『京派』文人的生活大概是很『雅』的，或者在夕陽道上得得地騎著驢子到西山去看垂死的落日，聽古松作龍吟或白楊的蕭蕭聲，或者站在北海的高塔上望著層迭起伏的街樹和屋頂做夢，或者到天壇上去看涼月……」〔註5〕在這些評述的文章中，大都從左翼文學工具論的觀念出發，把京派文學視作脫離民眾的藝術至上的代表，由此對京派文學進行了較多的否定，顯示了「左」的觀念的影響。相比較而言，魯迅寫的《「京派」與「海派」》和《「京派」和「海派」》則深刻得多，它並沒有停留在對京派單純的指責和否定上，而是從地域文化的角度對「京派」和「海派」產生的文化因素進行了很有見地的分析，這對人們跳出政治學的侷限有著很好的啟發：

> 所謂「京派」與「海派」，本不是作者的本籍而言，所指的乃是一群人聚集的地域，故「京派」非皆北平人，「海派」亦非皆上海人……但是，籍貫之都鄙，故不能定本人之功罪，居處的文陋，卻也影響於作家的神情，孟子曰：「居移氣，養移體」，此之謂也。〔註6〕

但即使如此，魯迅的文章也同樣留下了歷史的遺憾。由於魯迅身處上海，

〔註2〕曹聚仁：《談海派與京派的文章》，載《筆端》，第185頁，上海書店影印版1988年。

〔註3〕姚雪垠：《京派與魔道》，載《芒種》第8期，1934年。

〔註4〕徐懋庸：《「商業競賣」與「名士才情」》，載1934年1月20日《申報·自由談》。

〔註5〕胡風：《蜾蜨船——「京派」看不到的世界》，原載《文學》4卷5期。

〔註6〕魯迅：《「京派」與「海派」》，載1934年2月3日《申報·自由談》。

再加上他本能地對官方的厭惡和鄙視，他在這篇文章中把「京派文人」都視為「官的幫閒」，這多少忽略了京派文人作為自由知識分子的獨立立場，也由此導致了他在稍晚寫的另一篇文章中把「京派」與「海派」看作同流合污的同道：「當初的京海之爭，看作『龍虎鬥』固然是錯誤，就是認為有一條官商之界也不免欠明白。因為現在已經清清楚楚，到底搬出一碗不過黃鱔田雞，炒在一起的蘇式菜──『京海雜燴』來了……我才明白了去年京派的奚落海派，原來根底上並不是奚落，倒是路遠迢迢的送來的秋波。」〔註7〕可以說，從這個時候開始，人們已經把「官的幫閒」的政治標籤貼在了京派文人的身上。

到了 20 世紀 40 年代後期，關於京派文學的話題重新被人提起，而且此時隨著政治意識形態對文學的干預和影響越來越明顯，學術性的研究幾乎無從談起，京派文學幾乎成為反動、落伍文學的代名詞。1947 年楊晦發表了《京派與海派》對京派文學進行了激烈的否定：「他們是跟舊式大夫一樣是封建意識的代表，他們是在有意或無意地跟封建的反動的勢力相表裏，起他們的呼應作用。」他還分析了京派文學的文藝理論來源：「這套理論是從哪裏來的呢？一方面是從歐美的資本主義的文藝理論那裡摭拾來的；一方面是從中國舊式大夫那裡繼承來的。這就是所謂京派的理論基礎。已經發展到帝國主義的現代，歐美資本主義的文藝理論早已失去了它的進步性，而成為反動的了，我們的京派作家卻奉作最為神聖的教義一般。至於他們直接繼承來的那些士大夫的傳統呢，卻完全是由於中國農村經濟的落後性，由於我們農業生產的技術水準低落的條件造成的，並不是什麼高雅的理論可以奉作傳家的秘密。」〔註8〕很顯然，京派文學的民主性思想和進步傾向被一筆抹殺了。而隨著歷史進程的發展，在共和國即將成立的前夕，一些左翼文藝理論家於 1948 年開始了對京派文人的全面清算。其態度之強硬、語詞之嚴厲、方式之簡單都是罕見的，也可以窺見當時「左」的簡單化的思維模式對文學研究的制約和干擾越來越嚴重，教訓十分沉痛、深刻。這些文章包括郭沫若的《斥反動文藝》、荃麟的《朱光潛的怯懦與兇殘》、胡繩的《為誰「填土」？為誰「工作」？》、馮乃超的《略評沈從文的〈熊公館〉》以及以《大眾文藝叢刊》同仁名義發表的《對於當前文藝運動的意見》等。這些文章的火藥味都十分濃厚，在分析作家作品時沿襲

〔註7〕魯迅：《「京派」和「海派」》，原載 1935 年 5 月 5 日《太白》半月刊第 2 卷第 4 期。

〔註8〕楊晦：《京派和海派》，《楊晦文學論集》第 226 頁，北京大學出版社 1985 年版。

戰爭年代非此即彼的階級分析法，在很大程度上帶有無限上綱、捕風捉影的毛病。如郭沫若將「反動文藝」分為紅、黃、藍、白、黑五種顏色，而沈從文、朱光潛、蕭乾等這些京派作家就成為了其中的代表；沈從文因為一篇散文《芷江縣的熊公館》被馮乃超說成是美化地主階級統治、對抗土地改革運動：「土地改革運動的狂潮卷遍了半個中國，地主階級的喪鐘已經敲響了。地主階級的弄臣沈從文，為了慰娛他沒落的主子，也是為了以緬懷過去來欺慰自己，才寫出這樣的作品來，然而這正是今天中國典型地主階級的文藝，也是最反動的文藝。」〔註9〕類似這樣的評論很難說有什麼學術價值，其惡果在以後的文藝實踐中越來越明晰地得到驗證。

　　建國後，由於庸俗社會學評論方法的流行並且佔據了文藝評論界的主導地位，京派文學所流露的自由主義文藝觀念和思想被視為資產階級的旁門邪道而遭到冷落和批判，國內學理性的研究完全中斷。但是在海外卻是另一番情景，京派文學的研究正日益深入，比如夏志清出版的《中國現代小說史》和司馬長風的《中國新文學史》等對京派文學多有論及且有很高的評價。夏志清在其《中國現代小說史》中把京派作家的代表人物沈從文、師陀給予了專題論述，對其他的京派小說家如廢名、凌叔華也有論述，特別是他對沈從文創作的高度肯定直接引發了大陸20世紀80年代以來的「沈從文熱」。司馬長風在其著作中對京派的很多作家如沈從文、何其芳、李廣田、廢名、蕭乾、李健吾、梁宗岱等也都有比較高的評價，如他評價沈從文：「沈從文在中國有如十九世紀法國的莫泊桑、或俄國的契訶夫，是短篇小說之王；中長篇小說作品較少，但是僅有的幾篇如《邊城》、《長河》等全是傑作。」〔註10〕而且他明確地是把京派文學作為一個文學流派來展開論述的。但司馬長風這部著作的一個很大的缺陷是在對京派作家範圍的界定上過於隨意，他為京派開列出了一串很長的名單：聞一多、沈從文、老舍、周作人、巴金、李健吾、朱光潛、朱自清、鄭振鐸、梁宗岱、梁實秋、馮至、廢名、吳組緗、李廣田、卞之琳、何其芳、李長之等，其實這裡面的不少作家是不能列入京派作家陣營的，日後它遭到大陸一些學者如嚴家炎等先生的質疑也就理所當然了。另外，這部書稿不少部分停留在對作家作品感性的分析上，帶有較強的印象主義特點，缺乏思維的縝密

〔註 9〕馮乃超：《略評沈從文的〈熊公館〉》，原載 1948 年 3 月 1 日《大眾文藝叢刊》
　　　　第 1 輯。
〔註10〕司馬長風：《中國新文學史》（中卷）第 37 頁，香港昭明出版社 1976 年版。

和理論的提升，在一定程度上影響到了它的學術價值。

　　進入 20 世紀 80 年代以來，隨著思想的日益解放，人們開始摒除「左」的教條主義束縛和庸俗、機械的社會學評論方法，並以開放的視野和文化的眼光來重新審視京派作家的創作，出現了一批較有分量的研究成果，如嚴家炎的《中國現代小說流派史》，吳福輝主編的《京派小說選》，這標誌著京派文學的流派性質被確認。嚴家炎先生的《中國現代小說流派史》明確地把京派小說視為和「鄉土小說」、「新感覺派小說」、「創造社小說」、「社會剖析派小說」、「七月派小說」等並列的小說流派，並且對京派小說的貢獻用了較多的筆墨給予稱讚，認為它們「著力讚頌純樸、原始的人性美和人情美」、「把寫實、記夢、象徵熔於一爐，使抒情寫意小說走向了一個新階段。」、「總體風格上的平和淡遠雋永」、「簡約、古樸、活潑、明淨的語言。」嚴家炎在這本專著中還對京派小說的思想傾向進行了評價，認為京派小說並不是一種「往後退」的文學，相反它始終具有現代的人文思想和審美理想，這在 20 世紀 80 年代的文化背景中是很難的得的。楊義先生在對現代文學流派的研究上用力頗多，他的《中國現代小說史》、《京派海派綜論》等都用了較多的篇幅論及京派小說，並對京派文學的歷史淵源、文化背景、文化內涵、審美方式等諸多方面給予了詳盡的考察。尤其值得注意的是，楊義從中國現代文學流派演變和地域文化的角度來研究京派文學，較大地拓展了文學研究的空間，把單純的文學研究引入到更大的文化背景，這一點是十分重要的。許道明先生在 1993 年出版的《京派文學的世界》是第一部研究京派文學的專著，全書分為八章，從不同的側面探討了京派文學的成就。作者在序言中說：「毛澤東的《新民主主義論》、《丟掉幻想，準備鬥爭》、《別了，司徒雷登》等重要文獻是我發表意見的主要指導思想，從我國現代文學歷史的座標中尋求京派作家及其位置，闡述它的特徵和性質，是我努力的目的。因而，相對而言，我突出了京派文學作為民主主義統一戰線文學的意義，並且在可能的範圍內，著重清理這一文學派別在文學品格上應該重視的方面，或正面，或反面，無論對於歷史，抑或之於現實。」〔註11〕該書邏輯清晰，體系較為嚴密，但或許是作者受傳統觀念束縛的原因，其對京派文學的歷史貢獻肯定得還不夠充分，另外該書行文較為生澀，在一定程度上影響到了它的可讀性。最近幾年來，一些青年學者也對京派文學給予了較為充分的關注，其中比較重要的有劉進才的《京派小說詩學研究》、查振科的《論京派文

〔註11〕許道明：《京派文學的世界・序言》，第 1 頁，復旦大學出版社 1993 年版。

學——對話時代的敘事話語》、黃鍵的《京派文學批評研究》、周仁政的《京派文學與現代文化》等，這些著作一方面深入到京派文學的本體，從文本入手分析了京派文學的文體結構和敘事模式，另一方面又從文化背景出發，分析了京派文學的文化特徵和時代特徵，這些都昭示著京派文學的研究方興未艾。

京派文學最重要的成就體現在它的小說創作上，以沈從文、廢名、蕭乾、凌叔華、林徽因、汪曾祺等為代表的京派小說家大體持有共同的文學思想和審美情趣，他們強調發揮文學的道德功能和審美功能，在文體形式上大膽創新。其創作以人性為基點，用現代精神來審視、繼承傳統文化，努力尋求中國文學的現代性，在描寫對象、內容及文學的表達方式上都有重要的貢獻，對現代小說的繁榮產生了深遠的影響。吳福輝先生說：「京派文學顯示了 30 年代前後中國現代文學的豐富性。如果去掉了這樣一個把中國鄉土小說、中國抒情體小說和民俗文化小說發展得較為成熟的小說流派，則將無法追尋現代小說多樣的發展。如果忽視這樣一個講究藝術表現、藝術個性的寫實派，也無法描述中國現實主義文學演變進化的軌跡。僅有左翼文學和右翼文學，是展現不出中國現代文學的全貌的。這就是『京派』的研究價值所在。」〔註12〕在 20 世紀中國文學史上，曾出現過若干繁榮的文學景象和文學流派，它們的產生有著複雜的文化背景和社會背景，但很重要的一點是，只有創造性地對本民族的文化傳統和異質文化進行整合和吸納，才能建構起自己的文學特色，才能在淵源的歷史長河中保持青春和活力。在這一點上，京派小說尤其具有代表性。研究京派小說與東西方文化的關係，可以引發我們對中國文化與外來文化的多層次思考，對今天我們的文化建設尤其是民族文化精神的重構具有重要的啟示作用，可以少走一些彎路。眾所周知，京派的不少作家都經歷過五四新文化運動，也都深受中國傳統文化的浸染，他們卻能用科學的眼光審視現代和傳統、中國文化和外來文化的關係，既糾正了五四新文化運動對傳統文化斷裂的某些偏激，也有別於「學衡派」、「甲寅派」的某些文化保守主義者，而是對中國傳統文化和西方文化進行科學地借鑒。此外，京派小說的產生有著鮮明的地域色彩和特定文化環境，比如當時的京派文人幾乎都是北京高等學校的師生，他們經常舉辦各種文化沙龍活動，創辦文學期刊，舉行文學評獎活動等，研究京派小說與地域文化、現代教育、出版文化等都市文化空間的關係，可以揭示文學與外部生態文化環境的互動和發生的機制，從而更清晰地展現文學的發展規律。

〔註12〕吳福輝：《京派小說選·序言》，第 4 頁，人民文學出版社 1990 年版。

　　批評家勃蘭兌斯說：「一本書，如果單純從美學的觀點看，只看作一件藝術品，那麼它就是一個獨自存在的完備的整體，和周圍的世界沒有任何聯繫。但是如果從歷史的觀點看，儘管一本書是一件完美、完整的藝術品，它卻只是從無邊無際的一張網剪下來的一小塊。」〔註13〕基於此，本書同樣是把京派小說看作 20 世紀中國文學這張大網的一小塊。京派小說既然是一種網狀的文化和文學現象，它必然會和社會、文化、歷史、道德、哲學等諸多方面發生關係，只有通過綜合研究的方法，才能比較全面地加以把握。為此，本書涉及了京派小說與自由主義思潮、京派小說和人道主義思潮、京派小說與鄉土文學、京派小說與中國藝術精神、京派小說與西方現代文化、京派小說的審美理論等內容。另一個方法就是比較的方法。因為京派作家的創作發生在東西方文化交匯的重要時刻，只有通過比較才能看出他們對東西方文化的借鑒和對他人的超越，如本書的「京派小說與海派小說的比較」就屬於這樣的範疇。第三，文獻發生學的方法。把對原始文獻的閱讀放置在一個重要的位置，從第一手的材料入手，只有這樣的研究才能真實揭示出文學、文化的風貌。同時又超越文獻學層面的描述，進入理性的思辨層次，從而得出新鮮、獨到的見解。

　　本書分總論、分論兩編，共 13 章，全面考察京派小說的歷史軌跡和流派特徵，深入探究、闡釋其文化意味、審美理想、人文精神、藝術淵源和文體特徵，並將其與同時期的海派小說進行了共時性的比較研究，同時抽取了有代表性的作家作個案分析。本書最終得出一個基本結論：京派小說是一個較為成熟、完備的小說流派，其對中國現代小說的貢獻是多方面的，比如它的文化個性、民俗特徵、審美的超越性、文體創造等等，具有重要的文學審美價值，應給予公正的肯定和評價。在當今由審美的群體化轉向個體化的時代，必定帶來人們審美自由空間的拓展，必定帶來人們自由意識的蘇醒，而自由意識就像黑格爾說的那樣：「是主體方面所能掌握的最高的內容」，「是心靈的最高定性。」〔註14〕任何有價值、富有個性的藝術探索都應該得到人們的尊重，歷史同樣會公正地記錄下京派小說為中國文學所做的一切。

〔註13〕勃蘭兌斯：《十九世紀文學主流》（第一分冊）第 2 頁，人民文學出版社 1997年版。

〔註14〕黑格爾：《美學》第 1 卷第 124 頁，商務印書館 1981 年版。

第一章　京派文學的流派特徵及歷史軌跡

提及京派小說，一般人容易把它理解為一種單純的所謂地域小說，或者乾脆把它混同於所謂的「京味小說。」其實，這都是一種誤解，其根源在於對中國現代文學史和文化史的陌生。當京派文學被定義為一種文學流派時，就具有了明確的、特定的內涵和精神指向，而這一切都需要我們透過塵封的歷史、在一個較大的文化空間中去尋找它的蛛絲馬蹟，從而進行準確的定位。

一

京派文學作為文學流派得到確認，這在當今的學術界幾乎是沒有多少異議的。無論是嚴家炎 1989 年出版的《中國現代小說流派史》還是吳福輝同時編選的《京派小說選》；無論是司馬長風的《中國新文學史》還是楊義的《中國現代小說史》、錢理群、吳福輝、溫儒敏的《中國現代文學三十年》都對京派文學的存在給以客觀的肯定。比如嚴家炎以明確的態度說：「『京派』並不是本書作者的發現，而是文學史上一種客觀存在，治史者實在無權加以抹煞。」〔註1〕吳福輝說：「它不僅有隊伍，有陣地，甚至專門有集會，有評獎，有編集等活動，作為一個文學流派的形態和各種特徵，已經相當具備，我們不能不承認它的存在。」〔註2〕儘管人們對京派作家的人員構成還有很大的分歧。在歷史上，「京派」作為和「海派」相對應的概念出現，早在 20 世紀 30 年代就已

〔註 1〕嚴家炎：《京派小說》，《中國現代小說流派史》，第 210 頁，人民文學出版社 1989 年版。

〔註 2〕吳福輝：《京派小說選・前言》，《京派小說選》第 3 頁，人民文學出版社 1990 年版。

經被人們廣泛認同了。作為當事人的朱光潛在後來寫的回憶沈從文的文章中就說：「他編《大公報·文藝副刊》，我編商務印書館的《文學雜誌》，把北京的一些文人糾集在一起，佔據這兩個陣地，因此博得了所謂『京派文人』的稱號。」〔註3〕沈從文也曾回憶過當時京派文人聚會的情形：「北平地方又有了一群新詩人和幾個好事者，產生了一個讀詩會。這個集會在北平後門慈慧殿三號朱光潛先生家中按時舉行，參加的人實在不少。北大有梁宗岱、馮至、孫大雨、羅念生、周作人、葉公超、廢名、卞之琳、何其芳諸先生，清華有朱自清、俞平伯、王了一、李健吾、林庚、曹葆華諸先生，此外尚有林徽因女士，周煦良先生等等。……大家興致所集中的一件事，就是新詩在誦讀上，究竟有無成功的可能？」〔註4〕沈從文這裡所提及的人物名單大體涵蓋了京派主要的作家。當然，京派文學的形成和發展經歷了一定的歷史時期，具有特定的歷史文化場景，其成員活動的公共空間以及所依賴的文化機制如報紙、雜誌、書局、學校、社團、沙龍等都帶有流派的特徵，這些特徵如果把它還原到當時的文化語境中是可以清楚地看出的。

　　20世紀20、30年代，由於文化環境的寬鬆、和諧，尤其是以北京大學、清華大學、燕京大學為代表的高校所形成的自由、民主的空氣和良好的學術環境，北平充滿了活躍的文化和學術氛圍，成為無數知識分子夢想的精神高地和家園。知識分子議論時政、張揚理想、創辦同仁刊物，組織文化沙龍等，也就是說在一定程度上出現了哈貝馬斯意義上的公共領域。「北京集中了全國第一流的國立大學和教會大學，是現代中國知識生產和學術生產網絡的樞紐，具有適合溫和的自由知識分子生長的、以國家穩定的知識體制為背景的文化空間。」〔註5〕當時的不少學者都曾動情地回憶過那時的情景：「如果我今生曾進過『天堂』，那『天堂』只可能是1934～1937年間的清華園。天堂不但必須具有優美的自然環境和充裕的物質資源，而且還須能供給一個精神環境，使積聚者能持續地提升他的自律意志和對前程的信心。幾度政治風暴也不能抹殺這個事實：我最好的年華是在清華這人間『伊甸園』裏度過的。」〔註6〕這樣

〔註3〕朱光潛：《從沈從文的人格看沈從文的文藝風格》，《花城》1980年第5期。
〔註4〕沈從文：《談朗誦詩（一點歷史回顧）》，《沈從文文集》第11卷，第251頁，花城出版社1984年版。
〔註5〕許紀霖等著：《近代中國知識分子的公共交往》，第10頁，上海人民出版社2008年版。
〔註6〕何炳棣：《讀史閱世六十年》第91頁，廣西師大出版社2005年版。

的伊甸園吸引了大批才華橫溢的知識分子尤其是文人，如胡適、朱光潛、梁宗岱、梁實秋、聞一多、朱自清、林徽因、周作人、廢名、沈從文、林庚、何其芳、俞平伯、馮友蘭等等。這些知識分子以學校、同鄉、同學、師生等諸多關係形成了當時知識分子的文化交往空間，他們彼此交往，在文化上也互相認同，進而形成文化群體和社團組織，構成了一幕幕活生生的文化圖景。京派文化圈就像學者筆下的英國布魯姆斯伯里文化圈那樣：「這的的確確是真的，你可以說任何你喜歡的藝術、性或者宗教之類的話題；你可以自由地，也可能是非常無聊地談論日常生活中的瑣碎小事。我想在這些早期的聚會中，很少有什麼自我意識……日子過得令人興奮，充滿驚奇和快樂。我們必須探詢生活，欣慰的是，我們可以自由地做著一切。」〔註7〕京派文化圈中最著名的當數以周作人為中心形成的語絲社群體、以林徽因「太太的客廳」、金岳霖的「星期六茶會」、朱光潛家慈慧殿三號的讀詩會以及來今雨軒的聚會等文化空間形成的自由知識分子群體。

　　周作人由於在五四新文化運動中所扮演的角色，在 20 世紀 20 年代北京的知識界成為一個重要的公眾人物，說他是京派前期的盟主並不為過，因為他的身邊聚集了一批文人如廢名、俞平伯、孫伏園、沈啟無等，並以自己的人生態度和文學理想深深影響了他們。周作人在五四新文化運動高潮過去不久，就開始倡導文藝的寬容，進而提倡閒適文學以及閉門讀書的人生態度，自己也開始一步步經歷從「十字街頭」到「象牙之塔」的轉變。他公開說：「別人離了象牙的塔走往十字街頭，我卻在十字街頭造起塔來住，未免似乎取巧吧？我本不是任何藝術家，沒有象牙或牛角的塔，自然是站在十字街頭的了，然而又有點怕累，怕擠，於是只好住在臨街的塔裏，這是最自然不過的事……總之只有預備跟著街頭的群眾去瞎撞胡混，不想依著自己的意見說一兩句話的人，才真是沒有他的塔。」〔註8〕周作人為此沉醉於自己狹小的天地之中。阿英曾一針見血地批評周作人的生活態度：「讀古書，看花，生病，問病……閒遊，閒臥，閒適，約人閒談，寫楹聯，買書，考古，印古色古香的信封信箋，刻印章，說印泥，說夢，宴會，延僧誦經，搜集郵票，刻木板書，坐蕭蕭南窗下。」〔註9〕

〔註7〕（英國）昆汀·貝爾：《隱秘的火焰——布魯姆斯伯里文化圈》，第41頁，江蘇鳳凰出版傳媒集團 2006 年版。
〔註8〕周作人：《雨天的書·十字街頭與塔》，《語絲》第 15 期，1925 年 2 月 23 日。
〔註9〕阿英：《夜航集·周作人的書信》，《阿英文集》，第 201 頁，三聯書店 1981 年版。

這個時期的周作人交往圈子是比較小的，但他對俞平伯、廢名等卻始終關注，保持著緊密的私人友誼。在 30 年代周作人會見日本記者採訪時說過自己最得意的門生就是俞平伯和廢名之類的話，這其實從他們大體相同的文學理想和頻繁的交往中可以見出。如他在回憶廢名的文章中說：「廢名當初不知是住公寓還是寄宿舍，總之在那失學的時代也就失所寄託，有一天寫信來說，近日幾乎沒得吃了……從西山下來的時候，也還寄住在我們家裏，以後不知是那一年，他從故鄉把妻女接了出來，在地安門裏租屋居住。」〔註 10〕字裏行間可以看出，他們兩人的交情非同尋常。廢名本來在五四時期對社會、人生都抱著關切的態度，但在周作人影響下也走上了隱居的道路，其創作充滿的閒適、隱逸思想不止一次地得到周作人的讚賞。「馮君著作的獨立精神也是我所佩服的一點。他三四年來專心創作，沿著一條道路前進，發展他平淡樸訥的作風，這是很可喜的。」〔註 11〕俞平伯的《燕知草》、《雜拌兒》等問世的時候，周作人也逐一寫序進行評論。而廢名對周作人的提攜也心懷感激之情：「我在這裡祝福周作人先生，我自己的園地，是由周先生的走來。」〔註 12〕俞平伯在周作人被國民政府以漢奸罪名關押的時候與其他的一些學者向國民政府法院呈文，為周作人說情，從中不難看出他們彼此的緊密關係。

更能體現以周作人在京派文學地位的是刊物《駱駝草》的創辦。1930 年，周作人主持的散文週刊《駱駝草》創刊，廢名和馮至是實際的編輯，俞平伯也同為重要的撰稿人。廢名為該刊撰寫的《發刊詞》說：「我們開張這個刊物也沒有什麼新的旗鼓可以整得起來，反正一響都是有閒之暇，多少做點事兒。」並宣言：「不談國事」、「不為無益之事」、「文藝方面，思想方面，或而至於講閒話，玩古董，都是料不到的，笑罵由你罵，好文章我自為之，不好亦知其醜，如斯而已，如斯而已。」〔註 13〕這樣的觀點實質上就是周作人文藝觀的流露，是在時代高壓下知識分子轉而尋求精神的解脫，與時代保持距離的表現，這和整個京派文學的價值取向並沒有太大的區別，因此將周作人、廢名、俞平伯視為京派文人是恰當的。就像有的學者指出的：「他們或在北大任教，或畢業於北大而在北平的高校任教，清一色的學院中人。周作人是這些人的文學前輩，

〔註 10〕周作人：《藥堂雜文‧懷廢名》，第 122 頁，河北教育出版社 2002 年版。

〔註 11〕周作人：《〈竹林的故事〉序》，《苦雨齋序跋文》第 102 頁，河北教育出版社 2002 年版，下同。

〔註 12〕馮文炳：《〈竹林的故事〉序》，《廢名文集》，第 13 頁，東方出版社 2000 年版。

〔註 13〕廢名：《語絲》發刊詞，《語絲》第 1 期，1930 年 5 月 13 日。

並且曾經是他們中許多人的老師，如俞平伯、廢名、梁遇春等。《駱駝草》的
創刊標誌著 1926 年以後在周作人身邊形成的一個以周作人為中心的文學集體
在 30 年代初中國文壇上的第一次公開露面。」〔註14〕

　　對京派文人而言，尤其是在 20 年代後期及 30 年代的北平，他們更多的
文化記憶是以林徽因的「太太客廳」、朱光潛「慈慧殿三號」、來今雨軒公園等
場所所構成的「公共空間」聯繫在一起的。在這樣的空間中，一批中國現代的
自由知識分子積極參與了中國現代文化和城市精神的建構，其孕育的文化精
神多年後還留存在人們的心裏。林徽因不僅出身名門，而且本人具有很好的文
學修養和學術背景，充滿著女性的魅力；同時她也是北平文化圈的活躍分子，
熱心組織各種文化沙龍活動，以她家的客廳為中心聚集了當時北平一大批富
有文學及學術活力的知識群體，甚至包括部分的外國人如費正清、費慰梅等。
在京派文學形成的歷程中，林徽因個人獨特的魅力是起到了相當大的作用。林
徽因的女兒梁再冰談及她家當時的情形說：「這時我家住在東城北總布胡同 3
號……他們有很多好朋友，每到周末，許多伯伯和阿姨們來我家聚會，這些伯
伯們大都是清華和北大的教授們，曾留學歐美，回國後成為自己學科的帶頭
人……在他們的朋友中也有文藝界人士，如作家沈從文伯伯等。這些知識分子
研究和創作的領域雖不相同，但研究和創作的嚴肅態度和進取精神相似，愛國
精神和民族自豪感也相似，因此彼此之間有很多共同語言。由於各自處於不同
的文化領域，涉及的面和層次比較廣、深，思想的融會交流有利於共同的視野
開闊，真誠的友誼更帶來了精神力量。我當時不懂大人們談話的內容，但可以
感受到他們聚會時的友誼和愉快。」〔註15〕美國人費慰梅曾是林徽因家的常
客，她的回憶也從側面驗證了梁再冰的說法：「其他老朋友會記得她是怎樣滔
滔不絕地壟斷了整個談話。她的健談是人所共知的，然而使人歡服的是她也同
樣地長於寫作。她的談話同她的著作一樣充滿了創造性。話題從詼諧的軼事到
敏銳的分析，從明智的忠告到突發的憤怒，從發狂的熱情到深刻的蔑視，幾乎
無所不包。她總是聚會的中心和領袖人物，當她侃侃而談的時候，愛慕者們總
是為她天馬行空般的靈感所迸發出來的精闢警句而傾倒。」〔註16〕這個文化沙

〔註14〕高恒文：《京派文人：學院派的風采》，第 10 頁，上海教育出版社 2000 年版。
〔註15〕梁再冰：《回憶我的父親》，劉小沁編：《窗子內外憶林徽因》第 65 頁，人民文
　　　　學出版社 2001 年版。
〔註16〕（美國）費慰梅：《回憶林徽因》，《中國現代作家選集·林徽因》，第 333 頁，
　　　　人民文學出版社 1992 年版。

龍裏的來客,他們身份特殊,多半都受到東西方文化的薰陶,在高等院校任教,社會地位和經濟地位都置身於社會的精英階層。他們推崇自由主義精神,推崇藝術的美和真的準則,在無形中影響到不少作家的成長,其中有的成為京派文學的中堅力量如沈從文、蕭乾、梁宗岱、卞之琳等。更重要的是,在這樣的過程中,不同領域、不同觀點的碰撞和交鋒具有了跨文化的特徵。

著名作家蕭乾當時還是燕京大學新聞系的學生,因為發表了作品《蠶》的緣故被林徽因所注意,被邀請到林徽因家喝茶。他回憶自己初到林徽因「太太的客廳」的情景說:「兩小時後,我就羞怯怯地隨著沈先生從達子營跨進了總布胡同那間有名的『太太的客廳』。那是我第一次見到林徽因。如今回憶起自己那份窘迫而又激動的心境和拘謹的神態,仍覺得十分可笑。然而那次茶會就像在剛起步的馬駒子後腿上,親切地抽了那麼一鞭。」〔註17〕後來的蕭乾沒有辜負林徽因的期望,很快就發表了大量作品成為京派文學的後期之秀。不僅如此,蕭乾後來還主編《大公報》文藝副刊,更進一步推動了京派文學的影響。詩人卞之琳也有類似的經歷,他回憶和林徽因的交往時:「她和我相知,開始於 1931 年同在《詩刊》第 2 期用真名發表了幾首詩。她年齡比我大六歲,因為詩輩關係,一直被我尊為敬佩的長者(有點像過去靳以和我一些人隨早夭的方瑋德稱方令孺為『九姑』,她們確是同一代人),但也是我感到親切的知己。1931 年『九·一八』事變發生,她在全家遷來北平後,和我第一次相見。那好像是在她東城的住家。那時我在她的座上客中是稀客,是最年輕者之一,自不免有些拘束,雖然她作為女主人,熱情、直率、脫俗(有時鋒利),總叫人不感到隔閡的大方風度。此後我們相互間一直保持了誠摯的友誼。」〔註18〕誠然,像蕭乾、卞之琳這樣的作家,在當時都還是剛剛踏上文學創作的道路,在文壇上還沒有太大的名望。但他們通過林徽因這種家庭文化沙龍的方式結交了更多的文化名人,也得以進入京派同仁刊物的媒介視野中,從而為自己打下了較好的基礎。

與林徽因「太太客廳」具有類似文化功能的是朱光潛家組織的讀詩會,地點在他家居住的慈慧殿 3 號。作為中國現代著名的美學家,朱光潛在歐洲留學多年,對西方知識界的生活方式自然十分瞭解,他非常羨慕他們搞的詩歌朗誦

〔註17〕蕭乾:《一代才女林徽因》,《讀書》1984 年第 10 期。

〔註18〕卞之琳:《窗子內外憶林徽因》,劉小沁編:《窗子內外憶林徽因》第 14 頁,人文學出版社 2001 年版。

會：「我在倫敦時，大英博物館附近有個書店專門賣詩，這個書店的老闆組織一個朗誦會，每逢週四為例會，當時聽的人有四五十人。我也去聽，覺得這種朗誦會好，詩要能朗誦才是好詩，有音節，有節奏，所以到北京也搞起了詩朗誦會。」〔註19〕1933年，朱光潛從歐洲留學回來後任北京大學西語系教授，經常邀請一些詩歌的愛好者到他家參加朗誦詩會。與林徽因「太太的客廳」頗具歐洲文化沙龍不同的是，朱光潛的住地充溢著濃重的中國傳統文化氣息，而且人員大都是文藝界人士。他在一篇文章中這樣描寫：「慈慧殿並沒有殿，它只是後門裏一個小胡同，因西口一座小廟得名……初次來訪的朋友們都疑心它是廟，至少，它給他們的是一座古廟的印象，尤其是沒有樹的時候。」「如果是早晨的話，你立刻想到『清晨入古寺，初日照高林。曲徑通幽處，禪房花木深』幾句詩恰好配用在這裡的。百年的老樹到處都可愛，尤其是在城市裏成林；什麼種類都可愛，尤其是松柏和楸。」〔註20〕雖然慈慧殿幽靜偏遠，但在朗誦會上的氣氛卻十分活躍，有時甚至發生激烈的爭吵。像梁宗岱這位留學法國回來的詩人，經常為了文藝上的問題和別人吵得不可開交，甚至揮拳相向。蕭乾曾經目睹過林徽因、梁宗岱爭吵的場景：「一次我記得她當面對梁宗岱的一首詩數落了一通，梁詩人並不是那麼容易服氣的。於是，在『讀詩會』的一角，他們抬起槓來。」〔註21〕實際上朗誦會的形式在客觀上推動了中國新詩的發展，這從梁宗岱、朱緗、聞一多、卞之琳、廢名、曹葆華、馮至、林庚等的詩作中可以清楚地看出他們對五四初期白話詩人胡適、周作人、俞平伯、康白情、劉半農等人的超越。

　　京派文人的這種文化沙龍活動對於文學來說其意義是非同尋常的。布迪厄認為：「在高度分化的社會裏，社會世界是由大量具有相對自主性的社會小世界構成的，這些社會小世界就是具有自身邏輯和必然性的客觀關係的空間。」〔註22〕當時由於民國政府遷都南京，政治中心和經濟中心轉移到南京和上海一帶，作為古都的北平政治功能大大弱化，但其文化功能卻完好地保留下

〔註19〕參見商金林：《朱光潛與中國現代文學》，第91～92頁，安徽教育出版社1995年版。

〔註20〕朱光潛：《慈慧殿三號》，《朱光潛全集》第8卷第433頁，安徽教育出版社1992年版。

〔註21〕蕭乾：《一代才女林徽因》，《讀書》1984年第10期。

〔註22〕布迪厄、華康德：《實踐與反思——反思社會學導引》，第134頁，中央編譯出版社1998年版。

來。因而京派文人所賴以生存的空間就出現了極為有利的局面，大致相同的政治信仰、教育背景、文化背景和藝術追求使他們聚集在一起，這是京派文學生存的文化土壤。離開了城市，離開了特定的都市公共空間領域，這些幾乎是無法想像的。

二

除了上面提到的京派文人以沙龍、私人關係所組成的那些公共空間因素，考察京派文學與中國現代期刊的關係也是極為重要的一個方面，可以更清晰地梳理這個文學團體的流派特徵。大眾媒介是中國近代社會轉型的重要產物，它的便捷、快速、覆蓋寬、影響大等特點對中國近現代社會的文化傳播起到了極大的作用，也對中國近現代文學的形態產生了顛覆性的影響。可以說它以無孔不入的方式滲透到現代文學領域，這其中就帶來了報紙文藝副刊、文學雜誌、文藝書籍等的繁榮和發達，這些和傳統的作坊式的出版印刷有質的差別，影響也不可同日而語，形成了具有象徵性的公共空間。哈貝馬斯在《公共領域的結構轉型》中曾經分析過大眾傳播媒介的特徵：「一份報刊是在公眾的批評當中發展起來的，但它只是公眾討論的延伸，而且始終是公眾的一個機制：其功能是傳聲筒和擴音機，而不再是信息的傳遞載體。」〔註23〕對知識分子來說，報紙等媒介不僅可以傳達自己的價值取向和參與到社會進程中來，也提供了聚集同道的機遇，進而形成志同道合的文人集團。李歐梵認為在戊戌變法之後中國的知識分子開始把注意力轉向對社會輿論的影響，「這種論述方式，事實上已經在開創一種新的社會的空間，而從這種新的空間基礎上建立『新民』和新國家的思想。」到了「五四」時代，現代媒介的作用更加被知識分子所看重，以此參與社會理想的構建：「知識分子的精英心態更強，總覺得自己可以說大話、成大事，反而不能自安於社會邊緣，像早期『遊戲文章』的作者們一樣，一方面以旁敲側擊的方式來作時政風尚的批評，一方面也藉遊戲和幻想的文體來參加『新中國』──一個新的民族群體──的想像締造。」〔註24〕京派作家所依賴的文化媒介載體主要集中在《大公報》文藝副刊、《駱駝草》、《水星》、《文學雜誌》上，他們也有少量作品發表在《文學季刊》、《文藝月刊》上，

〔註23〕哈貝馬斯：《公共領域的結構轉型》，第 220 頁，曹衛東譯，上海學林出版社1999 年版。
〔註24〕李歐梵：《「批評空間」的開創──從〈申報·自由談〉談起》，原載香港《二十一世紀》1993 年第 10 期。

而這些刊物誕生在中國政治、文化環境相對寬鬆的時代背景下，在一定程度上能真實表達知識分子的聲音，具有了媒介的獨立立場，從而在客觀上繁榮了文學流派。有學者在研究北平當時知識界的文學公共領域時也提到這些刊物的作用：「對於 1930 年代的北平來說，除了上述的政治公共領域之外，同時並存的還有一個類似哈貝馬斯分析啟蒙時代歐洲社會時歸納出的文學公共領域。與歐洲歷史相似的是，這個公共領域從一開始就依賴『虛構性』的文學得以建立，圍繞著《大公報》文藝副刊、《文學雜誌》、《水星》雜誌等報刊雜誌，一個以北平學院知識分子為主體的公共空間逐漸產生，並形成了一個社會來源廣泛的『閱讀觀眾』」。〔註25〕考察中國現代文學史就會發現，期刊媒介對催生文人集團和文學流派發揮了重要的作用，其影響力是以往任何的時代都無法想像的。如《小說月報》與「文學研究會」、《創造》季刊與「創造社」、《新月》與「新月社」、《現代》與「現代派」、《七月》與「七月派」、《戰國策》與「戰國策派」等都有著緊密的關係。限於篇幅的關係，本文只重點分析《大公報》文藝副刊及《駱駝草》的文學思想、作家隊伍構成、歷史發展軌跡等因素，而這些是構成文學流派的必不可少的條件。

　　《大公報》文藝副刊是中國現代最為著名的報紙文藝副刊之一，從 1928 年吳宓主編《文學副刊》始直到抗戰勝利後的 1948 年停刊，正好 20 年的歷史，而這 20 年也恰是京派文學從形成、發展、成熟到衰落的過程。尤其是在《新青年》南遷、《晨報副刊》、《京報副刊》等停刊等 20 世紀 20、30 年代的環境中，《大公報》文藝副刊成為當時北方舉足輕重的一個文學輿論空間。在《大公報》文藝副刊創辦初期，身為清華大學教授的吳宓擔任這個副刊的主編。雖然吳宓標榜「中西文學、新舊道理，文言白話之體，浪漫寫實各派」兼容並包的辦報方針，自己也一再強調《大公報》文藝副刊是《大公報》的一部分，與《學衡》的編輯方針絕然不同，但由於根深蒂固的古典人文主義立場及對新文學的偏見，這個副刊並沒有凝聚起知識群體，尤其沒有得到現代作家的積極響應。這種情況直到 1933 年沈從文和楊振聲共同主編《大公報》文藝副刊時才得到根本性的改觀。沈從文痛感一些作家由於受到商業精神的影響而對文學的遊戲媚俗的態度，在就任不久就對這種現象進行了猛烈的抨擊，同時也鮮明地亮出了自己其實也是京派文人的大旗：「偉大作品的產生，不在作家

〔註25〕許紀霖等著：《近代中國知識分子的公共交往》，第 334 頁，上海人民出版社2008 年 4 月版。

如何聰明，如何驕傲，如何自以為偉大，與如何善於標榜成名；只有一個方法，就是作家『誠實』的去做。」他嚴厲批評這些人：「這類人在上海寄生於書店、報館、官辦的雜誌，在北京則寄生於大學、中學，以及種種教育機關中。這類人雖附庸風雅，實際上與平庸為緣。」〔註26〕這篇文章由此引發了一場著名的「京派」與「海派」之爭。其後蕭乾接受主編副刊時把消遣性專欄《小公園》也成功地改造成具有較高文學價值的純文學刊物。劉淑玲在其專著《〈大公報〉與中國現代文學》一書中對《大公報》文藝副刊的歷史進行了詳盡的梳理和分析，她認為：「《文藝》對聚集京派作家群，推動20世紀30年代北方文壇的發展和文學力量的壯大，起著不可忽視的作用。無論是主編人選、編輯方針、作者隊伍、作品內容，這三個副刊都有著不可分割的連續性。」〔註27〕

　　對於《大公報》文藝副刊而言，楊振聲、沈從文、蕭乾是幾個特別值得提及的人物，他們以自己堅定的文學信念、精闢獨到的文學鑒賞力以及知識分子謙和寬容的文化氣度吸引了一大批的作者群，推動了他們的成長。王西彥曾回憶自己當年與沈從文相見的情景：「我們常去的地方，是中山公園（即中央公園）的來今雨軒，還有北海公園的漪瀾堂和五龍亭。大概是每隔一兩個月就聚會一次，所約的人也並無完全相同，但每次都是沈從文先生親自寫簡短的通知信，且無一例外地歸他付錢作東。大家先先後後地到了，就那麼隨隨便便地坐下來，很自然地形成了一個以沈從文先生為中心的局面……完全是一種漫談式的聚會，目的似乎只在聯絡感情、喝喝茶，吃吃點心，看看樹木和潮水，呼吸呼吸新鮮空氣。」〔註28〕在他們幾位負責《文藝》專欄的時期，發表了大量優秀的文學作品和文學評論，如何其芳、卞之琳、李廣田、陳夢家、林庚、林徽因、曹葆華、孫毓堂等人的優秀詩作、沈從文的《箱子巖》、林徽因的《橫影零篇》、蕭乾的《蠶》、蘆焚的《陰影》等作品以及李長之、蕭乾、朱光潛、李健吾、沈從文等發表的評論，為中國現代文學史上留下了濃重的一筆。而這些人都是比較活躍的京派作家，這一時期既是《大公報》文藝副刊的黃金期，也是京派文學的黃金時代。

　　1937年爆發的盧溝橋事變打碎了京派文人的夢想，《大公報》文藝副刊和

〔註26〕沈從文：《文學者的態度》，載《大公報》文藝副刊1933年10月18日。

〔註27〕劉淑玲：《〈大公報〉與中國現代文學》，第9頁，河北教育出版社2004年版。下同。

〔註28〕王西彥：《寬厚的人，並非寂寞的作家——關於沈從文的為人和作品》，《長河不盡流——懷念沈從文先生》第86頁，湖南文藝出版社1989年版。

京派文人一樣陷入顛簸和動盪之中，但卻頑強地生存下來。抗戰爆發後《大公報》津、滬版都停刊，但 1938 年《大公報》香港版創刊，蕭乾重新主編《文藝》副刊。其後，由於蕭乾赴英國，楊剛接替他的工作。在戰爭紛飛的年代中，《文藝》副刊為中國的文學依然做出了重要的貢獻，一批作家繼續為它提供稿件，如沈從文的重要作品《湘西》、穆旦、何其芳、卞之琳、楊剛等的詩作都刊登在戰時的《文藝》上。蕭乾在 1938 年 12 月 31 日的一篇文章中曾提到刊物的作者情況，其中的一些面孔人們是非常熟悉的：「在黔滇桂的師友，如沈從文、巴金、楊剛、靳以、王統照、林徽因、李健吾、陸蠡、宗鈺、蘆焚、凌叔華、艾蕪、馮沅君、吳風、孫毓堂、布德、莊瑞源諸先生，這些位都是多年來本刊的支柱、靈魂。」〔註29〕在艱苦卓絕的八年抗戰中，《大公報》文藝副刊一面增強了時代的聲音，一面仍然保持自己特有的風格，成為一面不倒的風旗。

抗戰勝利後，《大公報》上海版和天津版相繼復刊，《大公報》文藝副刊有過一個短暫的復興期。這一時期京派文人如朱光潛、沈從文、蕭乾等發表了很多表露自由主義文藝觀的文章，顯示了後期《大公報》文藝副刊和 30 年代的文藝副刊仍然有著血脈相連的精神淵源。1945 年 11 月 1 日，《大公報》文藝刊出了「復刊的話」，從中可以看出它對文學獨立精神的捍衛：「藝術總歸還是藝術，而藝術又是很不單純而且極其複雜的東西。這話不是為藝術而藝術的主張，也未必是藝術即人生，人生即藝術的主張。原理我們姑且不論，事實是，根據《文藝》的一貫傳統，這個園地是絕對公開的了。人類的最高理想是打開一切的門，何況藝術之門？藝術之門也就是人類的心靈之門。我們相信，由於心靈之門的開放，人與人之間的隔閡將會消滅，而人與人之間偉大崇高的愛將會發揚。」另一方面，在扶植文學隊伍上，它發表了穆旦、辛笛、陳敬容、鄭敏、袁可嘉、唐湜等一大批富有才華詩人的作品，他們成為文學史上著名的「九葉詩人。」而《大公報》文藝副刊的這種自由主義文藝觀念和對文藝的虔誠注定了它的悲劇結局。隨著 20 世紀 40 年代後期報紙雜誌等媒介面臨政治和經濟的雙重壓力，其輿論的公共空間日益縮小，《大公報》文藝副刊也最終在 1948 年底走到了盡頭。《大公報》文藝副刊的歷史不僅是京派文學的縮影，也可以視作中國現代自由主義文藝的縮影，其為中國現代知識分子提供了難得的輿論空間，並最終影響到了文學流派的生存方式。以至於沈從文多年後還

〔註29〕蕭乾：《新正預告：1939 年的文藝》，載 1938 年 12 月 31 日《大公報·文藝》港版第 486 期。

回憶說：「在北方，在所謂死氣沉沉的大城裏，卻慢慢生長了一群有實力有生氣的作家。曹禺、蘆焚、卞之琳、蕭乾、林徽因、李健吾、李廣田……是在這個時期中陸續為人們所熟悉的，而熟悉的不僅是姓名，卻熟悉他們用個謙虛態度產生的優秀作品……《大公報》對文學副刊的理想，朱光潛、聞一多、鄭振鐸、葉公超、朱自清諸先生主持大學文學系的態度，共同作成的貢獻是不可忘的。」〔註30〕

　　另一份京派文學著名刊物是《駱駝草》，這份刊物是以周作人為中心的早期京派作家創辦的，同仁刊物的傾向非常明顯，在上面發表作品的始終是圍繞周作人的廢名、徐祖正、馮至、俞平伯、梁遇春、程鶴西等少數人，這些人其實大都是《語絲》雜誌的撰稿人。《語絲》創辦之初的旨意是把「繼續撕去舊社會的假面」〔註31〕作為思想鬥爭的目標，倡導社會批評和文明批評。但不久周作人開始轉向寬容和隱逸的文化心態，嚮往於一種安逸的書齋生活：「雨雖然細得望去都看不見，天色卻非常陰沉，使人十分氣悶。在這樣的時候，常引起一種空想，覺得如在江村小屋裏，靠玻璃窗，烘著白炭火缽，喝清茶，同友人談閒話，那是愉快的事。」〔註32〕廢名、俞平伯等人的思想也發生了變化，《語絲》後期所看法的作品很少論及時事，「語絲社」實際上逐漸解體。在這種背景下，由周作人、廢名等主導的同仁刊物《駱駝草》於1930年5月13日創刊。《駱駝草》雖然存在的時間很短，同年11月3日就停刊了，一共出了26期，但它對早期京派文學的形成和發展貢獻都很大。它的辦刊宗旨是和周作人倡導的性靈閒適文學的主張相吻合的。如《駱駝草》發刊詞明確地說：「文藝方面，思想方面，或而至於講閒話，玩古董，都是料不到的，笑罵由你罵，好文章我自為之，不好亦知其醜，如斯而已，如斯而已。」《駱駝草》出版後由於它倡導的遠離現實的文學主張遭到了一些人的抨擊，而《駱駝草》的同仁們幾乎步調一致地站在同一立場進行反擊，俞平伯、廢名等發表一系列文章為《駱駝草》實質上也是為周作人辯護。從其發表的作品看，像豈明（周作人）、俞平伯、梁遇春等的散文、馮至的詩歌，廢名的小說《莫須有先生傳》和《橋》等作品也都和京派文學的審美理想大體一致，風格沖淡平和，周作人是以自己

〔註30〕沈從文：《從現實學習》，《大公報・星期文藝》第4、5期，1946年11月3日、10日。

〔註31〕魯迅：《兩地書・十七》，《魯迅全集》第11卷第63頁，人民文學出版社1981年版。

〔註32〕周作人：《雨天的書・自序一》，第1頁，人民文學出版社2000年7月版。

特殊的身份影響到了這個刊物。馮至後來說:「因為撰稿人(不管是過去在《語絲》上發表過或未發表過文章的人)在中國革命還處於低潮、北平的政治與文化生活十分混亂的情況下,他們大都思想消極,不僅未能『催促新的產生』反而有人在閒情逸致中苟且偷生,欣賞『舊物』,對新的產生起阻礙作用。」他並且對自己發表在該刊物的作品表示痛悔之情:「至於我在那上邊發表的散文和詩,我在 1979 年寫的一篇《自傳》裏曾說:『有的內容庸俗,情緒低沉,反映我的思想和創作在這時都陷入危機』」。〔註33〕這大抵反映了《駱駝草》刊物的同仁情況。同樣,《駱駝草》的創辦為這個知識群體提供了合適的文化空間,從而使他們的文學影響得以產生。

三

　　對於判斷是否構成一個成熟的文學流派,不僅要看穩定的作家隊伍的組成及輿論空間的狀況,還須觀察他們的有意識的文學組織活動,比如評獎、編選作品集、組織書評和文學批評等,這樣的一個文化領域的空間既能彰顯他們的才能和權力,這同樣能在一個側面證明他們大致趨同的文學觀念和審美情趣。

　　對於京派作家的同仁來說,1936 年以《大公報》文藝獎金事件為標誌的文學活動具有重要意義,這是他們作為一個相對成熟文學流派的集中亮相,向世人宣告他們在文壇不可忽視的存在和地位,他們甚至能夠利用現代媒介的強大力量對文壇進行權力的干預和引導。這雖然和 1949 年後通過國家組織等行政手段干預文學的方式、強度不一樣,但其結果仍然是借助外部的力量來影響文學的自身存在方式。1936 年 9 月 1 日為紀念復刊後的《大公報》成立 10週年,《大公報》決定舉行紀念活動,這其中很重要的一項活動就是組織《大公報》文藝獎金的評選。關於這次評選的初衷和經過,作為當事人的蕭乾在他的回憶中有詳盡的記載:「這種獎金原擬每年評選一次,由報館每年拿出三千元來,以一千元充文藝獎金(獎給一至三人),以兩千元充科學獎金(獎給一至四人)⋯⋯『文藝獎金』的裁判委員請的主要是平滬兩地與《文藝》關係密切的幾位先輩作家:楊振聲、朱自清、朱光潛、葉聖陶、巴金、靳以、李健吾、林徽因、沈從文和武漢的凌叔華。由於成員分散,這個裁判委員會並沒有開過會,意見是由我來溝通和協調的。最初,小說方面提的是田軍的《八月的鄉村》。

───────────────

〔註33〕馮至:《〈駱駝草〉影印本序》,上海書店 1985 年影印。

經過反覆醞釀協商，『投票推薦』，到 37 年 5 月公布的結果是：小說：《穀》（蘆焚）；戲劇：《日出》（曹禺），散文：《畫夢錄》（何其芳）。」〔註34〕這上面名單透露的信息是很明確的，那就是京派作家主導了這一次的評獎活動，雖說是面向全國的文藝徵集評獎活動，實際上帶有傾向性，說其是京派文學獎似乎並不為過。從評委名單看，楊振聲、朱自清、李健吾、林徽因、沈從文、朱光潛、凌叔華都是京派文人沙龍場所的活躍分子，是典型的京派文人。而靳以、巴金當時從上海來北京編輯《文學季刊》，和京派文人聯繫密切，本身帶有化解京派、海派文人紛爭、建立統一戰線的任務。卞之琳回憶說：「當時北平與上海，學院與文壇，兩者之間，有一道無形的鴻溝。儘管一則主要是保守的，一則主要是進步的，一般說來，都是愛國的，正直的，所有搭橋不難。」〔註35〕再看獲獎名單，何其芳和蘆焚是京派作家當無問題，曹禺雖然不是嚴格意義的京派作家，但他當時是清華大學的學生，也經常參加京派文人的聚會。因此，1937年公布的《大公報》文藝獎金名單已經清楚證明了京派文學的不俗實力。

不僅如此，《大公報》文藝副刊還邀請林徽因編選《大公報文藝叢刊小說選》。為此，《大公報》還連續為這套書的出版大作廣告：「讀者也許會奇怪居然有那麼些位南北文壇先輩看重這個日報刊物，連久不執筆的也在這裡露了面；其實，這正是老實的收穫。同時讀者還會帶著不少驚訝，發現若干位引人注目的『後起之秀』，原來他們初露鋒芒是在這個刊物上，這也不稀奇；一個老實刊物原應是一座橋樑，一個新作品的駝負者……難得這麼些南北新舊作家集在一處，為你作一個『聯合展覽』。」〔註36〕《大公報文藝叢刊小說選》一共收入小說 30 篇，其中大部分作家與京派文人集團有關聯，比如沈從文、楊振聲、林徽因、李健吾、老舍、蘆焚、凌叔華、蕭乾、楊絳等。當然這些人的作品能夠入選，還在於他們作品的思想傾向和藝術風格和京派文學的追求是一致的：「它們也以大致相同的文化取向體現出京派文學一個共同的主題：繁華在都會，而人性在鄉村；物質在城市，而精神在鄉村。他們塑造了『交織著原始的野性強力和人情味』，堪稱遠離現代社會理想國的鄉土世界，在他們筆下構築出了說不盡的現代中國的文化景觀。」〔註37〕林徽因這

〔註34〕蕭乾：《〈魚餌論壇陣地〉——記 1935 至 1939 年〈大公報・文藝〉》，《蕭乾選集》第 427、428 頁，四川人民出版社 1984 年版。
〔註35〕卞之琳：《星水微茫憶〈水星〉》《讀書》1983 年第 10 期。
〔註36〕1936 年 8 月 13 日《大公報》廣告欄。
〔註37〕劉淑玲：《〈大公報〉與中國現代文學》第 61 頁。

次編選的是第一輯，本準備繼續下去，後來因為戰爭爆發而作罷，但這看作京派文學創作實績的一次集中展示，在客觀上也起到了培育青年作家、引領文學潮流的作用。

這種文學流派的傾向最後還表現在京派批評家對其同仁的文學批評上，這是文學圈內的交流、切磋、推介和批評的活動，在這樣的文學批評視野中，一批優秀的京派作家作品脫穎而出，其價值最終得到社會的廣泛承認。京派文學批評是京派文學的重要組成部分，其成就和獨特價值一點也不亞於其最有成績的小說創作，周作人、朱光潛、沈從文、李健吾、梁宗岱、李長之等在中國20世紀文學批評史的地位也得到學界的公認。京派批評家本身所具有的宏闊的知識視野、精深的學術功力及獨到的學術眼光保證了其批評的水準，這一批人的存在對於京派文學自身的發展和影響是不可忽視的。

周作人作為文學批評家，他關注最多的是其身邊的廢名和俞平伯這兩位京派作家。為了這兩位弟子的成長，周作人傾注了很大的心血，他為他們寫的評論包括《〈竹林的故事〉序》、《〈桃園跋〉》、《〈棗〉和〈橋〉的序》、《〈莫須有先生傳〉序》、《〈陶庵夢憶〉序》、《〈雜拌兒〉跋》、《〈雜拌兒〉之二序》、《〈燕知草〉跋》等。他對廢名的評價甚高，說：「我覺得廢名君的著作在現代中國小說界有他獨到的價值者，其第一的原因是其文章之美。」〔註38〕當時廢名創作的《莫須有先生傳》很少能被人看懂，而周作人撰文為之辯護：「胡適之，冰心和徐志摩的作品，很像公安派的，清新透明而味道不甚深厚。好像一個水晶球，雖是晶瑩好看，但仔細地勘多時就覺得沒有多少意思了。和竟陵派相似的是俞平伯和廢名兩人，他們的作品有時很難懂，而這難懂卻正是他們的好處。同樣用白話文寫文章，他們所寫出來，卻另是一樣，不像透明的水晶球，要看懂必須費些工夫才行。」〔註39〕周作人以拳拳之心處處維護著自己學生的文學地位，這在中國現代文壇是比較少見的。

沈從文以小說和散文著稱，但他20世紀30、40年代也是一位活躍的批評家，1934年，沈從文出版了他的評論集《沫沫集》，同時還寫有其他一些評論，所論及的作家有數十人之多。這中間我們看見不少熟悉的京派文人集團的名字：馮文炳、周作人、蕭乾、朱湘、凌叔華、楊振聲等。他稱馮文炳的作品「是充滿了一切農村寂靜的美。」「作者所顯示的神奇，是靜中的動，與平凡

〔註38〕周作人：《〈棗〉和〈橋〉的序》，《苦雨齋序跋文》第107頁。
〔註39〕周作人：《中國新文學的源流》，第28頁，華東師範大學出版社1995年版。

的人性的美。」〔註40〕沈從文對京派作家的評論大體都比較高，相反，他對張資平等海派作家的評價則非常低，這顯然是價值取向造成的差異。

李健吾對京派作家的成長做出的貢獻更加顯著。他的評論集《咀華集》和《咀華二集》可謂字字珠璣，其涉及到的京派作家有沈從文（《〈邊城〉──沈從文先生作》）、林徽因（《〈九十九度中〉──林徽因女士作》、蕭乾（《〈籬下集〉──蕭乾先生作》、卞之琳（《〈魚目集〉──卞之琳先生作》、何其芳（《〈畫夢錄〉──何其芳先生作》、李廣田（《〈畫廊集〉──李廣田先生作》、蘆焚（《〈里門拾記〉──蘆焚先生作》等。此外還有和京派作家關係密切的曹禺（《〈雷雨〉──曹禺先生作》）。從上面的名單中人們不難發現京派批評的同仁性質。李健吾對京派作家的評價之高完全和他把文學視為獨立自足世界的觀點對應的。他稱沈從文的邊城「這是一顆千古不磨的珠玉。」〔註41〕稱蕭乾：「看過《籬下集》，雖說這是他第一部和世人見面的創作，我們會以十足的喜悅，發現他帶著一顆藝術自覺心，處處用他的聰明，追求每篇各自的完美。」〔註42〕林徽因的《九十九度中》發表後幾乎無人能看懂，但李健吾卻肯定了她的藝術創造，認為它是一部非常現代、成功的作品。雖然李健吾的評論文字並不多，但他的這些評論的價值已經被歷史所證明，其對京派作家的關愛和提攜也是溢於言表。

朱光潛雖然偏好美學理論體系的建構，對當時的作家關注不多，但他這不多的幾篇文章幾乎都是評論京派同仁作家的。如評周作人（《雨天的書》）、評廢名（《橋》）、評蘆焚（《〈谷〉和〈落日光〉》）、評凌叔華（《論自然畫與人物畫──凌叔華作〈小哥兒倆〉序》）。作為有很高理論功底的美學家，朱光潛往往能從大處落筆，發現作家獨特之處，而且擅長作美學的分析。他一眼就看出周作人《雨天的書》三個特點：「這書的特質，第一是清，第二是冷，第三是簡潔。」〔註43〕廢名的《橋》發表後因為風格晦澀的緣故無法被人接受，但朱光潛卻發現了它的價值：「它雖然不免有缺點，仍可以說是『破天荒』的作品。它表面似有舊文章的氣息，而中國以前實未曾有過這種文章；它丟開一切浮面

〔註40〕沈從文：《論馮文炳》，《沈從文全集》第 16 卷，第 146 頁，北嶽文藝出版社 2002 年版。下同。

〔註41〕李健吾：《〈邊城〉──沈從文先生作》，《咀華集》第 28 頁，復旦大學出版社 2005 年版。下同。

〔註42〕李健吾：《〈籬下集〉──蕭乾先生作》，《咀華集》第 47 頁。

〔註43〕朱光潛：《雨天的書》，《朱光潛全集》第 8 卷，第 190 頁。

的事態與粗淺的邏輯而直沒入心靈深處。」〔註44〕

中國現代文學批評是在現代意識催化下的現代批評，並且自成體系。郭沫若說：「文藝批評在我國的文學史中雖自有一定的系統和一定的方法，但我們所謂近代的文藝是近代世界潮流的派衍，因而所謂文藝批評也是這樣。」〔註45〕正因為如此，批評家在現代中國所扮演的角色越來越重要，其對文學的介入也越來越深，他不僅闡釋文學的意義，而且還可把觸角伸向廣闊的社會領域，引導人們的價值判斷，進而實現知識分子對社會公共生活的參與乃至干預。從京派批評家對其同仁的評論來看，這一點是再明白不過的了。

四

作為一種文學流派現象，京派文學的發展經歷了20餘年的歷史。許道明先生在他的《京派文學的世界》（復旦大學出版社1993年版）把其大致分成了三個階段，即發端期、開展期、終結期，應當承認這樣的劃分大體是符合京派文學的歷史進程的。但他在時間的表述上過於隨意，如他把京派文學的開展期定為1930年，但文中始終沒有出現他這樣劃分的依據，這是很值得商榷的。事實上，作為京派文學發展期，1930年除了《駱駝草》創刊之外，京派文人更多的成員還流散在各地，並未聚集到北京來，所以京派文學的開展期應當更晚些。為便於更準確地描述京派文學的歷史軌跡，本文把其分成形成發展期、成熟期、流散和終結期。

（一）京派文學的形成和發展期（20世紀20年代中期——1933年）

京派文學的形成和其他文學社團流派的形成有相同的地方也有相異的地方，相異的地方比如它並沒有公開發表宣布自己成立的宣言，在其人員構成上學者始終持有不同的意見，這就帶來了人們的困惑。但如果把它放置在中國現代文學史的格局中，它的形成還是有跡可尋的。許道明先生在他的著述中把京派文學的形成定在20世紀20年代後期即國民黨「清黨」事件發生之後，他認為國民黨的屠殺造成了文壇的分裂，結果是促使一部分學者對政治的牴觸和反感情緒。其實，京派文學的形成期還可以提前，因為此時周作人的文學思想、廢名、俞平伯等人的創作已經表露出他們共同的文學趣味，以周作人為中心的苦雨齋文人集團已經非常穩固。

〔註44〕朱光潛：《橋》，載《文學雜誌》第1卷第3期，1937年7月。
〔註45〕郭沫若：《批評——欣賞——檢察》，《創造週報》第25號。

周作人的文學理論一般被人視為人道主義範疇，這主要是因為他在五四新文化運動中發表的《人的文學》（1918）和《平民文學》（1919）所致。周作人在五四新文化運動中確實是以一個思想啟蒙者的形象出現在世人面前的，但周作人很快對自己提出的「人的文學」和「平民文學」觀點進行質疑，他在1923年出版的文學論集《自己的園地》既是周作人文學思想的一個分野，也對廢名、俞平伯的創作產生了較大的影響。他在《文藝的寬容》這篇文章中說：「各人的個性既然是各各不同，（雖然在終極仍有相同之一點，即是人性）那麼表現出來的文藝，當然是各不相同。現在倘若拿了批評上的大道理要去強迫統一，即使這不可能的事情居然實現了，這樣的文藝作品已經失了他唯一的條件，其實不能成為文藝了。因為文藝的生命是自由不是平等，是分離不是合併，所有寬容是文藝發達的必要的條件。」〔註46〕他把自己的書名起名為《自己的園地》就表明了他自由與寬容的文學理念。因此從1923年周作人就和時代有益拉開了距離，對功利主義的文學思想進行了疏遠。此後的周作人雖然還為《語絲》寫文章，但其表達的思想越來越帶有個人的閒情逸致，並影響了廢名和俞平伯。

這一時期正好是周作人與俞平伯、廢名來往最密切的時期之一，這表明以周作人為中心的前期京派文人集團正在形成。在俞平伯、廢名的心目中，周作人完全是自己人生和文學的導師，其地位是不可動搖的。廢名說：「我知道的西洋名字很少，用來比襯，怕難得與我眼中的周豈明相合——大家近來說左拉等等如生在這樣的中國一定怎樣怎樣，我卻立刻反問我自己，那麼，周豈明不正是怎樣怎樣的嗎？」〔註47〕而這一時期正是他們的交往日益密切的時候，而廢名、俞平伯的創作也在有意識地向周作人靠攏。當廢名的第一個小說集《竹林的故事》（1925）、稍後的《桃園》（1928）出版後，周作人急切地為它們寫了序言，給予很高的評價。當廢名的作品被人們認為有逃避現實的情景時周作人為之辯護。俞平伯編選的《陶庵夢憶》出版於1926年，周作人也寫了序言，正是這樣的原因導致他們於1930年編輯出版《駱駝草》刊物，公開亮出了自己「自我性靈的自由表現」的大旗。因此，京派文學的正式成立雖然沒有確切的一個日期，但作為一種共同的文學理想和文人群體的結盟早在20世紀20年代中期就已經出現，這是毫無疑問的。與此同時，另外一個以留學歐美為主體的自由知識分子由於各種各樣的原因開始匯聚在北平各個高校，比如作為京

〔註46〕周作人：《文藝的寬容》，《自己的園地》第9頁，河北教育出版社2002年版。
〔註47〕馮文炳：《給陳通伯先生的一封信》，《京報副刊》1926年2月2日。

派文人集團主要組織者之一的林徽因自 1928 年回國，1929 年她與梁思成在瀋陽東北大學任教後很快於 1930 年回北京休養。詩人、批評家梁宗岱在法國留學多年後於 1931 年回國擔任北京大學教授；1933 年，留學海外多年的朱光潛、李健吾開始回國，幾乎同時，楊振聲、梁實秋、朱自清、聞一多、沈從文等也從山東青島回到古都北京。作為京派文學未來的活躍力量，此時的何其芳、卞之琳、林庚、曹葆華、李廣田、蕭乾等正在北京大學、燕京大學、清華大學等高校學習。北平作為精英文化中心的地位正在逐漸形成，這些都預示著京派文學輝煌時期的即將到來。

（二）京派文學的成熟期（1933～1937 年）

1933 年對於京派文學的歷史而言具有特殊的意義，其標誌就是沈從文和楊振聲開始共同主編《大公報》文藝副刊，從此京派作家有了重要的表述自己文學意願、構建文學藍圖並聚集作家的輿論空間，京派文學的凝聚力和影響力大大增強。1933 年 9 月 23 日，沈從文正式接手《大公報》文藝副刊的主編工作，編委會由沈從文、楊振聲、朱自清、林徽因、鄧以蟄、周作人組成，但沈從文主持了大部分的編務工作。9 月 24 日，沈從文致信沈雲麓：「《大公報》弟編之副刊已印出，此刊物每星期兩次，皆知名之士及大教授執筆，故將來希望殊大，若能支持一年，此刊物或將大影響北方文學空氣，亦意中事也。」〔註48〕蕭乾在晚年的回憶也證實了這一點：「我始終認為 1933 年為京派一個分界線，在那以前（也即是巴金、鄭振鐸、靳以北來之前），京派是以周作人為盟主。那時，京派的特點是遠離人生、遠離社會、風花雪夜，對國家社會不關痛癢。我最慶幸的是我開始進入文學界，恰好在京派這個轉變期……1935 年我接手編《大公報·文藝》時，每個月必從天津來北京，到來今雨軒請一次茶會，由楊振聲、沈從文二位主持。如果把與會者名單開列一下，每次三十至四十人，倒真像個京派文人俱樂部。每次必到的有朱光潛、梁宗岱、卞之琳、李廣田、林徽因及梁思成、巴金、靳以。還有馮至，他應是京派的中堅。」〔註49〕在沈從文主編《大公報》文藝副刊後，京派文學的陣營空前強大，沈從文利用這一特殊的輿論陣地發表了大量京派同仁的作品，發現和扶植了一批有潛力的京派青年作家。不僅如此，沈從文還利用《大公報》文藝副刊陣地，宣傳京

〔註48〕沈從文：《沈從文全集》第 18 卷第 187 頁。
〔註49〕蕭乾：《致嚴家炎》，《蕭乾文集》第 10 卷，第 406 頁，浙江文藝出版社 1998 年 12 月版。

派文學的主張，對他所鄙視、厭惡的海派文學進行討伐，他的《文學者的態度》、《論「海派」》、《關於海派》等幾篇重要文章都是在這個刊物發表的。雖然《大公報》文藝副刊創刊沒有什麼公開的宣言，但沈從文的這些堅守文學理想、反對文學商業化、遠離政治黨派紛爭的觀點是能夠代表這一文學流派的共同主張的。正因為沈從文的這些作用，他一般都被視為 20 世紀 30 年代京派文學的代表人物，姚雪垠說：「在北京的年輕一代的『京派』代表是沈從文同志，他在當時地位之高，今日的讀者知道的很少。他為人誠懇樸實，創作上有特色，作品多產，主編刊物，獎掖後進，後來又是《大公報》文藝獎金的主持人，所有他能夠成為當時北平文壇的重鎮。」〔註50〕

幾乎和沈從文主編《大公報》文藝副刊創刊的同時，京派同仁還掌控了一些重要的文學期刊。1934 年，鄭振鐸、靳以、巴金來北平後創辦了特大型文學雜誌《文學季刊》，該刊雖然不能完全算作京派刊物，但它所列的特約撰稿人 108 人的名單中包括了一大批的京派作家，無形中為京派作家提供了一個重要陣地。同年，卞之琳、巴金、沈從文、李健吾、靳以、鄭振鐸主編《水星》文學雜誌，而該刊的主要作者有沈從文、何其芳、李廣田、李健吾、朱自清、蘆焚、廢名、周作人、蕭乾、林庚等京派作家。更能顯示京派文學自覺傾向的刊物是朱光潛主編的《文學雜誌》。該刊創辦於 1937 年，朱光潛事後回憶說：「胡適和楊振聲等人想使『京派』再振作一下，就組織了一個 8 人編委會，籌辦一種《文學雜誌》。編委會之中有楊振聲、沈從文、周作人、俞平伯、朱自清、林徽因等人和我。他們看出我是初出茅廬，不大為人所注目或容易成為靶子，就推我當主編。由胡適和王雲五接洽，把新誕生的《文學雜誌》交商務印書館出版。」〔註51〕它的發刊詞說：「我們現在所急需的不是統一而是繁複，是深入，是儘量地吸收融化，是樹立廣大深厚的基礎……用八個字概括起來，就是『自由生發，自由討論』。」〔註52〕這種思想和京派的文藝觀是一脈相承的。

這一時期京派文學的理論和創作也進入到了高潮。如沈從文、廢名、蕭乾、凌叔華、蘆焚等人的小說創作，周作人、俞平伯、林徽因、何其芳、李廣田、卞之琳、林庚、曹葆華等人的散文和詩歌創作，朱光潛、李長之、李健吾、梁宗岱等人的理論創作都在這一時期逐漸趨向成熟，甚至成為他們一生的代表

〔註50〕姚雪垠：《學習追求五十年》，《新文學史料》1980 年 3 期。
〔註51〕朱光潛：《自傳》，見許道明《京派文學的世界》第 8 頁，復旦大學出版社 1996 年版，下同。
〔註52〕朱光潛：《我對本刊的希望》，載 1937 年《文學雜誌》第 1 卷第 1 期。

作。像沈從文的《邊城》、廢名的《橋》、蕭乾的《夢之谷》、何其芳、李廣田、
卞之琳的《漢園集》、朱光潛的《詩論》、周作人的《中國新文學的源流》、李
健吾的《咀華集》、梁宗岱的《詩與真》、《詩與真二集》、李長之的《魯迅批判》
等產生在這樣一個時代。不客氣地說，20 世紀中國文學史如果缺少了這些璀
璨斑斕的作品，必定會褪色不少，甚至殘缺不全了。

　　需要指出的是，京派文學的這一成熟和輝煌的時期，也正值日本帝國主義
大舉侵略中國的前夜，中華民族面臨嚴重危難的時刻，而作為京派文學大本營
的平津地區這種情況尤為突出。因此這一時期京派文學的內部出現了微妙的
變化，一些作家思想開始左傾，有意無意之間滑出了京派文學的軌道。像蕭
乾，始終反感周作人的文學思想，和靳以、巴金、鄭振鐸等進步作家聯繫較多，
還和北平左翼作家楊剛關係緊密，自己的創作越來越關心現實生活的場景，在
別人的眼裏，已經成為了「謫京派」了。蕭乾在 1937 年出版的《無夢谷》的
序言中說：「我們需要的是堅韌和敏捷，眼睛和手。」「同生在這偉大時代的朋
友們，你如能伸出手，幫助支持這抵禦殘暴的大局，就請還是趕快作罷。行動
在目前是高貴於想像的。」蕭乾晚年回憶自己這一時期的思想時也承認了自己
的轉變：「在外部侵略者及本國奸細的雙重壓迫下，周作人的明清小品和梁實
秋的白壁德對青年完全失卻了光彩和吸引力。就在這時，從上海來了兩位富有
生氣，富有社會正義感，對青年散發著光與熱的作家——鄭振鐸和巴金。三座
門十四號成了我們活動的中心。」〔註 53〕另外一個較有代表性的人物是何其
芳。早年何其芳沉醉於唯美的藝術世界中，也是京派文學培育的著名詩人。但
1937 年 7 月 25 日，何其芳在《大公報》文藝副刊上發表了詩作《雲》（寫於
1937 年春），表達了與過去時代的告別：

　　　　「我愛那雲，那飄忽的雲……」
　　　　我自以為是波德萊爾散文詩中
　　　　那個憂鬱地偏起頸子
　　　　望著天空的遠方人。
　　　　……
　　　　我走到海邊的都市。
　　　　在冬天的柏油街上

〔註53〕蕭乾：《魚餌·論壇·陣地——記 1935～1939 年〈大公報·文藝〉》，第 411 頁，
　　　　《蕭乾選集》第 3 卷，四川人民出版社 1984 年版。

一排一排的別墅站立著

像站立在街頭的現代妓女，

等待著夏天的歡笑

和大腹賈的荒淫，無恥。

從此我要嘰嘰喳喳發議論：

我情願有一個茅草的屋頂，

不愛雲，不愛月，

也不愛星星。

所以，儘管 1937 年朱光潛創辦的《文學雜誌》想把京派文學的輝煌延續下去，但嚴酷的社會現實注定了它的短命和夭折，這些都預示時代的驚雷就要炸響，從此京派文學再也沒有找到昔日的繁盛景象。

（三）京派文學的流散和消亡期（1937～1949）

1937 年 7 月 7 日爆發的「盧溝橋事變」是京派文學發展歷史的又一個轉折點，自此以後京派文學的文學隊伍、輿論空間還有更重要的藝術情趣和理想都發生了很大的變化。這一時期的京派文學不僅走向了下坡的軌道，創作隊伍和聲勢遠不如 30 年代，單就創作風格而論也和前一時期純正的京派文學也相距甚遠。

抗戰爆發後，隨著日軍佔領平津地區，京派文人賴以生活、工作的文化空間如北京大學、清華大學、南開大學等著名高校紛紛南遷，20 世紀 30 年代依託《駱駝草》、《大公報》文藝副刊、《文學雜誌》、《文學季刊》、《水星》等凝聚的京派文人集團已經風流雲散：一小部分留在了日軍佔領下的北平，如周作人、俞平伯等，周作人更是落水做了漢奸；一部分隨北京大學等高校南下後來到了昆明。相對而言，西南聯合大學留下的京派文人是最多的，如朱光潛、楊振聲、林徽因、孫毓棠等；一部分先到國統區後來輾轉去了延安，走向了投奔革命的洪流，如何其芳、曹葆華、卞之琳等；一部分去了孤島上海如蘆焚、李健吾；還有一些去了海外，如蕭乾或回到故鄉如廢名。與此同時，《大公報》文藝副刊輾轉搬遷歷經千辛萬苦得以保存，而《文學雜誌》、《水星》等則在炮火中夭折。雖然京派文學在這一時期增加了穆旦、陳敬容等詩人以及汪曾祺等小說家，但始終沒有恢復元氣，最終在 1949 年走完了其 20 餘年的歷史。

在這樣的背景下，1947 年復刊的《文學雜誌》就具有了較為特殊的意義，

它可以被看作京派文學為重振聲勢的復興運動。隨著北京大學等於抗戰勝利後的復校，朱光潛重新發起了復刊運動，當年的《文學雜誌》於 1947 年 6 月復刊，主要撰稿人包括朱自清、楊振聲、廢名、沈從文、袁可嘉、徐盈、汪曾祺等。從它的復刊詞中人們不難發現它和抗戰前《文學雜誌》存在著的精神牽連，它宣稱：「我們對於文學的看法，猶如我們對於文化的看法，認為它是一個國家民族的完整生命的表現。」「文學上只有好壞之別，沒有什麼新舊左右之別。」〔註 54〕復刊後的《文學雜誌》發表了後期京派主要作家汪曾祺的不少小說、廢名的長篇小說《莫須有先生坐飛機以後》、沈從文的《長河》片段，多少為京派文學留下了值得讚頌的幾筆。

　　由於京派作家長期堅持的自由主義文藝觀和人性論的文藝思想，其在抗戰中間就受到左翼文藝人士的嚴厲批評，如巴人在 1939 年指責沈從文說：「我們的沈從文先生，在《今日評論》上，又寫出他那《一般或特殊》的高妙文章。時代沒有將沉浸於湘西水手們粗野的感情裏的這位作者叫醒來，這是我們的損失。」〔註 55〕抗戰勝利後以京派作家為代表所流露的傾向越來越為左翼文藝陣營所不容，他們終於在 1948 年完成了對京派文學其實就是自由主義文學的總清算，尤以郭沫若的文章最具代表性。郭沫若在《斥反動文藝》一文以不容置疑的語氣對京派作家的代表沈從文、朱光潛、蕭乾都進行了苛刻的挖苦、譏諷、斥責：「什麼是紅？我在這兒只想說桃紅色的紅。作文字上的裸體畫，甚至寫文字上的春宮，如沈從文的《摘星錄》、《看雲錄》……特別是沈從文，他一直是有意識地作為反動派而活動著。」「什麼是藍？人們在這一色下邊應該想到著名的藍衣社之藍，國民黨的黨旗也是藍色的……國民黨是可以有一位男作家的，那便是國民黨中央監察委員的朱光潛教授。朱監委雖然不是普通意義的『作家』，而是表表堂堂的一名文藝學者，現今正主編著商務印書館出版的《文學雜誌》。」「什麼是黑？人們在這一色下最好請想到鴉片，而我所想舉以為代表的，便是《大公報》的蕭乾。這是標準的買辦型。」〔註 56〕郭沫若對以沈從文、朱光潛、蕭乾等京派作家進行了全盤否定，其思維方式的簡單、粗暴都讓人不寒而慄，這也在一定程度上為建國後歷次粗暴的文藝運動埋下了伏筆，長期以來由此導致的人們對京派文學的誤解、批評也就可以理解了。

〔註 54〕朱光潛：《〈文學雜誌〉復刊卷頭語》，載 1947 年 6 月《文學雜誌》。
〔註 55〕巴人：《展開文藝領域反個人主義鬥爭》，載 1939 年 4 月 16 日《文藝陣地》
　　　　第 3 卷第 1 期。
〔註 56〕郭沫若：《斥反動文藝》，載《大眾文藝叢刊》，第 1 輯，1948 年 3 月 1 日。

第二章　京派小說的人文理想

　　20 世紀中國文學在東西文化交匯的時代背景下開始尋找自身的現代性，其在五四新文化運動中所作為國民精神的燈光一直在影響、引導著後來者的文學創作，使之能追趕上世界文明的腳步。正如美國學者喬治‧薩頓所指出的：「藝術史對我們的幫助，首先是瞭解那些已經消失了的文明精神。從這個角度看，藝術作品具有一個高於人類精神其他表現形式的巨大優越性」。〔註 1〕這種現代理性的審視、批判及其人文精神的深刻底蘊在京派小說中得到了充分的承繼。京派作家作為現代中國的第二代知識分子，大都接受過科學與民主精神的洗禮，「面對著一個日益工業化的新世界，在一面承襲著故國文化，一面接受著西來思想的敏感的年輕心靈中，發出了對生活、對人生、對自然、對廣大世界和無垠宇宙的新的感受、新的發現、新的錯愕、感歎、讚美、依戀和悲傷」。〔註 2〕京派小說的階級屬性明顯弱於社會剖析派小說，但它的文化屬性和人生理想仍然可納入進步的民主主義文學範疇，具有積極的社會意義。京派小說的人文理想是其最為重要的時代精神特徵，儘管它在以後漫長的歲月中遭到種種非議、壓制和冷遇，但這種精神的潛流卻依然默默地在人類長河中運行，最終不可遏制地噴發出來，歷史最公正地記載著這份不可忽視的價值。

一

　　京派小說家是現代意義上的知識分子，他們對五四新文化運動中所湧現的各種社會思潮諸如無政府主義、社會主義、民主主義、進化論等中，對人道

〔註 1〕喬治‧薩頓：《科學的生命》，中譯本第 37 頁，商務印書館 1987 年版。
〔註 2〕李澤厚：《走我自己的路‧宗白華美學散步序》，第 121 頁，三聯書店 1986 年版。

主義思潮卻情有獨鍾，表現了對西方進步文明價值體系和觀念的認同。歷史學家湯因比曾把西方文明對世界的影響列為人類 20 世紀的偉大事件，「這一影響是如此強大，如此普遍，以至它徹頭徹尾地改變了它的犧牲者的生活——以一種內在的方式，影響了個別男人、女人和孩子們的行為、觀點以及感情，觸動了不曾為外部物質力量所觸動的人類靈魂深處的心弦」。〔註3〕西方近代科學思想、民主意識和人文精神等價值觀念迅速湧入中國，在現代知識分子深層心理、情感中引起強烈共鳴和震撼，人道主義思潮作為資產階級上升時期的進步思想武器對中國知識分子有著特殊的親和力和親近感，對二十世紀中國文學產生了全面而深遠的影響。

人道主義本源於歐洲文藝復興時期的人文主義（Humanism），要求擺脫神學束縛，追求人格獨立和尊嚴，《新不列顛百科全書》把其定義為：「一種把人和人的價值置於首位的觀念，常被視為文藝復興的主題。」〔註4〕P‧愛德華主編的《哲學百科全書》（1972 年美國版）則認為：「人道主義也指任何承認人的價值或尊嚴，把人作為萬事的權衡，或以某種方式把人性及其範圍、利益作為課題的哲學。」〔註5〕顯然，由於人們觀點的差別，對人道主義的定義也不盡完全相同，但它的基本內涵仍是相當明晰的，那就是肯定人的尊嚴、價值，肯定人追求幸福欲望的權利、反對摧殘人性的種種暴行。應當指出，人道主義符合人類本性的要求，在各個歷史階段都曾產生過進步的作用，在東西方幾千年的文學史中都有著程度不同的表現。

但人道主義作為一種思潮對中國現代文學產生巨大的衝擊還是在五四新文化運動期間，陳獨秀、李大釗、胡適等先驅者都曾不遺餘力地介紹人道主義，認為倫理的覺悟「為吾人最後覺悟之覺悟。」〔註6〕周作人曾撰寫《人的文學》，第一次從資產階級人道主義角度倡導「人的文學」，認為「我們希望從文學上起首，提倡一點人道主義思想」。後來他又發表《平民文學》一文，更進一步要求「平民文學應該以普通的文體，寫普遍的思想與事實。我們不必記英雄豪傑的事業，才子佳人的幸福，只應記載世間普通男女的悲歡成敗。」〔註7〕

〔註3〕湯因比：《文明經受著考驗》，第 183 頁，浙江人民出版社 1988 年版。
〔註4〕轉引自王若水：《為人道主義辯護》，第 218 頁，三聯書店 1986 年版。
〔註5〕轉引自王若水：《為人道主義辯護》，第 219 頁，三聯書店 1986 年版。
〔註6〕陳獨秀：《吾人最後之覺悟》，《獨秀文存》第 1 卷第 24 頁，安徽人民出版社 1987 年版。
〔註7〕仲密：《平民文學》，載 1919 年 1 月 19 日《每週評論》第 5 號。

年輕的文學評論家沈雁冰則提出：「唯其為平民的，所以要有人道主義的精神，光明活潑的氣象。」〔註8〕他們公開在中國新文學運動中亮出了人道主義旗幟，描寫人的覺醒、尊嚴，對下層勞工農民抱著深深的同情和關切，成為許多新文學作品的自覺主題。京派作家大都有遊歷歐美的經歷，對西方人道主義思潮往往有著更為直接和真切的感受，他們的創作在總主題上必然呈現出人道主義的種種傾向，直接呼應了新文學先驅者的吶喊。

京派小說家的創作主要集中在二、三十年代，當時的中國正處於外憂內患、戰爭頻頻的苦難歲月。作為受到民主主義和人道主義思潮啟蒙的知識分子，他們對時局是頗為憂慮和不滿的，曾經用各種不同的方式表達出嚴正的指責和抗議。沈從文曾發表一系列文章呼籲當局採取寬容和公平的政策，批評國民黨對少數民族的歧視，蕭乾也曾對參加進步活動的青年學生給予某種同情。不僅如此，他們在小說中對中國社會各階層進行了全景式掃描，對民族的歷史、現在、未來進行了深層次的嚴肅思考，始終把眼光緊緊盯住了這片土地的主人，觸及到他們的生活、命運及靈魂，時而為他們的保守、自甘墮落而擔憂，溫情的筆墨下流淌的是一個知識分子的人道情懷和無言的哀戚。

京派作家所處的歷史年代，正是中國強權專制制度空前黑暗的時代，「專制制度的唯一原則就是輕視人類，使人不成其為人」，「使世界不成其為人的世界」。〔註9〕嚴酷的政治現實使中國社會正發生明顯的變化，農夫、礦工、水手、寡婦、妓女一個個處於赤貧的生活狀態，在社會的最底層拼命掙扎、痛苦地呻吟著，有的失去了原始生命的剽悍和天真，一步步走向墮落。對下層人民苦難命運的揭示和關注，構成了京派小說人道主義色彩的重要內容。京派小說家如沈從文、蕭乾、李健吾、馮文炳等人，大都在鄉村或城市下層階層中生活過，他們對普通人的苦難與艱辛、痛苦與掙扎相當熟悉，當他們離開故土接觸到進步的社會思潮時，便站在了一種更高的理性層面來冷靜地剖析中國社會的現實，捕捉到了一幕幕窒息人性、最野蠻、最黑暗的社會悲劇。沈從文在他的作品中提出了一系列嚴峻的社會問題：「若不能在調查和同情以外有一個辦法，這種人總永遠用血和淚在同樣情形中打發日子，地獄儼然就是為他們而設的。他們的生活，正說明『生命』在無知與窮困包圍中必然種種。」〔註10〕

〔註8〕沈雁冰：《新舊文學評議之評議》，載1920年《小說月報》第11卷第1號。
〔註9〕馬克思：《摘自「德法年鑒」的書信》，載《馬克思恩格斯全集》第1卷第410～411頁。
〔註10〕沈從文：《湘西‧辰溪的煤》，《沈從文全集》第11卷第381頁。

因此，他們透過亙古不變、美麗得讓人憂愁的山水看到了正在湧動、變化著的歷史潮夕，在二三十年代的特殊背景下，以一個藝術家的良知和巨大勇氣來探究我們這個民族的巨大悲劇和生存、發展的出路，確是難能可貴和令人尊敬的。然而很長一段時期有人一直否認他們作品的進步因素，說其游離於時代焦點之外，這至少是割裂了歷史的辯證法和批評的整體性原則，從而在觀察文學現象時出現了一個偏離角。批評家弗德烈‧詹明信就曾認為，任何一種分析都必須將某些「顯性範疇」離析出來；這些範疇作為辯證關係的現象可以使我們通過正反兩面認識事物的本質，但最後，這些範疇還必須重新回復到具體的世界「把它作為自身具足的這個幻象消滅，重新溶入歷史，提供了短暫的瞬間，彷彿可以窺見有形整體的現實。」〔註11〕這就要求我們在評價文學時注重從具體的事實入手，切忌簡單化的傾向，而京派小說的創作傾向又是一個複雜敏感的問題，更應持嚴肅而審慎的態度。

農民極端貧困、痛苦的生活遭遇是京派小說家最為關切的，當他們懷著強烈的人道主義情感來表現農村的凋敝、農民的經濟生活的窘困和麻木的精神狀態時，便把批判的鋒芒指向了封建專制制度和統治階級的腐朽力量，顯示出金剛怒目式的一面。由於幾千年殘酷的封建統治，中國的農民近乎赤貧狀態，而自從十九世紀中國進入半殖民半封建社會以後，中國農村自給自足的經濟狀態日益受到外國殖民勢力和工業文明的衝擊日趨衰落、瓦解，使得中國農村遭受雙重掠奪，農民的生活更趨貧困。京派小說家是懷著悲憫和真摯的同情心，以平等的人生姿態而不是以俯視的眼光描寫農民的悲慘境遇的。李健吾的小說主要取材於北方的農村，執著地展現了農民螻蟻一樣的生活，他們在這片黃土地上默默地生，屈辱地死，漫長的黑夜死一般靜寂。小說《罎子》寫一個普通的農村女子在歷經生活的種種磨難後終於無望地死去，讀來讓人心碎。沈從文的小說則從少數民族聚居地的湘西反映了這個被中國歷史所遺忘的角落。他自己曾講：「因為我作品能夠在市場上流行，實際上近於買櫝還株。你們能欣賞我故事的清新，照例那背後蘊藏的熱情卻忽略了；你們能欣賞我文字的樸實，照例那作品背後隱憂的悲痛也忽略了。」〔註12〕湘西居住著苗、漢等多個民族，這裡本來物產豐富，山嶽隱秀，然而由於交通不便，

〔註11〕參見葉維廉《中國詩學》第 185 頁，三聯書店 1992 年版。

〔註12〕沈從文：《〈從文小說習作選〉‧代序》，《沈從文全集》9 卷第 4 頁，北嶽文藝出版社 2002 年版。

加之統治者錯誤的民族歧視政策，導致民族不和，軍閥混戰，造成了該地區長期的閉塞和落後。沈從文的小說清晰地表現了清末及民國時期這種長期動盪的局面及給人民帶來的深重災難，他的《牛》、《貴生》、《丈夫》都屬於這樣的範疇。

京派小說中反映的農村落後、閉塞的一面，觸及到了中國幾千年的封建體制問題及其社會結構形態，一個顯而易見的事實是，這些農村還缺乏變動現實、匯入中國進步文明合唱當中的力量，專制勢力還根深蒂固。由於中國農民隊伍空前龐大、穩定、密集、缺乏教育，這就使得農村社會模式的轉變非常緩慢、艱難，而只有在古老的農業社會被城市─海上的思想（例如物質進步的思想）所滲透，被強烈的商業文明所支配，被進步的文明精神所啟蒙、被劇烈的政治運動所震盪時，才會翻開歷史上新的一頁。京派小說所達到的這樣思想高度，實際上提出了被奴役的國民性問題──這個問題曾被五四新文學運動的先驅所廣泛關注並貫串到整個新文學的啟蒙主題之中。魯迅先生早就提出「立人」的主張，「人立而後凡事舉」，並且清醒地注意到國民性的改造問題，無疑對後繼作家以深刻的啟迪。京派小說不僅寫出了農民經濟上的貧困，同時更側重地展示其在精神上的苦痛，揭出其麻木、不覺悟的靈魂，如沈從文的《蕭蕭》，馮文炳的《浣衣母》等。《蕭蕭》描寫的是一個湘西少女蕭蕭嫁給了一個比她小許多的「丈夫」，但她春心萌動，禁不住誘惑和花狗發生了性關係而懷了孕，蕭蕭的命運當然是悲劇性的，但更可怕的卻是她靈魂的沉睡昏死，小說的結尾是頗耐人尋味的：「這一天，蕭蕭抱了自己新生的月毛毛，卻在屋前榆蠟樹籬笆看熱鬧，同十年前抱丈夫一個樣子。」封建禮教的毒素仍在緊緊捆綁住像蕭蕭這樣的女性。這篇小說還特別提到，當新的文明因素在這裡出現時，卻遭到了鄉下人頑強的抵制，他們嘲笑女學生的裝束，不理解文明人的生活，把自由戀愛視為不道德的行為，對現代文明世界還很隔膜。馮文炳的《浣衣母》寫一個善良的農村女性因為自己的無私而被視為大家的「公共母親」，得到了人們的普遍敬重；然而，當她被發現與一男子關係密切時卻很快被人們所唾棄，「餓死事小，失節事大」之類的觀念仍在作祟。究其原因，仍然是中國農民沉重的精神負擔所致，也是半殖民半封建社會的典型特徵。中國農民長期處於受奴役、受統治的地位，「統治階級的思想在每一時代都是占統治地位的思想。這就是說，一個階級是社會上占統治地位的物質力量，同時也是社會

上統治地位的精神力量。……因此，那些沒有精神生產資料的人的思想，一般地是受統治階級支配的。」〔註13〕京派小說所暴露的農民的雙薰貧困，從一個角度說明了中國農民問題的緊迫性和尖銳性，與「為人生」的現實主義文學主張有著內在的精神聯繫。

但20世紀又是亞洲覺醒的世紀，被稱為長期完全停滯的國家的典型的中國也已經開始掙脫身上的鎖鏈，逐漸覺醒過來，在短短的幾十年間，走完了歐洲幾個世紀所經歷的過程，這些又不能不給昏睡的中國人以巨大的心靈震動。京派小說家在痛心疾首地注視農民命運時，也開始覺察到他們靈魂的復蘇，對其寄以深情的希望。沈從文的《丈夫》便是突出的例證，也是一幅人性從沉淪到覺醒的生命圖畫。一個鄉下丈夫來看在船上做妓女的妻子，就在短暫的一夜間，他發現了自己屈辱的地位，隨之生命尊嚴的意識開始覺醒，終於「把栗子撒到地下去，兩隻大而粗的手掌摀著臉孔，像小孩子那樣莫名奇妙地哭了起來。」小說既揭示了下層人民從肉體到靈魂所受的污損，更側重寫出了其不甘墮落、自主意識逐漸增強的這一雖然緩慢卻又堅定的歷史腳步。儘管農民的這種覺醒意識還處在萌芽狀態下，必然要遇到外部環境和其自身落後因素的種種侷限，但它畢竟是啟蒙力量的一次勝利，在古老中國最穩固、最落後的社會群體中，打開了一個缺口。師陀的《過嶺記》把希望賦予了一個小孩子：「社會摧殘著人類的天性，將每個靈魂壓成扁平……然而小茨兒尚未被晦氣充蝕……寬闊的路在他前面展開著，他腦子裏一定充滿了完好的夢境罷。」三十年代的中國農村已經不同於魯迅先生筆下的農村，正在醞釀著一場前所未有的變化。

京派小說人道主義色彩還表現在它的反宗教意識上，往往滲透著民族主義和國家尊嚴的觀念，蕭乾的作品便是這方面的代表。作為歷時最為久遠、分布範圍最為普遍、影響最為深遠的人類文化現象之一，宗教從來就與人的世界密切相聯。中世紀的宗教曾經普遍窒息了人的創造力，使歐洲陷於長時期的黑暗和蒙昧之中，近代資產階級文藝復興和啟蒙主義運動都把反對神學當作自己中心的一環，終於確立了統治地位。早在明清之際，歐洲宗教開始傳入中國，西方傳教士始終抱著這個堅定的信念：從根本上改組中國文化，使中國皈依基督教。步入到近代中國以來，人們對宗教的虛偽性認識日趨清醒，牴觸情

〔註13〕馬克思、恩格斯：《德意志意識形態》，《馬克思恩格斯選集》第1卷第98頁，人民出版社1995年版。

緒也日益增強、激烈。蕭乾說過：「我雖生長在一個信耶穌教的家庭中，但我自幼反教。當洋鬼子在臺上說：你們都有罪拉！我想，我有什麼罪呀？中國已經給欺侮成那個樣子，還說人要打你左臉就得把右臉也給他打，這豈不是強者越強，弱者注定滅亡了嗎？」〔註14〕蕭乾的《皈依》、《鵬程》等都指控了教會教徒在人格上的墮落和欺騙性。《皈依》寫一個中國女孩被騙入了救世軍，他的哥哥卻接受了樸素的愛國主義思想，憤激地說出了：「上海洋兵開槍打死五十多口子，臨完還他媽派陸戰隊上岸。哼，老虎戴素珠救他媽什麼世吧！」之類具有強烈民族情緒的話。《鵬程》則把批判的對象直接指向宗教本身，徹底揭穿了以宗教拯救靈魂的破產。毫無疑問，蕭乾的這種頗為激進的反宗教情緒代表了中國現代知識分子的文化選擇取向，對此應給予充分的肯定。雖然關於宗教作用的問題人們存有尖銳的分歧，有的人甚至認為其作為彼岸世界的存在、表面上看起來否定人類社會的所有價值，但仍然對人類的文化和社會變革產生推動力。然而不能否認，在中國人民心靈的記憶中，它是同屈辱、暴行聯繫在一起的，作為一種精神鴉片侵蝕人的健全靈魂，人們的反宗教是人的覺醒和民族尊嚴的象徵。

京派小說的人道主義思想最後還建立在平民化的基礎之上，其實質可以視作一種平民的人道主義，它熱衷於描寫底層人民的豪爽俠義、喜怒哀樂、自尊自愛，刻畫了一系列的平民人物形象。克萊夫‧貝爾在談到文藝復興運動時期的知識分子性質時，曾認為在藝術活動中知識分子與下層人民有一種分離的現象，這種情況在五四新文化運動中也有著類似的表現，很快便引起了啟蒙者的警覺。周作人、沈雁冰等倡導的平民文學在一定程度上也是啟蒙者試圖貼近大眾的回應。應當說，五四新文化運動在其實質上是也只能是先進知識分子的啟蒙運動，正因如此，它才能在中國現代史中擔任最重要的角色。但也正是在這場運動中，中國新文學開始真正走向大眾，走向平民，儘管它當時的呼聲還比較微弱。京派小說家筆下的平民階層，大多具有質樸寬厚、平和仁愛的特點，在艱難生活的擠壓下仍具有生的堅強和美的信念，這是對五四新文學平民化的具體和深入。蕭乾、汪曾祺、沈從文的小說在這方面都有成功的嘗試。蕭乾從小就生活在北京的平民社會中，他的創作往往具有自敘傳的性質，很多作品鬱積著小人物心靈的隱痛、生活的酸辛。《籬下》寫了一個鄉下兒童環哥到城市姨父家居住時寄人籬下所產生的心理挫傷；《鄧山東》寫一個

〔註14〕杜漸等：《蕭乾訪問記》，載 1980 年香港《開卷》第 2 卷第 7 期。

市民小販甘願忍受屈辱為小學生承擔責任的俠義之舉，這些小人物的人格尊嚴遭到賤踏，人的價值受到貶低，蕭乾對他們的命運憤憤不平，這種控訴是平民的控訴、有著鮮明的傾向性。而汪曾祺筆下的平民，大多隨遇而安，彼此互相同情和幫助，顯然作者的人生態度是對這種世俗化生活持認同感的，這不僅僅是知識分子對小人物的天然同情，更是把自己放在與其真正平等的地位上。京派小說的人道主義平民觀，正是體現了知識分子的博大情懷，應予以充分的重視。

二

　　凡是對京派小說比較關注的研究者，都不能不注意和承認這樣一個事實：京派小說創作傾向最為複雜、審美理想最為豐富，文學世界最為精彩，評價最為分歧的部分最集中地表現在它所包涵的人性思想上，這也是把握京派小說最核心之所在。沈從文明白地表示過：「這世界上或有想在沙基或水面上建造崇樓傑閣的人，那不是我。我只想造希臘小廟。選山地作基礎，用堅硬石頭堆砌它。精緻結實、勻稱、形體雖小而不纖巧，是我理想的建築。這神廟供奉的是『人性』。」〔註15〕人性思想在文學上一直是一個十分敏感的話題，但在我國有一段時間人們曾小心翼翼地繞開它，形成了一個誤區。其實，馬克思主義是十分重視人性的：「整個歷史也無非是人類本性的不斷改變而已。」〔註16〕要研究人的行為，「就首先要研究人的一般本性，然後要研究在每個時代發生了變化的人的本性。」〔註17〕京派小說中所表達的人性觀，和馬克思主義的人性觀既有區別又有一定的歷史聯繫，它所追求的愛與美的理想，它所抨擊的紳士階級的虛偽、墮落，所對民族道德觀的認同和接受有不可否認的進步性，與西方自由主義思潮有緊密的聯繫。西方自由主義思潮產生於 17 世紀的英國，在十九世紀達到鼎盛時期，它的理論先驅洛克說：「自然狀態有一種為人人所應遵守的自然法對它起著支配作用；而理性，也就是自然法，教導著有意遵從理性的全人類：人們既然都是平等和獨立的，任何人就不得侵害他人的生命、健康、自由或財產。」〔註18〕作為一個完整的價值體系，自由

〔註15〕沈從文：《〈從文小說習作選〉代序》，《沈從文全集》第 9 卷第 2 頁，北嶽文藝出版社 2002 年版。

〔註16〕馬克思：《哲學的貧困》，《馬克思恩格斯全集》第 4 卷第 174 頁。

〔註17〕馬克思：《資本論》，《馬克思恩格斯全集》第 23 卷 669 頁。

〔註18〕洛克：《政府論》，下篇第 14 頁，商務印書館 1981 年版。

主義有著自己特有的核心內容，其實質就是社會倫理觀上的個體本位和重視個體自由、政治上的寬容與法治、歷史觀上的社會向善論，它在總體上是同世界現代社會的新陳代謝同步的，在一定的歷史階段發揮過重要作用，因而在五四時期輸入中國後引起了許多中國知識分子的青睞。嚴復、梁啟超曾最早向中國介紹了西方自由主義觀念，陳獨秀、胡適等人都舉過自由主義大旗，五四時期的中國迎來了自由主義的黃金時代。後來由於中國社會進程的變化，一部分自由主義者轉向馬克思主義，但胡適、周作人等知識分子在政治上仍然保持著對自由主義的信仰，在文學領域中留下了清晰的足跡。五四新文化先驅所倡導的文學主張，有些地方暗含著自由主義的內在精神意蘊，渴望把文學變為精神自由的理性工具和實踐工具，對二、三十年代自由主義文藝觀和文學創作都有不小的影響。京派作家對政治是極端厭惡的，他們極力主張作家保持人格獨立和精神上的自由，反對獨裁與專制的國家政體，頑強地捍衛著個體生命的健康與尊嚴，這就決定了他們幻想在激烈的政治鬥爭中保持超然的第三者態度：這些知識分子對共產黨和國民黨的政體均不滿，既批評過左翼文學的概念化、政治化傾向，又對國民黨的文化專制提出過嚴正的抗議，始終要求作家擁有思想自由的權利。沈從文說：「我贊同文藝的自由發展，正因為在目前的中國，它要從政府的裁判和另一種『一尊獨佔』的趨勢裏解放出來，它才能向各方面滋長、繁榮、拘束越少，可試驗的路越多。」〔註19〕朱光潛則認為：「我們現在所急需的不是統一而是繁富，是深入，是盡量地吸收融化，是樹立廣大深厚的基礎。」〔註20〕這都是典型的自由主義文藝觀。他們在政治上既不願同當權者同流合污，又不能忘卻自由主義用道德、倫理、文化來改良中國社會的使命，這種複雜的情感可用周作人一句極形象的話來概括：「十字街頭的塔」。「我自認是引車賣漿之流，卻是要亂想的一種，有時要搬了凳子坐了默想一會，不能像那些『看看燈的』人們長站在路旁，所以我的小居不得不在十字街頭的塔裏了」〔註21〕二、三十年代中國的政治局勢對自由主義知識分子來講，無異是一場嚴重的倒春寒，其政治理想和文化主張多半落了空，但驚奇的是，這些卻在其文學世界中留下了美麗的色彩和無限的魅力。

〔註19〕沈從文：《一封信》，《大公報・文藝》，1933 年 2 月 21 日。
〔註20〕朱光潛：《我對於〈文學雜誌〉的希望》，《文學雜誌》1937 年 5 月創刊號。
〔註21〕周作人：《雨天的書・十字街頭的塔》，第 65 頁，嶽麓書社 1987 年版。

　　從嚴格的意義上講，像京派作家之類的知識分子很難稱得上政治家，他們無意也不可能為解決中國現實的社會問題尋找到一條正確的政治出路，中國半殖民半封建的性質決定了其必然的悲劇命運。他們心中自有一把理想的標尺，那就是人性，試圖用人性這個抽象的理性價值來溝通人與人之間的隔膜，匡正日益暴露的社會弊端，重振民族的希望：「藝術的內容是什麼？我敢大膽說一句，就是人性與禮教的衝突。」〔註22〕正是這種執著而堅定的人性探求撐起了京派小說的全部審美情感，它在波動的社會情形下全力表現著那種自然狀態下的人情美，為行將崩潰的禮樂文明唱了一曲雖優美然又憂傷的人性歌謠，刻畫出人性發展及其變異的歷史軌跡，顯示了健康人性淳樸而強健的生命躍動。沈從文在談到創作理想時希望人們「從一個鄉下人的作品，發現一種燃燒的感情，對於人類智慧與美麗永遠的傾心，康健誠實的讚頌，以及對於愚蠢自私極端憎惡的感情。」〔註23〕可見，京派小說家的人性探求顯然負載了道德文化的功用，企望重新燃起這個民族曾有的激情和活力，以同流俗、虛偽的現實世界頑強抗衡。

　　京派小說中的人性探求基本上可劃分為兩個對立的世界：鄉村風情與都市文明。兩種對立的審美態度：人性美與人性惡。京派小說家對近代文明侵入所導致的人性沉淪極為不滿，對都市文明的虛偽、罪惡持強烈而峻急的批判姿態，在這點上既不同於茅盾等社會剖析派作家對都市文明的階級分析，又不同於新感覺派對都市場景的主觀感受和描摹，而是始終專注於都市人生的人性形態。他們雖然住在充斥現代文明特徵的都市，但往往在情感上缺乏一種文化認同感，在他們眼中，現代文明不僅沒能催生出人類智慧的花朵，反而導致了人類固有美德和自然、質樸人性的墮落，這明顯與他們的人生信仰相悖。城市對他們而言，不僅是一座冷漠、缺乏生命力的堡壘，更是生存困境中的圍城，充滿了心理失落和文化拒斥。京派小說中都市的人性是病態和扭曲的，同人類健康的人性要求嚴重背離，在客觀上反映了人類文明社會進程中所伴隨的不諧調的音符。京派小說中對都市文化的批判主要是圍繞知識分子進行的，這些都市中的所謂文明人，包括紳士、學者、職員、大學生等職業角色，「一切所為，所成就，無一不表示對於『自然』之違反，見出社會

〔註22〕楊振聲：《禮教與藝術》，《現代評論》第 1 卷第 8 期。
〔註23〕沈從文：《〈從文小說習作選〉代序》，《沈從文全集》第 9 卷第 6 頁，北嶽文藝出版社 2002 年版。

的拙象和人的愚心」〔註24〕沈從文、凌叔華、林徽因、蕭乾等人共同對都市的
醜陋人性予以無情的嘲諷，如沈從文的《八駿圖》對知識分子的生存狀態和精
神危機揭示得相當準確。小說裏聚集了八個知識分子，他們表面上謙遜、溫和，
具有文明人的風度舉止，但內心裏地潛伏著虛偽、髒脏、卑劣的情慾，一有機
會便會以各種方式釋放出來。小說令人信服地指出，由於都市現代文明的擠
壓，人性已經失去了它的純樸與崇高，連人類最基本的生存行為也在「文明」
的幌子下以畸形、變態的方式出現，這種生命力的萎縮，正是現代文明人的真
正悲哀所在。他的《自殺》、《某夫婦》、《紳士的太太》等也都無以例外地展示
了在金錢的威力下，人性肆無忌憚地遭到踐踏，神聖的愛情原則正變成都市知
識人的生存遊戲和縱慾方式。廢名的《追悼會》、《文公廟》等對知識者人性惡
的一面也程度不同地進行了批評，現代人的人性在金錢、情慾、墮落等負面因
素的解構下變成了一具蒼白的僵屍。蕭乾的小說則把更多的筆墨放在城市小
市民身上，更注意表現城市的冷漠無情對下層人的心理重壓，物質文明的滲透
殘酷地改變了人與人之間的那種溫情脈脈的關係，每個人都感覺到了都市文
明的世態炎涼和對人性的毀滅。應當說，京派小說對人性惡的表現是有一定價
值的，在客觀上有助於人們深化對現代文明進程的認識，體現了知識分子對人
類終極命運的關注；但另一方面，他們對物質文明實質的把握是不夠準確的，
常常用人性善惡的標準來衡量人類的進步與否。其實，用馬克思主義的觀點來
看，惡也是歷史發展的動力藉以表現出來的形式，在一定階段成了歷史發展的
槓杆，京派小說家還沒有這樣的認識高度，他們用道德的評價代替了歷史評
價，難免有些偏頗。

　　京派小說中對人性美的讚歌集中體現在鄉村世界。既然他們對現代文明
進程提出了自己的懷疑，對都市畸形的道德和人性墮落深為不滿，便把目光移
向了自己故土的一角，在這裡他們才找到那份久別的情感，在鄉村和都市兩種
情感模式的對照中，完成了人性探求的工作。沈從文說：「請你試從我的作品
裏找出兩個短篇對照看看，從《柏子》同《八駿圖》看看，就可明白對於道德
的態度，城市與鄉村的好惡，知識階級與抹布階級的愛憎，一個鄉下人之所以
為鄉下人，如何顯明具體地反映在作品裏。」〔註25〕京派小說中著力表現的是

〔註24〕沈從文：《燭虛》，《沈從文全集》第 12 卷第 14 頁，北嶽文藝出版社 2002 年版。
〔註25〕沈從文：《〈從文小說習作選〉代序》，《沈從文全集》第 9 卷第 4 頁，北嶽文
　　　　藝出版社 2002 年版。

一種自然狀態下人性莊嚴、優美的形式，這種狀態只有在未被現代文明所侵蝕的情況下才會出現。不可否認，沈從文、廢名等筆下的農村大大落後於中國現代文明的進程，相當一部分還處在自給自足的自然經濟之中，更多地保留了一種近乎原始生活的社會形態。例如沈從文所描寫的湘西，因為交通閉塞，遠離沿海，直到清末民國初年還處在與世隔絕的環境中，根本感受不到從上個世紀就傳入中國的現代文明氣息。這種情況與西方 17、18 世紀自由主義思想家所理論設想的「自然狀態」有著相通之處。然而，京派小說始終把這種狀態下的人性看作人類文明精神最完美的體現，是民族道德理想模式重新建構的最佳選擇。

這種至善至美的人性，首先體現在人與人、人與自然、人與社會、人與自我等諸多層面的和諧一致上，這裡的一切都是德性化和理想化的，沒有現代社會中那種高度的緊張、自我的膨脹及心靈的焦慮，而是從從容容，波光瀲影中處處流淌的是人間親情、民風。沈從文的《邊城》、廢名的《竹林的故事》、《菱蕩》等堪稱這方面的傑作，表達的是一幅與都市文明截然相反的圖景，生長在這塊古老土地上的人們，完全憑他們的一套善惡準則與世相處，人性在這裡被充分浪漫化了。他們不理解人性最終會隨著歷史進程的變化遲早會發生變異，而是以自己的生命信仰苦苦支撐起人性美與人性善的大廈，從《邊城》一段文字的敘述中我們或許可以感受到這個充溢著愛與美的倫理世界：

> 由於邊地的風俗淳樸，便是作妓女，也永遠那麼渾厚，遇不相熟的人，做生意時得先交錢，再關門撒野，人既相熟之後，錢便在可有可無之間了。……這些人既重義輕利，又能守信自約，即便是娼妓，也常常較之講道德知羞恥的城市人還更可信任。

《邊城》中的翠翠自小為爺爺所撫養，在沈從文的心目中，她和爺爺被賦予了一種高度象徵化的意蘊，翠翠這個純情、美麗的少女無疑傾注了一個藝術家最聖潔、最真摯的情感，她對愛情的忠誠、執著，對大自然永遠傾心的愛戀，都代表著人類對自身美麗、率真童年的返顧與回憶。而撐船老人則對自然永遠有一種不服輸的精神，他長年無任何代價地把人渡過去，堅韌、樂觀，即使最後面對生命結束，也能坦然對待，顯然，支撐他們的精神力量就是對於真、善、美的信仰，廢名筆下的三姑娘、陳聾子也有著與此類似的象徵意義。

京派小說中的人性理想還體現在一些表現原始民族部落的作品中。這類作品往往浪漫色彩比較濃重，具有某種神話性質，黑格爾曾說：「古人在創造

神話的時代，生活在詩的氣氛裏。他們不用抽象演繹的方法，而用憑想像創造形象的方法，把他們最內在、最深刻的內心生活轉變成認識的對象。」〔註26〕因為更接近於自然狀態，他們的身上躍動著一種原始生命力，敢愛敢恨，現代文明人所憧憬的纏綿的愛情方式被代替以熾熱和粗獷，這種原始的愛情絲毫也沒有被滲入金錢、門弟觀念。如沈從文的《如蕤》、《山鬼》、《龍朱》、《貴生》等都頌讚了這種質樸的生命方式，青年人的愛情是真正兩情相悅、互相吸引；這同都市文明人的矯飾、貪欲、卑萎的情感有著本質的區別。或許是痛感這個東方古國的美好人性行將消逝，京派小說在表現人性美時，常常寫得美麗而憂愁，宛如夢境般的情調。

　　但人類社會發展的規律並不以京派小說家的情感、意志為轉移，當強大、先進的現代文明猛烈衝擊現代中國社會時，京派小說家已經隱約地感到山雨欲來風滿樓的緊張氣氛，而人性作為人類一定階段的屬性也必然會改變自己的方式。對此，京派小說家深為不安，他們的一部分作品在對人性的把握上顯然充滿了迷惘和困惑，一方面深深擔憂人性美的異化和失落，一方面又從一些人身上看到了人性復歸和振興的希望，恨深愛亦深的矛盾情感一直糾纏著這群自由知識分子，面對歷史和人生的蒼茫與無奈，他們一次次發出了沉重的歎息。從中國現代思想史的角度看，自由主義知識分子對中國社會變遷的估計明顯不足，整個社會進程的迅急變化超出了他們預設的軌跡，資本主義因素的快速增長以及物質文明逐漸滲透、瓦解自然狀態的社會結構已成為不可逆轉的客觀事實，怎樣看待其對人性的負面影響？怎樣應對這場襲來的風暴？這都成為京派小說家關心的內容。他們不無傷感地發現，雖然現代文明侵入的時間尚短，但它對人性的侵蝕、毀滅以及挑戰都是巨大的，足以危及這個民族未來的命運。沈從文在寫《邊城》時，就曾經設想在另一部作品寫一些農民「性格靈魂被大力所壓，失去了原來的質樸、勤儉、和平、正直的型範以後，成了一個什麼樣的東西，他們受橫征暴斂以及鴉片煙的毒害，變成了如何窮困與懶惰！」〔註27〕果然，當他時隔不久重新回到湘西時，發現除了青山依舊，河水一仍飛濺、奔流外，他理想中的人性已變得面目全非，失去了昔日的光彩和魅力，他在《長河·題記》中的一段文字進行了深刻的反思：「去鄉已經十八年，

〔註26〕黑格爾：《美學》第 2 卷第 18 頁，朱光潛譯，商務印書館 1994 年版。
〔註27〕沈從文：《〈邊城〉題記》，《沈從文全集》第 8 卷第 58 頁，北嶽文藝出版社 2002 年版。

一入辰河流域，什麼都不同了。表面上看來，事事物物自然都有了極大進步，試仔細注意注意，便見出在變化中墮落趨勢。最明顯的事，即農村社會所保有那點正直素樸人情美，幾乎快要消失無餘，代替而來的卻是近二十年實際社會培養成功的一種唯實唯利庸俗人生觀。」〔註28〕

沈從文當然無法樂觀，文明的侵蝕在使得原始蒙昧文化在漸漸解體的同時，童養媳、雇工、賣淫、仇殺等人性中的負面因素也正日益顯現出來，這使得多年執著鍾情於本民族傳統文化觀的沈從文備嘗憂傷與痛苦的煎熬。他在晚年的一篇序文中講到過當年的情感體驗：「即作品一例浸透了一種『鄉土抒情詩』氣氛，而帶著一分淡淡的孤獨悲哀；彷彿所接觸到的種種，常具有一種『悲憫感』。這或許是屬於我本人來源古老民族氣質上的固有弱點，又或許只是來自外部生命受盡挫傷的一種反應現象。」〔註29〕青年時代的沈從文就是憧憬、懷抱著一種純真和美好的人性觀，從湘西走向社會，去讀那本人世間深邃無極的大書，幻想煽起人類對於進步的追求和對生活的熱情，用本民族的充滿質樸、充滿人情、充滿詩情畫意的理想生活去匡正和改造社會，批判虛偽的都市文明，對民族的衰敗和道德淪喪滿懷憂憤之情。可當他驀然回首，發現所迷戀的安寧、秀麗、淳樸的「一角小隅」卻岌岌可危時，不能不感到惶恐和一種無言的悲傷。他繼而在許多作品中懷著不可言說的心緒描寫了理想王國的轟然倒塌和人性的深度沉淪。他在《長河・題記》中批評了一些所謂時髦和讀過書的青年對歷史發展缺少深刻的認識及對個人生命的意義缺少較深刻的理解，他們只是浮泛地追逐表面上的文明生活，對民族的未來漠不關心。他的小說《丈夫》寫了一些湘西農村婦女為生活所迫到船上作妓女，竟然對這種人性的墮落毫然不知。「她們從鄉下來……離了那年輕而強健的丈夫的懷抱，跟隨到一個熟人，就來到這船上做生意了。做了生意，慢慢地變成為城市里人，慢慢的與鄉村離遠，慢慢地學會了一些只有城市裏才需要的惡德，於是婦人就毀了。但那毀，是慢慢的，因為需要一些日子，所以誰也不去注意了。」

對沈從文而言，最痛苦的莫過於鄉下人對人性墮落的不自覺。廢名的《四火》寫一個誠實的鄉下人也因生活的貧困變成了小偷，京派小說家痛惜地發現昔日充滿旺盛生命力的民族後代竟然「對生存既毫無信仰」，卻對名利等發生

〔註28〕 沈從文：《〈長河〉題記》，《沈從文全集》第 10 卷第 3 頁，北嶽文藝出版社 2002 年版。

〔註29〕 沈從文：《湘西散記・序》，《沈從文全集》第 16 卷第 394 頁，北嶽文藝出版社 2002 年版。

濃厚興趣:「這些青年皆患精神上的營養不足,皆成了綿羊。皆怕鬼信神。一句話,完了。」如此嚴重的精神蛻變迫使京派小說家負擔起一個過於沉甸的課題:這個民族究竟走向哪裏?到底還有沒有復興的希望?如果有,它又在哪裏?

京派小說家決心繼續他們的人性探求工作,他們是有著自己文學信仰和美學觀的作家,不甘於看到人性和民族的墮落而放棄對歷史所背負的責任,而是希翼人性的完善和復歸,以期拯救這個民族的靈魂。沈從文為湘西開出了一劑良藥,企圖用作品去燃燒這個民族更年輕一輩的情感,增加他們的抵抗力和生命活力,幻想從湘西民族中找回那份昔日的光榮與夢想,有時確隱約地感到了某種希望。他站在歷史與現實的交接處,面對淙淙的流水和長流千古河水中的沙礫和石子,眺望著蜿蜒連綿的人類歷史和蒼茫的原始大地,心中難以平靜,陡然發現湘西人的生命尊嚴和崇高,並對之寄以深情的厚望:

> 橫在我們面前許多事都使人痛苦,可是卻不用悲觀,驟然而來的風雨,說不定會把許多人的高尚理想,卷掃摧殘,弄得無蹤無跡。然而一個人對於人類前途的熱忱,和工作的虔敬態度,是應當永遠存在,且必然能給後來者以極大鼓勵的;在我所熟習的讀者一部分人表現上,我正看到了人類最高品德的另一面。——《長河·題記》

湘西人雖然困苦不堪,然而他們生命中仍不乏堅韌不屈和反抗的火種,他們沒有宏大的理想,但也並不逃避生活賦給他們的艱辛和磨難,在走投無路時,他們也能挺身而出,對醜惡勢力進行殊死的搏鬥。沈從文一再頌揚了他們的這種「劃龍船」的精神,即不與命運妥協,想出種種辦法來支配自然,並在慢慢地改變和創造著歷史,希望他們重新來一股勁,把劃龍船的勁頭換個方向,來重新安排生活。他的《丈夫》已開始表現出鄉下人對自身生命尊嚴的維護及人性意識的初步覺醒,到了《長河》中,鄉下人則直接對當局的政策明白地表示不滿,這種普遍躍動的情緒已成為萌動的新生力量,代表了對民族未來的信心。其他如李健吾、師陀等的小說也表現了鄉村世界中正在醞釀著的風暴,鄉下人已經不願聽從命運的安排,這種人性自覺的皈依,和京派小說家的人性重構理想是完全吻合的。

然而,京派小說家寄希望於重振民族理想和人性信仰,要求在文化和道德的層面上進行變革,在當時中國社會風雲激蕩、階級矛盾異常尖銳的時局下顯然是不合時宜和行不通的,具有濃厚的空想色彩。另外,他們所企盼的人性理

想本身有著明顯的偏頗和不足,沈從文竟然錯誤地認為「生惡性癰疽的人,照舊式治療方法,可用一星一點毒藥敷上,盡它潰爛,到潰爛淨時,再用藥物使新的肌肉生長,人也就恢復健康了。」〔註30〕這顯然是一種文化保守主義和復古、守舊心態。京派小說家最高的精神憑籍就是充滿愛、美和自由的理想人生狀態,但他們卻不明白農業文明讓位於工業文明是人類歷史發展必不可缺的一環,人性的變異在某種程度上講也或許是難以完全避免的一種現象,他們所向往的理想社會恰恰與人類社會進程的現代化、都市化相悖,這就是京派小說的孤獨和悲劇所在。因為或許只有在淳樸的道德消解的時代,在人性淪落的不和諧音符中,人類才有可能真正走向歷史的進步,向自身、向社會的人復歸,這種復歸是完全和自覺的,是解答各種歷史之謎的唯一答案。

三

　　以上兩節主要是從西方人道主義思潮和自由主義思潮的角度剖析了其對京派作家的影響及其人文觀在京派小說中的表現。但必須指出的是,現代中國中西方文化模子之間的衝突和調和是極其複雜的,也決定了知識分子價值觀念和歷史觀念上的矛盾和紊亂,在這個過去與現在、本土與外來文化各種層面、不同體系的互相滲透過程中,中國知識分子的潛意識中往往存在著傳統的因子,本能地抗拒著對異質文化的全面橫移。海外知名學者林毓生就認為,在那些激烈範傳統和主張「全盤西化」論的背後,仍然因襲著一種傳統的思維模式,即使像陳獨秀、胡適、魯迅等這些激進的反傳統文化者,在心靈深處都保留了對傳統文化的依戀情感。具體到京派作家,這個問題就更為明顯,傳統文化對京派作家的影響是不言而喻的,「在檢討某一具體的文化傳統(如中國文化)及其在現代的處境時,我們更應該注意它的個性。這種個性是有生命的東西,表現在該文化涵育下的絕大多數個人的思想行為之中,也表現在他們的集體生活之中。」〔註31〕本節擬就京派小說為個案分析,探討中國傳統的人文價值觀及其人文理想的種種表現方式,以求更完整地把握京派小說的複雜性。

　　京派作家雖然生活在一個複雜多變、個性思潮和民主主義思潮風起雲湧的時代背景下,但他們對傳統文化大多有一種直接或間接的精神牽連,這不能

〔註30〕沈從文:《湘行散記‧箱子岩》,《沈從文全集》第 11 卷第 282 頁,北嶽文藝出版社 2002 年版。

〔註31〕余英時:《中國思想傳統的現代詮釋》,第 5 頁,江蘇人民出版社 1995 年 8 月版。

不聯繫到他們的出身背景和生活道路。像凌叔華、林徽因都是大家閨秀,出身
名門望族,自幼受到正統的傳統文化教育,即使在她們長大後接受現代文明浸
染的過程中,仍然保留了傳統東方女性的矜持。朱光潛生於安徽桐城,深受桐
城派文學的影響,接受過傳統教育模式的嚴格訓練,而沈從文、廢名、汪曾祺
等更和傳統文化結下了不解之緣。沈從文是由湘西保留的楚文化的環境下哺
育的,「楚人血液給我一種命定的悲劇性。」〔註32〕儘管沈從文不具有其他京
派作家那樣的家庭背景和文化薰陶,沒有系統地接受過傳統文化教育,但後來
他依靠頑強自學,對傳統文化具備了較高的鑒賞力。汪曾祺的精神命脈中融入
了中國儒家文化傳統的長期浸染,他曾說:「我追求的不是深刻,而是和諧。」
「我希望寄奇崛於平淡,納外來於傳統,能把它們糅在一起。」〔註33〕這種審
美方式正體現了中國儒家文化的價值體系。而京派小說家的重要代表廢名對
傳統文化的接受最為明顯,但同時也最為複雜。最瞭解他的周作人回憶說:
「廢名在北大讀莎士比亞、讀哈代,轉過來讀本國的杜甫、李商隱、詩經、論
語、老子莊子,漸及佛經,在這一時期我覺得他的思想最是圓滿。」〔註34〕這
些都恰如其分地表達了京派小說家在心靈深處與傳統文化一種割不斷的依戀
情感。

　　中國傳統文化源遠流長,在其長期的發展過程中,形成了一套完整的、不
同於西方的價值觀念和特徵。海外學者余英時先生認為中國文化具有內傾性
格,有其內在的力量,「內在力量主要表現在儒家的『求諸己』、『盡其在我』,
和道家的『自足』等精神上面,佛教的『依自不依他』也加強了這種意識。若
以內與外相對而言,中國入一般總是重內過於重外。這種內傾的偏向在現代化
的趨程中的確曾顯露了不少不合時宜的弊端,但中國文華之所以能延續數千
年而不斷卻也暴受這種內在的韌力之賜。」〔註35〕這種內傾的表現就是中庸、
和諧、節制的文化心態。京派小說家的文化性格多通達、從容、中和狀,較少
激烈的態度,因而在他們的作品中有不少世俗化的審美傾向,很少反映尖銳的
時局衝突,而且作品中的人物往往具有一種雍容、悠然的處世方式。像汪曾祺

〔註32〕沈從文:《長庚》,《沈從文全集》第 12 卷第 39 頁,北嶽文藝出版社 2002 年
　　　　版。
〔註33〕汪曾祺、施叔青:《作為抒情詩的散文化小說》,《上海文學》1988 年第 4 期。
〔註34〕周作人:《藥堂雜文·懷廢名》,第 124 頁,河北教育出版社 2002 年版。
〔註35〕余英時:《中國思想傳統的現代詮釋》,第 19 頁,江蘇人民出版社 1995 年 8 月
　　　　版。

的《戴車匠》、《雞鴨名家》、沈從文的《三三》、《邊城》、廢名的《竹林的故事》、《菱蕩》等的人物多半持有一種淡泊的生活態度，他們更看重的是其自身的德性化追求，追求自身的完善與自然的和諧統一。如陳聾子、渡船老人等大都經歷過生活的風浪，但他們早已忘卻了對生活的非分之想，只求在極自然的狀態下充分享受生活的樂趣。尤其是汪曾祺的小說，更是深得中國傳統文化的真諦，在上種溫婉、恬淡的文化心態背景下，把自己的心完全沉浸到民族的衣食住行之中，其中的人物大多具有重義輕利、樂天知命、愛眾愛人的傳統人文主義理想，如小說《異秉》中的一段描寫：

> 每天必到的兩個客人早已來了，……他們已經聊了半天，換了幾次題目。他們唏噓感歎，嘖嘖慕響，譏刺的鼻音裏有酸味，鄙夷時披披嘴，混合種猥褻的刺激，舒放的快感，他們譁然大笑。這個小店堂裏洋溢感情，如風如水，如店中貨物氣味。

小說中的這種生命感既不應嚴也不浪漫，但正是在這種舒緩的敘述風度中，呈現出一種樸素、自然的生命本色，這難道不是中國傳統倫理觀照下的依戀情感嗎？

京派小說中的這種儒家人文理想還表現在對倫理道德層面的思考和把握上。儒家一方面強調「為仁由己」，即個人的價值自覺，另一方面又強調人倫秩序，要求控制自我的欲望和遵從道德規範，所謂「發乎情，止乎禮」即是一例。京派小說在對倫理的挖掘中，更多地表現出了挖掘者本身固有的傳統倫理制約，突出反映了現代知識分子的矛盾心態，尤其是像林徽因、凌叔華這類的知識女性，雖然受到了五四個性解放思潮的鼓舞，有追求自由和民主的願望，但一旦問題落到諸如倫理道德時，難免顧慮重重，潛意識中的傳統文化觀便流露出來。京派小說在反映愛情、婚姻等涉及兩性關係和家庭秩序時，大多寫得矜持、節制，同當時文壇盛行的這類作品有著明顯的區別。如她的《酒後》寫一個女性傾慕來她家作客的青年男子，要求丈夫允許她吻一下這個客人，但當丈夫同意她的要求後，她卻沒有了這個勇氣，傳統的倫理觀終於壓倒了心中的欲望，這正是儒家人文思想的重要實質。其他的京派小說家，即使像沈從文這樣有著獨特生命觀的作家，在描寫愛情時大都適可而止，較少放縱的情慾。這雖然避免了諸如張資平、葉靈鳳等海派作家那種赤裸裸的情慾描寫和骯髒的色情文字。但從另一個角度來講，又在一定程度上沖淡了其對時代精神特徵的深入揭示，它在個性解放的表現上就遠不如郁達夫、馮沅君、汪靜之等人的

熱烈、大膽，因而影響也就小得多，的確極大的限制了其切入人性、切入生命的深度，導致以「道德化」削弱了現代意識，這是京派小說所付出的一個沉重而巨大的代價。

中國傳統文化在發展過程中創造性地融合了儒、釋、道精神，形成了一套既穩固又開放的體系，使其內在的精神底蘊滲透到社會的各個層面，長期發揮著重要的功能和效用。其中的「入世」和「出世」便是這種文化性格的兩面，既對立又統一，具有很強的互補性，往往構成了傳統知識分子處世的人生哲學。所謂「入世」，即「達則兼濟天下」，對國家匹夫有責，中國儒家自創立之日起就注重入世，創始人孔子云：「苟有用我者，期月而可，三年有成。」孟子則說：「如欲平治天下，當今之世，捨我其誰也。」這種志存天下，積極進取的精神一直成為貫串幾千年知識分子心靈歷程的主線，後來亦稱為憂患意識。所謂「出世」，乃是知識分子在處境艱難，政治理想無法實現，甚至連人的生命都朝不保夕的情況下所採取的人生態度，他們對統治者的黑暗極端不滿，抱著不合作的姿態，而是「獨善其身」和「獨樂其志」，「汪洋恣肆以適己」，不願被世俗價值和權勢結構所網羅，保持自己精神活動的天地和心靈自由。在中國歷史上，「入」和「出」的雙重人格在知識分子的價值選擇上有著舉足輕重的作用，正是這一對立範疇的存在，使得知識分子在動盪的情形中能尋到一個精神上的平衡點。他們在兼濟天下的宏願落空時，出世的思想便佔了上風，成為其要求內心獨立，避開時事紛擾，保持人格操守的避風港。因此，儘管漫長的歷史歲月悄悄滌蕩、淹沒、改變了許多物質、精神上的形態，然而，「入」和「出」卻一直成為中國知識分子的心理支柱，頑強地生存下來。

五四新文化運動以前所未有的激情燃燒起了知識分子的愛國情感和沖決一切羅堤的意志，這使得中國現代知識分子的入世精神表現得比以往任何一個時期都強烈，但這並不是說，他們文化性格中「出」的一面消失了。其實，在許多新文化先驅身上，「出」仍然存在，魯迅在激烈、緊張鬥爭的生活之餘，依然「想在紛擾中尋出一點閒靜來。」京派作家的理論先驅周作人在這方面表現得也更為明顯和複雜，他「總體上躲在苦雨齋裏過著逃避現實的隱逸生活，彷彿不食人間煙火；偶而又從苦雨齋裏伸出頭來，看看人間，發幾句牢騷，彷彿仍是世間人。」〔註36〕周作人就是極力地在尋找著這個精神平衡點。

〔註36〕錢理群：《周作人論》，第 93 頁，上海人民出版社 1991 年版。

　　京派小說家同樣有「入世」和「出世」所組成的雙重人格。從他們所處的歷史背景來看，已經和五四時代的第一代知識分子有所不同，他們所面臨的世界，正是傳統的倫理價值體系和文化觀念受到猛烈的衝擊日漸式微，但新的人文理想尚未完全建立起來，沒有先驅者的那種沉重心理負荷。但這並不等於說他們缺乏執著、明確的政治理想和憂患意識。恰恰相反，京派小說家仍然繼承了傳統文化中的積極入世精神，對國家和民族的命運表示了強烈的關心和擔憂、對國民黨政治上的獨裁、專制嚴重不滿。例如沈從文在國民黨實施文化專制政策的時候，冒著生命危險發表了《丁玲女士被捕》、《禁書問題》等含有明顯政治傾向的文章，介入了當時的中國現實。針對當時出現的人性墮落等負面因素，沈從文也憂心忡忡，大聲疾呼，這都是其「先天下之憂而憂，後天下之樂而樂」的一面，他把自己的文學作品看成拯救民族靈魂的良藥，「能夠追究這個民族一切癥結所在，並弄明白了這個民族人生觀的虛浮、懦弱、迷信、懶惰，由於歷史所發生的壞影響，我們已經受到了什麼報應，若此後再糊塗愚昧下去，又必然還有什麼悲慘場面。」〔註37〕憂患之情躍然而出，蕭乾、廢名、林徽因、凌叔華等人也並沒有真的超然於社會現實之外，他們的眼光仍然深情地注視著民族的危亡局勢和普通人的悲歡離合，這從他們的作品中同樣可以得到印證。就拿隱逸氣最為濃厚的廢名來說，他在二十年代的小說創作也還反映了現實，正如周作人所說：「馮君的小說我並不覺得是逃避現實的。他所描寫的不是什麼大悲劇大喜劇，只是平凡人的平凡生活，——這卻是現實。」〔註38〕廢名早期的小說對普通人民滿懷摯愛之情，對農村落後的現實亦有較真切的揭示，到了抗戰時期，他的思想又有了進一步的昇華，對帝國主義侵略中國表現了很強的民族氣節。至於沈從文在《長河》中所表達的對當局者民族歧視的不滿，對社會矛盾日益激化的擔憂，都無不表明他對這個民族的拳拳之心，儘管他一再聲稱自己的作品並沒有什麼主張，但這並不能否定其對中國社會現實的關心。京派小說家在中國傳統文化中尋到了一個契合點，其入世的精神代表了知識分子從此岸到彼岸的不懈追求和自我超越，正是「知其不可為而為之」的弘毅進取，才使得中國現代知識分子的命運更其悲愴和蒼涼。

〔註37〕沈從文：《廢郵存底·元旦日致〈文藝〉讀者》，《沈從文全集》第17卷第204頁，北嶽文藝出版社2002年版。

〔註38〕周作人：《〈竹林的故事〉序》，《苦雨齋序跋文》第101頁，河北教育出版社2002年1月版。

　　京派小說家出世的一面甚至比入世的色彩還要濃重一些，在他們內心深處仍保留了對傳統的避世、隱逸等的欣賞和留戀。儘管京派小說家對社會、對人生都背負了很強的責任感，在五四的光照下滿懷信心地走向社會，但嚴峻的社會現實給他們重重一擊，放眼望去，中國仍是滿目瘡痍，民不聊生，他們所期望的人權、自由、美等都成了泡影，從而感到茫然和失落。對京派小說家有著較大影響的周作人就走著一條從叛徒到隱士的道路，典型地體現了中國傳統文人的雙重心態，有人評論說：「周先生備歷世變，甘於韜藏，以隱士生活自全，蓋勢所不得不然，周先生十餘年間思想的變遷，正是從孔融到陶淵明二百年間思想變遷的縮影。」〔註39〕周作人的這種「甘於韜藏以隱士生活自全，蓋勢所不得不然」正是自由主義知識分子的真實境遇，也是他們在政治高壓下保持自己超然獨立和精神自我放逐的必然選擇。京派小說家不得不接受一個現實：他們的力量還太弱小，無法從根本上扭轉中國社會的乾坤，在這種情況下，他們性格中「出世」的一面便佔了上風，與劇變的現實日漸疏離。廢名在二十年代後期受周作人退隱思想影響甚深，對禪宗發生了濃厚的興趣，終於「悟道」，整日隱居。周作人回憶說：「從意見的異同上說，廢名君似很贊同我所引的說藹理斯是叛徒與隱逸合一的話，他現在隱居於西郊農家，但談到這些問題他的思想似乎比我更為激烈。」〔註40〕沈從文抱恨說：「一個寫小說的算什麼，想過許多，寫了許多，其實連自己也救濟不了，盡是些世上他所沒有的東西。」〔註41〕他的創作視角轉向了湘西那古樸、單純的農村社會，旋律中交織著老莊崇尚寧靜、自然的人生哲學，少了那種仗劍俠義的青春熱血和憤世嫉俗。後來他乾脆放棄了文學，轉到中國古代文物、服飾研究，在一種恬淡的心態下來平衡著人生的苦悶，正應和了周作人的一段話：「如在江村小屋裏，靠玻璃窗，烘著白炭火鉢，喝清茶，同友人說閒話。」京派小說家千方百計地尋找著心靈的避難所，在沉悶的現實中以「出世」的退守方式繼續維繫著傳統士大夫的高潔人格和藝術信仰，在其小說中也投下了濃重的影子。像廢名的不少小說，都流露出很重的隱逸思想，讀他的小說最好是在樹蔭下，恍然與現實隔絕，廢名曾計劃用十年之力來寫的小說《橋》，幾乎難以嗅到人間煙火，小說

〔註39〕曹聚仁：《從孔融到陶淵明的路》，載 1934 年 4 月 24 日《申報‧自由談》。
〔註40〕周作人：《〈桃園〉跋》，《苦雨齋序跋文》第 103 頁，河北教育出版社 2002 年
　　　　1 月版。
〔註41〕沈從文：《廢郵存底‧一周間寫過五個人的信摘錄》，《沈從文全集》第 17 卷
　　　　第 182 頁，北嶽文藝出版社 2002 年版。

中的人物都安然自樂，他們所信仰的是紫雲閣的尼姑所傳授的返樸歸真的哲學。在幽靜的自然中尋覓頓悟，大有古代文人超然塵外的莊禪人格。汪曾祺小說與廢名有相似之處，作品中的主人公對現實缺少直面人生的態度，神情散淡，隨遇而安，這正是得道後的人生境界，他後來的《受戒》、《大淖記事》等小說更是滲透了莊禪哲學。京派小說的「入」與「出」的文化屬性，深刻地反映了中國現代知識分子的艱難處境與矛盾心態，他們既渴望建功立業，又要保持精神自由；既想關注人生，又茫然不知所措；既想超越傳統，步入現代，又難以割斷精神上的牽連，總之，雄心勃勃的政治理想與避世者的灑脫、從容，和諧地得到統一，為研究中國現代知識分子文化性格和複雜心理提供了一份難得的材料。

以上從人道主義、自由主義及傳統心態等三方面論證了京派小說的人文精神，這裡不僅有中國現代知識分子對西方進步社會思潮的接納、吸收和融化，還有對傳統文化的繼承和創造性轉變，在現代意識的理性觀照下予以重新的闡釋。今天世界各民族、各文化的接觸、碰撞、溝通更加頻繁，面對著種種相同的社會、文化危機，如何應對這種挑戰已成為人類共有的緊迫課題，京派小說在此方面的探索或許不無益處，它著力尋找著一種融合了各種文化體系的價值系統，單就這一點而言，就足以證明其對於重新建構人文理想的真誠。

第三章　京派小說的文體特徵

　　在 20 世紀中國文學的現代化進程中，小說無疑地扮演了最為重要的角色，它在很短的時間內就掙脫了傳統鎖鏈的束縛，以穩健而堅定的腳步完成了向現代小說的創造性轉變，向中國新文學貢獻了諸如魯迅、郁達夫、老舍、巴金、沈從文等一批傑出的小說家。這個轉變包括兩個層面，既有內容層面上的，也有形式層面上的，五四時期周作人就曾指出：「新小說與舊小說的區別，思想固然重要，形式也甚重要。」〔註1〕可惜的是，後者的重要性常常被忽略，中國小說的現代化長期被簡化為小說主題思想的現代化，這種相當偏頗的看法嚴重妨礙了人們對藝術文本和藝術規律的深入探討，而且正越來越受到 20 世紀興起的形式主義、結構主義、符號學等文學批評方法的嚴峻挑戰。在一定意義上來說，批評必須面對藝術文本，批評開始於藝術並終結於藝術。批評僅僅是對已有藝術文本的詩性空間的可能與侷限的探討，它應該能經受住時間的考驗和喚起後來者藝術心靈的覺醒，這就要求研究者對藝術形式本身傾注更多的時間和精力。

　　本章從文體學的角度考察京派小說的文體構成及其文化意味，應該指出的是，它雖然側重於藝術形式的探討，但並不僅僅限於藝術形式本身，內容和形式並不能絕然分開，因而本文不想製造一個個封閉、孤立的圓圈，而是努力把歷史意識和文化背景引進過來，以期對京派小說的文體貢獻有更為全面的瞭解。

一

　　儘管文體的概念在中西方文論中出現已經有很長一段歷史，但作為一門

〔註 1〕周作人：《日本近三十年小說之發達》，《新青年》第 5 卷 1 號，1918 年。

嚴密而獨立的學科體系,「文體學」卻是在二十世紀西方語言學突飛猛進的背景下產生的,日益滲透了現代新批評學科的諸多因素。美國當代有影響的文學批評家艾布拉姆斯所編撰的《簡明外國文學辭典》中認為:「風格是散文或詩歌的語言表達方式,即一個說話者或作家如何表達他要說的話。分析作品或作家的風格特點可以從以下幾個方面入手:作品的詞藻,即詞語的運用;句子結構和句法,修辭語言的頻率和種類,韻律的格式,語言成分和其他形式的特徵以及修辭的目的和手段。」〔註2〕還有的批評家則直言文體是「涉及表達方式而不是所表達的思想的文學選擇的特徵。」〔註3〕新批評派的影響由此可窺見一斑。應當承認,這些對文體概念的界說都具有一定的合理性,是文學批評走向藝術自身的有益嘗試,但又並不十分完整,文體的深層結構中仍然負載著社會的文化精神和作家的個體人格內涵。

從文學的傳統來看,中國是一個十分重視文體的國度,歷來作家對語體和風格都十分關注,並在這方面取得了引人矚目的成就。五四新文學運動揭開了中國文學現代化的序幕,而文體問題也同樣被提上重要的位置,魯迅先生在《我怎麼做起小說來》一文中有這樣的一段話:

> 我做完以後,總要看兩遍,自己覺得拗口的,就增刪幾個字,一定要它讀得順口;沒有相宜的白話,寧可引古語,希望總有人會懂,只有自己懂得或連自己也不懂的生造出來的字句,是不大用的。這一切,許多批評家之中,只有一個看出來了,但他稱我為 stylist。〔註4〕

這裡的 stylist 就是文體家,可見當時的批評家已經發現魯迅先生在文體上的創造和特色。陳平原先生在他的《中國小說敘事模式的轉變》一書中曾得出這樣一個結論:五四作家創作的小說不論在敘事時間、敘事角度,還是在敘事結構上,都比同時期介紹進來的外國小說更現代化,中國小說在 1928 年前已經基本上完成了敘事模式的轉變。這種論點對我們理解中國現代小說的文體演變不無益處。以魯迅先生為代表的五四新小說家對文體問題的普遍重視不僅催生了一批成熟的藝術傑作,而且給後來的文學家的創作以深刻的啟迪。從某種角度來看,三十年代的中國小說形態比五四時期更要豐滿、成熟些,小

〔註2〕艾布拉姆斯:《簡明外國文學辭典》,湖南人民出版社 1987 年版。

〔註3〕H·肖:《文學術語辭典》(A Dictionary of Literature terms),紐約,1972 年,style 條。

〔註4〕魯迅:《我怎麼做起小說來》,《魯迅全集》第 4 卷第 513 頁,人民文學出版社1981 年版。

說家對文體意識的追求也更加用力和自覺，帶來了三十年代中國現代小說的繁盛局面，除了當時的左翼小說在一定程度上存在有公式化和概念化的傾向外，海派小說和京派小說都自覺追求自己的藝術個性，大大強化了作品的審美意識，必然導向了對小說文體構成因素的試驗和探究的熱情。

京派小說是一個相當成熟的小說流派，它之所以在中國文壇幾十年風風雨雨的沖刷下頑強地生存下來，重又綻放出絢爛的色彩，這在很大程度上得力於京派小說家在文體上的重要成就。京派小說家大都有很強的創作個性，不願意墨守藝術成規，沈從文說：「一切作品都需要個性，都必須浸透作者人格和感情。想達到這個目的，寫作時要獨斷，要徹底地獨斷。」〔註5〕鑒於此，他悉心創新，增強文體的自覺意識：「本人學習用筆還不到十年，手中一支筆，也只能說正逐漸在成熟中，慢慢脫去矜持、浮誇、生硬、做作，日益接近自然。」〔註6〕沈從文也由此獲得了「文體作家」、語言文字的「魔術師」的稱譽。而京派文學的重要評論家李健吾對京派小說的評論也著重從文體的視角來剖析。應當說，京派小說家的這種自覺的文體意識是在一定文化背景下的產物，絕不是憑空產生的，它既根植於民族的傳統文化精神，又得力於現代小說家的成功嘗試。當時的中國讀者普遍對流行的那種公式化的創作感到厭倦和不滿，在客觀上推動了小說家對文體構成因素的關注，以增加藝術的生命活力。萊斯利·懷特指出：人的意識本質上都是受文化制約的，「個人在做什麼，信仰、思維和感覺什麼，這不由個人，而由文化和環境決定。精神只是文化的一種反射，只有通過思考文化，才能使人類意識成為可以理解的東西。」〔註7〕京派小說家的藝術思維模式是相當開放的，對外國現代小說和中國古典文學的雙重借鑒使得京派小說在中國現代小說的藝術探索中佔據著十分重要的地位。

京派小說在文體上的一個重要特徵就是發展了「五四」以來的抒情小說體式，促進了小說與詩、小說與散文的融合與溝通，強化了作家的主觀情緒。在這方面我們不難看出中國古典文學的「詩騷」傳統的影響，中國詩歌在發展道路上並沒有像西方那樣有著發達的敘事詩體式，而在一開始就走上了抒情詩的路子，這種強大的抒情方式千百年來一直在制約著作家的藝術思維定式。

〔註5〕沈從文：《從文小說習作選·代序》，《沈從文全集》第9卷第2頁，北嶽文藝出版社2002年版。
〔註6〕沈從文：《從文自傳·附記》，《沈從文全集》第13卷第366頁，北嶽文藝出版社2002年版。
〔註7〕懷特：《文化的科學》第178頁，山東人民出版社1988年版。

在五四的現代小說中，一些作品開始嘗試採用這種抒情的結構和方法，這和當時的文學理論倡導是分不開的。五四時期的中國文學結束了長斯的封閉狀態而逐漸走向開放，外國的文學作品也隨著各種傳播媒介被翻譯、介紹到了中國。謝六逸曾把當時歐洲流行的現代派作品概括為「非物質的」、「主觀的」和「以情意為主的」三點，給人以耳目一新之感。周作人也有一段議論：「小說不僅是敘事寫景，還可以抒情……這抒情詩的小說，雖然形式有些特別，卻具有文學的特質，也就是寫實的小說。」〔註8〕這些都有力地促進了五四小說家打破以故事情節為中心的敘事模式，使現代小說開始向以情緒、心理為中心的方向移動。捷克學者普實克在《傳統東方文學與現代西方文學在中國文學革命中的對抗》一文中指出：「舊中國的主要文學趨向是抒情詩代表的趨向，這種偏好也貫穿在新文學作品中，因而主觀情緒往往支配著甚至衝破了史詩形式。」〔註9〕魯迅先生自覺繼承中國「抒情詩」的傳統，開闢了中國現代抒情小說的先河，他的《傷逝》、《孤獨者》、《故鄉》等小說都迴蕩著濃鬱的抒情氣氛，為後來小說家的創作提供了很好的範例。繼魯迅之後，郁達夫、廢名、沈從文、蕭紅、孫犁等人也都為中國現代抒情小說的繁盛做出了貢獻。

京派小說家雖然承繼了文學研究會的關注人生、直面人生的現實主義精神，但在寫實的手法上和細節描寫上與之存在著一定的距離，他們往往很重視感情、直覺的作用。沈從文稱之為「情緒的體操」，這樣就很自然地淡化了傳統小說以情節為中心的結構模式。京派小說家在敘事結構上一般並不追求完整的故事情節，而是側重主觀的意念、情感的把握，把文學創作視為生命的追求和生命觀的自然流露，為之帶來的就是對小說的世俗生活化和散文化。沈從文說：「一切都帶著『原料』意味。」〔註10〕汪曾祺則直言：「小說是談生活，不是編故事。」〔註11〕京派小說非常注重描寫世俗生活中的人倫親情，如《桃園》、《柚子》中的骨肉之情，《丈夫》、《邊城》中的男女之情等，試圖在這種關係中來凸現一個相對和諧，缺少衝突的世界。京派小說所營造的這種生活

〔註8〕周作人：《〈晚間的來客〉譯後記》，《點滴》，北京大學出版部 1920 年。
〔註9〕參見陳平原《中國小說敘事模式的轉變》，第 240 頁，上海人民出版社 1988 年版。
〔註10〕沈從文：《新廢郵存底二十三・一首詩的討論》，《沈從文全集》第 17 卷第 462 頁，北嶽文藝出版社 2002 年版。
〔註11〕汪曾祺：《橋邊小說三篇・後記》，《汪曾祺文集・文論卷》第 68 頁，江蘇文藝出版社 1994 年 1 月版。

氛圍，隨意自然，前後之間往往並沒有貫穿的情節。像廢名的長篇小說《橋》，故事前後時間跨度長達二十年，情節因素隨著生活的詩化而逐漸消解，退居到非常次要的位置，這不能不說是京派小說的一大創新。由於這種散文式的結構，使京派小說在一些場合下很難同散文分開，廢名的不少小說與散文集互選從中也說明了這個問題。林徽因的小說名篇《九十九度中》更是採用了獨具匠心的散文化結構，全篇寫了在盛夏華氏 99 度之下北方一個都市的眾生相，為了便於表達現代生活的快速節奏和繁複多變，林徽因借了英國現代小說的技巧，放棄了嚴謹的小說結構，不立足於情節，而是切入生活的橫斷面，從而達到一種富有動態感和立體感的藝術效果。京派小說的這種生活化、散文化的傾向擴大了小說的敘事功能和生活容量，體現了京派作家強烈的文體創新意識，沒有這種對傳統文體規範的反抗意識與叛逆精神，中國小說藝術形成的現代化和多樣化就只能是一句蒼白的口號。

　　由於中國詩騷傳統的影響，京派小說都十分注意小說藝術同詩歌藝術的結合，普遍注重對「情調」、「意境」、「象徵」方式的把握，把小說當作詩來用心描摹。談及到小說的情調及小說的意境，就不能不回溯五四時期的兩個重要小說家郁達夫和葉聖陶的藝術經驗談。郁達夫說：「歷來我持以批評作品的好壞的標準，是『情調』兩字。只教一篇作品，能夠釀出一種『情調』來，使讀者受了這『情調』的感染，能夠很切實的感著這作品的『氛圍氣』的時候，那麼不管它的文字美不美，前後的意思連續不連續，我就能承認這是一個好作品。」〔註 12〕葉聖陶則說：「構成意境和塑造人物，可以說是小說的必要手段。意境不僅指一種深善的情旨，同時還要配合一個活生生的場面，使那情旨化為可以感覺的。」〔註 13〕五四小說家這種對「情調」、「意境」等要素的重視，實際上是接通了中國現代小說與中國古典詩詞的血緣聯繫。因此，當時的文學理論家和作家都不約而同地認為小說的詩美因素比故事情節更為重要，把目光轉向了向中國古典詩詞的借鑒。京派小說家儘管作為現代意義上的知識分子對傳統文化的負面因素有著較清醒的認識，但對中國古典文學的成就卻是心嚮往之，把自己置身在這種文學的靈光之中，並在自己的創作中進行了很好的吸收和融化。京派小說家在氣質上更接近抒情詩人，有的研究者把他們的作品看成是一首首濃鬱的抒情詩，這是相當中肯的。

〔註 12〕郁達夫：《我承認是「失敗」了》，《晨報副鎸》1920 年 12 月 26 日。
〔註 13〕葉聖陶：《讀〈虹〉》，《中學生》第 72 期，1944 年。

　　京派小說擅長把作家的人生體驗投射到客觀事物之中，不注重人物的行動和故事的進程，而是側重人物形象意蘊和主觀的情感意念，把自然背景與人物巧妙地融合為一，傳達出抒情的格調。京派小說對大自然風景的描寫是十分出色的，如廢名的《菱蕩》、《竹林的故事》、《橋》，沈從文的《邊城》，蘆焚的《果園城記》等，自然景物的描繪佔了相當大的比重，這一方面既削弱了小說的敘事成分，又為人物設置了充滿詩情畫意的環境。沈從文的《邊城》用大量筆墨呈現了秀麗的湘西風情，那淙淙流淌的溪水，鬱鬱蔥蔥的翠竹同翠翠、渡船人等構成了一幅靜穆幽遠的圖畫。下面是《邊城》中的一段描寫：

> 月光如銀子，無處不可照及，山上篁竹在月光下皆成為黑色。身邊草叢中蟲聲繁密如落雨。間或不知道從什麼地方，忽然會有一隻草鶯「落落落噓」！囀著它的喉嚨，不久之間，這小鳥兒又好像明白這是半夜，不應當那麼吵鬧，便仍然閉著那小小眼兒安睡了。

　　像這種具有詩意的抒情筆調，同歐洲浪漫主義作品中奇異的風景刻畫有異曲同工之處，但從中可看出從魏晉南北朝以來中國古典山水詩和山水遊記的影響。京派小說家對大自然風光的眷戀之情，使得京派小說凸現了小說敘事功能以外的審美特性，為現代小說創造了一個新的範式。為了增強小說中詩意的情調，京派小說有時採取了第一人稱的敘述視角，以自我見聞和自我的情感經歷為經緯，不僅情節單薄，調子幽美，更重要的是表達了一種難以言說的淡淡憂傷、淒婉之情。蕭乾的《夢之谷》以自敘的方式表達出一對青年男女如泣如訴的愛情悲劇，蘆焚的短篇小說集《果園城記》則抒發了中原大地的痛苦、憂傷。或許京派小說家並沒遵循所謂「塑造典型環境中的典型人物」之類嚴格的現實主義準則，但他們刻意追求詩的情調無疑滲透了中國古典文學的美學情愫，在 20 世紀中國現代小說的進程中產生過較為深遠的影響，新時期汪曾祺、何立偉、鍾阿城等人的創作在這方面對京派小說均有所繼承。

　　其次，京派小說講究內在的韻律及對意境的創造，意境模式構成了其文體表現功能的重要特點。意境模式是一種以景結情、以象結意的空間模式，它的藝術特徵是空白與空靈所構成立體的藝術空間，給讀者以極大的藝術想像餘地。意境作為中國古典美學一個特定而重要的範疇，長期以來受到了藝術家和評論家的高度重視，並在中國抒情詩中得到充分的運用。

　　宗白華說：「在一個藝術表現裏情和景交融互滲，因而發掘出最深的情，一層比一層更深的情，同時也滲入了最深的景，一層比一層更晶瑩的景；景中

全是情，情具象為景，因而湧現了一個獨特的宇宙，嶄新的意象，為人類增加了豐富的想像，替世界開闢了新境，正如惲南田所說『皆靈想之所獨闢，總非人間所有』！這是我的所謂『意境』。」〔註14〕正是由於意境的這種『不盡之意』、『弦外之響』的作用，它在五四時期同樣成為現代小說家追求的目標，而且被文學評論家視為一條重要的審美標準。胡適曾稱讚凌叔華的小說《楊媽》「自有她的意境與風格。」〔註15〕到了三十年代，京派小說家和理論家在對意境的創造和研究上都有不小的進展，他們對從西方傳入的典型說並沒太大的熱情，而是積極地把意境範疇引入到現代小說中，突出了小說的詩化特點。廢名曾說：「對歷史上屈原、杜甫的傳統都是看不見了，我最後躲起來寫小說乃很像古代陶潛、李商隱寫詩。」〔註16〕這就清楚地表白了廢名小說創作有意識地走上為情造境的道路，像他的小說《菱蕩》可視為這方面的代表。這篇小說從不同的視角層層透視陶家村的恬淡的自然風光和人性之美，這裡有樹林掩映的村應、潺潺而流的溪水，行人「走路是在樹林裏走了一圈。有時聽得斧頭砍樹響，一直聽到不再響了還是一無所見。」讓人回想起王維的詩句「空山不見人，但聞人語響」。但更為重要的是，它為小說中的主人「菱蕩人」設置了一個極好的境界，古樸寧靜的自然脫化出了菱蕩人的達觀自如、與世無爭的生存哲學，菱蕩這個意象構成了整篇小說的核心。「我是夢中傳彩筆，欲書花葉寄朝雲」，廢名對中國古典詩詞意境的苦心追求，使得他的很多小說都有這種「景深一層層，情深一層層」，情景相融的境界，人們從他的作品中能看到六朝、晚唐、南宋的影子，也是很自然的事情。不僅如此，廢名作為對禪學深感興趣和研究的作家，還把禪境中的靜觀、頓悟等概念引入到小說中，進一步推動了小說的意境化。周作人曾談到廢名對禪學的熱衷：「其中學同窗有為僧者，甚加讚歎，以為道行之果，自己坐禪修道若干年，尚未能至，而廢名偶而得之，可為幸矣。廢名雖不深信，然似亦不盡以為妄。假如是這樣，那麼這道便是於佛教之上又加了老莊以外的道教分子，於不佞更是不可解。」〔註17〕禪學的影響體現在廢名的小說中便是禪境所達到的最高心靈境界。宗白華認為，禪是中國人接觸佛教大乘義後體認到自己心靈的深處而燦爛地發揮到哲學境界與藝

〔註14〕宗白華：《美學與意境》，第 212 頁，人民出版社 1987 年版。

〔註15〕胡適：《楊媽・小引》，引自凌叔華《花之寺》第 142 頁，人民文學出版社 1986
　　　　年版。

〔註16〕馮文炳：《馮文炳選集》第 393 頁，人民文學出版社 1986 年版。

〔註17〕周作人：《藥堂雜文・懷廢名》第 126 頁，河北教育出版社 2002 年版。

術境界，靜穆的觀照和飛躍的生命構成藝術的兩元，也是構成「禪」的心靈狀態。一般地說，廢名前期的小說涉及到禪學的尚少，大多反映的是中國鄉村社會的田園風光，有一定的現實感。但後來禪意越來越明顯，而到了長篇小說《橋》可以說達到了極致。整篇小說就像一幅淡泊的山水畫，主人公生活在靜穆的環境中，所思考的大多是人生的智慧，包含了佛學禪宗「靜中求慧」的意蘊，這也是藝術中的最高層次。廢名小說對詩意成分的滲透其實是豐富了中國現代小說的美學元素，李健吾認為他的小說創作是在「追求一種超脫的意境，意境的本身，一種交織在文字上的思維者的美化的境界。」〔註18〕如果說廢名小說對意境的追求有時近於生澀，那麼沈從文、凌叔華等人的小說則更顯得流暢自然。沈從文的《邊城》一出，便聲名鵲起，不少評論家都注意到這篇小說把敘述故事同湘西淳樸的風情交融在一起，創造出了令人神往的藝術境界，頗有唐詩的意境。1934年《太白》第1卷第7期對《邊城》有如下評價：「文章能融化唐詩意境而得到可喜成功。其中鋪敘故事，刻鏤人物，皆優美如詩，不愧為精心結構之作，亦今年出版界一重要收穫也。」凌叔華的《茶會以後》中的深夜冷雨落花的意象、《中秋晚》裏開頭和結尾的景物描寫等都有從中國古典詩詞意境脫化而來的痕跡。下而結尾的一段描寫：

> 月兒依舊慢慢的先在院子裏鋪上薄薄的一層冷霞，樹林高處照樣替它籠上銀白的霞幕。蝙蝠飛疲了藏起來，大柱子傍邊一個蜘蛛網子，因微風吹播，居然照著月色發出微弱的絲光。

這裡呈現的銀白、冷霞等景物，襯托出的是一種淒清、冷幽的意境，表達出了女人公寂寞的心情。可見京派小說常常運用意境的不確定性和空白性來最人限度地調動讀者的想像力，去追求超越時空的完美藝術境地。

再次，京派小說還注意在客觀景物的描寫中採用象徵暗示的方法，使小說的意境更加深邃幽遠。原型批評的代表弗萊曾用典型的意象做紐帶，把各個作品貫串起來，從而突出文學的整體性，他把原型定義為：「典型的即反覆出現的意象」，它「把一首詩同別的詩聯繫起來，從而有助於把我們的文學經驗統一成一個整體。」〔註19〕這對我們理解京派小說中反覆出現的意象不無幫助。閱讀京派小說，我們發現，廢名小說中多次出現「樹蔭」、「桃園」、「翠竹」、

〔註18〕 李健吾：《邊城——沈從文先生作》，《咀華集·咀華二集》，第26頁，復旦大學出版社2005年5月版。

〔註19〕 參見張隆溪：《20世紀西方文論述評》第62頁，三聯書店1986年版。

「橋」，沈從文小說中則不斷出現「菊花」、「桔園」、「水」、「碾房」，蘆焚小說中有「果園城」、「古塔」。這些符號化的意象，具有很強的象徵性，它已經積澱而為民族心理的一套代碼和一套完整的文化價值體系。在中國古典文化中，「樹」、「翠竹」等意象早已衍生出多層的文化涵義，它既是一種清靜淡和的人生態度，又是超然傲世的獨立人格信仰，更是一種無功利的審美體驗和情感體驗，為讀者提供了一種精神生活的範式。周作人明確地說，他讀廢名的小說便是坐在樹蔭下的時候，樹蔭這個意象對廢名而言，正是他對現實感到不滿和失意，從社會退入內心，認真思索生命的精神平衡點。像他的短篇小說《竹林的故事》也成功地把「竹林」這個意象載體同三姑娘純真、善良的天性聯繫起來。沈從文的小說中對「水」的精心描繪，表明作者已經完全把其視為自己的生命之本。京派小說的這種抒情性意象的建構，拉開了人事與現實生活的距離，創造了一個朦朧美的藝術世界。

二

　　京派小說在二十年代的雛形期已初步形成了自己的一些藝術風格，比如沖淡平和的敘事風度、濃鬱的鄉土氣息和抒情氣息，但作為一個有影響的小說流派，它真正形成自己成熟的風格還是在二十年代以後。以沈從文、廢名、蘆焚、凌叔華等為代表的京派小說家逐漸淡化了對現實的關注而轉向縱深的歷史，專注於對個體生命的探討和思索，為中國現代小說提供了一些有價值的美學參照體系。沈從文曾這樣表達過其創作的特色，同樣也可視為京派小說所向往的美學風格：「我就是個不想明白道理卻永遠為現象而傾心的人。……我永遠不厭倦的是『看』一切，宇宙萬物在動作中，在靜止中，我皆能抓定它的最美麗與最調和的風度，但我的愛好卻不能同一般目的相合。」〔註20〕這種「最美麗與最調和的風度」無疑規定了京派小說風格的內涵，筆者把其概括為：沖淡性、悲劇性和傳奇性。

　　風格不能等同於一般的語體，它是文體的最高體現，只有當一個作家或文學流派真正形成了自己的創作個性，亦即風格，才標誌著文體的完全成熟。因此，風格作為文體呈現的核心和最高範疇，歷來受到文藝理論家和作家的高度重視，把其視為創作成敗與否的關鍵因素。歌德說：「風格，這是藝術所能企及

〔註20〕沈從文：《從文自傳》，《沈從文全集》第 13 卷第 323 頁，北嶽文藝出版社 2002 年版。

的最高境界，藝術可以向人類最崇高的努力相抗衡的境界。」〔註21〕但是在如何確定風格的涵義上卻頗多爭議，應當說，劉勰在《文心雕龍‧體性》中對風格的定義是比較科學的，他把風格的外在表現和內在根據聯繫起來，「故辭理庸雋，莫能翻其才；風趣剛柔，寧或改其氣；事義深淺，未聞乖其學；體式雅鄭，鮮有反其習；各題成心，其異如面。」〔註22〕京派小說家在經過一定時期的藝術經驗積累以後，逐漸形成了以沖淡、含蓄為特徵的風格，在這方面周作人、朱光潛等人的理論誘導產生了不小的影響。周作人在五四新文學運動後不久便倡導一條遠離政治的純文學道路，並試圖從中國古典文學作品中尋找理論根據，他大力推崇明代公安派作品，把其看成中國新散文的源流。周作人對廢名小說的隱逸氣和沖淡風格也是備加稱讚，朱光潛則更多地從現代西方審美心理學的角度來探究藝術風格的最佳表現，要求藝術與人生保持一定的距離，來取得一種純粹的美的觀照，靜穆的藝術境界是他最為神往的。在這種審美傾向的引導下，京派小說有意識地向沖淡、含蓄、靜穆的美學風格發展。應當指出，這種風格是在有機統一中形成的整體，是一個不可分割的、完整的、獨特的藝術世界。

京派小說家由於在文學立場上堅持自由主義文藝觀和純正、超功利的審美理想，在一定程度上存有唯美主義傾向，對尖銳的社會衝突很少作正面的描寫，而是把筆觸放在平凡人生上，表達了一種平淡自然的人生境界。在廢名的《橋》中，一切都被詩化了，少者純潔優雅，老者心地善良，人們隨遇而安卻又能和諧相處，《菱蕩》呈現的也是一幅沖淡自然的圖畫。廢名還十分注意刻畫一種富有風情的寧靜美，像他的《菱蕩》中的陶家村、《竹林的故事》中的翠竹，《橋》中的史家莊等都顯示出澄澈、寧靜的恬淡風格。沈從文的《邊城》等湘西系列小說，也如水一般清麗、柔和、自然，感情平緩、舒展自如，儘量節制人世間的喜怒哀樂，把生命的激情從容不迫地滲透到湘西的風情和人事當中。沈從文曾把自己作品風格形成歸結為水的影響：「我感情流動而不凝固，一派清波給予我的影響實在不小。⋯⋯我認識美，學會思索，水對我有極大的關係。」〔註23〕京派小說的沖淡風格不僅表現在主題、情節、人物上，同時

〔註21〕歌德：《自然的單純模仿‧作風‧風格》，見《文學風格論》，上海譯文出版社1982年版。

〔註22〕劉勰：《文心雕龍‧體性》，參見祖保泉《文心雕龍解說》第539頁，安徽教育出版社1993年版。

〔註23〕沈從文：《從文自傳》，《沈從文全集》第13卷第252頁，北嶽文藝出版社2002年版。

還表現在結構、語言等要素上，單就人物而論，我們就可以見出京派小說的審美情趣。京派小說描寫過不少老人，如老船工、老鐵匠、老幫工等，他們卻具有同一特性、自然、堅韌、樂觀曠達，能夠坦然地面對生活的悲劇和命運的裁決，就像《邊城》中的老船夫所說：「一切要來的都得來，不必怕」，這顯然是和當時社會剖析派及海派小說的風格大相徑庭。

與沖淡的風格相關聯，京派小說還刻意追求一種含蓄、朦朧的藝術品格，這主要是因為其蘊籍著較大的藝術容量，具有多種指意功能，廢名的小說師法李商隱、李璟的詩詞，對朦朧美表示由衷的嚮往。蘆焚的小說集《里門拾記》中的不少篇章都飄蕩著含蓄雋永的藝術氣息，凌叔華的小說在這方面有突出的成就，她以一個東方古典女性的藝術情懷寫盡了悠悠不盡的含蓄之美，勾劃出一幅幅煙雨朦朧的畫面，給我們以無限的遐想。

在二、三十年代中國社會動盪的時局中，京派小說所孜孜以求的這種沖淡、靜穆的文學品性和風格難免不給人以超脫時代、疏離人生的感覺，在當時引起種種非議也是正常的，連魯迅先生對朱光潛的一些理論主張也有所批評。但是，如果換一個角度，即從文學的內在本性和風格來看，那就京派小說的這種藝術探求則又是十分成功的，正是它的獨特個性和風貌產生了持久的藝術效應當一些文學作品因為時過境遷早已成為明日黃花時，京派小說所傳達的情調、氛圍、韻味等卻依然那樣閃爍著藝術的靈光，為無數讀者所青睞，這就是京派小說風格的魅力，正像有人建議的：「應該把風格確定為一種表達從形象上掌握生活的方法，一種說明並吸引讀者的方法。」〔註24〕

由於擔心讀者在閱讀作品中會出現感受迷誤的現象，京派小說家常常告訴人們不要停留在表層的文字上，而是更要注意作品背後所潛伏的悲劇實質，沈從文和廢名都曾鄭重地把自己作品中的悲劇性指了出來。1936 年沈從文在一篇序文中曾說：「你們能欣賞我故事的清新，照例那背後蘊藏的熱情卻忽略了；你們能欣賞我文字的樸實，照例那作品背後隱伏的悲痛也忽略了。」〔註25〕直到八十年代，沈從文還認為自己的創作有一種悲憫感：「即作品一例浸透了一種『鄉土抒情詩』氣氛，而帶著一分淡淡的孤獨悲哀，彷彿所接觸到的種種，常具有一種『悲憫感』。這或許是屬於我本人來源古老民族氣質上的固有

〔註24〕朱・赫拉普欽科：《作家的創作個性與文學發展》，上海譯文出版社 1980 年版。
〔註25〕沈從文：《從文小說習作選・代序》，《沈從文全集》第 4 頁，北嶽文藝出版社 2002 年版。

弱點，又或許只是來自外部生命受盡挫傷的一種反應現象。」〔註26〕京派小說
的悲劇風格是一種歷史的必然，也是京派小說家在其美好的人性理想同嚴酷
的社會現實激烈對抗和衝突中屢遭挫傷的情緒流露。按照黑格爾對悲劇實質
的理解，悲劇所表現的正是兩種對立的理想或普遍力量的衝突和調解；在衝突
中，雙方自有自己存在的理由，而每一方都堅持自己的正義性而妄圖把對方否
定掉或破壞掉，悲劇的衝突最終導致分裂的解決。京派小說家對人性，對生命
都有著嚴肅而執著的思考。他們對愛與美的虔誠有點類似宗教的情緒，渴望在
形而上的層次上達到人類自由天性的真誠體驗。無論如何，京派小說的這種對
人類的終極關懷情感是值得大書的一筆。但命運的殘酷性和悲劇性就在於，中
國農村自然經濟的解體和由之而來所產生的人性負面因素都已成為一種不可
逆轉的態勢，在京派小說家筆下，他們有時把其歸入為一種不可解釋的命運悲
劇。正是這種命運的力量一次次無情地擊碎了美好的人性，讓京派小說家時時
感到一種無言的哀戚和感傷之情。京派小說中有不少美麗的少女形象，像《邊
城》中的翠翠、《長河》中的夭夭、《三三》中的三三、廢名《竹林的故事》中
的三姑娘，個個都天生淳樸、清秀可愛，渾身洋溢著大自然的靈秀之氣，彷彿
由大自然的精華凝聚而成。這無疑傾注了作家最聖潔、最真摯的感情，他們把
其視為審美人生和信仰的象徵，然而我們從作家為她們所安排的命運結局上，
卻感到一種美的缺憾和命運的無情。這些少女大都陷入一種悲劇，翠翠失去了
親人和情人、三三情竇初開的同時又感到人生的無奈，保安隊長把手伸向了夭
夭……這抑或是命運的不可抗拒？京派小說中的此類「美麗的夭亡」的調子更
多的是展示了美的毀滅所產生的憂鬱、悲情。《邊城》就是一個很好的例證。
在《邊城》中，翠翠和儺送的愛便是一曲哀婉的歌謠，他們彼此愛戀，互相吸
引，翠翠把少女的情感始終放在儺送身上，然而隨著一系列事件的發生，她卻
仍然無法尋到理想中的情人，最後孤寂地守在渡口；「到了冬天，那個圮坍了
的白塔，又重新修好了。可是那個在月下唱歌，使翠翠在睡夢裏為歌聲把靈魂
輕輕浮起的年輕人，還不曾回到茶峒來……這個人也許永遠不回來了，也許
『明天』回來！」這個愛情悲劇表面上看起來充滿著原始命運的神秘感和不可
捉摸的自然力量的安排，皆由偶然和誤會所生，但是如果深入探究，我們便不
難發現，這場悲劇的實質上，在翠翠和儺送之間立著一座碾坊，它作為一種隱

〔註26〕沈從文：《湘西散記·序》，《沈從文全集》第 16 卷第 394 頁，北嶽文藝出版
　　　　社 2002 年版。

蔽的物質力量支配和驅趕著婚姻形態。人類天性中的善良、質樸、自然、健康
的生命形態同物質文明的侵襲、污染的對抗、衝突是尖銳和不調和的，在當時
的背景下，它的結局只能是悲劇性的，即美的信仰被無情地毀滅。而凌叔華的
小說則更側重於在悲劇中反思人性中固有的弱點，她的一些反映女性婚姻悲
劇的小說，例如《繡枕》中的大小姐沒有勇氣走出深閨，只能把夢想寄託在繡
枕上，期待「紅葉傳詩」般愛情的到來，然而生活卻捉弄了她，愛情的幻夢也
隨之破滅。沈從文認為凌叔華的小說在諷刺中含有悲劇性：「作品中沒有眼
淚，也沒有血，也沒有失業或飢餓……作者在自己所生活的一個平靜世界裏，
看到的悲劇，是人生的瑣碎的糾葛，是平凡現象中的動靜，這悲劇不喊叫、不
吟呻，卻是『沉默』。」「在所寫及的人事上，作者的筆卻不為故事中卑微人事
失去明快，總能保持一個作家的平靜，淡淡的諷刺裏，卻常常有一個悲憫的微
笑影子在。」〔註27〕

　　京派小說中的悲劇意味在藝術效果上看往往還缺少一種震憾人心的力
量，這一方面是由於小說體裁的限制使其不能具備戲劇那樣集中、尖銳的衝
突，另一方面還在於京派小說家所持的悲劇觀念所致。他們總是把人性視為
悲劇衝突和解的必然和唯一因素，因此使得其創作上有一種「含淚的微笑」式
的悲劇模式，較少對悲劇的成因做出合理和符合歷史邏輯運行的解釋，他們對
人類的悲劇命運大多懷抱著無可奈何的心緒，不可避免地沾染上感傷主義的
東西。但無論如何，京派小說的悲劇性在某種程度上又深刻地昭示人們，既然
人類中的天性無以阻擋歷史進程的巨大腳步，那麼人們是否在遺棄野蠻和愚
昧的同時還必然遺棄人類本性自身？既然人類悲劇的命運是不可抗拒和不可
逆轉的，那麼渺小的人類如此執著地捍衛著生命的尊嚴是否本身就是歷史價
值的象徵？今天我們重新解讀京派小說的悲劇性，仍然會得到一種意味深長
的思索。

　　京派小說在總體上接受了現代小說的美學觀念，它與五四以來中國小說
的現代化進程是基本吻合的，但承認這一點，並不意味著京派小說要徹底地把
消解故事和情節作為現代性的突破口，它對傳統的民間文學仍給予了足夠的
重視和吸收，在精神底蘊和藝術形式上都保留著傳奇文學的因素。因此，傳奇
性也是京派小說風格所呈現的一個方面。傳奇的概念來自民間文學，它包括口

〔註27〕沈從文：《沫沫集・論中國創作小說》，《沈從文全集》第 16 卷第 212 頁，北
　　　嶽文藝出版社 2002 年版。

頭文學、神話傳說、童話等，在中國傳統文學中具有源遠流長的歷史和深厚的土壤。沈從文所生活的湘西，自古多豪爽俠氣，千百年來無數英雄演出了一幕幕驚心動魄的悲喜劇，極富浪漫和傳奇色彩，這些對沈從文的精神氣質和文學信仰都有不小的作用。在《青色魘》中，沈從文曾這樣表達過民族傳統的意義和信仰的力量：

> 所有故事都從同一土壤中培養生長，這土壤別名「童心」。一個
> 民族缺少童心時，既無宗教信仰，無文學藝術，無科學思想，無燃
> 燒情感實證真理的勇氣和誠心。童心在人類生命中消逝時，一切意
> 義即全部失去意義，歷史文化即轉入停頓，死滅，回復中古時代的
> 黑暗和愚蠢，進而形成一個較長時期的蒙昧和殘暴，使人類倒退到
> 回復吃人肉的狀態中去。

京派小說的傳奇性比較早地引起人們的注意當是李健吾的《終條山傳說》。這是一篇關於水神河伯的傳說，具有較強的象徵性，曾被魯迅先生編入《新文學大系·小說卷》中，而這種傳奇性在汪曾祺四十年代創作的小說《復仇》中仍然得到很好的體現，無論在主題、情節、人物上都不乏傳奇因素。當然，在這方面最有影響、最成功的試驗者仍是沈從文，他大大地強化了文學的虛構性，把許多小說放置到遙遠的傳說和故事當中，把讀者帶到了一個充滿奇幻、浪漫情調的世界。他說：「我不大明白真和不真在文學上的區別……精衛銜石、杜鵑啼血，事即不真實，卻不妨於後人對於這種高尚情操的嚮往。」[註28] 像他的《月下小景》、《神巫之愛》、《三個男人和一個女人》、《龍朱》等這類類似民間傳說的小說，大都以愛情為主線，反映的是在一種蒙昧自然狀態下的純真、神奇的愛情方式，與都市的矯飾、虛偽的情慾放縱有著本質的區別，在這裡，愛情被賦予了個體生命的最高意義。沈從文的一些小說源自於宗教傳說，具有神性的特徵，如《尋覓》、《扇陀》、《青色魘》、《一個農夫的故事》等，在一定意義上都有史前史詩的性質，在這裡，一切都保留了古樸社會中的原始狀態，健康、自由成為唯一的通行證，它勃勃的野性和生命的活力對現代人不啻是一個悠遠的召喚，正如馬克思所說，它是「一個高不可及的範本」，擁有「永久的魅力」，「他們的藝術對我們所產生的魅力，同它在其中生長的那個不發達的社會階段並不矛盾，它倒是這個社會階段的結果，並且是同它在其

〔註28〕沈從文：《〈看虹摘星錄〉後記》，《沈從文全集》第 16 卷第 342 頁，北嶽文藝
　　　　出版社 2002 年版。

中產生而且只能在其中產生的那些未成熟的社會條件永遠不能復返這一點分不開的。」〔註 29〕儘管京派小說這種傳奇性的土壤今天已不復存在，但它在文學上帶給人們的瑰麗和神奇卻融注而為一種藝術的永恆。

三

　　文體現象又是一種語言現象，離開了人類的語言與符號，文化也將無法存在，文化學家萊斯・懷特說：「全部文化或文明都依賴於符號。正是使用符號的能力使文化得以產生，也正是對符號的使用使文化延續成為可能。沒有符號就不會有文化，人也只能是一種動物，而不是人類。」「音節清晰的語言是符號表達之最重要的形式。」〔註 30〕在這方面，羅蘭・巴爾特也有著相似的看法：「文化，就其各個方面來說，是一種語言。」〔註 31〕一個作家所操的語言越是純熟、凝煉和靈活，他的文體就越能達到預想的功能。中國現代小說的創造性轉化，既表現在主題模式、人物形象、敘述方式上，同時還表現在語言的深刻變革上，從魯迅先生的小說可以清楚地看出這個轉變的軌跡。1925 年張定璜在比較魯迅和蘇曼殊的小說時說，在蘇曼殊等的舊小說中「保存著我們最後的舊體作風，最後的文言小說，最後的才子佳人的幻影，最後的浪漫的情波，最後的中國人祖先傳來的人生觀。讀了他們再讀《狂人日記》時，我們就譬如從薄暗的古廟的燈明底下驟在走到夏日的炎光裏來，我們由中世紀跨進了現代。」〔註 32〕以魯迅、冰心、郁達夫等為代表的小說家為中國新文學的語言變革做出了開創性的貢獻。京派小說家在對語言的創造和運用上也有突出的成就，沈從文、廢名、汪曾祺等人的小說語言自成一體，是一種民族精神、民族氣質和民族文化的特定反映。他們不滿足囿於前輩作家在語言上的成績，在對外來語和古典文學、民間文學等綜合吸收、融化的基礎上，創造了屬於自己文體風格的語言體系，這也是他們文體創新的一大實績。沈從文早年的小說語言並不流暢，但經過多年的刻苦磨練，終於達到一種爐火純青的境界，他說過：「我的文章並無何等哲學，不過是一堆習作，一種『情緒的體操』罷了。是的，這可以說是一種『體操』，屬於精神或情感那方面的，一種使情感『凝聚成為

〔註 29〕馬克思：《〈政治經濟學批判〉導言》，《馬克思恩格斯選集》第 2 卷第 29、30
　　　　頁，人民出版社 1995 年版。
〔註 30〕懷特：《文化的科學》，第 33 頁，山東人民出版社 1988 年版。
〔註 31〕參見趙毅衡：《文學符號學》第 89 頁，中國文聯出版公司 1990 年版。
〔註 32〕張定璜：《魯迅先生》，《現代評論》1925 年第 1 卷第 7 期。

淵潭，平鋪成為湖泊』的體操。一種『扭曲文學試驗它的韌性，重捶文字試驗它的硬性』的體操。」〔註33〕沈從文、廢名等京派小說家對語言都很重視。與他們小說的抒情風貌相對應，他們發展了小說敘述語言的精練、含蓄和抒情的功能，亦即小說語言的詩化，汪曾祺在其後來的一篇論及小說語言的文章中，曾把它歸納為超越合乎一般語法的句式。由於它同時超越了邏輯，更多地具有詩的語言功能和美學特質，如捷克形式主義文論家穆卡洛夫斯基所言：「詩的語言的功能在於最大限度地突現話語……它不是用來為交流服務的，而是為了把表達的行為，即言語自身的行為置於最突出的地方。」〔註34〕在這方面，京派小說家對中國古典詩詞的語言表現了很大的熱情，廢名在後來回憶自己的小說創作時，認為他是用絕句的手段來寫小說的，不肯浪費語言。在他的小說中，常常有脫化於古典詩詞的語言，對一字一句都精雕細刻，形似苦吟詩人，像他的《桃園》中有一句話常為人們所讚頌：「王老大一門閂把月光都閂出去了。」字與字、句與句之間跳躍很大，形成了藝術空白。儘管廢名小說的語言有時也有太「過」和太「僻」的地方，但卻因奇特、疏脫的想像而突出了語言在文學表達中的地位。他的小說語言在不連續的跳動中，表達了一種無可言狀的感覺，氛圍和情緒，在這裡，語言不僅僅是一種傳情達意的工具，同時也是人類文化生存的本體，它借助於想像和聯想的功能，讓人們感到一個充滿詩意和完全的世界。廢名《橋》中有一番話對我們理解他在小說語言上的刻意求新不無幫助：「說著瑤池歸夢，便真個碧桃閒靜矣。說著嫦娥夜夜，便真個月夜的天，月夜的海，所謂『滄海月明珠有淚』也無非是一番描寫罷了。最難是此夜月明人盡望，他卻從滄海取一蚌蛤。」〔註35〕語言的背景下襯托的是文化生存的變遷、沉浮。廢名的寫景文字則清麗而灑脫、格調天然，雖然從中可看出哈代、艾略特的影响，但更重要的還是它在字裏行間流淌出東方古國的藝術神韻，顯出輕靈的氣味。如《橋》中的一段描寫：

> 從他家出來，繞一兩戶人家，是一塊坦。就在這坦的一隅，一
> 口，小林放學回來，他的姐姐正往井沿洗菜，他連忙跑近去，取水
> 在他是怎樣歡喜的事：替姐姐拉繩子。深深的、圓圓的水面，映出

〔註33〕沈從文：《廢郵存底·情緒的體操》，《沈從文全集》第 17 卷第 216 頁，北嶽
文藝出版社 2002 年版。
〔註34〕穆卡羅夫斯基：《標準語言與詩歌語言》，見亞當斯編：《柏拉圖以來的批評理
論》，紐約，1971 年版，第 1052 頁。
〔註35〕馮文炳：《神仙故事》，《馮文炳選集》第 352 頁，人民文學出版社 1985 年版。

　　姊弟兩個，連姐姐的頭髮也看得清楚。姐姐暫時真在看，而他把弔
桶使勁一撞——影子隨著水搖個不住了。

　　這裡呈出的是一幅恬淡的山水畫，廢名充分利用了漢字的多重審美因素，「每一種語言本身都是一種集體的表達藝術。其中隱藏著一些審美因素——語言的、節奏的、象徵的、形態的——是不能和任何別的語言全部共有的。」〔註36〕漢字的語音、節奏等的審美因素為中國小說家提供了豐富的表現方法。沈從文在小說語言的詩化上做得比廢名更要成功一些，在簡樸中有情致，流暢而清晰。不僅有古典抒情文的含蓄，還有現代白話口語的活用，從中可見出中國山水遊記尤其是柳宗元《永州八記》的影響，寫景、抒情渾然交融，如一泓山泉咕咕流淌，有聲、有色，在舒緩的語調中有著音樂的節奏感，讀來琅琅上口。它大體上採用排比句式，偶有迴環和複沓，表現出一種內在的節奏和韻律。趙元任先生曾說：「論優美，大多數觀察和使用漢語的人都同意漢語是美的。有時人們提出這樣的問題：漢語有了字的聲調，怎麼還能有富於表達力的語調？回答是：字調加在語調的起伏上面，很像海浪上的微波，結果形成的模式是兩種音高運動的代數和。」〔註37〕難怪李健吾說沈從文想把詩的節奏賦與散文，敘寫通常的人生。其他的京派小說家如汪曾祺、師陀、凌叔華在小說語言的詩化上也都取得了各自不同的成就，四十年代曾有人把沈從文、何其芳和師陀的語言風格進行過比較：「要注意的是師陀先生的爐火純青的、質樸而又沉重的筆觸。因為是含蓄的素描，因為有想像的餘地，又因為有一層地方色彩的濃霧籠罩著，我們讀著，就更親切入味，感覺到這藝術品有更大的普遍性。」〔註38〕京派小說在追求語言的詩化時，大都能寓情於景、寓動於靜、寓時為空，體現了鄉土抒情詩的特徵，充分利用了漢語的優越性。

　　再者，京派小說的語言不拘一體、變化多端，既有抒情體，又有對話體；既有古典詩詞的清麗、雅正，又有民間口語的通俗、自然，十分調和，具有整體美。從一定意義上講，文體的功能是不能存在於孤立的語音、詞彙上面的，它只能存在於作品整體的語音秩序之中，文體是語言的格式塔，而語言只有存在於一個整體的藝術世界之中才能最大限度地發揮它的功用。作家必須從整體上著眼，按照一定的秩序來組織語言，使其達到理想的效果。試看《邊城》

〔註36〕愛德華·薩亞爾：《語言論》，第 201 頁，商務印書館 1985 年版。
〔註37〕趙元任：《談談漢語這個符號系統》，第 75～76 頁，《趙元任語言學論文選》，中國社會科學出版社 1988 年版。
〔註38〕唐迪文：《果園城記》，原載 1946 年 7 月 12 日上海《大公報》。

中的一段語言：

> 雨後放晴的天氣，日頭炙到人肩上背上已有了點力量。溪邊蘆
> 葦水楊柳，菜園中菜蔬，莫不繁榮滋茂，帶著一分有野性的生氣。
> 草叢裏綠色蚱蜢各處飛著，翅膀搏動空氣時皆蚰蚰作聲。枝頭新蟬
> 聲音雖不成腔卻已漸漸宏大。兩山深翠逼人的竹篁中，有黃鳥與竹
> 雀杜鵑交遞鳴叫。翠翠感覺著，望著，聽著，同時也思索著。

在這一段中，如果彼此分離開來，可能會很單調，只不過是一些景物的堆
砌，但如果看作一個藝術整體，則立即變成了一幅閃爍著生命的圖景。這裡有
蘆葦、楊柳、菜蔬、竹篁等景物，有黃鳥、竹雀等生命的歡唱，更有青春少女
的恬靜、憂鬱、視覺、聽覺、嗅覺、觸覺形象組成了一個讓人無限遐想、夢境
般的世界。

京派小說的對話用語，也都運用的恰到好處，讓人如聞其聲，如見其人，
符合人物的個性特徵，這裡既有水手言談的豪爽、野趣甚至粗俗，又有天真少
女的純情、飄逸，更有歷經人生風雨侵蝕坦然面對命運的老人的穩重、超脫，
如沈從文的小說《三三》寫少女三三的溫婉多情，一言一語都襯托出情竇初開
的少女的複雜心理，比如下面一段：

> 到了磨場，因為有人挑了穀子來在等著碾米，母親提著蛋籃子
> 進去了。三三站到溪邊，望到一泓碧流，心裏好像掉了什麼東西，
> 極力去記憶這失去的東西的名稱，卻數不出。母親想起三三了，在
> 裏面喊著三三的名字，三三說：「娘，我在看蝦米呢！」

三三的話看似簡潔，其實它逼真地表現了一個少女悵然若失的感情波瀾，
一個美麗的幻夢，一朵綻放的花朵在猝不及防中便夭折了，美麗的夢留下美麗
的憂傷，這便是京派語言情感的真誠；就像汪曾祺所說的：「小說當然要講技
巧，但是，修辭立其誠。」〔註39〕京派作家在語言上都表現了很好的修養和天
份，他們一面切近西方現代小說的語言技巧，一方面對中國古代文言語進行了
融合，反映了中國現代小說歷史進程的內在要求和必然趨勢，這也同世界現
代美學的語言轉向的步伐相一致，伽達默爾曾斷言：「毫無疑問，語言問題已
經在本世紀的哲學中獲得了一種中心地位。」〔註40〕伊格爾頓也抱有同樣的看

〔註39〕汪曾祺：《橋邊小說三篇·後記》，汪曾祺文集·文論卷》第68頁，江蘇文藝
　　　出版社1994年1月版。
〔註40〕伽達默爾：《科學時代的理性》，第3頁，國際文化出版公司1988年版。

法：「語言，連同它的問題、秘密和含義，已經成為 20 世紀知識生活的範型與專注的對象」〔註41〕京派小說在語言上的創造和貢獻，對中國現代小說的藝術走向具有一定的啟迪意義，它能在許多年後仍然對作家的創作產生示範效應，原因並不是偶然的。

以上從小說的抒情方式、風格及語言等方面論述了京派小說的文體特徵，有必要指出，文體是一種整體的文學話語結構或文本形式，它是一條歷史進程中的因果鏈，割裂開來就必然會造成歷史評價的隨意性。京派小說是二十世紀中國新文學比較成熟的小說流派，這種成熟當然包括它在文體上的試驗和創新，或許人們仍然能指出它的某些不成熟之處，但它在藝術探索上的精神是無可懷疑的，理所應當得到人們的承認，借用弗吉尼亞‧伍爾夫的話來說，就是：

> 世界是廣袤無垠的，而除了虛偽和做作之外，沒有任何東西——
> ——沒有一種「方式」，沒有一種實驗，甚至是最想入非非的實驗——
> 是禁忌的。〔註42〕

〔註41〕伊格爾頓：《20 世紀西方文學理論》，第 121 頁，陝西師範大學出版社 1986 年版。

〔註42〕弗吉尼亞‧伍爾芙：《現代小說》，伍蠡甫、胡經之主編《西方文藝理論名著選》（下）第 158 頁，北京大學出版社 1987 年版。

第四章　京派小說與海派小說

　　「每個年代——我們現在把年代或世代看作社會時間的單位——都有它自己的標記。」〔註1〕回眸 20 世紀二、三十年代，我們仍會驚訝於那段時光對中國現代文學所刻下的深深的歷史印痕。尤其值得指出的是，那場以北京、上海為中心的南北文化碰撞、對峙和交鋒，實在是現代中國文化史上波瀾起伏、激動人心的一幕，它所留給人們的回味、思索，它在我們跨進 21 世紀文明的門檻所投下的濃濃的暗影，毫無疑問仍具有誘人的魅力。可以毫不誇張地說，要想研究京派小說，那麼它與海派小說的關係問題，亦即它與海派小說在文化形態、審美意識等諸多方面的比較，是一個無可迴避的課題，唯其如此，我們才可以對它有一個動態的、更加全面、準確的瞭解。

一

　　提到京派、海派小說，我們首先想到的是半個多世紀之前的那場令全國文壇矚目、充滿濃重火藥味的「京派」、「海派」之爭。這場爭論，不僅雙方都明白無疑地宣告了自己的文藝觀，更重要的是，它是現代中國文化史上兩種截然不同的文化形態的一次正面交鋒，雙方日益顯示出其各自不同的文化分野，「京派」、「海派」從此變為涇渭分明的兩個特定術語。這場爭論表面上看起來具有某種偶然性，其實它是中國近現代經濟、政治、文化、倫理等諸層面發展不平衡的必然衝突，同時也具有了超越純文學的深刻意義和複雜文化內涵，因為這場衝突的實質——它所反映的現代社會基本文化矛盾，諸如

〔註1〕丹尼爾・貝爾：《資本主義文化矛盾》，第 169 頁，三聯書店 1989 年版。

雅和俗、文學的純潔性和商業化傾向等，直到今天也還是一個棘手的、深深困擾人們的難題。

　　20 世紀中國社會進程的最基本、最顯著的特徵之一就是異質形態的物質和文化的深入、滲透逐漸瓦解了中國傳統的文化心理結構，當然這個進程早在上個世紀中葉就伴隨著西方殖民主義的炮艦而開始了。它的最直接的後果之一就是造成了中國政治、經濟嚴重的不平衡性並由此導致了在不同文化地域形成了人生態度和審美心理迥異的文化群落和作家流派，京派和海派就是誕生在這種文化氛圍的兩個文學流派，它的全部文化蘊含和意義也只有置身在這個巨大的歷史鎖鏈之中才能得到準確的把握。

　　就政治文化形態而言，北京是明清的古都，中古文化沉積十分豐厚，一直在中國社會中扮演著政治文化中心的角色。由於這種深厚的歷史文化背景，它在長期發展中逐漸形成了一種特殊的精神品質，能對居住在這座城裏的人們施加無形然而重大的影響。封閉自大的中央帝國的都城，因為這種特殊的地位，同樣也成為國內各種正統文化的聚積地，它的文化滲透力和輻射力之強是讓人為之驚歎的。這種城市的文化品格與在此居住的一代代知識分子更有著一種「剪不斷，理還亂」的情感聯繫，並為之提供一個理想的生存環境，這一點尤為重要：「對話是城市生活的最高表現形式之一……城市發展的一個關鍵因素在於社交圈子的擴大，以至最終使所有人都能參加對話。不止一座歷史名城在一次決定其全部生活經驗的對話中達到了自己發展的極頂。」〔註 2〕城與人構成了雙向對流的文化關係。儘管民國政府成立以後，政治中心南遷，北京已逐步淪為一座相對封閉而寂靜的古都，它在經濟上已毫無活力而言，幾乎被排斥在現代化的進程之外。然而居住在這座城裏的人——主要出自清華、北大、燕京大學中文系、外文系、哲學系的一群自由主義知識分子，卻承當了文化重估和再造的使命，他們雍容、恬淡的文化心態及其所鑄就的具有精英文化特徵的京派文學是當時重要的文化現象。這群知識分子經常參加文化沙龍活動，地點有東總布胡同林徽因家的「客廳沙龍」和中山公園的來今雨軒等，他們唱詩、談論文藝並創辦同仁刊物《水星》、《駱駝草》、《大公報・文藝副刊》、《文學季刊》等，流派特徵相當明顯。研究者一般認為，京派作家陣容強大、整齊，在散文和詩歌方面的代表是周作人、俞平伯、何其芳、李廣田、卞之琳，理論方面的代表是朱光潛、李健吾、李長之，在小說方面的代表則是廢名、沈

〔註 2〕芒福德：《城市發展史》第 88、89 頁，中國建築出版社 1985 年版。

從文、凌叔華、林徽因和蕭乾。「五四」之後，古都自由、寬容的文化精神氛圍構築了京派作家的內在品性。

在不同文化圈生長的城市具有各自不同的文化風貌，儘管我們不能把它理解為決定藝術流派變異的唯一因素，但其作用是無可置疑的，對此魯迅先生曾從地域文化的角度揭示過京派和海派的文化成因及其特點：「北京是明清的帝都，上海乃各國之租界，帝都多官，租界多商，所以文人之在京者近官，沿海者近商，近官者在使官得名，近商者在使商獲利，而自己也賴以糊口。要而言之，不過『京派』是官的幫閒，『海派』則是商的幫忙而已。」〔註3〕相對北京那種保守、閉塞、停滯，帶有農業古國故都的城市形態而言，上海則與它構成了一個巨大的反差。自從西方殖民主義侵入中國，上海開埠之日起，這裡便成為冒險家的樂園，近代工業快速崛起，很快便成為「五口通商」的重要商埠，資本主義因素迅速生長，一躍而為近現代中國的經濟中心。應該注意的是，由於帶有強烈殖民地色彩公共租界的設立，上海更被蒙上了一層神秘面紗，作為中外共管、中西文化的混雜、交匯之地，它的畸形繁榮孕育了一種奇特的文化品格：現代建築、外國租界、商埠碼頭、夜總會、跑馬場、洋火輪、商人、妓女、流氓……構成了上海繁複多變、令人目眩的都市漩流。「華屋連苑，商廈入雲，燈火輝煌，城開不夜」、「海天富豔，影物饒人」都是其真實的寫照。上海這種現代文明的進程同時催生了一個重要的新文化中心，「就在這個城市，勝於任何其他地方……兩種文明走到一起來了。兩者接觸的結果和中國的反應，首先在上海開始出現，現代中國就在這裡誕生。」〔註4〕早在清末民國初年，海派京劇因受上海文化環境的影響而脫離了正宗京劇的軌道，南北文化對峙的局面開始形成。與此同時，由於市民階層的大量出現和文化審美情趣的轉移，鴛鴦蝴蝶派盛極一時，這是城市工業化初期典型的文化現象。雖然它遭到了五四新文化運動啟蒙者的迎頭痛擊，在市民階層的文化影響卻並未因此而減弱。到了20世紀二、三十年代，張資平、葉靈鳳、章衣萍等人又成為其新的文化代言人，海派文化的影響也與日俱增，而新感覺派的出現和張愛玲的市民小說標誌著海派文化的真正成熟。

中國新感覺派小說是在日本的影響下發展起來，它的出現應該從一九二

〔註3〕魯迅：《「京派」與「海派」》，《魯迅全集》第5卷第432頁，人民文學出版社1981年版。
〔註4〕羅茲・墨菲：《上海——現代中國的鑰匙》，第5頁，上海人民出版社1986年版。

八年九月劉吶鷗創辦的《無軌列車》算起，在 30 年代初進入一個鼎盛期，其代表人物有劉吶鷗、施蟄存、穆時英、杜衡，此外還有徐霞村、黑嬰等人。這些作家大都比較熟悉西方現代主義文學作品，並且在上海生活多年，對上海的工業化文明有著獨特的感受，較少受中國傳統文化力量的制衡和約束，這一切都決定了他們由文化背景反差所引起的爭執和衝突在所難免。究其實質，恐怕是兩種文化價值觀的衝突。

以沈從文為代表的京派自由主義知識分子崇尚歐美文化的民主、自由的人文觀念，要求維繫文學的健康和尊嚴，尤其反對文學的政治化和商業化傾向，周作人可視為這一派的理論先驅。早在五四新文化運動後不久，周作人便倡導文學的自由和寬容的準則，逐漸把文學的功能從啟蒙和功利化的層面解脫出來，倡導一條超脫的、純文學的路子。朱光潛也說：「藝術的理想是距離適當……所以觀者不以應付人生的態度去應付它，只把它當作一幅圖畫擺在眼前去欣賞……以純粹的美感的態度對付它。」〔註5〕他們迫切希望保持文藝的自身獨立和作家的人格獨立，這些都體現了他們的自由主義文藝觀點和歐美古典主義的影響。沈從文更把文學看作是生命力的應嚴和人性美的體現，任何視文學為遊戲和賺錢工具的傾向都遭到了他的猛烈抨擊。而海派作家雖然也標榜文藝的自由屬性，不屑於與左翼文學為伍，但他們身處燈紅酒綠、市民階層十分龐大的十里洋場，高尚的文學樓臺日漸被商業化所侵襲已是不爭的事實。

1933 年 10 月，沈從文首先對海派作家發難。他在天津《大公報》文藝副刊第 8 期發表《文學者的態度》，文章批評了一些海派文人對文學創作缺乏真誠、嚴肅的態度，說他們染上了玩票白相的脾氣：「或在北京教書，或在上海賦閒，教書的大約每月皆有三百至五百元的固定收入，賦閒的則每禮拜必有三五次談話會之類列席。」這些話深深刺痛了海派文人，杜衡接著在同年 12 月上海《現代》雜誌 4 卷第 2 期發表《文人在上海》給予回擊，並為海派作了辯護：「也許有人以為所謂『上海氣』也者，僅僅是『都市氣』的別稱，那麼我相信，機械文化的迅速的傳佈，是不久就會把這種氣息帶到最討厭的人們所居留的地方去的，正像海派的平劇直接或間接的影響著正統的平劇一樣。」京派、海派之爭隨之不斷升級。沈從文連續不斷地著文對海派大加抨擊：「過去的『海派』與『禮拜六派』不能分開。那是一樣東西的兩種稱號，『名士才情』

〔註 5〕朱光潛：《從『距離說』辯護中國藝術》，《孟實文鈔》，上海良友圖書印刷公司1936 年版。

與『商業競賣』相結合，便成立了我們今天對於海派這個名詞的概念。」〔註6〕
「一切趣味的俯就，使中國的文學，與為時稍前低級趣味的海派文學，有了許
多混淆的機會，……創作的精神，是完全墮落了的。」〔註7〕由於在這場爭論
中雙方都夾雜了不少宗派主義的東西，相當情緒化，因而問題非但沒有得到理
性和科學的澄清，反而更趨複雜，許多人都被捲進來，形成了三十年代文壇的
一樁公案。

　　時隔多年，現在我們完全有理由從更深的文化學層次來看待這場京派、
海派之爭。不可否認，京派和海派在中國近現代發展史中，各自承載了不同的
文化使命，具有很不相同或完全不同的文化價值、文化品味和精神指向。它們
的對峙和衝突不能簡單地看成是門派之爭和黨同伐異，更不能硬性區分所謂
高貴和低下、粗俗和優雅，它恰恰是三十年代中國社會文化環境相對寬鬆、自
由度較高的一種表現，正是這種多元化的文化景觀才帶來了成熟的果實和豐
收的希望：即京派小說和海派小說的輝煌。今天，面對無垠的蒼穹，我們是否
還能充滿自信地叩問：文學，何時還會重現這昔日的榮光？

二

　　　信仰在於肯定靈魂；

　　　無信仰在於否定靈魂。——愛默生

　　京派、海派小說都是活躍於二、三十年代中國文壇的小說流派，它們各自
以對中國現代社會獨特的人生體驗、情感模式、文化意味和藝術創新豐富和發
展了新文學的諸多元素，為後人留下了許多值得深思的經驗及有益的啟示。

　　文化背景的差異決定了京派和海派小說在對中國社會的人生體驗中表現了
極為不同的態度和精神特徵。眾所周知，20世紀二、三十年代的上海已是一個
高度殖民化、工業化的大都市，是現代文明的一個縮影，具備了資本主義工業
化時代的許多特徵，現代主義的文化傾向在海派小說裏有著驚人的展示。海派
小說家痛感帶殖民地色彩的機械和商業文明給現代都市帶來的病態和畸形，敏
銳地捕捉到了都市人嚴重的精神危機和心靈疲憊，我們在穆時英《白金的女體
塑像》一書的《自序》中或許可以感受到現代社會對人類個體生存的擠壓：

〔註6〕沈從文：《論「海派」》，《沈從文全集》第17卷第54頁，北嶽文藝出版社2002
　　　年版。

〔註7〕沈從文：《論中國創作小說》，《沈從文全集》第16卷第196頁，北嶽文藝出版
　　　社2002年版。

　　　　我是在去年突然地被扔到鐵軌上，一面回顧著從後面趕上來的
　　一小時五十公里的急行列車，一面用不熟練的腳步奔逃著的在生命
　　的底線上游移著的旅人。二十三年來的精神上的儲蓄猛地崩墜了下
　　來，失去了一切概念，一切信仰；一切標準、規律、價值全模糊了
　　起來。

　　海派小說中主要傳達了這種現代都市人的焦灼、精神漂泊和自我的失落。
人的自我在他們眼中完全失去了哈姆萊特口中的「萬物的靈長、宇宙的精華」
的高貴，失去了浪漫主義筆下溫情脈脈的詩意，人與人之間的疏離、人性的醜
惡、墮落主宰著人生的舞臺。

　　丹尼爾・貝爾（Daniel Bell）作為美國重要的學者和思想家，他在其名著
《資本主義文化矛盾》一書中深刻、冷靜地剖析了資本主義的文化矛盾和現代
主義的精神內涵，對我們理解以新感覺派為代表的海派小說不無益處。他認
為，資本主義的社會結構同其文化之間存在著明顯的斷裂行為，前者要求生產
組織的高效化，強調秩序，把人當作對象，追求經濟利益。而後者卻趨向混雜、
靡費，受反理性和反智情緒的影響，結果這種主宰性的情緒將自我視為「文化
評價的試金石，並把自我感受當作衡量經濟的美學新尺度」。〔註8〕資本主義
在飛速發展的同時也摧毀了維繫人們精神支柱的倫理和宗教信仰，使人類陷
入進退維谷的境地，這不僅突出體現了文化準則和社會結構準則的脫離，而且
造成了文化的分裂，導致人們日益滑入快樂、放鬆、縱慾的「放浪形骸」之中，
產生一種焦慮的自我意識。「人們如果不充分考慮資本主義焦慮的自我意識，
便不能理解現代社會已經和正在發生的重大變化。這種自我意識決非僅僅是
一種上層建築領域的觀念，它本身就是這個缺席最重大、最基本的現實之一。」
〔註9〕在海派小說中，這種焦慮的自我意識突出表現在人與人之間關係的冷
漠、無情，金錢的力量驅使已使人性中美好的天性喪失殆盡，人生的變幻莫測
和不可把握彷彿把人拋向茫茫的荒原，猶如一個孤獨的過客。像劉吶鷗的《兩
個時間的不感症者》、《熱情之骨》、《禮儀與衛生》、穆時英的《PIERROT》、《被
當作消遣品的男子》、徐霞村的《MODERN GIRL》等都揭示了這方面的主題。
人們在現實中根本找不到能傾心相談的知音，甚至連夫妻之間都互相欺騙，彼
此視為陌生的路人。穆時英在《PIERROT》中借主人公的口宣布了人生的荒謬

〔註8〕丹尼爾・貝爾：《資本主義文化矛盾》，第83頁，三聯書店1989年版。
〔註9〕丹尼爾・貝爾：《資本主義文化矛盾》，第129頁，三聯書店1989年版。

和欺騙的本質：「什麼都是欺騙！友誼、戀情、藝術、文明……一切粗浮和精細的，拙劣的和深奧的欺騙，每個人都欺騙著自己，欺騙著別人……。」主人公潘鶴齡在經歷過一系列的遭遇後，發現自己的情人、父母、朋友和革命者完全把他當作 Pierrot（傻瓜）來欺騙，感到一種絕望的悲哀，張愛玲的《金鎖記》全面暴露了人性在邪惡擠壓下的扭曲和變態，曹七巧本來也是一個不幸的女性，封建禮教的犧牲品，但在某種人性惡的驅動下，充滿妒意地蠻橫逼死兒子長白的媳婦，並且親自扼殺了自己女兒遲到的愛情，令人髮指。所謂東方社會溫婉的倫理親情已蕩然無存。

　　愛情本來是人性中最動情、最迷人的樂章，然而在海派小說中我們已很少能找到那山盟海誓的情感，金錢的腐蝕、威力正在到處毀滅、撕碎、驅趕著她，完全蛻變為一種被奴役的工具及一次性消費的商品。如施蟄存的《春陽》中，嬋阿姨為了得到夫家大筆財產，不惜犧牲自己一生的幸福抱著丈夫的牌位而舉行婚禮；劉吶鷗的《方程式》裏的 Y 先生半個月可談兩次戀愛；男子被當成女子的消遣品，女性成為男子泄欲的容器（穆時英《被當作消遣品的男子》），愛情已完全被視為赤裸裸的勾引遊戲。海派小說的這些描寫形象地揭示出金錢的威力，資本的滲入已經無孔不入，客觀上印證了《共產黨宣言》中的那段名言：「資產階級在它已經取得了統治的地方把一切封建的、宗法的和田園詩般的關係都破壞了。……它使人和人之間除了赤裸裸的利害關係，除了冷酷無情的現金交易，就再也沒有任何別的聯繫了。……資產階級撕下了罩在家庭關係上的溫情脈脈的面紗，把這種關係變成了純粹的金錢關係。」〔註10〕給我們展示了一幕傳統道德解體和信仰淪喪、崩潰的都市生活場景。上海作為外國殖民統治進入中國的橋頭堡，其特殊的文化機制和生長土壤最適宜於現代主義的繁衍，在這裡，封建正統的倫理體系已日漸式微，趨於瓦解，而新的大一統的中心信仰還未確立，資本主義生活中縱慾、放蕩、享樂的價值觀恰如揭開瓶蓋的魔瓶在這裡蔓延開來，構成了一道奇異的都市風景線：「在這『探戈宮』裏的一切都在一種旋律的動搖中──男女的肢體，五彩的燈光，和光亮的酒杯，紅綠的液體以及纖細的指頭，石榴色的嘴唇，發焰的眼光。……使人覺得，好像入了魔宮一樣，心神都在一種魔力的勢力下。」〔註11〕海派小說家筆下的

〔註10〕馬克思、恩格斯：《共產黨宣言》，《馬克思恩格斯選集》第 1 卷第 274、275 頁，人民出版社 1995 年版。
〔註11〕劉吶鷗：《遊戲》，《劉吶鷗小說全編》第 1 頁，學林出版社 1997 年版。

紅男綠女早已失去了理性和道德的羈絆，他們醉生夢死，放肆地發洩著瘋狂而粗鄙的欲望，表面上快樂，其實這一切都難以掩飾心靈的寂寞、疲憊和倦殆，他們是一群現代社會中的精神幻滅者和錯亂者，無法找到真實的自我。索爾‧貝婁曾提出過這樣的一個哲理問題：「眼下你是把這個偉大的、藍色的、白色的、綠色的星球吹走呢，還是讓你自己從這個星體上被吹走？」顯然，海派小說中的主人屬於後者，他們是都市無根的靈魂漂泊者。

　　正是因為急劇、複雜的人生場景的轉換，海派小說中的主人陷入深深的迷惘、傍徨，他們對現實世界明顯缺乏信心，未嘗不感到精神失落的痛苦。激烈競爭和失敗的壓力讓他們經常處在高度緊張之中，時刻咀嚼失意的折磨。都市對他們來說早已失去了那種賓客如至、洋溢著溫馨的「家」的感覺；另一方面又希望著能在精神漂泊中覓到知音，在心靈上得到片刻補償，因此，「邂逅」、「同是天涯淪落人，相逢何必曾相識」之類的主題模式屢見不鮮，映襯了他們矛盾的情感世界和尷尬的人生處境。穆時英在《公墓‧自序》中說：「在我們的社會裏，有被生活壓扁了的人，也有被生活擠出來的人，生活的苦味越是嘗得多，感覺越是靈敏的人，那種寂寞就越加深深的鑽到骨髓裏。」那些被拋出了生活軌道的人們，對人生滿懷失意和感傷之情，開始了漫長的精神漂流，沒有目的，沒有希望，永遠找不到皈依的心靈之所和棲息的家園。如穆時英的《夜》、施蟄存的《梅雨之夕》、黑嬰的《五月的支那》及劉吶鷗的《熱情之骨》等小說，表面上寫得都是一群人生的失意者浪跡天涯，希望邂逅著一個美麗、青春的女性，其實它折射、隱喻的正是這種現代人在高度物質文明時代的異化和精神分裂。現代社會的劇烈波動和文化變遷打破了寧靜的時空秩序及整體意識，人們對社會環境的感應能力陷於迷亂。「現代生活創造了一種角色和人的分歧。這對於生性較為敏感的個人來說，就成了一種緊張的壓迫感。」〔註12〕施蟄存《薄暮的舞女》中，女主人公渴望結束舞女生涯，希望能過上正常女性的生活，享受愛情的權利，因此拒絕了老闆的要求，然而一當她失去了經濟上的依靠，立刻感到了種惶恐，被迫向屈辱要協。生活的冷酷無情，社會的互相傾軋，空前激烈的競爭將一群群人們拋入失敗者的行列，稍不留心便被巨浪所吞沒。穆時英在《夜總會裏的五個人》中寫出了幾個失意者惶惶不安的心態：謹小慎微的小職員莫明奇妙地被辭退；百萬富豪在一夜之間傾家蕩產，用自殺結束了苦痛的生命；風流一時的交際花恨青春苦短、容顏易改；總之，都

〔註12〕丹尼爾‧貝爾：《資本主義文化矛盾》，第 142 頁，三聯書店 1989 年版。

懷著無可奈何的心緒，聚散匆匆。海派小說中這些人物的失落、飄零的孤寂心態，觸及到了現代人脆弱、易碎的靈魂。「現代主義的真正問題是信仰問題。」〔註13〕哲人海德格爾曾引用德國詩人荷爾德林的名句發出過引人深思的追問：「在一貧乏的時代裏，詩人何為？」這樣過於沉重的哲學命題是海派作家們所無力解決的，他們只有黯然神傷：

> 我在星空裏悲哀地尋找，
>
> 卻再也找不到你，啊，月神，
>
> 我穿過林海呼喚，穿過波濤，
>
> 唉，卻只得到空谷的回音！〔註14〕

　　與海派小說描寫的現代人的人性異化、墮落相比，京派小說著重挖掘的是純樸、原始的人性美和人情美，始終追尋著一種優美、健康、和自然始終保持高度和諧狀態的人性理想。京派小說中也有不少描寫了都市人生的虛偽、奸詐和醜陋，但它的主旨還是為了反襯另一個世界的人生場景，這些作品中的人物往往在都市中永遠找不到自己生命理想的寄託，像沈從文的《紳士的太太》、《八駿圖》、《大小阮》，蕭乾的《鵬程》、廢名的《李教授》、《浪子的筆記》等小說，便都屬於這一類。這些人物或被金錢奴役，失去了人性中剽悍、善良的一面，對此京派作家是深為不滿和極為憂慮的，他們認為人類原始天性中美好、純真的屬性只能存在於近乎原始狀態的鄉村，便把熱情、焦灼的目光投到了這偏僻、閉塞的一隅，情感世界經歷了由城市到鄉村的轉換。沈從文說：「禁律益多，社會益複雜，禁律益嚴，人性即因之喪失淨盡。」〔註15〕在這點上他倒和海派小說家有著相似的人生體驗，不過，海派小說家是懷著一種萬般無奈的心緒眼看人性墮落卻不知如何拯救，而京派作家則明白地開出了一劑藥方，並且信心十足：「：因為我活到這世界裏有所愛。美麗、清潔、智慧，以及對全人類幸福的幻影，皆永遠覺得是一種德性，也因此永遠使我對它崇拜和傾心。這點情緒同宗教情緒完全一樣。……人事能夠燃起我感情的太多了，我的寫作就是頌揚一切與我同在的人類美麗與智慧。」〔註16〕海派小說中呈現的是

〔註13〕丹尼爾・貝爾：《資本主義文化矛盾》，第15頁，三聯書店1989年版。

〔註14〕席勒：《希臘諸神》，轉引張隆溪：《20世紀西方文論述評》第52頁，三聯書店1986年版。

〔註15〕沈從文：《燭虛》，《沈從文全集》第12卷第14頁，北嶽文藝出版社2002年版。

〔註16〕沈從文：《蘀下集・題記》，《沈從文全集》第16卷第325頁，北嶽文藝出版社2002年版。

一個金錢的『肉慾的、骯髒的、冷漠的世界，而京派小說中貢獻給世人的是一個溫情的、純潔的、真摯的、和諧的生命圖景，這既是他們在文化背景上的差異，又是在審美心理上的不同態度所致。

人類在踏上文明世界後，就建立了一系列的倫理道德準則：「善就是肯定生命，展現人的力量；美德就是人對自身的存在負責任，惡就是削弱人的力量，罪孽就是人對自己不負責任。」〔註17〕在京派小說中，裏面的人物不管是農民、漁夫、士兵、妓女、獵人、水手等等，在自己心中都有一把衡量人性善惡的標尺，以頑強的生命信仰抗拒著文明時代的污染。鄉村中的下層人民儘管沒有受過都市現代人那種良好的教育，然而他們身上所呈現的質樸的人性，卻更加符合人類所孜孜以求的道德理想，是健康的、自由的人類天性的返樸與歸真，與海派小說中現代人萎縮的精神、焦慮的人生體驗形成了尖銳的對比。比如，沈從文的傑作《邊城》中的那個擺渡老人，長年不知疲倦地撐著渡船，但一旦有人要付給他錢時，他便堅決回絕，並且還搭了一大串草煙。其他如蕭乾的《鄧山東》、李健吾的《陷阱》等也寫了下層人的仁義之情。至於廢名，更是把這種人情之類推向了極致，在《竹林的故事》、《桃園》、《菱蕩》等中的普通人生活在那種寧靜、和諧自然中，然而他們的品性卻一如那青山秀水，白璧無瑕。下面是《竹林的故事》中的一段：

> 其中有一位最會說笑的，向著三姑娘道：「三姑娘，你多稱一兩，回頭我們的飯熟了，你也來吃，好不好呢？」，三姑娘笑了：「吃先生的一餐飯使不得？難道就要我出東西？」我們大家也都笑了；不提防三姑娘果然從籃子裏抓起一把擲在原來稱就了的堆裏。

這種人與人之間的親近、自然、和諧是京派小說中最能打動人的地方，從某種意義上來說，代表了京派作家的一種理想道德王國，與金錢的力量斷然無緣。

此外，京派小說有不少是以少年生活為題材，從兒童、少年這個特殊的視角反映了民族性格的完美性，沈從文的《三三》中的三三、《長河》中的夭夭、《邊城》的翠翠，廢名《竹林的故事》的三姑娘都是童心未泯，在自然狀態下成長起來的完美形象，在她們身上更多地體現了京派作家對人類未來命運的關注。

京派小說中所表達的愛情方式也與海派小說有著本質的區別，男女主人公所渴求的愛情是真正以平等和愛作為基礎，金錢和門弟觀念遭到青年人的

〔註17〕弗洛姆：《為自己的人》，第 17 頁，三聯書店 1988 年版。

無情唾棄，他們對愛情真誠、大膽的追求和忠貞不渝是現代都市人無論如何也無法理解和得到的。《月下小景》中那對青年情侶在無法結合時雙雙服毒赴死，動人心魄；《如蕤》中的青年女主人公為了等待情人，寧可棄門弟、財產也毫不吝惜；廢名的《橋》中男主人小林和兩個女孩子都能平安相處，他們的這種愛情方式更多的是屬於那種田園牧歌式的宗法社會中所獨有的浪漫情調，對於在現代社會中處在困境中的人類個體而言，只能是一個幻夢，美麗而遙遠。

如果說海派小說在相當程度上觸及到了高度物質化文明時代現代人的精神危機——信仰的消失、心靈的疲憊、自我的焦慮、人性的變異，面臨著的是一片空白，那麼京派小說則試圖重建一種新的人生信仰：愛、美和自由，希望它能開出最燦爛無比的文明花朵，通過傳統信仰的復興來重新安妥人類破碎的靈魂，就像徐志摩在詩中歡快地唱出的：

順著我的指頭看，

那天邊一小星的藍——

那是一座島，島上有青草，

鮮花，美麗的走獸與飛鳥；

快上這輕快的小艇，去到那理想的天庭——

戀愛、歡欣、自由——辭別了人間，永遠！〔註18〕

這對於當時生活在嚴酷現實中的人們來說，確實送來了一絲眷意和溫馨。京派小說對都市人生的批判和對民族信仰的信心有機地結合起來，又在一定程度上填補了現代人信仰危機之後所遺留下的巨大精神空白，引導整個人類重新向某種宗教般虔誠的信仰回歸，這也是構成京派小說恒久魅力的一個重要原因。

三

京派小說和海派小說不僅在人生體驗上表現了各自迥然不同的感受，而且它們在表現的文化形態和恒定的藝術審美對象上也有著明顯的區別，並都以自己的創作成就奠定了鄉土文學和都市文學的繁榮景象，極大地豐富了中國現代文學的表現形態，對 20 世紀中國文學的流向產生了複雜而深遠的影響，共同撐起了三十年代中國文壇的半壁江山。

〔註18〕徐志摩：《這是一個怯懦的世界》，《徐志摩全集》第 4 卷第 213 頁，天津人民出版社 2005 年版。

因為中國長期處於自給自足的小農經濟狀態，城市的現代化進程和文化意識一直欠發達，「我們有館閣詩人，山村詩人，花月詩人……沒有都會詩人。」〔註19〕鴛鴦蝴蝶派雖然也寫出了上海在工業化變遷中的某些文化徵兆，但骨子裏卻依然帶有封建末世文人的陳腐、保守氣息，可以說他們的審美心態基本上仍停留在19世紀的水平上，對現代都市的現代氣息缺乏足夠的瞭解和感受，直到二十年代末、三十年代初新的海派小說的出現才有力地改變了這個局面。它們在快速的節奏中描繪了這個都市的五光十色的現代生活狀態，極大地拉開了與中國傳統文學的距離，吹響了中國都市文學的晨曲。關於海派作家的創作取向，我們可以從他們創辦的刊物《現代》雜誌的第4卷1期《文藝獨白》上的一篇文章中窺見一般。《現代》是當時最有影響的文學刊物之一，被公認為是現代派作家的大本營。施蟄存在這篇文章中說：「所謂現代生活，這裡面包括著各式各樣的獨特的形態；彙集著大船舶的港灣，轟響著噪音的工場，深入地下的礦坑，奏著Jazz（爵士）樂的舞場，摩天樓的百貨店，飛機的空中戰，廣大的競馬場……甚至連自然景物也和前代的不同了。」〔註20〕很明顯，上海這個大都市的急劇變化正有力地衝擊著作家的審美心理和藝術情趣，他們已不滿足於亦步亦趨地模仿別人所創造的文學世界，而是力圖追蹤現代生活的快速流變。劉吶鷗1926年11月10日致戴望舒的信中說：「我要 Fair des Rommances。我要做夢，可是不能了。電車太噪鬧了，本來是蒼青色的天空，被工廠的炭煙布得黑濛濛了，雲雀的聲音也聽不見了。……我們沒有 Rommance，沒有古城裏吹著號角的聲音，可是我們卻有 thrill，Garnal intoricaton，就是戰慄和肉的沉醉。」〔註21〕

海派小說對現代都市生活形態的描摹取得了很大的成功，它所表現的摩天大樓、霓虹燈、夜總會等現代都市生活的重要象徵以及舞女、乞丐、姨太太、賭客、娼妓、商人、流氓無產者等人物眾生相第一次大規模地出現在中國現代文學作品中，當時就被人所注意：「劉吶鷗先生是一位敏感的都市人，操著他的特殊的手腕，他把這飛機、電影、Jazz、摩天樓、色情（狂）、長型汽車的高速度大量生產的現代生活，下著銳利的解剖刀。」〔註22〕「穆時英……是都市

〔註19〕魯迅：《集外集拾遺·〈十二個〉後記》，《魯迅全集》第7卷第299頁，人民文學出版社1981年版。
〔註20〕施蟄存：《文藝獨白》，載《現代》第4卷第1期。
〔註21〕見孔另境編：《現代作家書簡》第185頁，花城出版社1982年版。
〔註22〕見《新文藝》2卷1號。

文學的先驅作家，這一點上他可以和保爾・穆杭，辛克萊・路易士以及日本作家橫光利一、堀口大學相比。」〔註23〕這都是從都市文學的角度得出的評論。海派小說家對待他們所描寫、所居住、所熟悉的都市生活的態度是很矛盾的，他們一方面感到畸形的都市繁榮給人們帶來了沉重的心理負荷和精神壓力，人們在緊張、迅捷的生活節奏下明顯感到力不從心，日漸煩躁；但從另一個意義上來說，他們又是高度西化、洋化的現代都市之子，對都市生活無形中又充滿了欣賞和留戀，不自覺地與之在文化氣質上存在著相通之處。「脫離了爵士樂、孤步舞、混合酒、春季的流行色、八汽缸的跑車、埃及煙……我便成了沒有靈魂的。」〔註24〕正因如此，海派小說對都市揭露、批判的色彩要比京派小說、左翼小說弱得多，但其對現代都市、現代情緒、節奏精微、細緻的感覺又遠遠超過了它們，海派小說是真正屬於、且只能屬於現代上海地域色彩的文學，標誌著中國現代都市文學已趨於成熟。

海派小說迷醉於現代都市奇幻的、富有誘惑力的生活畫面，熱衷從都市的建築、服飾、交通、娛樂場等直觀的物質文化層面來切入，全方位、立體地展示了這個遠東第一大都市所獨有的現代節奏和魅力，這裡充滿了成功與失敗、榮譽與恥辱，散發著力量、速度、邪惡、靡爛……穆時英的《上海狐步舞》對此有著相當精彩有描述：

> 直飛上半天，和第一線的太陽光碰在一起。接著便來了雄偉的
> 合唱。睡熟了的建築物站了起來，抬著腦袋，卸了灰色的睡衣，江
> 水又嘩啦嘩啦的往東流，工廠的汽笛也吼著，歌唱著新的生命，夜
> 總會裏的人們的命運！
>
> 醒回來了，上海！
>
> 上海，造在地獄上的天堂！

「上海，造在地獄上的天堂」非常準確地抓住了這個現代都市的精神實質和矛盾癥結。人類渴望文明，高度繁榮的物質形態文明為之提供必不可少的生存活動空間，大大擴充了其生活、交往的領域，豐富了精神領域的表現形式，人的本質力量在這個文明進程中一次次得到確證、實現。但人類的悲哀又在於，

〔註23〕蘇雪林：「Present Day fiction and Drama in China」，見英文本《當代中國小說戲劇一千五百種提要》，1948 年北京懷仁學會出版。
〔註24〕穆時英：《黑牡丹》，見嚴家炎編《新感覺派小說選》第 196 頁，人民文學出版社 1985 年版。

它卻越來越被其所創造的文明所窒息、所操縱，被捆上了重重的精神鎖鏈，「人渴望自由，卻又無所不在其枷鎖之中」的矛盾一直存在著，到了現代社會更加突出起來。海派小說所描寫文化場所，諸如夜總會、電影院、大劇院等，本來是人們休息、娛樂的地方，但在現代都市中卻都成為一個個包藏著骯髒、腐化、縱慾等的地獄，助長了人們的享樂風氣，人們生活在一個缺乏精神凝聚力的虛構世界之中，對金錢、情慾的崇拜替代了對征服和上進心的欲望。「在過去，滿足違禁的欲望令人產生負罪感。在今天，如果未能得到歡樂，就會降低人們的自尊心。」〔註25〕海派小說以濃抹重彩的筆觸寫出了商業化文明給上海所帶來的急劇變化，這種變化既有都市外在形態的，但更多的是它所對現代人產生的強大衝擊，這種衝擊正在有力地影響著他們的心理結構和文化判斷，並使之不斷地傾向失衡。海派小說從都市的特殊視角展示了現代社會的風貌，彌補了現代文學的一個重要空白，其價值是無法抹殺的。

海派小說在一定程度上代表了都市文化的景觀和精神，儘管有時它的文化判斷未必都很準確，但有一點是確定無疑的：那就是它最熱衷表現的所謂現代都市背景確實構成了中國社會的一個側面。比如作為上海特有人文景觀的職業構成全是現代人的角色：商人、炒股者、巡捕、操著外語的電車職員、銀行職員等等，都只能是現代社會的產物，這些角色也給現代都市帶來了許多新的活力、新的色彩。

在海派作家筆下，這個都市每天都在發生許多變化，生活中的貧富懸殊和政治力量的角逐也同樣是一個不可迴避的矛盾，海派小說對這種不和諧的節奏也有不少表現，像穆時英的《手指》、《偷麵包的麵包師》、《南北極》，施蟄存的《汽車路》等，都寫出了小人物生活的艱辛、窘困，也許正是因為他們在地獄中的掙扎，才造成了都市讓人目眩的繁華。海派小說雖然沒有明確地給出答案，但它實實在在地這樣寫出了，那就是這個現代都市在多重因素的交織影響下每天都在上演一幕幕悲喜劇，哀哀怨怨、光怪陸離。「星期六晚上的世界是在爵士的軸子上迴旋著的『卡通』的地球，那麼輕快，那麼瘋狂地；沒有了地心吸力，一切都建築在空中。星期六的晚上，是沒有理性的日子。星期六的晚上，是法官也想犯罪的日子。星期六的晚上，是上帝進地獄的日子。」〔註26〕

〔註25〕丹尼爾·貝爾：《資本主義文化矛盾》，第 119 頁，三聯書店 1989 年版。

〔註26〕穆時英：《夜總會裏的五個人》，見嚴家炎編：《新感覺派小說選》第 209 頁，人民文學出版社 1985 年版。

這樣的都市場景給中國現代社會的進程提供了一個具體、可感的參照系，一個社會學家、統計學家所無法抽象概括的活生生的現實。

相反，京派小說家卻本能地對都市採取了拒絕和排斥的態度，在文化取向上毫無認同感，他們對都市的情感是極其冷漠和厭惡的，對都市文明持極為嚴厲的批判姿態。「在都市住上十年，我還是個鄉下人，第一件事，我就永遠不習慣城里人所習慣的道德的愉快，倫理的愉快。」〔註27〕他們把自己的創作情感全部溶入到寧靜而遙遠的鄉村世界，展現了那片古老土地上的風土人情，沈從文的湘西世界，廢名的湖北風情，師陀的黃河原野，汪曾祺的江南水鄉無不飄蕩著濃鬱的鄉土氣息，他們是一群古老中國真正兒女的代表。京派小說是純熟的鄉土文學，其中精神上直接承繼了五四時期所開創的現實主義文學傳統和二十年代鄉土文學的精髓。

京派小說家中有不少人的童年或少年是在鄉村度過的，故土的山山水水給他們以強烈的視覺印象，後來他們才流落到都市，飽受過都市的冷漠、歧視，對家鄉更加充滿眷戀之情，只有那片故土才是他們精神的憑籍和依託。他們的作品雖然也有不滿農村愚昧和落後的地方，但更多的還是一往情深，希望能留住它的淳樸、自然的歷史風貌，因而他們筆下的農村都彷彿置身在中國現代社會變動的現實之外。如果說海派小說是向前看的，努力追蹤現代都市的節奏變化，無疑京鏃小說廁是向後看，它所描寫的鄉村社會帶有一種田園詩般的恬淡色彩，大大落後於中國社會風雲變遷的歷史進程。

毋庸諱言，京派小說對現實的關注不及左翼作家，甚至它對鄉村社會實質的揭示也不及其他鄉土文學派作家深刻，這主要是因為其所堅持的自由主義立場使然。京派作家對階級鬥爭、政治鬥爭極其厭惡，更不願讓自己的作品成為時代的留聲機和傳聲筒，他們希望其作品更多地發揮道德和文化的批判功能，因而京派小說更注重反省歷史、體悟人生，文化學、民俗學的價值要大於其思想價值。

京派小說對於鄉土風情的描繪極其細緻和迷人，以其特有的抒情筆調繪盡了鄉村的世態人情和風雲畫卷，溶入了自己的赤子情懷和對民族命運的不倦叩問。從一個特殊的角度反襯了中國社會的不平衡。京派小說所描寫的鄉村世界，例如湘西、湖北、河南等地，大都遠離沿海，在這裡基本上還感受不到

〔註27〕沈從文：《蕭乾小說集·題記》，《沈從文全集》第16卷第324頁，北嶽文藝出版社2002年版。

工業文明的腳步，仍處在一種相當原始的狀態之下，但這裡的一切又都是平靜而和諧，流動著原始美的色彩和生命。廢名是最早涉足鄉村的京派作家，他借用作品中的主人公說：「我常常觀察我的思想，可以說同畫幾何差不多，一點也不能含糊。我感不到人生如夢的真實，但感到夢的真實與美。」〔註28〕他的小說處處溢出空靈、澄澈的田園風味，如《菱蕩》、《竹林的故事》、《桃園》、《橋》那種自然美的境界讓人陶醉其間，久久不願從這夢幻般的畫面走出，下面是《菱蕩》中的一個畫面：

> 菱葉差池了水面，約半蕩，餘則白水。太陽當頂時，林茂無鳥聲，過路人不見水的過去……停了腳，水面唧唧響——水彷彿是一個個的聲音填的！

就在這種環境中，人與自然達到了真正的融合和統一，這種親和感在京派小說中幾乎到處可尋。沈從文《邊城》中的擺渡老人和翠翠也早已把生命融注到大自然中，塗上了一層濃濃的依戀和敬畏。中國鄉村社會就像被帷幔所圍住的歷史老人，一直迷戀於昔日的那份光榮與夢想，對京派作家有著難以抵禦的誘惑。

京派小說所展示的民俗風情，往往閃爍著邊地的神秘性，呈現出未被工業文明所分解的自然狀態。這裡更多的是一種凝結的古老歷史，是一群無憂無慮的人們在盡情地唱著民族的歌謠，這種景象對大多數人來說是陌生的，難以理解。沈從文的湘西小說向人們展現了歷史未變的恆定之美。湘西牴觸幾省交接之處，是苗、漢等多民族雜居之地，在社會形態上有點類似原始氏族社會，人們的社會關係比較簡單，同時保留了許多民族的習俗。沈從文對湘西民族的精神氣質和風俗傳統有著很深的瞭解，筆端的人物常常帶有一種神性和野獸性：剽悍、驍勇、忠誠。如《龍朱》中主人公龍朱在陷入愛情苦惱時拔刀作誓：「我龍朱不能得到這女人作妻，我永遠不與女人同睡。」這種神話色彩的動人故事只能產生在具有原始風情的湘水、沅水流域。

沈從文小說中保留了許多神話傳說，向人們呈現了豐富多彩的民間風情，這在很大程度上得力於他源深的文化史和民俗學知識，尤其是古楚文化的薰染。湘西古屬楚地，自古以來巫風盛行，沈從文所描寫的如劃龍船、廟會、對山歌、神巫制度等，代表了一種民族文化的積澱，它反過來又作為一種民族無意識心理對作家和讀者產生巨大的心靈震撼：「這種神話情景的瞬間再現，

〔註28〕廢名：《橋·塔》，《竹林的故事》第308頁，廣西師範大學出版社2003年版。

是以一種獨特的情感強度為標誌的。彷彿有誰撥動了我們很久以來未曾被人撥動的心弦，彷彿那種我們從未懷疑其存在的力量得到了釋放……在這種時刻，我們不再是個人，而是人類；全人類的聲音都在我們心中共鳴。」〔註29〕廢名、李健吾、蘆焚、汪曾祺等作品中也都寫出了鄉村社會的古老遺風，淳樸可愛，從這個意義上講，京派小說為鄉土文學增添了不少歷史的厚重感和幾分詩意，幾分浪漫。

需要注意的是，京派小說中的鄉村世界現實感弱了一些，它所表達出的對農業文明的讚美在客觀上恰恰與現代社會工業化、商品化的必然進程相悖，注定是一種烏托邦的理想。那種田園詩般的牧歌生活在很大程度上也被美化了，但它的文學魅力是永存的，當它塵封多年重新擺在當代人的案頭所引起的驚喜和一片讚歎聲就足以證明了這一切。它和海派小說描寫對象的差異，正好構成了文學世界中對立的兩極，這或許是一種歷史的必然。

四

　　由於藝術品的魅力來自它的結構，因此……最重要的就不是藝術品的結構所喚起的情感，而是這結構本身。——考夫卡

　　去想像一種語言即意味著去想像一種生活的形式。——維特根斯坦

中國現代小說從脫胎之日起，就陷於一種矛盾的情感糾葛之中，它一方面處在世界現代哲學、文學多種思潮的影響之下，這就決定了它的一種開放體系，極力使自己與外國現代文學處在同步的態勢，並對之進行廣泛吸收和借鑒。同時，它又是民族的，深受中國古典文學傳統的制約，在審美心理和審美情趣上，不自覺地表現了對傳統的認同和超越。因此，現代與傳統、世界性與民族性的問題在京派和海派小說中也突出地存在著，使它們的藝術理想和形式呈現出不同的美學風範。簡言之，海派小說追求現代性，傾向於現代主義的藝術表達；京派小說則更多地表現出對中國古典文學的承繼和發展，富有東方神韻。當然，這只是就它們總體傾向上的概括和描述，而不應簡單化。事實上，海派小說家施蟄存、張愛玲就偏重傳統，而京派小說家廢名、林徽因、汪曾祺等也不乏現代主義之作。

〔註29〕榮格：《論分析心理學與詩的關係》，伍蠡甫、胡經之編：《西方文藝理論名著選編》（下）第376頁，北京大學出版社1987年版。

　　海派小說的藝術接受心理是開放的，新感覺派小說更是扮演了相當前衛和先鋒的探索者角色，它在現代手法的運用上所表現出的成熟、自如，不僅增添了現代小說的表現手段和技巧，還大大地縮短了與世界現代文學的差距。海派小說主要是接受了西方心理分析小說、弗洛伊德主義和日本新感覺主義的影響，對現實主義、浪漫主義等文學思潮則明顯冷淡，缺乏興趣。

　　20 世紀二、三十年代，由於中國社會心理狀況迎合了現代主義情緒，因此現代主義得以大規模地輸入並很快轉化為作家們的創作實踐活動，迎來了中國現代主義文學的高潮。海派小說家大都精通外文，有的還在國外生活過，對現代主義有親身的體驗。劉吶鷗創辦《無軌列車》，介紹過法國心理小說家保爾·穆杭的感覺主義和印象主義；而施蟄存主辦的大型文學刊物《現代》對西方各種現代主義思潮更是不遺餘力地介紹，其中包括奧地利心理小說家施尼茨勒，並稱他為「使歐洲現代文藝因此而特闢一個新的蹊徑。」〔註30〕弗洛伊德的心理分析學說同樣引起了海派小說家的關注，弗洛伊德學說在當時風靡世界，揭示了現代人複雜的心理結構和潛意識，對經歷了第一次世界大戰後的敏感知識分子有著特殊的吸引力，施蟄存明白地講自己的創作「應用了一些 Freudhm（弗洛伊德主義）。」〔註31〕海派作家感覺到，在一個複雜、動盪的世界中，要想探尋現代人隱秘、深層的心理世界，弗洛伊德的心理分析正可大有作為。至於日本新感覺小說對他們的影響則更不待言，日本新感覺小說以橫光利一、片岡鐵兵、川端康成等作家為代表，他們刻意求新，喜歡用想像、聯想來捕捉剎那間的感覺，在敘述方式和語言上深受陌生化理論的影響。劉吶鷗在 1929 年出版了《色情文化》，同中收錄了橫光利一等人的作品，向中國讀者進行了推薦。

　　但是，西方現代主義思潮的輸入只是決定他們藝術取向的一個必要條件，更重要的則取決於他們的藝術接受心理狀況和自身的審美、創作心理機制及能力。從總體上看，他們在現代主義美學原則的表達上是成功的，開拓了一個更加寬廣、深層次的審美境界，儘管其中也不乏一些平庸、頹廢和失敗的作品。

　　海派小說在美學表現上的第一個重要特徵就是大大強化了心理分析和心理描寫，著力挖掘與表現現代人的潛意識、變態心理等深層的心理結構，力圖捕捉其微妙的心理變化和衝突，充分暴露了現代人的心理世界，從而使文學與

〔註30〕施蟄存：《薄命的戴麗莎·譯者序》，上海光華書局 1937 年版。
〔註31〕施蟄存：《創作的經驗·我的創作生活歷程》，天馬書店 1933 年版。

現代心理學巧妙地結合起來。如劉吶鷗的《殘留》、穆時英的《白金的女體塑像》、施蟄存的《梅雨之夕》、《春陽》、《石秀》等都採用了這種手法。當時有人曾說：「《殘留》是劉吶鷗先生自己很滿意的新作，全篇用著心理描寫的獨白，在文體上是現在我們創作上很少有的。」〔註32〕《白金的女體塑像》在技巧上最典型地體現了弗洛伊德主義心理描寫深度和自我、本我的衝突。一個獨身醫生為一個得了初期肺病的貴族少婦看病，面對眼前赤裸裸的白金色女性身體，引起了強烈的心理衝動，但理智的「自我」壓抑了「本我」的欲望，最後尋到了一個平衡點：他最終結了婚。而施蟄存則運用弗洛伊德的這種理論，重新解釋了歷史人物的心理動機，如《石秀》、《將軍底頭》、《鳩摩羅什》等都描寫了道德與愛、情緒與理智的對立，塑造了一些自我分裂、人格衝突的人物形象，增加了人物性格的複雜性。

其次，海派小說淡化了現實主義的情節結構，普遍用一種心理化的、片斷式聯想的結構取而代之，它並不追求對社會的客觀生活進行全面、宏闊的展示，而是醉心於表現人的一種短暫的情緒波動和主觀感受，具有西方意識流小說的特徵，這是其對傳統小說藝術的一項重要創新。意識流小說家弗吉尼亞曾講：「如果我們能夠想像一下，小說藝術像活人一樣有了生命，並且站在我們中間，她一定會叫我們不僅崇拜她，熱愛她，而且威脅她，摧毀她，因為只有如此，她才能恢復其青春，確保其權威。」〔註33〕辯證地說明了文體創新的重大意義。海派小說很少有完整的故事情節，在敘述上多採用第一人稱的限制角度，通過人物的心理流動和情緒變化代替了情節的進展，因而往往運用了大段的人物內心獨白和自由聯想的方法，對人物心理的刻畫更趨細膩和逼真。在這方面施蟄存的《春陽》、《鷗》、《梅雨之夕》和葉靈鳳的《第七號女性》等都較出色。《梅雨之夕》基本上沒有情節，只是寫「我」在雨中邂逅一年青女子所引起的種種聯想，並且隨著我的意識流動引出了對昔日情人、酒店婦女、妻子的複雜感情。由於技巧上的圓熟，心理的痕跡幾乎讓人難以察覺。當20世紀80年代初讀者驚喜地發現王蒙的《春之聲》等運用的意識流技巧時，殊不知海派小說在半個多世紀前就已經這樣運用自如了，現代主義在中國的沈寂和禁錮整整造成了幾代人的審美失落和錯位。

〔註32〕《編者的話》，載《新文藝》第2期。
〔註33〕弗吉尼亞·伍爾芙：《現代小說》，伍蠡甫、胡經之編《西方文藝理論名著選編》
　　　　（下）第158頁，北京大學出版社1987年版。

　　再者，海派小說刻意追求新奇的感覺、意象，往往採用通感、象徵、隱喻等多種形式，描摹人的主觀印象，造成一種強烈的視覺效果。有時還使用蒙太奇，時空交錯的電影剪接方式最大限度地把人的視覺、嗅覺、觸覺、味覺等複合在一起，構築了色彩斑駁的主觀世界，收到了傳統藝術手法所難以企及的藝術效果。下面是穆時英《上海的孤步舞》中的一段：

　　　　　上了白漆的街樹的腿，電杆木的腿，一切靜物的腿……Revue似
　　　地，把擦滿了粉的大腿交叉地伸出來的姑娘們……白漆的腿的行列。
　　　　沿著那條靜悄的道路，從住宅的窗裏，都會的眼珠子似地，透過了
　　　窗紗，偷溜了出來。淡紅的、紫的、綠的，處處的燈光。

　　這種快節奏、多變化、強刺激、重感覺的敘事結構和美學風貌，和都市生活的流行色是一致的。新鮮、突兀、花樣翻新的技巧變化給讀者留下許多未定點，啟發他們在藝術接受過程中逐漸具體化。

　　海派小說的語言也是現代的，它多使用語句複雜、奇特的句式結構，打破語法常規，常常化腐朽為神奇，在作品的內在因素上頗多創新。俄國形式主義文論家最早提出，文學作品的特殊性不在內容，而在語言的運用和修辭技巧的安排。「那種被稱為藝術的東西的存在，正是為了喚回人對生活的感受，使人感受到事物，使石頭更變成石頭。藝術的目的是使你對事物的感覺如同你所見的視像那樣，而不是如同你所認知的那樣；藝術的手法是事物的『反常化』手法，是複雜化形式的手法，它增加了感受的難度和時延，既然藝術中的領悟過程是以自身為目的的，它就理應延長；藝術是一種體驗事物之創造的方式，而被創造物在藝術中已無足輕重。」〔註34〕20世紀文學批評把語言提到了相當重要的位置，「當人思索存在時，存在就進入語言。語言是存在的寓所，人棲居於語言這寓所中。用語詞思索和創作的人們是這個寓所的守護者。」〔註35〕海派小說的語言在很大成分上顛覆了傳統語言的詩質、韻味和邏輯程序。如「電梯把他吐在四檔」、「睡熟了的建築物站了起來，抬起腦袋卸了灰色的睡衣」、「她的眸子裏還遺留著乳香」等都是富有個性的語言創造。但海派小說亦有部分語言過於晦澀，陷入一種新的模式化，又往往夾雜一些外語，在一定意義上又損壞了語言的美感，這是不能不指出的一件憾事。

〔註34〕什克洛夫斯基：《作為手法的藝術》，《俄國形式主義文論選》第6頁，三聯書店1989年版。
〔註35〕海德格爾：《論人道主義的信》，參見王一川：《語言烏托邦》第93頁，雲南人民出版社1994年版。

　　而京派小說的美學風貌則是另一番景象，總的來說它們追求一種平和淡遠的藝術風格，語言清新、雋永，抒情色彩濃厚，中國古典文學的美學範疇得到了充分的體現。在審美心理上受中國傳統儒家倫理思想的制約，和諧、勻稱、恰當等是其最高的美學理想和追求。沈從文講：「文字要恰當，描寫要恰當，全篇的分配更要恰當。作品的成功條件就完全從這種『恰當』產生。」〔註36〕李健吾、朱光潛、蕭乾等都把和諧視為藝術的生命，這大抵和其雍容的文化心態是相對應的。京派作家大都受過良好的文化教育，對傳統文化自幼耳薰目染，這使得京派小說的風情萬物都變得流光溢彩，充滿詩情畫意。在這裡，我們很少看到如泣如訴、悲哀艱辛的生活圖景，也見不到時代風雲變遷的畫卷，這裡一切都是詩化了的，處處是美，真是絢爛之極歸於平淡，如果不是對傳統文化的爛熟於心，焉能如此？他們對傳統文化的仰慕不能簡單的看成是原封不動地移植，而是在更高層次上的一次回歸，應當說，京派小說已經走出了那種非此即彼的思維模式，其對傳統文學的轉化是創造性的。

　　中國儒家文化的價值體系認同天入合一的人文理想，重和諧、中庸，這種審美方式導致了京派小說的淡泊和平和，它著力尋求人生與大自然的融化、完美、超脫。凌叔華描寫貴族小姐的戀愛，往往適度而止，絕無郁達夫筆下的大膽、熾熱，更沒有海派小說中那種縱慾、瘋狂，特色非常明顯，被稱為閨秀派作家。廢名、沈從文的田園小說也是風景秀麗，人與大自然怡然相樂。它一般不描寫那種殘暴而慘烈的血腥場面，而是透過平淡無奇的日常生活折射鄉間融融的溫情。京派小說對大自然的景色顯示出少有的興趣，像沈從文描繪湘西的山光水色，廢名筆下的竹林、菱蕩、棗園，師陀寫豫北平原的果園，都是極為出色的景物描寫，同十九世紀歐洲浪漫主義作品中迷人景色有異曲同工之處。京派小說的風格在現代小說史上獨樹一幟，被不少評論家所推崇。

　　京派小說的詩化和散文化是其第二個藝術特徵，它同樣淡化了傳統小說的情節結構，但與海派小說的心理結構不同，它注重詩意的建構，往往使其同散文形式難以區分，這在廢名的作品中就更加明顯。沈從文和廢名的小說又被人稱為詩體小說，蕭乾的長篇小說《夢之谷》抒情的格調也很濃重。京派小說常常用詩的手段來營造情趣氛圍，有意識地選用一些特定畫面來點出小說之眼：意境。而京派小說普遍地走上了意境創造的道路。廢名的《菱蕩》，視點由遠及近，依次寫出了瓦屋、樹林、河水、池塘，最後落腳到人的身上，這樣

〔註36〕沈從文：《短篇小說》，載《國文月刊》第 10 期，1942 年。

就把人的性靈與大自然的靈性有機地統一起來。沈從文的《邊城》也被認為：「能融化唐詩意境而得到可喜的成功。」〔註37〕

　　有時為了達到特定的抒情寫意效果，一部分京派小說還融匯了傳統繪畫的技法，講究構圖、布局，使作品深得山水畫的神韻，如師陀的《里門拾記》、凌叔華的小說等。凌叔華本人就是在中國山水畫上造詣很高的畫家，朱光潛稱她「作者寫小說像她寫畫一樣，著墨不多，而傳出來的意味很雋永。」〔註38〕結構主義文學理論曾講：「一類文學作品就是以作者和讀者之間的默契為基礎的一種特殊寫作方式，這些寫作方式具有一些不同的代碼，我們就是按照這樣代碼來閱讀作品本文的。」〔註39〕在京派小說中常常有樹蔭、水、月光、翠竹、碾房、果園等符號化的意象，它既是一種語言代碼，更是一種文化，一種象徵符號，一種民族無意識心理的沉積。在古典文學中，翠竹、水等早已與文人的審美心理機制融匯在一起，成為一種人格化的文化載體和生命信仰的符號，京派小說出現這些意象，獲得了一種超脫文化審美時空的永恆力量，從中也可見出它與傳統文化之間的內在精神聯繫和呼應。海派小說明顯不具各這點，它的傳統文化的內聚力是很淡薄的，缺乏京派小說在時間向量上的延續性和滲透力。

　　京派小說的語言清麗、流暢、簡約自然，很有「清水出芙蓉，天然去雕飾」的格調，與海派小說語言的繁複、奇崛相距甚遠，這首先得力於京派小說家在語言上對古典文學作品的學習。京派小說家追求語言的美同他們總體上追求美的理想是一致的，為此他們在遣詞造句上用力頗多。豐富的生活積累和大量的藝術創作實踐使京派小說的語言達到相當純熟的境界，它的語言既有典雅、純正的一面，又有通俗、口語化的一面，富於變化，廢名、沈從文、凌叔華、汪曾祺等人的小說語言都是較完美的，在現代小說中佔有重要地位。如廢名「王老大一門閂把月光都閂出去了」、「草是那麼吞著陽光綠」，沈從文的「水流汨汨。遠處山鵲飛起時，雖相距極近，明明振翅聲音依然彷彿極近」之類的語言，能引起人在審美活動時達到視覺與對象本身的異質同構關係，形成一種完整的而不是零碎的藝術對象。它把握到的形象是含有豐富的想像性、創造性、敏銳性的美的形象。這種語言的魅力在當代文壇仍有著不可忽視的潛在

〔註37〕汪偉：《讀〈邊城〉》，載《北京晨報》1934年6月7日。

〔註38〕朱光潛：《〈小哥兒倆〉序》，載1946年5月《天下週刊》創刊號。

〔註39〕（英）庫勒：《文學中的結構主義》，伍蠡甫、胡經之主編《西方文藝理論名著選》（下）第536頁，北京大學出版社1987年版。

價值，鍾阿城、何立偉等人的小說語言和京派小說的語言是一脈相承的，他們都公開聲稱受到了京派小說的影響。

京派小說和海派小說都已成為現代小說史上的特定概念而融入人類永恆的審美時空，它的成就與不足、經驗與教訓為人們提供了一個很好的藝術範本。它們標新立異、敢於進取的藝術探索精神，成熟而富有個性的藝術創造在一定意義上打破了人們的藝術思維定式，磨銳了人們的藝術感覺，豐富了人們的藝術實踐，拓寬了人們的藝術視野。

「如果認為藝術品的判斷需要一種固定不變的、絕對的範疇的話，則又是錯誤的。」〔註40〕對京派、海派小說也應作如是觀，不能企望也不應該對其進行一次性的評價活動而得出偏頗、武斷甚至錯誤的結論，而應把其納入一個歷史的、變化的範疇進行細緻縝密的藝術考察。京派、海派小說在 20 世紀二、三十年代都曾有過短暫的卻是重要的黃金時期，藝術形態得到較為充分的發展，然而它們的命運卻又殊途同歸：都被排斥在中國新文學的主流之外而長期沈寂，在很長的一段時間被歷史所遺忘、所冷落，這到底是它們不流俗的藝術精神超越了人們的審美心理定勢還是人們滯後的審美能力制約了其發展？這到底是風雲激變的時代主題壓抑、摒棄了其不合時宜的藝術理想還是其獨特、超脫的藝術理想不見容、不屈服於一個充滿悲劇、荒誕的時代？這到底是中國文學現代化艱難進程中的一次偶然現象還是命中注定的必然結局？歷史的濤聲捲起海灘上的螺蚌，留下人們或迷亂、或思索、或堅定的腳印⋯⋯

〔註40〕韋勒克：《批評的諸種概念》，第 21 頁，四川文藝出版社 1988 年版。

第五章　京派小說與中國藝術精神

　　晚清以降，特別是在五四新文化運動以後，伴隨著中國逐漸向世界的開放，大批中國學者接受了西方的文化觀念和話語體系，中國迎來了從外界輸入文化的高潮。這固然是非常必要的，王國維曾評述說：「外界之勢力之影響於學術豈不大哉……自漢以後儒家唯以抱殘守缺為事……自佛教之東，適值吾國思想凋敝之後，當此之時學者見之如饑者之得食，渴者之得飲。……自宋以後至本朝，思想之停滯略同於兩漢，至今日而第二之佛教又見告矣，西洋之思想是也。」〔註1〕但在這樣的歷史進程中，不少人完全移植西方的文化，視自己的傳統文化如敝屣，就像李長之所指出的：「移植的文化，像插在瓶裏的花一樣，是折來的，而不是根深蒂固地自本土的豐富的營養的。」〔註2〕京派作家作為20世紀五四以後的一代知識分子，大都具備了匯通中西文化的素養。與那些全盤移入外來文化不同的是，他們在內心深處對中國傳統文化保持了深厚的情感，並發掘了傳統文化在當代生活和創作的價值。沈從文說：一個作家，「如果他會從傳統接受教育，得到啟迪或暗示，有助於他的作品完整、深刻與美麗，並增加作品傳遞效果和永久性，都是極自然的。」〔註3〕確實，作為一個文學流派，京派小說從哲學意蘊到文化意蘊，從內容到形式，從結構到語言都散發出濃鬱的東方藝術情調，對中國藝術精神在自覺不自覺的狀態中

〔註1〕王國維：《論近年之學術界》，周錫山編《王國維集》第2冊第301頁，中國社會科學出版社2008年12月版。
〔註2〕李長之：《迎中國的文藝復興·自序》第16頁，上海商務印書館1946年版。
〔註3〕沈從文：《短篇小說》，沈從文全集）第16卷第503頁，北嶽文藝出版社2002年版。

加以繼承，其美感更多地屬於中國傳統美學的範疇。

一

　　沒有誰會否認的是，由於特定的地理環境和社會環境，中國的文化與西方文化比較起來有很大的差異：「不同的文明，有不同的現象；不同的現象，不同的人類，有不同的真理。」〔註4〕中國文化在漫長的歷史進程中以其獨特的智慧和思維方式體察了宇宙間生生不息的節奏和生命的節奏。泰戈爾曾以欣羨的口吻說：「世界上還有什麼事情，比中國文化的美麗精神更值得寶貴的？中國文化使人民喜愛現實世界，愛護備至，卻又不致陷於現實得不近情理！他們已本能地找到了事物的旋律的秘密。這是極偉大的一種天賦。」〔註5〕為此宗白華把中國文化的精神概括為「以『默而識之』的觀照態度，去體驗宇宙生生不已的節奏……而把這獲得的至寶，滲透進我們的現實生活，使我們生活表現禮與樂裏，創造社會的秩序與和諧。」「以和平的音樂的心境愛護現實，美化現實，因而輕視了科學工藝征服自然的權力。」〔註6〕當代學者劉小楓則在與西方文化精神的對比中總結了中國文化的特徵，劉小楓指出：

　　　　西方文化精神並不具有中國文化精神中所有的某些品質，反之亦然，但這些不同的精神品質又恰恰關涉到人類共同的精神話題。最為根本性的精神品質差異就是拯救與逍遙。在中國精神中，怡然之樂的逍遙是最高的精神境界。莊子不必說了，孔子的「吾與點也」同樣如此；在西方精神中，受難的人類通過耶穌基督的上帝之愛得到拯救，人與親臨苦難深淵的上帝重新和好是最高的境界。這兩種精神品質的差異引導出「樂感文化」與「愛感文化」、超脫與救贖的精神衝突。〔註7〕

　　中國傳統文化精神始終肯定的是審美的方式，因此這種精神在文學作品、繪畫、書法、音樂等藝術樣式中得到了最充分的體現，它在演繹宇宙生命的同時也強烈地刺激了藝術的發展，形成了豐富的藝術形態，對後人的精神生活和

〔註4〕施賓格勒：《西方的沒落》第23頁，黑龍江教育出版社1988年版。
〔註5〕參見宗白華：《中國文化的美麗精神往哪裏去？》，《宗白華全集》第2卷第400頁，安徽教育出版社1994年12月版。下同。
〔註6〕宗白華：《中國文化的美麗精神往哪裏去？》，《宗白華全集》第2卷第400～403頁。
〔註7〕劉小楓：《拯救與逍遙》（修訂本）第28、29頁，上海三聯書店2001年版。

文學創作都產生了極大的影響：「在人的具體生命的心、性中，發掘出藝術的根源，把握到精神自由解放的關鍵……中國文化在這一方面的成就，不僅有歷史的意義，並且也有現代的、將來的意義。」〔註8〕

作為中國藝術精神的根源，儒家和道家的文化理想再加上後來禪宗的思想都是至關重要的，幾乎所有的文學藝術作品都能或隱或現地發現它們的存在。在京派小說那裡，這種傳統藝術精神在哲學層面的表現就是它們追求人與自然的和諧，表達出一種沖淡、隱逸的文化性格，在主人公的身上呈現出傳統人格精神的魅力和風範。

中國儒家倡導「天人同一」、「天人相通」、「天人感應」，把中庸作為最高的道德標尺和審美標尺，要求把藝術的盡美和道德的盡善結合在一起，「中國人感到宇宙全體是大生命流動，其本身就是節奏與和諧。人類社會生活力的禮和樂是反射著天地的節奏與和諧。一切藝術的境界都根基於此。」〔註9〕他們心目中的理想人格是淡泊、仁義、謙和、隱忍。基於此，京派小說所描寫的理想人物也都是美和善的化身，他們雖大都身處底層，屬於平民階層，但知仁義，有擔當，重友情，性寬厚，即使在一攤淤泥中也能閃耀著生命的莊嚴和光輝。沈從文把「美」與「善」作為人生的意義所在，也視作自己畢生的追求目標。他說：「不管是故事還是人生，一切都應當美一些！醜的東西雖不全是罪惡，總不能使人愉快，也無從令人由痛苦見出生命的尊嚴，產生那個高尚情操。」〔註10〕他在回答為什麼寫作的問題時，明確地把自己的寫作看作是用文學來淨化人們的道德和情感，使他們具有美和善的靈魂：「因為我活到這世界裏有所愛。美麗、清潔、智慧以及對全人類幸福的幻影，皆永遠覺得是一種德性，也因此永遠使我對它崇拜和傾心。這點情緒同宗教情緒一樣。這點情緒促我寫作，不斷地寫作，沒有厭倦，只因為我將在各個作品各個形式裏，表現我對於這個道德的努力。人事能夠燃起臥感情的太多了，我的寫作就是頌揚一切與我同在的人類美麗的智慧。」〔註11〕在京派小說筆下，我們能發現不少這樣的人群。廢名小說《浣衣母》中的李媽慈愛寬厚，樂善好施，對孩子、對他人充滿了母親的愛意，鄉下人、城里人、士兵都到她這裡來聊天，儼然成為人們心目中的一位「公共母親。」沈從文《邊城》中的儒家人倫的地方也很明顯，這裡

〔註8〕徐復觀：《中國藝術精神·自序》第1頁，華東師範大學出版社2001年版。
〔註9〕宗白華：《藝術與中國社會》，見《學識》第1卷第12期，南京，1947年10月。
〔註10〕沈從文：《看虹摘星錄·後記》，《沈從文全集》第16卷第342頁。
〔註11〕沈從文：《籬下集·題記》，《沈從文全集》第16卷第325頁。

的人們誠實守信、重義輕利，人與人之間的關係始終處在和諧的氛圍中，無論是船碼頭老總順順，還是撐渡船的爺爺，老馬兵、儺送兄弟等，他們身上呈現的仁義、寬容更多的是儒家理想的典範。當然，在京派小說中符合儒家理想人格的最典型的作品莫過於汪曾祺的一些作品。大多數學者一般都把汪曾祺視為典型的中國傳統知識分子，他的作品不少地方表現了儒家士大夫的風範和人格理想。如他的《歲寒三友》描寫的三個普通人之間的悲歡離合的故事，其核心內涵就是頌揚他們之間的仁義，畫師靳裔甫為了救助另外兩個朋友陶虎臣和王瘦吾於危難之中，毅然賣掉了自己最心愛的田黃，在他的心目中情誼遠高於利益。他的小說《徙》寫高北溟雖然窮困落魄，但卻始終不能忘記恩師對自己的關愛，節衣縮食為自己的老師刻印詩文集，甚至荒廢了女兒的前程，這流露的正是儒家的理想。

而中國先秦時期的道家代表人物莊子有感於人與人之間關係的緊張和人性的異化，提出「不物於物」，「天地與我並生，萬物與我為一」等觀點，要求重新建立人與人、人與宇宙的和諧關係，在精神上泯滅主體和客體的界限，與「道」融為一體。在此基礎上實現對世俗人生的超越，獲得一種精神上和心靈上的絕對自由。他心目中的人格理想則是：「藐姑射之山，有神人居焉。肌膚若冰雪，綽約若處子。不食五穀，吸風飲露。乘雲氣，御飛龍，而遊乎四海之外。其神凝，使物不疵癘而年穀熟。」〔註12〕在這樣的精神世界中，人們擺脫了對物質世界的依賴而與宇宙相通，在自由王國飛翔。表面看和儒家積極入世的理想差別很大，但實際上卻構成了和儒家思想的互補。李澤厚曾說：「表面看來，儒、道是離異而對立的，一個入世，一個出世，一個樂觀進取，一個消極退避，但實際上它們剛好相互補充而協調。」「莊子儘管避世，卻並不否定生命，而毋寧對自然生命抱著珍貴愛惜的態度，這使他的泛神論的哲學思想和對待人生的審美態度充滿了感情的光輝，恰恰可以補充、加深儒家而與儒家一致。」〔註13〕因此，莊子的思想對中國的藝術精神也產生了重大的影響，海外學者劉若愚說：「《莊子》對中國人的藝術感受性的影響，比其他任何一本書都深遠，這種說法絕非誇大。此書雖然不是關於藝術或文學，而是關於哲學的，可是卻啟示了若干個世紀的詩人、藝術家和批評家，從靜觀自然而達到與道合

〔註12〕《莊子·逍遙遊》，見陳鼓應《莊子今注今譯》上冊第28頁，商務印書館2007年版。
〔註13〕李澤厚：《美的歷程》，第51、52頁，中國社會科學出版社1989年版。

一的忘我境界這種觀念中獲得靈感。」〔註14〕道家關於人的本質內在性的認定以及對理想人格的推崇對京派小說同樣有不可忽視的作用，這主要表現在廢名、沈從文和汪曾祺等的作品中。

　　與當時左翼文學積極介入生活、表現社會動盪做法不同的是，京派作家喜歡描寫很少受現代文明侵襲的鄉村田園生活，作品多半表現的是一種靜觀人生的態度。他們喜歡退回到傳統的崇尚淡泊、與世無爭的理想社會，對現代的文明則表現出困惑、不安甚至恐懼。作品中的人物也多是處在主流社會之外的平常人物，他們由於對現實世界的失望，往往選擇了隱逸自然的方式，而與自然相容，構成了天人合一的和諧境地。與其他京派小說家比較起來，廢名作品的隱逸色彩是最濃的，周作人在評價廢名時就發現了這一點：「廢名君小說中的人物，不論老的少的，村的俏的，都在這一種空氣中行動，好像在黃昏天氣，在這時候朦朧暮色之中一切生物無生物都消失在裏面，都覺得互相親近，互相和解。在這一點上廢名君的隱逸性似乎是很佔了勢力。」〔註15〕沈從文也持相似的觀點：「馮文炳君所顯的是最小一片的完全，部分的細微雕刻，給農村寫照，其基礎，其作品顯出的人格，是在各樣題目下皆建築到『平靜』上面的。有一點憂鬱，一點向知與未知的欲望，有對宇宙光色的炫目，有愛，有憎，——但日光下或黑夜，這些靈魂，仍然不會騷動，一切與自然諧和，非常寧靜，缺乏衝突。」〔註16〕廢名筆下的人物幾乎都生活在非常寧靜祥和的自然狀態中，他們順應自然、淡泊名利，一切與自然是那樣的契合。《竹林的故事》中的三姑娘、《菱蕩》中的陳聾子、《橋》中的史奶奶、小林、琴子、細竹等與現實塵世中的芸芸眾生比較起來，他們真正具有了獨立個體的人格尊嚴和心靈自由：「沒有一種完全發展了的個體意識，沒有一種強有力的變異與孤絕，生命是不可能達到其最高境界的。這樣最要緊的事是使生活中所有關係與外在事物盡可能地個體化。」〔註17〕比較而言，廢名小說中的人物是充分個體化的，遠離塵囂，完全不受既定的倫理道德約束，他們以一種自己認可的方式而生存。像《竹林中的故事》裏的三姑娘，自幼生活在蒼翠安寧的自然環境中，

〔註14〕劉若愚：《中國文學理論》，杜國清譯，南京：江蘇教育出版社，2006 年，第 45 頁。

〔註15〕周作人：《桃園·跋》，《周作人序跋文》第 104、105 頁。

〔註16〕沈從文：《沫沫集·論馮文炳》，《沈從文全集》第 149、150 頁。

〔註17〕劉小楓主編：《人類困境中的審美精神——哲人、詩人論美文選》第 190 頁，知識出版社 1994 年版。

這樣的環境造就了三姑娘的純真、質樸和善良。她的母親勸她到城裏看龍燈比賽，被三姑娘一口回絕，「有什麼好看？成群打陣，好像是發了瘋的！」「到底！這也什麼到底不到底！我不歡喜玩！」她的性格完全是青山綠水的靈秀薰陶而成，宛如莊子筆下的藐菇射山的神人，與世俗是截然相對的。反過來，三姑娘的存在也給自然增添了人文氣息，人與自然就這樣渾然一體。《菱蕩》中的陶家村儼然一個世外桃源，那裡的人們世世代代生活在這樣一個安寧、靜怡的自然環境中：「屋後竹林，綠葉堆成了臺階的樣子，傾斜至河岸，河水沿竹子打一個彎，潺潺流過。」這種環境孕育了陳聾子為代表的村民順應自然、淳樸渾厚的天性，連女人們洗澡都不避這個男人。

　　道家對沖虛、寧靜、自然人生的嚮往和追求在沈從文的作品中也有表現。楊義曾特別提及道家和沈從文的關係：「更不應該忘記的是京派小說家沈從文，不該忘記他所展示的帶有化外之風的『湘西世界』。」〔註18〕沈從文所孜孜以求的「優美、健康、自然」的人性在一些方面應和了道家的主張，他把外界的道德戒律視為人性的羈絆：「禁律益多，社會益複雜，禁律益嚴，人性即因之喪失淨盡。許多所謂場面上人，事實上說來，不過如花園中的盆景，被人事強製曲折成為各種小巧而醜惡的形式罷了。一切所為所成就，無一不表示對於『自然』之違反，見出社會的抽象和人的愚心。」〔註19〕沈從文對社會虛偽戒律、道德的指責和莊子所說的「無恥者富，多信者顯」〔註20〕的道德批判是一致的，他們要求恢復和回到人的「本性」，恢復人的自然性的一面。另一方面他又對大自然和生命的博大、莊嚴進行了禮讚，他以湘西古老社會為背景創作的帶有原始風情的作品大都圍繞這樣的主題，如《龍朱》、《媚金·豹子·與那羊》等。沈從文在《邊城》中所謳歌、頌讚的湘西古老文明也處在這樣的一種自然狀態，他們的生命呈現出真摯、熱烈、活潑、健康的形態，而這種形態所賴以生存的環境就是它的原始性，沒有外界文明的侵染。作品特別渲染了女主人公翠翠所生活的自然環境，顯然這是一個人與自然高度和諧統一的世界，是一個沒有受到塵世污染靈魂得以健全的又一個「藐菇射之山」：

　　　　翠翠在風日里長養著，把皮膚變得黑黑的，觸目為青山綠水，
　　一對眸子清明如水晶，自然長養她且教育她。為人天真活潑，處處

〔註18〕楊義：《道家文化與中國現代文學》，《中國社會科學》1997年第2期。
〔註19〕沈從文：《燭虛》，《沈從文全集》第12卷第14頁。
〔註20〕《莊子·盜跖》，見陳鼓應《莊子今注今譯》下冊第907頁，商務印書館2007
　　　　年版。

儼然如一隻小獸物。人又那麼乖，如山頭黃麂，從不想到殘忍事情，
從不發愁，從不動氣。平時在渡船上遇陌生人，作成隨時都可舉步
逃入深山的神氣，但明白了面前的人無心機後，就又從從容容的在
水邊玩耍了。

　　汪曾祺的作品也表現出道家內在和諧生命的一面，主人公大都遠離社會生
活的中心，身份大都卑微，但他們身上卻大都具有自由自在的特性，這種自由
自在一方面是對傳統人倫秩序的反抗，同時也消解了諸如政治、法律、道德等
的羈絆，因此這些人物活得灑脫、自由，沉迷在自己有限的精神世界中。如汪
曾祺的《雞鴨名家》、《大淖記事》、《受戒》、《安樂居》、《遲開的玫瑰或胡鬧》、
《仁慧》等作品就表現了這種審美情趣和追求。《雞鴨名家》中的余老五有一手
炕雞的絕活，但他最大的樂趣並不在這裡，而是提了一把紫砂茶壺到處閒逛，
並且好喝酒；而另一個趕鴨能手陸長庚同樣把錢用在喝酒和賭博上。而《八千
歲》中的宋侉子雖然賺了不少錢，卻都把錢花在一個叫虞小蘭的妓女身上：

　　　　宋侉子每年要在虞小蘭家住一兩個月，朝朝寒食，夜夜元宵。她
　　老婆死了，也不續弦，這裡就是他的家。他有個孩子，有時也帶了孩
　　子來玩。他和關家算起來有點遠親，小蘭叫他宋大哥。到錢花得差不
　　多了，就說一聲：「我明天有事，不來了」，跨上他的踢雪烏騅駿馬，
　　一揚鞭子，沒影兒了。在一起時，恩恩義義；分開時，瀟瀟灑灑。

　　汪曾祺筆下的人物大都談不上什麼宏大的理想和抱負，他們在平淡的日
子中去尋找生命的快感和歡愉。這種快感有時停留在物質和感官的層面，有時
也昇華到一種精神層面，無論是怎樣的情況，它萌發的是人類原始生命力的莊
嚴和活力，達到了莊子所謂的「天樂」亦即與宇宙合規律性的一致：「知天樂
者，其生也天行，其死也物化……天天怨，無人非……以虛靜推於天地，通於
萬物，此之謂天樂。」〔註21〕

　　由於對現代文明的疏離和不滿，京派小說在塑造理想人物時往往看重人
物身上的人格美，這種美不是一種相貌、膚色等生理上的美，而是一種風度、
儀態、精神、氣質之美，這種精神之美表現了獨立、自由、浪漫、健康、淡然
的內涵，因此這些人物身上和中國傳統的隱逸文化氣質是相吻合的。中國文士
傾心歸隱，一方面受到「天人合一」哲學思維方式的影響，另一方面也受到中

〔註21〕《莊子·天道》，見陳鼓應《莊子今注今譯》上冊第 397 頁，商務印書館 2007
　　　　年版。

國傳統文化儒、道、釋的影響,在其長期發展過程中文人往往把隱逸作為與社會世俗抗衡,完善自我、重新獲得獨立個體人格的方式。隱逸人格實際上是文人一種向真、向善、向美的標誌。汪曾祺的作品有一部分描寫到了知識分子,這些知識分子大都認同傳統,潔身自好,在風雨飄搖的社會中始終把名譽、操守看得高於一切。他們雖然被排除在社會主流之外,處在「隱居江湖」的角色上,卻始終追求道德的至上至善,很有魏晉名士的精神魅力。如他的《徙》中描寫了一個狷介、孤傲的知識分子高老先生,他對污濁的社會深惡痛絕,即使自己處在窮困潦倒的地步也不願和世俗同流合污,「高先生很孤僻,不出人情,不隨份子,幾乎與人不通慶弔。他家從不請客,他也從不赴宴。」「除了學校和自己的家,哪裏也不去,每天他清早出門,傍晚回家⋯⋯高先生就從這些野草叢中踏著沉重的步子走進去,走進裏面一個小門,好像走進了一個深深的洞穴,高大的背影消失了。」高先生生性耿直,當自己的理想無法實現時便完善自己的精神追求,在文學藝術世界中寄託高潔的志向。廢名《橋》中的史奶奶、小林、琴子等人在現代人看來也是參禪悟道的廢名本人,他們處世的波瀾不驚和一切隨緣的姿態未嘗不可以視為對隱逸人格的詩性闡發。

二

　　由於京派作家大都學貫中西,具有很高的藝術素養,他們在接受外來文化的同時避免了那種文化激進主義者的簡單思維模式,在眾聲喧嘩中卻能客觀地對中國文化的現代意義和經典意義進行思考和詮釋。梁宗岱曾說:他曾把閱讀中國古典文學當作一次回鄉的歷程,「簡直如發現一個『芳草鮮美,落葉繽紛』的桃源,一般地新鮮,一般地使你驚喜,使你銷魂。」〔註22〕他的這番話在京派作家中是很有代表性的,對京派作家而言,中國傳統文化不是一座廢棄的、毫無價值的古井,而是芳草鮮美、落英繽紛的桃園,為他們的藝術創造提供了用之不竭的資源。京派作家不僅在哲學意識、文化意識上受到中國藝術精神的制約和影響,他們在藝術的思維方式和美感意識上對中國藝術精神也有很好的繼承和發揚。

　　藝術之所以為藝術,當然不在於它對外在世界鏡子般的反映,它有著自己獨到的生命體系。「它憑著韻律、節奏、形式的和諧、彩色的配合,成立一個

〔註22〕梁宗岱:《詩與真・論詩》,《梁宗岱文集》第 2 卷第 30 頁,中央編譯出版社 2003 年版。

自己的有情有象的小宇宙；這宇宙是圓滿的、自足的，而內部一切都是必然性的，因此是美的。」〔註23〕中國傳統藝術精神以其獨有的魅力征服了很多人當然有多方面的原因，但其在美學意蘊上的獨特性當是一個重要的詩學元素，它在虛與實、神與思、情與采、隱與秀、頓悟、意境等諸多美學範疇的闡釋、建構上都有重要價值。

中國現代小說誕生於五四時期，出於對中國傳統小說觀念的反叛，當時小說界著力倡導西方的寫實主義文學理論。如周作人在 1918 年作的題為《日本近三十年小說之發達》的講演中較為系統地介紹了各種文學思潮在日本流行的情況，並把寫實主義作為中國新小說發展的當務之急。在這方面有著系統闡述的是沈雁冰和瞿世瑛。沈雁冰說：「我們都知道自然主義者最大的目標是『真』在他們看來，不真的就不會美，不算善。……所有求嚴格的『真』，必須事事實地觀察。這事事必先實地觀察便是自然主義者共同信仰的主張。」「自然派作者對於一椿人生，完全用客觀冷靜頭腦去看，絲毫不攪入主觀心理。」「自然主義是經過近代科學的洗禮的；他的描寫法，題材，以及思想，都和近代科學有關係。」〔註24〕瞿世瑛說：「小說是人生的一部或一片段的圖書。人生原是不斷之流，不能強為分割。小說家任取一片段以文字表現之，最要緊的有一件事便是精細的觀察。觀察不精細，則所繪之圖畫必不真。不真即不能為好小說。現在中國人的小說，便大半生此病。」〔註25〕除此之外，沈雁冰的《小說研究 ABC》、孫俍工的《小說做法講義》、郁達夫的《小說論》等著作對西方小說的「人物、情節、環境」等小說元素進行了探討。與此同時，西方的小說理論也被大量翻譯進來，其中以哈米頓著的《小說法程》和柏雷（Bliss Perry）的《小說的研究》比較重要。稍後，瞿秋白等將馬克思主義批評關於「典型環境中的典型性格」的論述介紹進來，幾乎同時周揚也首次引進蘇聯社會主義現實主義的理論。在這樣的背景中不難看出，按照西方文學理論來指導創作幾乎成為一種潮流，中國傳統文學抒情、寫意的特長幾乎被淹沒了。

當然在寫實派文學甚囂塵上之時，也有一些理論家保持了較為清醒的頭腦，他們還是注意到了傳統文學因素的合理性，在這方面周作人的貢獻較大，他認為小說不僅是敘事寫景，同樣可以抒情寫意，為此他提出了「抒情詩的小

〔註23〕宗白華：《論文藝的空靈與充實》，《宗白華全集》第 2 卷第 345 頁。
〔註24〕沈雁冰：《自然主義與中國現代小說》，載 1922 年 7 月《小說月報》第 13 卷第 7 號。
〔註25〕瞿世瑛：《小說的研究》，載 1922 年 7 月《小說月報》第 13 卷第 7 號。

說」的概念。京派小說的出現恰恰可以看作對這種理論的呼應，京派小說雖然寫實的作品也不少，但它給人們留下更深印象、成就也最突出的並不是這一類作品，恰是那種抒情寫意的作品。不少學者都曾注意到京派小說的這個特點，並認為這是對中國現代文學的一大貢獻。「如果去掉了這樣一個把中國鄉土小說、中國抒情體小說和民俗文化小說發展得較為成熟的小說流派，則將無法追尋現代小說多樣的發展。」〔註 26〕「京派小說以抒情寫意作品最為見長。京派小說的代表作，幾乎全是抒情寫意成分相當重的，有些簡直就是小說體的詩。」〔註 27〕稍感缺憾的是，他們只是提出了這樣的觀點，對京派小說到底繼承了中國傳統文學哪些審美理論則分析很少。其實，京派小說這種抒情寫意的特點和中國藝術的虛靜、空靈的理論是一脈相承的，「注重言外之意，這不僅是中國詩歌的特點，也是中國古代文學藝術共同的特點。詩歌求言外之意，音樂求弦外之音，繪畫求象外之趣，其中的美學觀念是相通的，都要求虛中見實。」〔註 28〕

　　崇尚空靈，這是中國傳統審美觀的重要特點，這一特點形成的原因和道家所持的「虛無」的宇宙觀有很深的關係。老子認為道是「虛無」：「道可道，非常道。名可名，非常名。無，名天地之始。有，名萬物之母。故常無，欲以觀其妙。常有，欲以觀其徼……玄之又玄，眾妙之門。」〔註 29〕而空靈美的特點恰是一在空，二在靈。中國後來的文論對此有很多形象的描述：「寂然凝慮，思接千載……貴在虛靜。」（劉勰）「靜故了群動，空故納萬境。」（蘇軾）「落花無言，人淡如菊」（司空圖）。現代美學家宗白華先生在談及「空靈」的概念時說：「藝術心靈的誕生，在人生忘我的一剎那，即美學上所謂的『靜照』。靜照的起點在於空諸一切，心無掛礙，和世物暫時絕緣。這時一點覺心，靜觀萬象，萬象如在鏡中，光明瑩潔，而各得其所，呈現它們各自的充實的、內在的、自由的生命，所謂『萬物靜觀皆自得』。這自得的、自由的各個生命在靜默裏吐露光輝。」〔註 30〕只有具備了空靈的品格，才能做到「超以象外，得其環中」，「羚羊掛角，無跡可尋」，在藝術的天地中自由飛翔。

　　作為對中國傳統文化懷抱很深感情的京派作家對此當然心領神會，他們不止一次地表達了對這種美學境界的追求、嚮往。朱光潛認為第一流的小說家

〔註 26〕吳福輝：《京派小說選・序》，第 4 頁，人民文學出版社 1990 年版。
〔註 27〕嚴家炎：《中國現代小說流派史》，第 231 頁，人民文學出版社 1989 年版。
〔註 28〕袁行霈：《中國詩歌藝術研究》第 77 頁，北京大學出版社 1986 年版。
〔註 29〕《老子・一章》，見陳鼓應《老子今注今譯》第 73 頁，商務印書館 2006 年版。
〔註 30〕宗白華：《論文藝的空靈與充實》，《宗白華全集》第 2 卷第 345 頁。

並不僅僅擅長講故事，他們更靠故事以外的詩的元素，原因就在於詩給人們提供了更豐富的想像的空間。與朱光潛的觀點相似，梁宗岱也把詩分成三種境界。他把最低一等的比作「紙花」，那就是還停留在對外在世界機械模仿的階段；第二等是「瓶花」，經過了作者心靈的折射。但他更推崇最高的第三種境界：「第三種卻是一株元氣渾全的生花，所謂『出水芙蓉』，我們只看見他底枝葉在風中拓展，它底顏色在太陽中輝耀，而看不出栽者底心機與手跡。」〔註31〕沈從文雖然不以文學理論為主業，但他在看待中國傳統文化的觀點上有許多真知灼見的地方，如他認為中國宋元以來的繪畫最高的成就並不體現在「似真」、「逼真」的層面上，而是在「設計」，因此他認為短篇小說向過去的傳統學習「應當把詩放在第一位……由於對詩的認識，將使一個小說作者對於文字性能具特殊敏感，因之產生選擇語言文字的耐心……尤其是詩人那點人生感慨，如果成為一個作者寫作的動力時，作品的深刻性就必然因之而增加。」〔註32〕汪曾祺在談到廢名、沈從文對自己的影響時主要也是就這個方面來談的，他認為廢名早期的作品「《橋》、《棗》、《桃園》和《竹林的故事》，寫得真是很美。他把晚唐詩的超越理性，直寫感覺的象徵手法移到小說裏來了。他用寫詩的辦法寫小說，他的小說實際上是詩。」〔註33〕凌叔華稱自己的一部分小說是「寫意畫。」沈從文、廢名、蘆焚、蕭乾、凌叔華、汪曾祺等人的作品無一例外地把追求藝術的空靈、詩情作為自覺的選擇，並帶來了作品含蓄、溫婉的境界。

京派小說的空靈首先表現為他們對抒情氛圍的創造。作者有時把自己的主觀情感和美學的理念鎔鑄在作品中，使作者的主觀情感和作品中的情緒氛圍融合為一，泯滅了主我和客我的界限，從而形成了一幅和諧、完整的圖畫，這在京派小說中是屢見不鮮的。如沈從文的《邊城》充滿了濃重的牧歌情調，作家關注的中心始終不是對現實的描摹，而是情緒和氛圍，作家的自我或隱藏在「人」與「物」的背後，或消融在「人」、「物」之中，如下面的幾段文字都帶有這樣的特點，在情景交融中烘托出作家的情緒：

> 那首歌既極柔和，快樂中又微帶憂鬱。唱完了這個歌，翠翠心
> 上覺得侵入了一絲兒淒涼。她想起秋末酬神還願時田坪中的火燎同
> 鼓角。

〔註31〕梁宗岱：《詩與真·論詩》，《梁宗岱文集》第 2 卷第 26 頁。
〔註32〕沈從文：《短篇小說》，《沈從文全集》第 16 卷第 505、506 頁。
〔註33〕汪曾祺：《談風格》，《汪曾祺文集·文論卷》，第 55 頁，江蘇文藝出版社 1994
　　　　年版。

> 遠處鼓聲已起來了，她知道繪有朱紅線條的龍船這時節已下河
> 了。細雨依然落個不止，溪面上一片煙。
>
> 可是到了冬天，那個圮坍了的白塔，又重新修好了。那個在月
> 下唱歌，使翠翠在睡夢裏為歌聲把靈魂輕輕浮起的青年人還不曾回
> 到茶峒來。
>
> ……
>
> 這個人也許永遠不回來了，也許「明天」回來！

第一段文字寫出了少女翠翠內心的淒涼和寂寞，但作者並未直接宣洩這種情感，而是讓主人公內心的淒涼和外在的景物構成了融洽無間的關係。第二段文字帶有很深的憂傷情緒，但作者卻用寫意的筆觸，只為人們勾勒出一幅簡潔的畫面，給讀者留下很大的想像餘地，雖然作者並未在作品中出現，但人們能清楚地感覺到作者對翠翠命運的關懷、祝願和擔憂。汪曾祺的不少小說也都在敘事中增強主觀的自我情緒，像他的《復仇》、《天鵝之死》、《受戒》、《大淖記事》、《曇花·鶴和鬼火》、《晚飯花》等被公認為空靈的作品都注入了這樣的元素。看《珠子燈》的一段描寫：

> 她就這麼躺著，也不看書，也很少說話，屋裏一點聲音沒有。
> 她躺著，聽著天上的風箏響，斑鳩在遠遠的樹上叫著雙聲，「鵓鴣鴣
> ——咕，鵓鴣鴣——咕」，聽著麻雀在簷前打鬧，聽著一個大蜻蜓震
> 動著透明的翅膀，聽著老鼠咬齧著木器，還不時聽到一串滴滴答答
> 的聲音，那是珠子燈的某一處流蘇散了線，珠子落在地上了。

作品所反映的是一箇舊式女性的命運悲劇，但讓人感覺到的卻是一種淡淡的哀愁，這種哀愁也不是作者直白的流露，而是在文字的內在生命中表現出來的。

當然，為了增強作品的抒情效果、強化主觀情緒，有時京派作家也大量採用了第一人稱的方式，這方面他們也有許多成功的地方。像沈從文的《八駿圖》、廢名的《柚子》、蘆焚的《果園城記》、汪曾祺的《老魯》等都採用了這樣的方式，蕭乾的《夢之谷》自始至終採用這樣的方式，其目的依然是在作品中凝聚感情的力量，使作品呈現出詩情。

京派小說的空靈還表現在它們大量的自然景物描寫上。描寫風景是中國文學的一個悠久傳統，晉宋時期的山水詩、唐代王維、李白的山水詩；柳宗元的《永州八記》；蘇軾、王安石、張岱等的遊記都是中國不可多得的文學精品，

這些作品對京派作家當是很有啟發的。比如京派不少作家都很推崇陶淵明，除了他們把陶淵明的作品當作「靜穆」境界的典範外，陶詩出色的景物描寫和由此帶來的空靈的藝術風格也是一個重要原因。廢名不少文章都提及到陶淵明對他的影響，他特別欣賞陶淵明的《讀山海經‧其九》：「陶詩又何其莊嚴幽美耶，抑何質樸可愛。陶淵明之為儒家，於此詩可以見之。其愛好莊周，於此詩亦可以見之……最令我感動的，陶公仍是詩人，他乃自己喜歡樹蔭，故不覺而為此詩也。『連林人不覺，獨樹眾乃奇，提壺掛寒柯，遠望時復為』，他總還是孤獨的詩人。」〔註34〕在廢名的作品中，人們可以感受到他對山水等自然景物的鍾情，如他的小說《橋》雖然是一部長篇，但故事情節幾乎被完全淡化，人物典型的塑造也退居到很次要的位置。與此相反的是，自然景物的描寫卻佔據了很大的篇幅，因此有人把他當作山水小品來看也不無道理。

沈從文的作品同樣如此，「沈從文不是一個雕塑家，他是一個畫家。一個風景畫的大師。他畫的不是油畫，是中國的彩墨畫，筆致疏朗，著色明麗。」〔註35〕汪曾祺曾說沈從文最為欽佩酈道元的《水經注》。顯然，在酈道元筆下，山水已然不再是孤立的、無生命的景物，而是溶入了人的生命情感。沈從文的不少小說都以很大的篇幅描寫湘西的山水風情，山、水也成了他生命中儼然不可分割的部分。為此，沈從文曾經很有感情地這樣說過：「我感情流動而不凝固，一派清波給予我的影響實在不小……我認識美，學會思索，水對我有極大的關係。」〔註36〕「我雖離開了那條河流，我所寫的故事，卻多數是水邊的故事。故事中我最滿意的文章，常用船上水手作為背景，我故事中人物的性格，全為我在水邊船上所見到的人物性格。我文字中一點憂鬱氣分，便因為被過去十五年前南方的陰雨天氣影響而來。」〔註37〕正是因為用了很多的筆墨來寫水，沈從文作品中的景物有一種靈動的生命，如他在《邊城》中寫酉水：

> 那條河水便是歷史上知名的酉水，新名字叫做白河。白河到辰州與沅水匯流後，便略顯渾濁，有出山泉水的意思。若溯流而上，則三丈五丈的深潭皆清澈見底。深潭中為白日所映照，河底小小白

〔註34〕廢名：《陶淵明愛樹》，《馮文炳選集》第 341 頁，人民文學出版社 1985 年版。
〔註35〕汪曾祺：《沈從文和他的〈邊城〉》，《汪曾祺文集‧文論卷》第 88 頁，江蘇文藝出版社 1994 年版。
〔註36〕沈從文：《從文自傳‧我讀一本小書同時又讀一本大書》，《沈從文全集》第 13 卷第 252 頁。
〔註37〕沈從文：《我的寫作與水的關係》，《沈從文全集》第 17 卷第 209 頁。

石子，有花紋的瑪瑙石子，全看得明明白白。水中游魚來去，皆如浮在空氣裏。兩岸多青山，山中多可以造紙的細竹，長年作深翠顏色，迫人眼目。近水人家多在桃杏花裏，春天時只需注意，凡有桃花處必有人家，凡有人家處必可沽酒。夏天則曬晾在日光下耀目的紫花布衣袴，可以作為人家所在的旗幟。秋冬來時，人家房屋在懸崖上的，濱水的，無不朗然入目。黃泥的牆，烏黑的瓦，位置卻永遠那麼妥帖，且與四圍環境極其調和，使人迎面得到的印象，實在非常愉快。

所謂靈氣實際上是在自己描寫的對象上呈現出靈魂生命的時候，沈從文對山水的描寫就是懷著這樣的感情來寫的，不僅寫水，沈從文還寫風、雨、山，組成了煙雨空濛的詩境，而這恰是中國古典文學中經常使用的手段。如杜牧的「南朝四百八十寺，多少樓臺煙雨中。」(杜牧：《江南春》)、李煜的「簾外雨潺潺，春意闌珊。」(李煜：《浪淘沙令》)陸游的「小樓一夜聽春雨，明朝深巷賣杏花。」(陸游：《臨安春雨初霽》)蘇軾的「誰怕？一蓑煙雨任平生」(《定風波》)賀鑄的「一川煙草，滿城風絮，梅子黃時雨。」(賀鑄：《青玉案》)等等。宗白華認為，中國古代詩人之所以獨鍾風雨就在於這是造成間隔化的美學手段，最終形成詩境和畫意。沈從文對此心領神會，他的《邊城》、《柏子》、《雨後》、《丈夫》等不少小說都著力於渲染這樣的氛圍，如下面的幾段描寫：

> 落著雨，刮著風，各船上了蓬，人在蓬下聽雨聲風聲，江波吼哮如癲子，船隻縱互相牽連互相依靠，也簸動不止，這一種情景是常有的。——《柏子》

> 落了春雨，一共有七天，河水漲大了。

> 河中漲了水，平常時節泊在河灘的煙船妓船，離岸極近，船皆係在弔腳樓下的支柱上。——《丈夫》

京派小說的空靈最後表現在它的含蓄、蘊藉上。藝術之所以為藝術，就在於它是對現實、現象的超越，德國哲學家謝林所說的「美是在有限中看出無限」強調的就是這個意思。梁宗岱在論及象徵主義時曾經非常精當地概括出它的兩個基本特點，一是融洽或無間，二是含蓄或無限。他認為象徵主義揭示了藝術的無限性，他說：「所謂融洽是指一首詩底情與景，意與象底惝恍迷離，融成一片；含蓄是指它暗示給我們的意義和興味底豐富雋永……換句話說：所謂象徵是藉有形喻無形，藉剎那抓住永恆，使我們只在夢中或出神底瞬間瞥見的

遙遙的宇宙變成近在咫尺的現實世界，正如一個蓓蕾蘊蓄著炫熳芳菲的春信，一張落葉預奏那彌天漫地的秋聲一樣。」〔註38〕其實這一點和中國的道家美學思想倒有不謀而合的地方，「道家美學，還講求語言的空白（寫下的是『實』，未寫的是『虛』），空白（虛，無言）是具體（實，有言）不可或缺的合作者。語言全面的活動，應該像中國畫中的虛實，讓讀者同時接受『言』（寫下的句子）所指向的『無言』（所謂『不著一字，盡得風流』）使負面的空間（在畫中是空白，在詩中是弦外的顫動）成為更重要、更積極、我們應作美感凝注的東西。」〔註39〕我們看到，京派小說大都不熱衷當時從西方引進的小說理論，而是努力在自己的創作中融進中國傳統文學的精髓，無論是在描寫人物還是環境上，常常用寫意的筆法，注重留取空白，盡可能給讀者留下豐富的想像，產生出無言之美。如沈從文在《邊城》中的開頭：

> 由四川過湖南去，靠東有一條官路。這官路將近湘西邊境到了一個地方名為「茶峒」的小山城時，有一小溪，溪邊有座白塔，塔下住了一戶單獨的人家。這人家只有一個老人，一個女孩子，一隻黃狗。

作者的這段描寫屬於典型的寫意，只用了寥寥幾筆就勾勒出了一幅淡遠然而又讓人產生無限遐想的圖畫。再比如汪曾祺的名作《受戒》很多地方也使用了這種手段：

> 小英子的家像一個小島，三面都是河，西面有一條小路通到荸薺庵。獨門獨戶，島上只有這一家。島上有六棵大桑樹，夏天都結大桑葚，三棵結白的，三棵結紫的；一個菜園子，瓜豆蔬菜，四時不缺。院牆下半截是磚砌的，上半截是泥夯的。大門是桐油油過的，貼著一副萬年紅的春聯。

除了上面提到的這些作品，其他如廢名的《菱蕩》、《河上柳》、《桃園》、凌叔華的《瘋了的詩人》、《倪雲林》、《花之寺》等也都如此。像凌叔華在《小哥兒倆》的自序中明確地說自己的一部分小說是「寫意畫」，不求形似，注重神韻，這表明了他們對中國藝術精神的自覺承繼。

與空靈一樣，意境作為中國古典美學的範疇對京派作家的創作同樣影響深遠，甚至成為他們矢志追尋的目標。意境是中國獨有的審美範疇，它源自老

〔註38〕梁宗岱：《詩與真・象徵主義》，《梁宗岱文集》第 2 卷第 67 頁。
〔註39〕葉維廉：《中國詩學》第 119 頁，人民文學出版社 2006 年版。

莊的哲學思想，在中國美學漫長的歷史發展過程中逐漸發展、完善，臻於完美，到了王國維那裡，意境一躍而成為統帥其他審美範疇的最重要的範疇，只不過王國維用了另一個詞「境界」來代替它：「滄浪所謂興趣，阮亭所謂神韻，猶不過道其面目，不若鄙人拈出『境界』二字，為探其本也。」〔註40〕「言氣質，言神韻，不如言境界。有境界，本也。氣質、神韻，末也。有境界而二者隨之矣。」〔註41〕儘管人們對意境的定義和特徵頗有爭議，但它最核心的一點即以有形表現無形，以有限表現無限，以實境表現虛靜最終達到渾然一體，表現出宇宙內在的生命。「什麼是意境？唐代大畫家張璪論畫有兩句話：『外師造化，中得心源』。造化和心源的凝合，成了一個有生命的結晶體，鳶飛魚躍，剔透玲瓏，這就是『意境』，一切藝術的中心之中心。」〔註42〕宗白華先生言簡意賅的概括和歸納對於人們理解這個核心審美範疇有很好的啟發。雖然在 20 世紀初期西方文化話語長驅直入的時代，還是有不少現代作家始終把中國傳統的意境作為審美批評的重要標準。如李健吾在評論廢名時說：「廢名先生彷彿一個修士，一切是內向的：他追求一種超脫的意境，意境的本身，一種交織在文字上的思維者的美化的境界，而不是美麗自身。」〔註43〕周作人說：「廢名君用了他簡練的文章寫所獨有的意境。」〔註44〕朱光潛評論廢名的《橋》說：「《橋》裏充滿的是詩境，是畫境，是禪趣。每境自成一趣，可以離開前後所寫境界而獨立。」〔註45〕沈從文的《邊城》是作家中國藝術精神最完美的體現，他在營造意境上取得了極大的成功，這一點是為人們所公認的。這部作品剛發表後，就有人評論說它：「能融化唐詩意境而取得可喜的成功。」〔註46〕這樣的藝術追求在 20 世紀初葉中國文壇全面移植西方文學理論的背景下顯得尤為突出和珍貴，這也使得京派小說的藝術價值比起看重藝術價值論、忽略審美情趣的左翼小說，以及簡單模仿外國文學追求花樣翻新的海派小說來要厚重得多。

〔註40〕王國維：《人間詞話‧九》，《王國維集》第 1 冊第 212 頁，中國社會科學出版社 2008 年版。

〔註41〕王國維：《人間詞話刪稿‧十四》，《王國維集》第 1 冊第 227 頁。

〔註42〕宗白華：《中國藝術意境之誕生》，《宗白華全集》第 2 卷第 326 頁。

〔註43〕李健吾：《邊城──沈從文先生作》，《咀華集‧咀華二集》，第 26 頁，復旦大學出版社 2005 年 5 月版。

〔註44〕周作人：《〈棗〉和〈橋〉的序》，《苦雨齋序跋文》第 107 頁，河北教育出版社 2002 年版。

〔註45〕朱光潛：《橋》，載《文學雜誌》第 1 卷第 3 期，1937 年 7 月。

〔註46〕汪偉：《讀〈邊城〉》，1934 年 6 月 7 日《北平晨報‧北晨學園》。

　　意境是「情」與「景」（意象）的結晶，只有有機地把這兩者結合起來，才能創造出意蘊豐贍的境界。對於作家而言，一般都是通過客觀景物的尋求來寄託、象徵作家的情感，王國維所謂「一切景語皆情語也」講得就是這個意思。京派小說家一方面借鑒了外國文學大量描寫風景的手法，如沈從文、凌叔華向哈代、曼殊菲爾等的學習，但同時他們認識到純粹的自然景物描寫並不必然構成一個豐盈的藝術生命，它必須要與作家的情感融合為一才會產生藝術的境界。因此，他們時時把自己的生命澆灌在描寫的客觀對應物上，由此實現主我、客我的消融統一。汪曾祺在京派作家中可能是最具有傳統文人氣息的，他從小就接受中國傳統文化的薰陶，詩詞、書法、繪畫無一不通，是一位很有才子氣息的文人。他的作品尤其擅長在直觀的自然景物描寫中傳達出一種出神入化的境界，營造出靜穆悠遠的畫境之美：

　　　　十一子到了淖邊。巧雲踏在一隻「鴨撇子」上（放鴨子用的小
　　船，極小，僅容一人。這是一隻公船，平常就拴在淖邊。大淖人誰
　　都可以撐著它到沙洲上挑蔞蒿，割茅草，揀野鴨蛋），把蒿子一點，
　　撐向淖中央的沙洲，對十一子說：「你來！」
　　　　過了一會，十一子泅水到了沙洲上。
　　　　他們在沙洲的茅草叢裏一直呆到月到中天。
　　　　月亮真好啊！——《大淖記事》

　　看了這段文字，大家都會很自然地聯想到一個美麗的神話傳說，也會很自然地想到秦觀《鵲橋仙》中的美妙境界：

　　　　纖雲弄巧，飛星傳恨，銀漢迢迢暗度。金風玉露一相逢，便勝
　　卻人間無數。
　　　　柔情似水，佳期如夢，忍顧鵲橋歸路。兩情若是久長時，又豈
　　在朝朝暮暮？

　　類似的例子在他作品裏還有很多，比如：

　　　　蘆花才吐新穗。紫灰色的蘆穗，發著銀光，軟軟的，滑溜溜的，
　　像一串絲線。有的地方結了蒲棒，通紅的，像一枝小蠟燭。青浮萍，
　　紫浮萍。長腳蚊子，水蜘蛛。野菱角開著四瓣的小白花。驚起一隻
　　青樁（一種水鳥），擦著蘆穗，撲魯魯飛遠了。——《受戒》

　　而對於廢名來說，他在作品中所創造的意境在很大程度上致力於表現的是「禪境」。中國自六朝以來藝術理想的境界如宗炳所說的那樣轉向了「澄懷

觀道」，要在拈花微笑中頓悟出深層的禪境，在偶然中、在飄忽即逝的一剎那去領悟人生的意義。「由於禪宗強調感性即超越，瞬刻可永恆，因之更著重就在這個動的普通現象中去領悟、去達到那永恆不動的靜的本體，從而飛躍地進入佛我同一、物己雙望、宇宙與心靈融合一體的那異常奇妙、美麗、愉快、神秘的精神境界。」〔註47〕廢名對禪學有很深的研究，他的長篇《橋》與其說是在演繹一段美好的愛情故事，毋寧說一部禪趣盎然的小說更準確，他寫史家莊的清幽：

> 史家莊是一個「青莊」。三面都是壩，壩腳下竹林這裡一簇，那
> 裡一簇。樹則沿壩有，屋背後又格外的可以算得是茂林。草更不用
> 說，除了踏出來的路，只見它在那裡綠。

這裡的環境優雅寧靜，遠離俗世的塵囂，大自然處處充滿生機，在一定意義上體現了禪宗淡遠的心境和對自然、生命的熱愛，也使人在悠閒、超脫的心境中體味到生命的華嚴境界。

卡西爾說：「藝術王國是一個純粹形式的王國」，而「這些形式不是抽象的，而是訴諸感覺的。」〔註48〕如果說意境是情與景、意與象、隱與秀的交融而構成的完整統一的世界，那麼意象就是構成意境的具體、細小、形象的單位。意象雖然是一種純粹的藝術形式，但這種形式實際上在長期歷史發展中積澱為具有豐富歷史內容的審美意蘊，一個意象就是一部歷史，它以最簡潔凝練的方式表現了人類的藝術史和心靈史。「在藝術裏，感性的東西是經過心靈化了，而心靈的東西也借感性化而顯現出來。」〔註49〕雖然意象在中國傳統文學中主要運用在詩詞等文學領域，但它對於小說這種文體依然起到了重要的啟示作用，意象在小說中的使用同樣可以化實景為虛靜，創形象為象徵，表達出含蓄幽深的意境。在沈從文的小說中，我們經常可以看到「菊花」、「白塔」、「虎耳草」、「磨坊」、「渡船」、「月光」、「煙雨」等意象，在廢名的小說中則經常出現「竹林」、「桃園」、「橋」、「燈」、「青草」等意象，在蘆焚的小說中則是「果園」、「塔」、在凌叔華的作品中則是「月光」等。不少學者都曾注意到沈從文《邊城》中的意象呈現的複雜性和象徵色彩，如小說幾處出現了「白塔」，在小說快結尾處寫在一個雷鳴交加的夜晚那座白塔坍塌了，翠翠的外祖父也平靜地

〔註47〕李澤厚：《華夏美學》，《美學三書》第 374 頁，安徽文藝出版社 1999 年版。
〔註48〕恩斯特·卡西爾：《語言與神話》，於曉譯，第 166、167 頁，三聯書店 1988 年版。
〔註49〕黑格爾：《美學》第 1 卷，朱光潛譯，第 49 頁，商務印書館 1979 年版。

離開了這個世界，顯然，白塔在此處的出現就蘊含著悲劇性的結局，也標誌著這個老人一直以倔強的方式抗爭命運的安排終究以悲壯的失敗而告終。廢名《竹林的故事》中反覆出現的「竹林」顯然承繼了中國傳統文學中「竹」的隱含意義，象徵了女性的青春活力、純潔和遺世獨立。由此可見，作家們選擇了一種意象，其實就是選擇了一種言說歷史的敘述方式和審美方式，使人們透過表層去領悟其深層、博大、精微的另一個世界。

三

最後，要談談京派作家在語言上與中國傳統文學內在的精神關聯。

語言是什麼？是一切文學形式的基石，離開了它，文學就成了漂浮在空中的風箏失去了精神的指向。海德格爾在《形而上學導論》中說：「在詞和語言中，萬物才首先進入存在並是起來。」〔註50〕語言的選擇也不是隨心所欲的，它所涉及的文化和審美領域都相當廣泛，實質上構成的是一種社會關係和對世界的把握方式。「一個民族的言語是該民族的精神，而該民族的精神就是他們的言語。」〔註51〕中國傳統文學在其發展的歷史進程中形成了富有東方民族特徵的語言方式，比如重詩性傳達、簡潔自然、講究聲韻、追求含蓄尤其是賦予語言以多重的含義和聯想功能，通過有限的形式到達無限的廣闊世界。就如英國詩人伯萊克所說：「一顆沙裏看出一個世界，一朵野花裏有一個天堂。把無限放在你的手掌上，永恆在一剎那裡收藏。」（《天真的預言》）雖然在 20 世紀初期中國文學的形式在外來文學的影響下發生了很大的變化，當然包括語言上的變化，但實際上它們並沒有中斷對中國古典文學的聯繫。陳平原說：「在 20 世紀初的中國文壇，西方小說與中國小說在對話，中國現代小說與中國古典文學在對話，前一種『對話』與後一種『對話』更是不斷地在對話。……中國作家對傳統文學表現手法的闡釋與運用，反過來加深了對西洋小說的鑒賞能力，提高了學習借鑒西洋小說技巧的自覺性。」〔註52〕應當說這是比較客觀的評價。雖然中國現代文學的形態與中國傳統文學相比有著重大的差異，但這並不是對中國傳統文化的斷裂，而是一種創造性的轉化，這樣的轉化理所當然包含著對中國古典文學語言的借鑒。

〔註50〕余虹：《思與詩的對話》第 174 頁，中國社會科學出版社 1991 年版。

〔註51〕見《語言學簡史》中譯本第 216 頁，安徽教育出版社 1987 年版。

〔註52〕陳平原：《中國小說敘事模式的轉變》第 257 頁，上海人民出版社 1988 年版。

　　京派小說家雖然不像晚清一代的學者對傳統文化那麼癡迷、熟悉，但應當說他們自幼也大都接受了中國傳統文化包括文學的薰陶。中國傳統文學語言所具有的獨特魅力對他們是很有吸引力的，廢名在 20 世紀 50 年代寫的文章中還表達了他的神往之情：「就表現的手法說，我分明地受到了中國詩詞的影響，我寫小說同唐人絕句一樣，絕句二十個字，或二十八個字，成功一首詩，我的一篇小說，篇幅當然長得多，實是用絕句的方法寫的，不肯浪費語言。」〔註 53〕正因為如此，周作人不止一次地提及到廢名小說的價值就在於他的文字之美，而這種文字恰來自於他的古典文學修養。汪曾祺在不少文章中也多次強調中國傳統文學語言的當代價值，並把其視為一種文化現象來看待。為此嚴家炎說：「就講究語言這一點說，京派在中國現代各小說流派中，也許是努力最多的。」〔註 54〕

　　京派小說語言的第一個突出特點就是簡約、自然，這一切和中國傳統文化特別是道家、禪宗的精神是契合的。「道家重天機而推出忘我忘言，盡量不斷消除演繹性、分析性、說明性的語言及程序……而語言像一指，指向具體萬物無言獨化的自然世界，像『道』字一樣，說出來便應忘記，得意忘言，得魚忘筌。」〔註55〕而禪宗作為佛家的中國化，更是摒棄了佛教繁瑣的教義和推理過程，代之以形象直覺的方式來表達和傳遞某些不可意會的東西，所謂「春來草自青」。隨著莊禪哲學在中國士大夫階層的影響日益擴大，它也越來越滲透到一切藝術的領域，帶來了中國文學藝術形態的重大變化，其中一點就是講究語言的自然、簡潔。京派小說家一般對冗長歐化的句式都比較反感，他們盡可能追求語言的精練含蓄，把語言的張力發揮到極致。廢名的一些文字學習唐人的絕句，那就是要用最簡潔的語言表現出詩的意境。因此廢名的小說不僅篇幅短，而且人物的對話、自然景物的描寫都是非常凝練的，富有暗示性、象徵性，而且擅長表現婉約深層的意境和充滿了對宇宙、對青春、生命的感歎，這一點恰和以李商隱、溫庭筠為代表的晚唐詩不謀而合。廢名的長篇《橋》雖名之曰長篇，實際上是由一個個片段的散文所構成，在第十四章《習字》中，主人公小林和琴子的對話簡單到了極點，卻處處含著禪機，耐人尋味。沈從文的語言也向來為人們所稱道，汪曾祺說沈從文的作品受到《史記》、《世說新語》、

〔註53〕廢名：《〈廢名小說選·序〉》，《馮文炳選集》第 394 頁，人民文學出版社 1985年版。
〔註54〕嚴家炎：《中國現代小說流派史》第 239 頁，人民文學出版社 1989 年版。
〔註55〕葉維廉：《中國詩學》（增訂本）第 119 頁，人民文學出版社 2006 年版。

《水經注》等的影響，因而大都樸實流暢。凌宇說：「沈從文成熟期小說的語言，具有獨特的風貌——格調古樸，句式簡峭，主幹凸出，少誇飾，不鋪張，單純而又厚實，樸訥卻又傳神。這裡顯示出沈從文與周作人、廢名等人在文字風格上某些一致追求。」〔註56〕比如《山道》中的一段話：

> 這時節他們正過一條小溪，兩岸山頭極高。溪上一條舊木橋，是用三根樹幹搭成，行人走過時便軋軋作聲。傍溪山腰老樹上有猴子叫喊。水流汩汩。遠處山鵲飛起時，雖相距極遠，朋朋振翅聲音依然彷彿極近。溪邊有座靈官廟，石屋上尚懸有幾條紅布，廟前石條上過路人可以休息。

這些句式大都簡短，也很少使用修飾語，顯得古樸自然。這裡分明有著對中國傳統語言的借用。沈從文寫景如此，寫人也同樣如此，往往用簡略的筆墨便勾畫出人物的性格特徵，這種傳統的白描手法在《邊城》、《三三》、《丈夫》等篇目中都有成功的運用。

與前面兩位比較起來，汪曾祺對中國古典文學的繼承甚至更自覺，更有認同感，他尤其推崇明代散文家歸有光，對歸有光《項脊軒志》、《寒花葬志》、《先妣事略》等篇目中平淡、自然、簡潔的文字給予了很高的評價。他對中國古代的筆記體小說表示了濃厚的興趣，「我寫短小說，一是中國本有用極簡的筆墨寫人事的傳統，《世說新語》是突出的代表。其後不絕如縷。我愛讀宋人的筆記甚於唐人傳奇。《夢溪筆談》、《容齋隨筆》記人事部分我都很喜歡。」〔註57〕汪曾祺在自己的作品中比較完美地展現了文字符號的魅力，精練的語言中閃爍的是詩人的智慧，如：

> 立春前後，賣青蘿蔔。「棒打蘿蔔」，摔在地下就裂開了。杏子、桃子下來時賣雞蛋大的香白杏，白得像一團雪，只嘴兒一下有一根紅線的「一線紅」蜜桃。再下來是櫻桃，紅的像珊瑚，白的像瑪瑙。端午前後，枇杷。夏天賣瓜。七八月賣河鮮：鮮菱、雞頭、蓮蓬、花下藕。賣馬牙棗、賣葡萄。重陽近了，賣梨；河間府的鴨梨、萊陽的半斤酥，還有一種叫做「黃金墜子」的香氣撲人個兒不大的甜梨。
> 《鑒賞家》

〔註56〕凌宇：《從邊城走向世界——對作為文學家的沈從文的研究》第318頁，三聯書店1985年版。
〔註57〕汪曾祺：《〈晚飯花集〉序》，《汪曾祺文集·文論卷》第197頁，江蘇文藝出版社1994年版。

> 羅漢堂外面,有兩顆很大的白果樹。有幾百年了。夏天,一地
> 濃蔭。冬天,滿階黃葉。《詹大胖子》

從這些舉例的語言中不難看出,汪曾祺的語言很像歸有光的風格,在平淡自然中透出一種韻外之至。

由於京派作家大多受過良好的教育,身居大學教授、高級知識分子的行列,其在語言的選擇上也更傾向接受中國古典文學雅致、詩性的一面,這一點無論是和當時的左翼文學比較還是海派文學來比較都有很大的不同。左翼文學由於過分看重文學的政治功能,把文學當作實現革命目標的宣傳工具,另一方面他們當中不少作家受教育的程度也不高,因此在語言的使用上比較隨意、缺少精雕細刻,因而大都比較粗糙、直白,缺少韻味。這在一定程度上影響到了文字乃至文學的美感,如丁玲的《水》、蔣光慈的《衝出雲圍的月亮》、華漢的《地泉》等,單就語言上來講都有上述的毛病。他們把語言簡單地視為了工具符號,使其附屬於作品的思想內容而存在,忽略了它的自成一體的內在規律。而海派小說過於追逐語言的新奇,大量夾雜外來詞彙,拋棄了中國古典文學的長處,頗有食洋不化的味道,而京派小說在這一點上就顯示了它的特長。「文學不簡單是對語言的運用,而是對語言的一種藝術認識如同語言學對它的科學認識一樣,是語言形象,是語言在藝術中的自我意識。」〔註58〕京派小說家在語言的運用上非常講究,他們完全把語言當作藝術生命的精髓來看待,因此從古典文學借鑒了豐贍而富有詩性的表達方式。像林徽因的小說《鍾綠》整部作品始終飄蕩的是中國傳統文化的韻味,其語言的表達也充滿了東方的詩性:

> 當我回國以後,正在家鄉遊歷的時候,我接到百羅一封長信,
> 我真是沒有想到鍾綠竟死在一條帆船上。關於這一點,我始終疑心
> 這個場面,多少有點鍾綠的安排,並不見得完全出自偶然。那天晚
> 上對著一江清流。茫茫暮靄,我獨立在岸邊山坡上,看無數小帆船
> 順風飄過,忍不住淚下如雨,坐下哭了。

京派小說有不少地方使用了民間俗語,這當然有助於生活氣息的表達,他們也有成功的運用,像沈從文的一些小說很多使用的是地方水手的語言,潑辣而流露出野趣。但民間用語畢竟有些粗糙甚至粗俗的一面,因而必須要經過一個審美化的過程,把它提煉為典雅純正的語言,從而展現豐富的文化含量和美學情趣。像汪曾祺的作品有大量涉及民間、民俗的描寫,但他在語言的使用

〔註58〕巴赫金:《巴赫金全集》第 4 卷第 273 頁,河北教育出版社 1998 年版。

上充分考慮到了對其在美學層面上的提升，使那些相對粗糙的藝術形式一躍而變為優美的樂章：

> 木花吐出來，車床的鐵軸無聲而精亮，滑滑潤潤轉動，牛皮帶往來牽動，戴車匠的兩腳一上一下。木花吐出來，旋刀，服從他的意志，受他多年經驗的指導……木花吐出來，宛轉的，纏綿的，諧和的，安定的，不慌不忙的吐出來，隨著旋刀悅耳的吟唱。（《戴車匠》）

> 茶乾是連萬順特製的一種豆腐乾……這種茶乾外皮是深紫黑色的，掰開了，裏面是淺褐色的。很結實，嚼起來很有咬勁，越嚼越香，是佐茶的妙品，所以叫做「茶乾」……雙黃鴨蛋、醉蟹、董糖、連萬順的茶乾，湊成四色禮品，饋贈親友，極為相宜。（《茶乾》）

很顯然，無論是戴車匠的車藝還是連老闆的茶乾已經從一種民俗層面的文化上升為一種帶有民族記憶和人間溫情的多重意蘊，指向了更為廣闊的文化空間。

最後，京派小說還注重從中國古典文學的詩句、典故、對仗、雙聲、疊韻等形式中吸取有益的成分，這也構成了京派小說的一大特色。本來在敘事中夾帶大量詩詞是中國古典小說的一個顯著特點，凡是熟悉《三國演義》、《紅樓夢》等作品的讀者對此不難理解，像《臨江仙》一詞在《三國演義》、《葬花詞》在《紅樓夢》中起到的作用無論如何都不能低估。當然，也有一些作品穿插大量低劣的詩作，反而敗壞了作品的美感，為此五四時期的作家大都不太採用這種方式。但京派小說家對此有自己的思考，他們在有的作品中就恰當地穿插了一些古典詩句，比如廢名的《橋》在這方面比較突出，對名句的直接引用則更比比皆是。如「青青河畔草」，「我是夢中傳彩筆，欲書花葉寄朝雲。」「池塘生春草」。不僅如此，他的一些描寫還化用了古典詩詞的意境，他的一些描寫絲絲細雨的句子讓人很容易想起李璟、杜牧等人的詩詞。沈從文和汪曾祺、凌叔華等人雖然直接融中國古典詩詞的例子比較少，但他們卻較多地插入了舊體語言的形式，如典故、對仗、古語等，突破了早期白話文單一、單薄的審美格局。沈從文說自己的部分文字「文白雜糅。」汪曾祺則推崇韓愈的「氣盛言宜」，推崇桐城派的散文，主要原因就在於他們重視字句的聲音、節奏，這些都豐富了現代白話文的形式。汪曾祺的小說《徙》開頭引用了莊子《逍遙遊》的句子，在小說結尾之處也出現了「墓草淒淒，落照黃昏，歌聲猶在，斯人邈矣」這樣的古語，但並沒有突兀的感覺，反而覺得很貼切。

總之，京派小說與中國藝術精神存在的聯繫是相當顯明的。它以自己的存在方式告訴人們：在中國文學走向現代化的過程中，民族化和外來影響的關係仍然值得人們認真反思。雖然中國新文學致力於打破傳統文學的模式，在內容和形式上發生了嬗變，但中國傳統藝術的精神不僅不能簡單地一筆勾銷，反而應該給予足夠的重視。西方學者列文森曾對近代中國思想史提出過一個著名的論斷，他認為中國近代知識分子大體是在理智方面選擇了西方的價值，而在情感方面卻丟不開中國的舊傳統，他的觀點其實在馮至的言論中得到了反映。馮至晚年在回顧自己的創作道路時說：「拿我在 20 年代接觸的一些青年說，往往是先接受外國的影響，然後又回到文學的傳統上來。」〔註59〕正是通過對民族文學傳統的詮釋和重構，京派小說才能在 20 世紀的中國文壇上獲得悠長厚重的生命，為中國文學彈奏了一曲不絕如縷的悠悠神韻。

〔註59〕馮至：《關於外國文學的影響及其他》，《文學研究動態》1983 年第 4 期。

第六章　京派小說的現代性意識

　　晚清以後，伴隨著中國近代社會的巨大震盪和變遷，中國文化也逐漸改變了它的封閉狀態開始了與世界文化的對話。這一切當然不是主動的，而是中國被迫的現代性進程中動搖了中國文化的認同感，導致了中國文化權威的失落。在這個時候，一些知識分子在對傳統文化進行痛心疾首的反思時無不把西方的文化作為參照系。嚴復作為中國近代最先覺醒的知識分子代表，把對中國科技、政體的反思深入到文化的層面，認為西方的強盛並不在於船堅炮利而在於「於學術則黜偽而崇真。」〔註1〕一些作家出自對本國傳統文化反抗以後開始了艱難的探索，西方的哲學和文學思潮正好進入了他們期待視野，五四時期周作人就曾指出：「新小說與舊小說的區別，思想固然重要，形式也甚重要。」〔註2〕這表明中國的文學形態發生了重大的改變，中國文學被賦予了現代性的意識，並逐漸匯入到和世界文學對話的合唱當中。

一

　　何謂現代性意識？這大概是一個永遠糾纏不清的概念，當代學者為此曾不遺餘力地給予闡述。王一川參照西方理論把其定義為：「主要是指中國社會自 1840 年鴉片戰爭以來，在古典型文化衰敗而自身在新的世界格局中的地位急需重建的情勢下，參照西方現代性指標而建立的一整套行為制度與模式。」〔註3〕李歐梵則進一步說：「在中國，『現代性』不僅含有一種對於當代的偏愛

〔註1〕嚴復：《論世變之亟》，1895 年 5 月天津《直報》。
〔註2〕周作人：《日本近三十年小說之發達》，《新青年》第 5 卷 1 號，1918 年。
〔註3〕王一川：《中國現代性體驗的發生──清末民初文化轉型與文學》，第 19 頁，
　　　　北京師範大學出版社 2001 年版。

之情，而且還有一種向西方尋『新』、尋求『新奇』這樣的前瞻性。」〔註4〕
而本文則把其定義為以西方現代主義文化思潮和藝術形式為特徵的文學意
識，而這種文學意識較早地在魯迅和王國維那裡得到了體現。魯迅 1907 年
寫作的《文化偏至論》則把西方現代文化思潮的代表人物尼采、叔本華、斯
蒂納、克爾凱郭爾等介紹進來，發出了「別求心聲於異邦」的吶喊，尤其是
對尼采表現了強烈的興趣。幾乎同時王國維從叔本華的哲學思想中受到啟
發，寫作了與中國傳統文論迥然不同的《〈紅樓夢〉評論》，其高屋建瓴的把
握和嚴密的邏輯結構具有了文學批評的現代屬性。到了五四時代，中國文壇
幾乎把波德萊爾、艾略特、龐德、梅特林克、王爾德、陀思妥耶夫斯基、廚
川白村、波洛克等國外現代主義作家也陸續被介紹進來。據陳思和做過的有
關統計，在當時介紹外國文學最有影響的幾家刊物中，比較系統地介紹西方
現代主義思潮的篇目超過了對其他文學思潮的介紹，居於首位。魯迅在談及
沉鐘社創作時的一段話可以驗證這個論點：「但那時覺醒起來的知識青年的
心情，是大抵熱烈的，然而悲涼，即使尋到一點光明，『徑一周三』，卻更分
明看見了周圍無涯際的黑暗，攝取來的異域的營養又是『世紀末』的果汁：
王爾德（Oscar Wild）、尼采（Nietiche）、波德萊爾（Ch‧Baudelaive）、安特
萊夫（L‧Andrav）所安排的。」〔註5〕魯迅這裡所列舉的作家幾乎都是帶有
很明顯的現代派傾向的作家，可見，現代主義作為一種哲學和文學思潮對中
國作家產生了很強的吸引力，既促成了中國文學革命的發生，也催生了中國
新文學中濃厚的現代主義意識。

　　京派作家雖然大都溫文爾雅，對中國傳統文化有很強的認同感，但他們
畢竟生活在中西文化頻繁交流、碰撞的時代，況且他們中的大部分人都曾有到
海外出國留學的經歷，對西方文化相當熟悉，這都決定了他們能夠對西方現代
主義的文化思潮進行吸納，因而和文化保守主義有著本質的區分。陳平原曾經
慨歎過五四時代作家的知識結構及外文水平：「好多五四作家這一時期雖不曾
翻譯外國文學作品，但其外語水平足夠閱讀西洋小說名著，如留日的郁達夫、
陶晶孫、成仿吾、張資平、滕固；留美的陳衡哲、張聞天；留蘇的蔣光慈；留
法的蘇雪林；再加上國內大學外文系畢業的馮文炳、馮至、陳翔鶴、陳煒謨、

〔註4〕李歐梵：《追求現代性（1895～1927）》，《現代性的追求》，第 236 頁，三聯書
　　　店 2000 年版。
〔註5〕魯迅：《中國新文學大系‧小說二集導言》，《魯迅全集》第 6 卷第 243 頁。

林如稷、凌叔華、黎錦明等。即使國內大學國文系或中學、專科學校畢業的，也很可能掌握一門外語。五四這一代作家平均外語水平之高、對當代外國文學瞭解之深以及與世界文學同步的願望之強烈，不單『新小說』家望塵莫及，就是三十年代以後的中國作家也很難匹敵。」〔註6〕即使像廢名、沈從文這樣沒有出國經歷、容易被人誤認為拒斥西方現代文化的作家，其實考察他們的言論、創作就會發現真實的情景並非如此，他們對西方的文學相當熟悉。廢名說：「我記得我當時很愛契訶夫的短篇小說，我的這些小說，尤其是《毛兒爸爸》，是讀了契訶夫寫的俄國生活因而寫我對中國生活的觀察。」「在藝術上我吸收了外國文學的一些長處，又變化了中國古典文學的詩，那是很顯然的。就《橋》與《莫須有先生傳》說，英國的哈代，艾略特，尤其是莎士比亞，都是我的老師，西班牙的偉大小說《吉訶德先生》我也呼吸了它的空氣。總括一句，我從外國文學學會了寫小說，我愛好美麗的祖國的語言，這算是我的經驗。」〔註7〕沈從文雖然一再聲稱自己是個「鄉下人」，他也沒有像其他大多數京派作家那樣有著完整的教育背景和出國留學的經歷，但這並不能否定他對西方文化的接觸、瞭解和借鑒。如他早期的作品《阿麗思中國遊記》顯然模仿了《阿麗思漫遊奇境記》，他的《月下小景》取名為《新十日談》，人們不難想像到它對《十日談》的借鑒，他作品中呈現的旺盛的生命活力和自然人性更接近於西方浪漫主義的氣質。因此蘇雪林認為沈從文接受了西洋文化，「他很想將這份蠻野氣質當作火炬，引燃整個民族青春之焰。」〔註8〕

至於其他的京派作家如朱光潛、林徽因、凌叔華、李健吾、梁宗岱、蕭乾等人更是以自覺的心態看待西方文化，最終使其轉化為建構中國現代文化的不可缺少的資源。梁宗岱曾經在法國留學，跟隨象徵主義大師瓦雷里。此時的法國可以說是世界文化的中心，也是各種新潮思想的重要策源地，比如現代性就是那時人們探討最熱的話題之一。在這樣的現代語境中，梁宗岱把西方的象徵主義當作了現代性的文學運動給以了充分的肯定。一般都認為象徵主義發端於波特萊爾的《惡之花》，而後經過了馬拉美、維爾倫、蘭波等人的努力而在 19 世紀 80 年代達到鼎盛。因此我們在梁宗岱的批評話語中經常看到的是比如「象徵主義」、「宇宙意識」、「契合」、「感應」、「純詩」這樣的理論範疇及

〔註6〕陳平原：《中國小說敘事模式的轉變》，第 24 頁，上海人民出版社 1988 年版。
〔註7〕廢名：《〈廢名小說選·序〉》，《馮文炳選集》，第 394、395 頁，人民文學出版社 1985 年版。
〔註8〕蘇雪林；《沈從文論》，原載《文學》1934 年 9 月 1 日第 3 卷第 2 期。

波特萊爾、馬拉美、蘭波、維爾倫、瓦雷里等先鋒詩人的名字。這種現象不是偶然的，是他對中西詩歌考察後所開出的診斷療方，他殷切期待中國的文學溶入現代的詩學元素。朱光潛在歐洲留學長達八年，接觸到了許多西方現代哲學思潮和美學思潮，比如他在對待西方當時正在盛行的弗洛伊德學說的觀點就很持中，既肯定了弗洛伊德學說的貢獻，比如弗洛伊德關於文藝都是一種彌補的觀點、文藝的昇華作用等都有一定的價值。但朱光潛也指出其有著很多牽強之處：「他的最大的缺點在他的泛性慾主義（pansexualism）。性慾關於種族保存，其重要性為心理學家所公認，但是像弗洛伊德把它看作一切變態心理作用的來源，則未免過於牽強。」〔註9〕這無形中對於 30 年代中國文壇普遍存在的用弗洛伊德學說演繹作品的做法有重要的啟發。而朱光潛的《詩論》就是借用西方的詩學來對中國傳統的詩歌創作規律進行總結。在京派小說家中，李健吾、蕭乾、凌叔華、林徽因都曾在西方學習，他們對西方現代文化尤其是現代主義文化有著更為直接的感受，蕭乾的態度也許是最有代表性的。蕭乾二戰期間在英國劍橋學習時，正是意識流文學的巔峰，他的導師指導蕭乾主要探索了三個英國小說家的作品：勞倫斯、弗吉尼亞·伍爾夫及愛·摩·福斯特，而他們大都屬於現代派作家的範疇。他後來回憶說：「在意識流派的作家中間，我最喜愛沃爾夫夫人的作品。她是詩人多於小說家。在《波浪》、《戴樂薇夫人》和《到燈塔去》裏，我看到的是一位把文字當作畫筆使用的作家。」〔註10〕在另外的一篇文章中，他開出了自己創作傚仿的作家名單，這裡面有不少也是現代派的作家：「如今又加上福斯特的故事結構，勞倫斯描寫風景的抒情筆觸，伍爾夫夫人氛圍心情的捕捉，喬艾思的聯想，赫胥黎的聰明，斯坦貝克的戲劇力，詹姆士的搓揉工夫……環繞我的淨是藝術珍品，各有所長，各有其短。」〔註11〕這種開闊的藝術視野使得蕭乾始終能用一種寬容的心態看待藝術上的不同派別，直到他 20 世紀 80 年代復出之後還主張對現代派作品要大力加以研究和翻譯介紹。

　　京派小說家中，汪曾祺似乎是一個例外，他的經歷和創作容易使人相信他是一個非常傳統的作家，這其實也是一種誤解。汪曾祺是 1939 年來到昆明以第一志願考入西南聯大中國語言文學系的。而那時的西南聯大依然和世界現

〔註 9〕朱光潛：《變態心理學》，《朱光潛全集》第 1 卷第 146 頁。

〔註10〕蕭乾：《一本褪色的相冊》，《蕭乾選集》第 3 卷，第 349、350 頁。

〔註11〕蕭乾：《〈創作四試〉·前記》，《蕭乾選集》第 4 卷，第 162 頁。

代性的文化保持密切的關係，葉芝、奧登、艾略特等都是青年學子追捧的對象。作為西南聯大學生的王佐良曾這樣回憶起西南聯大：「聯大的屋頂是低的，學者們的外表襤褸，有些人形同流民，然而卻一直有著那點對於心智上事物的興奮。在戰爭的初期，圖書館比後來的更小，然而僅有的幾本書，尤其是從外國剛運來的珍寶似的新書，是用著一種無禮貌的飢餓吞下的。這些書現在大概還躺在昆明師範學院的書架上吧：最後，紙邊都捲起如狗耳，到處都皺摺了，而且往往失去了封面。但是這些西南聯大的青年詩人們並沒有白讀了他們的愛裏奧脫與奧登。」〔註12〕雖然地處偏遠的西南一隅，但西南聯大以開放的心態容納、吸收外來文化，因而汪曾祺感慨地說：「我在大學裏讀的是中文系，但在課外所看的，主要是翻譯的外國文學作品……法國文學裏，最使當時的大學生著迷的是 A・紀德。在茶館裏，隨時可以看到一個大學生捧著一本紀德的書在讀，從優雅的、抒情詩一樣的情節裏思索其中哲學的底蘊……波德萊爾的《惡之花》、《巴黎之煩惱》是一些人的袋中書──這兩本書的開本都比較小。」「英國文學裏，我喜歡弗・伍爾夫。她的《到燈塔去》、《浪》寫得很美。」「我很喜歡西班牙的阿索林，阿索林的意識流是覆蓋著陰影的，清涼的，安靜透亮的溪流。」〔註13〕在西南聯大濃鬱的現代主義氣息裏，不僅誕生了以馮至、穆旦、鄭敏、杜運燮等人的現代主義詩作，也誕生了汪曾祺的《復仇》、《待車》、沈從文的《看虹錄》和《看虹摘星錄》等嘗試意識流手法的作品。因此，作為受到五四啟蒙精神影響的一代知識分子，京派作家對待傳統文化是有著清醒的重估意識的，並非簡單地照搬，也不是簡單地回歸，而是一種新傳統化的過程，也是中國文學現代化的組成部分：「據我們的觀察，傳統社會的『現代化』過程乃是一種『選擇的變遷』，在經驗上，所有主張現代化的人自覺或不自覺地都是一綜合主義者，亦即旨在將傳統的文化特質與西方的文化特質變成一『運作的、功能的綜合』，這種過程即是『新傳統化過程』，由於『新傳統化過程』不只在『西化』，並且在使已喪失的傳統價值得以回歸到實際來，所以它不是單純的『復古』，而是對傳統的『重估』，因此，新傳統化過程必須看作是現代化過程的一部分。」〔註14〕正是基於這樣的認識，京派作家普遍有著現代

〔註12〕王佐良：《一個中國詩人》，《文學雜誌》第 2 卷第 2 期，1947 年 7 月。
〔註13〕汪曾祺：《西窗雨》，《汪曾祺說我的世界》第 197～198 頁，中國青年出版社 2007 年版。
〔註14〕金耀基：《從傳統到現代》，第 115 頁，中國人民大學出版社 1999 年版。

主體意識的追求和藝術思維方式的創新，從而為 20 世紀中國文學的現代化做出了一份切實的貢獻。因此當人們提及 20 世紀中國現代主義文學的時候，不僅有李金髮、戴望舒、穆時英、劉吶鷗、馮至、穆旦等這些耳熟能詳的名字，也應當包括廢名、沈從文、蕭乾、林徽因、李健吾、汪曾祺等這些容易被忽略的小說家。

二

談現代性意識，還要釐清現代主義的內涵及其在中國傳播的社會心理動因。現代主義，是現代西方出現的一股反叛性的文學思潮，它並非一種單一的流派，而是包括了象徵主義、意象派、意識流、表現主義、存在主義、超現實主義等眾多文學流派。一般人都把波德萊爾 1857 年創作的《惡之花》視為現代主義的源頭。西方現代主義的產生和發展有著深刻的社會背景，它反映了處在資本主義經濟危機和社會危機凸顯、人與社會、人與人的關係高度緊張狀態下人們的一種迷茫、失望的心理和情緒。社會的殘酷現實與人們的理想之間越來越處於緊張、分裂的狀態，傳統的信仰和價值觀念也處在混亂和斷裂之中：「世界上到處彌漫著一片混亂。」〔註 15〕從思想內容來說，它們幾乎都是表現所謂「現代人的困惑」，即生活中的人們的陌生感和孤獨痛苦。從哲學思想來看，西方當時盛行的各種非理性的哲思潮如弗洛伊德的精神分析、尼采的權力意志、柏格森的生命哲學和直覺主義等對現代派的文學起到直接的影響。當然，還有一點更重要的是，現代派文學對傳統構成了強有力的挑戰，要求打破既有的文學秩序，消解傳統手法，從而建立起一個暗示、模糊和多義的文學世界。比如，對於象徵主義來說，作為對文壇浪漫主義和巴納斯派的反動，追求新奇和創造構成了象徵主義的主要特徵：「象徵主義詩歌作為『教誨、朗讀技巧，不真實的感受力和客觀描述』的敵人，它所探索的是：賦予思想一種敏感的形式，但這形式又並非是探索的目的，它既有助於表達思想，又從屬於思想。同時，就思想而言，決不能將它和與其外表雷同的華麗長袍剝離開來。」〔註 16〕作為意識流小說理論的代表，弗吉尼亞·伍爾夫則對那種講故事、刻畫人物性格的傳統手法進行了顛覆和批評，把創新放在了首要的位置：「生活並不

〔註15〕葉芝：《基督重臨》，《外國現代派作品選》第一冊第 64 頁，上海文藝出版社 1980 年 10 月版。

〔註16〕莫雷亞斯：《象徵主義宣言》，見黃晉凱等主編：《象徵主義·意象派》第 44 頁，中國人民大學出版社 1989 年版。

是一連串左右對稱的馬車車燈，生活是一圈光暈，一個始終包圍著我們意識的半透明層。傳達這變化萬端的，這尚欠認識尚欠探討的根本精神，不管它的表現會多麼脫離常規、錯綜複雜，而且如實傳達，盡可能不攙入它本身之外的、非其固有的東西，難道不正是小說家的任務嗎？」〔註17〕現代性在這裡被賦予了先鋒和探索的特質。

　　而 20 世紀中國社會的現代化進程是和對傳統的質疑、顛覆、反抗聯繫在一起的，因而現代主義反傳統的姿態就受到了一些知識分子的欣賞，也就是在這一點上，像尼采、叔本華等的學說在五四時代獲得了很多知識分子的認同。另外，中國社會的經濟結構雖然和西方有很大的不同，但在 20 世紀 20、30 年代，中國的都市上海、北平、天津、武漢等地相對發達的商業和文化氣氛具有了工業社會的特徵，也成為知識分子的聚集之地，尤其是上海更為典型。都市化和工業文明的進程一方面在造成社會畸形繁榮的同時也以瘋狂的力量撕裂著人性，使人感受到都市恐怖、暈眩和迷茫，新感覺派小說家穆時英的這段話很有代表性：

　　　　我是在去年突然被扔在鐵軌上，一面回顧著從後面趕上來的一
　　　　小時五十公里的急行列車，一面用不熟悉的腳步奔逃著在生命的底
　　　　線上游移著的旅人。二十三年來的精神上的儲蓄猛然地崩墜了下
　　　　來，失去了一切概念，一切信仰；一切標準、規律、價值全模糊了
　　　　起來……〔註18〕

　　中國現代作家雖然大多出生在鄉村，但當他們踏入社會的時候，無不依託於都市的文化背景，在這裡他們既能依靠發達的都市文化、教育、出版、雜誌等制度以及相對龐大的讀者群而在都市生存，一方面也對都市生活的快節奏、人性的失落感到迷惘和失望。這樣的都市生活體驗也為他們接受現代主義提供了合適的土壤。

　　再則，從文學內部的發展規律看，中國作家受到西方現代主義的影響也是合乎歷史邏輯的必然選擇。既然中國新文學在很多方面迥異於傳統文學，立志於創新，既然它已經認識到自身存在的問題和侷限，轉而從西方那裡尋找解救之道也就成為了很自然的事情，它必然對西方現代主義標新立異的表達手法

〔註17〕弗吉尼亞‧伍爾夫：《現代小說》，伍蠡甫、胡經之主編《西方文藝理論名著選　　　　編》下卷，第 153 頁，北京大學出版社 1987 年版。
〔註18〕穆時英：《白金的女體塑像‧自序》，上海現代書局 1934 年版。

和技巧表現出強烈的認同感。應當承認，這種借鑒的確給中國文學帶來了許多新奇的美學元素。李歐梵評價李金髮的創作時說：「李金髮所實踐的二度解放，至少暫時把中國的現代詩，從對自然與社會耿耿於懷的關注中解放出來，導向大膽、新鮮而反傳統的美學境界的可能性。正如歐洲的現代主義一樣，它可以說是反叛庸俗的藝術性聲明。」〔註19〕「李金髮將波德萊爾和魏爾倫作品翻譯並改編入自己的作品，儘管出現了許多大大小小的錯誤，但他富有朝氣的實驗偶而也能產生一些奇異而強有力的轟動。」〔註20〕相比較李金髮等人的創作，戴望舒、卞之琳、梁宗岱、馮至對現代主義的借鑒則更為成功，超越了他們的前輩李金髮。卞之琳曾談到梁宗岱翻譯的法國象徵主義作品對自己的深刻影響：「直到從《小說月報》上讀了梁宗岱翻譯的梵樂希（瓦雷里）《水仙辭》以及介紹瓦雷里的文章《梵樂希先生》才感到耳目一新。我對瓦雷里這首早期作的內容和梁譯太多的文言辭藻（雖然遠非李金髮往往文白都欠通的語言所可企及）也並不傾倒，對梁闡釋瓦雷里以至里爾克的創作精神卻大受啟發。」〔註21〕

　　京派小說家作為被中國現代化進程所裹挾的知識分子群體，他們面臨著同時代人所共有的文化困境和審美困境，這個文化困境就是 20 世紀 20、30 年代人們的都市體驗和認同感。丹尼爾‧貝爾在談到美國社會 20 世紀初期的轉型時說：「首先是人口的分布的變化，導致了都市的發展和政治力量的轉移。但更為廣泛的變化是消費社會的出現，它強調花銷和佔有物質；並不斷破壞著強調節約、儉樸、自我約束和譴責衝動的傳統價值體系。同上述兩種社會變化緊密相連的是技術革命，它借助汽車、電影和無線電，打破了農村的孤立狀態，並且破天荒地把鄉村納入了共同文化和民族社會。這種變革的實現是由於清教主義——一套支撐傳統價值體系的習俗——也已終結。」〔註22〕丹尼爾‧貝爾談到的這種情景其實在 20 世紀 20、30 年代的中國同樣發生，大批知識分子和農民流入城市，相對穩定的傳統倫理道德受到強烈衝擊並趨向於瓦解，眼花繚亂的都市生活像魔方一般展現在他們面前，或興奮，或激動，或悲涼，或失望，這種建立在金錢關係上的標準已經取代了溫情脈脈的人際關係，人和人之

〔註19〕李歐梵：《中國現代文學中的現代主義》，原載臺灣《現代文學》副刊第 14 期，1981 年 6 月。

〔註20〕李歐梵：《探索「現代」》，《文藝理論研究》1998 年第 5 期。

〔註21〕卞之琳：《人事固多乖——紀念梁宗岱》，《新文學史料》1990 年第 1 期。

〔註22〕丹尼爾‧貝爾：《資本主義文化矛盾》，第 112 頁，三聯書店 1989 年版。

間處於緊張、疏離、隔絕的狀態之中。瞿秋白曾把這樣的一些流入城市的知識
分子稱之為「薄海民」:「同樣是被中國畸形的資本主義關係的發展過程所『擠
出軌道』的孤兒。但是，他們的都市化和摩登化更深刻了，他們和農村的聯繫
更稀薄了，他們沒有前一輩的黎明期的清醒的現實主義，——也可以說是老實
的農民的實事求是的精神——反而沾染了歐洲的世紀末的氣質。」〔註23〕沈從
文在他的《長河‧題記》中甚至寫到了這種狀況對湘西社會淳樸民風的瓦解:
「最明顯的事，即農村社會所保有那點正直素樸人情美，幾幾乎快要消失無
餘，代替而來的卻是近二十年來實際社會培養成功的一種唯實唯利的庸俗人
生觀……『現代』二字已到了湘西，可是具體的東西，不過是點綴都市文明的
奢侈品，大量輸入，上等紙煙和各樣罐頭，在各階層間作廣泛的消費……一面
不滿現狀，一面用求學名分，向大都市裏跑去，在上海或南京，武漢或長沙，
從從容容住下來，揮霍家中前一輩的積蓄，享受現實，並用『時代輪子』『帝
國主義』一類空洞字句，寫點現實論文和詩歌，情書或家信。」〔註24〕在京派
小說那裡，城市不僅是催生現代文明的溫床，更是造成人性墮落的魔窟，城市
是作為人性的異己力量而存在，人們在那裡體驗到的只能是人性的惡和驚恐、
焦慮的心理，在這一點上，京派小說所傳達的正是一種現代性的意識。沈從文
雖然是以描寫湘西風情的小說而著稱，但他還有一個數量相當龐大的都市題
材系列，而這個都市題材系列處於和湘西系列小說相對立的位置，基本的出發
點是建立在對都市文明的揭露和批判、對都市變態人性的諷刺。城市在他的眼
中儼然是一口黑色的大染缸，無情地吞噬一切道德和良知。他的《泥塗》描寫
了工業文明給社會帶來的環境污染和瘟疫流行；他的《腐爛》寫都市化的畸形
發展；《紳士的太太》揭露都市上流社會家庭中那些紳士淑女們在婚姻和戀愛
問題上的墮落，他們即使是夫妻之間也充滿了欺騙，玩弄的是愛情遊戲，所謂
感情、道德已經被金錢無情地撕裂開來，呈現的是一番觸目驚心的景象。這種
現代社會的病態現象在沈從文看來是一種現代文明病，「一切皆顯得又庸俗又
平凡，一切皆轉成為商品形式。」〔註25〕

　　但沈從文更為擅長刻畫都市人物的變態性格和變態心理。沈從文很早接

〔註23〕瞿秋白:《〈魯迅雜感選集〉序言》，何凝編:《魯迅雜感選集》，青光書店1933
　　　　年7月版。
〔註24〕沈從文:《長河‧題記》，《沈從文全集》第10卷，第3、4頁，北嶽文藝出版
　　　　社2002年版。
〔註25〕沈從文:《如蕤》，《沈從文全集》第7卷第337頁。

觸過現代心理學,在散文《湘西‧鳳凰》中曾用變態心理學解釋過當地發生的特殊情形。這方面,他的《八駿圖》尤其具有代表性。這篇小說以青島某大學的教授生活為背景,描寫了八個教授的無聊、庸俗和變態心理,小說有明顯的弗洛伊德學說的影響。這些所謂上流社會的正人君子、社會名流表面上個個是道德的化身、靈魂的高潔者,但實際上他們的潛意識中卻處處充滿了欲望。教授甲兒女成群,但「枕旁放了一箇舊式扣花抱兜。一部《疑雨集》,一部《五百家香豔詩》。大白麻布蚊帳裏掛一幅半裸體的香豔廣告美女畫。」教授乙到海邊散步看到身著泳裝的年輕女郎:「其中一個穿著件紅色浴衣,身材豐滿高長,風度異常動人。赤著兩隻腳,經過處,濕沙上便留下一列美麗的腳印。教授乙低下頭去,從女人一個腳印上拾起一枚閃放珍珠光澤的小小蚌螺殼,用手指輕輕的很情慾的拂試著殼上黏附的砂子。」而道德教授丙的心理更加變態,在看希臘愛神照片的時候,「好像想從那大理石胴體上凹下凸出處尋覓些什麼,發現些什麼。」弗洛伊德學說一個很重要的特點就是強調性慾的作用,甚至把它誇大到決定個人命運和社會進程的唯一力量:「性的衝動,對人類心靈最高文化的、藝術的和社會的成就作出了最大的貢獻。」〔註26〕毫無疑問性本能性追求具有合理性的一面,但在現實社會中,虛偽的道德文明卻過分限制了性,由此導致了諸如《八駿圖》中這些教授的變態性心理的產生。這種畸形的變態性心理無疑折射了醜惡畸形的社會現實,就像茅盾所說:「性慾描寫的目的在表現病的性慾——這是一種社會的心理的病,是值得研究的。」〔註27〕

除了描寫變態的性心理,京派小說還對人的生存意義進行哲學上的追問和反思,林徽因、沈從文、汪曾祺等人的小說均觸及到了這個問題。林徽因的小說《九十九度中》是一篇不太為人們所注意的小說,但其通過一個個片段寫出了各式各樣的人生,或忙忙碌碌,或哀哀淒淒,他們之間的冷漠、互不關心映照出的是現代人的孤獨感和緊張的人際關係,正所謂「他人就是地獄」。作者不動聲色地在冷靜觀望,其實她要追問的核心問題就是對現代人生存意義何在。沈從文在20世紀40年代的創作中更是罕見地思考人的生存和意義,探討現代性社會中人們的生存危機和焦慮心理,和西方存在主義的命題有著精神上的聯繫。存在主義拋棄了傳統的本體論,而把哲學最根本的問題放在對個體存在的探尋上,「與統治西方幾百年的理想主義相比,它認為理性不能解決

〔註26〕（奧地利）弗洛伊德:《精神分析引論》第18頁,商務印書館1984年版。
〔註27〕茅盾:《中國文學內的性慾描寫》,載1927年6月《小說月報》第17卷號外。

人生問題，只有非理性的情緒體驗（如孤獨、厭煩、絕望、恐懼等）、邊緣處境（死亡、苦難、鬥爭和罪過）才能使人接近存在、體驗大全。與樂觀主義相比，存在主義描繪了一幅個人孤獨、人與人不能相互理解，乃至於互相折磨的悲劇畫面。」〔註28〕20 世紀 40 年代，隨著國民黨的腐敗在抗戰中間暴露無遺，知識分子面臨著強大的經濟壓力和社會壓力，大多數人也在精神上出現了苦悶和彷徨的狀況。雖然沈從文孜孜以求地尋找人性的莊嚴和美好，但無情的現代文明早已把他的桃花源的理想世界，擊得粉碎。他不止一次地感歎地說：「一種極端困惑的固執，以及這種固執的延長，算是我體會到『生存』的唯一事情，此外一切『知識』與『事實』，都無助於當前，我完全活在一種觀念當中，並非活在實際世界中。我似乎在用抽象虐待自己肉體和靈魂。」〔註29〕「我目前儼然因一切官能都十分疲勞，心智神經失去靈明與彈性，只想休息。或如有所規避，即逃脫彼噬心齧齒之『抽象』，由無數造物空間時間綜合而成之一種美的抽象。然生命與抽象固不可分，真欲逃避，唯有死亡。是的，我的休息，便是多數人說的死。」〔註30〕「我正在發瘋。為抽象而發瘋。我看到一些符號，一片形，一把錢，一種無聲的音樂，無文字的詩歌。我看到生命一種最完整的形式，這一切都在抽象中好好存在，在事實前反而消滅。」〔註31〕在這種背景下，沈從文寫作了《看虹錄》和《摘星錄》等讓人十分困惑、主題抽象的作品，甚至一度被戴上了「色情作品」的帽子。假如從傳統的角度來解讀這兩部作品確實是非常困難的，因為它們幾乎沒有情節，充滿了抽象的思辨和晦澀的語言，這和沈從文以前的作品幾乎天壤之別。但這一切假如放置在存在主義的哲學語境中那就迎刃而解了，說到底，這就是沈從文在用抽象文學的方式來探討現代人的困境和迷亂，對個體生命的存在價值進行追問。20 世紀40 年代在中國出現了介紹存在主義哲學、文學思潮的高峰，如盛澄華的《新法蘭西雜誌與法國現代文學》、羅大岡的《存在主義劄記》、陳石湘的《存在主義劄記》等，而馮至創作的《十四行集》和散文集《山水》其中蘊涵的存在主義哲學思想是很明顯的，當時的馮至正在西南聯合大學任教。因此，沈從文接受存在主義影響並不是一件什麼大驚小怪的事情。我們看沈從文在《看虹錄》、

〔註28〕唐正序、陳厚誠等主編《20 世紀中國文學與西方現代主義思潮》，第 403 頁，四川人民出版社 1992 年版。

〔註29〕沈從文：《看虹錄》，《沈從文全集》第 10 卷第 341 頁。

〔註30〕沈從文：《潛淵》，《沈從文全集》第 12 卷第 34 頁。

〔註31〕沈從文：《生命》，《沈從文全集》第 12 卷第 43 頁。

《摘星錄》中的一些語言其實都閃爍著存在主義的印痕：

　　　　我面對著這個記載，熱愛那個「抽象」，向虛空凝眸來耗費這個時間。一種極端困惑的固執，以及這種固執的延長，算是我體會到「生存」唯一事情，此外一切「知識」與「事實」，都無助於當前，我完全活在一種觀念中，並非生活在實際世界中。我似乎在用抽象虐待自己肉體和靈魂，雖痛苦同時也是享受。時間便從生命中流過去了，什麼都不留下而過去了。(《看虹錄》)

　　　　人實在太可怕了，到我身邊來的，都只想獨佔我的身心。都顯得無比專制而自私，一到期望受了小小挫折，便充滿妒和恨。實在可怕。(《摘星錄》)

　　　　可是她並不清淨。試溫習溫習過去共同印象中的瓦溝綠苔，在雨中綠得如一片翡翠玉，天邊一條長虹，隱了又重現。秋風在凝嫉的想像中吹起時，虹霓不見了，那一片綠苔在這種情形中已枯萎得如一片泥草，顏色黃黃的：「讓它燃燒，在記憶中燃燒個淨盡」。她覺得有點痛苦，但也正是一種享受。她心想，「活的作孽，死的安靜。」眼睛業已潮濕了。(《摘星錄》)

　　這裡面反覆感歎的孤獨、死亡、生存等主題都是存在主義十分關注的問題，而這些問題的產生顯然源於現代文明對於人性的擠壓以及由此帶來種種弊端，雅斯貝爾斯說：「最可怕的生活方式乃是通過人的精明及其所發明之物來使世界迷亂——意圖解釋整個自然界卻不瞭解自己。」〔註32〕沈從文通過這種晦澀、抽象的藝術表達的正是一種對現代文明的抗議，小說中的主人公面對荒原般的現代文明、人生產生的孤獨、苦悶和對青春、生命的感喟實質上驗證了世界的荒誕和存在的虛空。實際上這種深刻的哲學命題未必會被大多人所理解，沈從文對此有足夠清醒的認識，他說：「我這本小說最好讀者，應當是批評家劉西渭先生和音樂家馬思聰先生，他們或者能超越世俗所要求的倫理道德價值，從篇章中看到一種『用人心人事作曲』的大膽嘗試。因為在中國，這的確還是一種嘗試的。」〔註33〕可惜的是，沈從文20世紀40年代通過小說和一些散文表達出的現代主義觀念至今仍然沒有得到學界足夠的重視，筆者所見到的只是在張新穎、賀桂梅等人的一些著述中涉及到類似的命題。無獨

〔註32〕參見 W・考夫曼：《存在主義》第 168 頁，商務印書館 1987 年 9 月版。
〔註33〕沈從文：《〈看虹摘星錄〉後記》，《沈從文全集》第 16 卷第 343 頁。

有偶，不僅沈從文，他的學生汪曾祺在 20 世紀 40 年代的一些作品也具有存在主義命題，如他的小説《復仇》寫主人公尋找殺父的仇人，但在找到仇人時經過痛苦的思考卻放棄了復仇的念頭，最終實現和解，在一定程度上也表達了存在的荒誕、選擇的自由、決斷的艱難。「在決斷裏可以使用人的最高自由，同時也使人感到這個最高的自由是多麼難於使用。」〔註34〕按照薩特的哲學，選擇不僅賦予人生以意義，而且也是人的自由的標誌。只有人才有這樣的權利，通過選擇獲得「存在」，也即真正獲得了生存的意義。那個復仇青年的所作所為在不少地方都是在演繹著存在主義的哲學理念，這是需要認真加以辨析的。

三

現代主義對京派小説的影響不僅表現在觀念和內容上，也體現在它的藝術形式上，尤其是它在心理世界的開掘、意識流手法的表現以及隱喻、暗示手法的運用上都有成功的地方，為中國現代小説藝術手法的探索提供了較為豐富的審美經驗。

一般而言，京派小説大都屬於比較傳統的套路，但是也應該注意到，像沈從文、廢名、蕭乾、汪曾祺、李健吾等作家對西方現代主義的技巧並不陌生，他們大都對心理分析表現出一定的興趣，注重對微妙的、難以言傳的感覺和無意識心理的捕捉，從而開拓出一個更為寬廣的藝術世界。弗洛伊德心理分析學説對潛意識的開拓是他的一大學術貢獻，雖然其偏頗之處自不待言，但不應該否認它為人們分析文學作品提供了一個較為獨到的視角，也對作家的創作產生一定的啟示，比如作家們可以通過潛意識和夢的描寫進入到一個比較深層的心理世界。在五四時期，魯迅、郭沫若、郁達夫、葉靈鳳、許傑等人在對夢境的描寫和弗洛伊德的心理分析學説有著密切的關係，事實上一些京派小説家也常常在其創作中有意識地對夢境進行了深入的描寫。廢名曾在《語絲》上專門寫了一篇文章《説夢》，把「夢」看作藝術成功的一個標誌：「創作的時候應該是『反芻』。這樣才能成為一個夢。是夢，所以與當初的實生活隔了模糊的界。藝術的成功也就在這裡……莎士比亞的戲劇多包含可怖的事實，然而我們讀著只覺得他是詩。這正因為他是一個夢。」〔註35〕在他的小説《橋》中也經常出現諸如「我感不到人生如夢的真實，但感到夢的真實與美」的句子，可

〔註34〕馮至：《決斷》，《文學雜誌》第 2 卷第 3 期。
〔註35〕廢名：《説夢》，廢名：《説夢》，《語絲》第 133 期。

見，「夢」對廢名來說是一個與現實相對的、更加真實的世界，它的飄忽、迷離卻又給人帶來如同「鏡中花、水中月」般的朦朧美感，而這恰是在真實的情景下無法達到的藝術效果：

> 看她睡得十分安靜，而他又忽然動了一個詩思，轉身又來執筆了。他微笑著想畫一幅畫，等細竹醒來給他看，她能夠猜得出他畫的什麼不能。此畫應是一個夢，畫得這個夢之美，又是一個夢之空白。他笑視著那個筆端，想到古人夢中的彩筆。又想到笑容可掬的那個掬字，若身在海岸，不可測其深，然而深亦可掬。又想到夜，夜亦可畫，正是他所最愛的顏色。此夢何從著筆，那裡頭的光線首先就不可捉摸。（《窗》）

> 就在今年的一個晚上，其時天下雪，讀唐人絕句，讀到白居易的《木蘭花》，「從此時時春夢裏，應添一樹女郎花」，忽然憶得昨夜做了一夢，夢見老兒鋪的這一口塘！依然是欲言無語，雖則明明的一塘春水綠。大概是她的意思與詩意不一樣，她是冬夜做的夢。
> （《茶鋪》）

本書的有關章節中曾提及沈從文對弗洛伊德潛意識理論並不陌生，他在有關的文章中在對小說定義時認為，小說除了包括所謂的社會現象外還應「夢的現象，即是說人的心或意識的單獨種種活動」。〔註36〕只有把這兩個方面結合起來才能創作好的作品。應當說沈從文在他的創作中是比較好地實現了這樣的意圖。仍以他的《邊城》為例，這部作品始終是夢境與現實的交替，現實中往往象徵著一種殘酷、不可捉摸的命運，而夢境則多半是內心最隱秘、最真實的流露，代表著人性的本真和美好。小說寫翠翠從爺爺那裡聽到自己父母的事情後做了一個夢：

> 翠翠不能忘記祖父所說的事情，夢中靈魂為一種美妙歌聲浮起來了，彷彿輕輕的各處飄著，上了白塔，下了菜園，到了船上，又復飛竄過懸崖半腰——去作什麼呢？摘虎耳草！白日裏拉船時，她迎頭望著崖上那些肥大的虎耳草已極熟習。懸崖三五丈高，平時攀折不到手，這時節卻可以選頂大的葉子作傘。

在現實中，翠翠作為一個情竇初開的少女，是不可能向任何人袒露自己的心扉的，實際上她依然對美好的愛情充滿了憧憬。但在現實中被壓抑、無法實

〔註36〕沈從文：《小說作者和讀者》，《沈從文全集》第12卷，第65頁。

現的願望卻可以通過夢境最真實地表露，因此她的夢境給人們展現的是另一個美麗斑駁的世界，純真少女的情思被表現得淋漓盡致，而這些描寫也只有在夢境中才會顯得真實可信。

　　弗洛伊德學說偏好潛意識、無意識心理的描寫必然帶來作家敘述方式和角度的重大變化。正是由於現代心理學對文學藝術的不斷滲透，一些敏感的作家開始從自然主義外在「真實性」、「科學性」的陰影中走出來，嘗試以一種全新的方式來展現人們心理的立體結構和複雜多變，這就是意識流小說的興起。它的出現同時也引發了藝術思維方式和語言手段的一次巨大的革命，它的代表人物之一的亨利·詹姆斯說：「經驗從來是沒有限度的，它也從來不是完全的；它是一種無邊無際的感受性，一種用最纖細的絲線織成的巨大蜘蛛網，懸掛在意識之室裏面，抓住每一個從空中落到它織物裏的微粒。它就是腦子裏富於想像力的時候——如果碰巧是一個有天才的人的腦子並且滿腦子的空氣那就是更是如此——它接受生活的最隱約的暗示，它甚至把空氣的脈動轉化為新的啟示。」〔註37〕另一位意識流小說的代表弗吉尼亞·伍爾夫公開否認文學是對現實的模仿，而對以喬伊斯為代表的青年作家的探索給予了很高的評價，她說：「他們試圖更接近生活，更真誠更準確地保存住那些使他們關切和觸動的東西，即便這樣做他們必須把小說家通常遵守的老規矩大半都拋棄也在所不惜。讓我們在那萬千微塵紛墜心田的時候，按照落下的順序把他們記錄下來，讓我們描出每一事每一景給意識印上的（不管表面看來多麼互無關係、全不連貫的）痕跡吧。」〔註38〕應當承認，意識流小說理論的出現既是對傳統文學模式的一個巨大挑戰，也是對人們藝術思維慣性的一個巨大挑戰，真正有志於藝術創新的作家紛紛向這個理論靠攏。因此，在向西方現代主義學習的熱潮中，中國作家在對意識流手法的借鑒上興趣較大，相對而言這方面的經驗也較為成熟。

　　在京派小說家中，他們普遍對西方意識流的小說抱有熱情，在其創作中也或多或少地對意識流小說的很多技巧比如內心獨白、自由聯想、感官印象、淡化情節和主題甚至語言上的花樣翻新等都有吸收，成就也很突出。如廢名，如果以小說的結構以及語言的獨特性而言，廢名的小說堪稱20世紀中國小說的

〔註37〕亨利·詹姆斯：《小說的藝術》，伍蠡甫、胡經之編《西方文藝理論名著選編》
　　　　（下），第145頁，北京大學出版社1987年版。
〔註38〕弗吉尼亞·伍爾夫：《現代小說》，伍蠡甫、胡經之編《西方文藝理論名著選編》
　　　　（下），第154頁。

經典，但因為它誕生在全面向西方小說觀念靠攏的文化背景中，這樣的實驗明顯具有先鋒特徵，因此它的價值和創造性一般人是難以認識到的，只有少數批評家才能體驗到這一點。朱光潛和灌嬰（余冠英）就是比較早做出這樣判斷的批評家。比如對於廢名的《橋》，這是一部非常特別的小說，它消解了情節，也放棄了對人物的典型塑造，語言上大都是飄忽朦朧，以至於人們從傳統的文學觀念出發很難接受它，甚至指責它是一部壞作品。朱光潛對這樣的評價卻不以為然，他敏銳地看到了《橋》的現代性氣息。他說：「它雖然不免有缺點，仍可以說是『破天荒』的作品。它表面似有舊文章的氣息，而中國以前實未曾有過這種文章；它丟開一切浮面的事態與粗淺的邏輯而直沒入心靈深處，頗類似普魯斯特與吳爾芙夫人。」〔註39〕灌嬰說：「讀者從本書所得的印象，有時像讀一首詩，有時像看一幅畫，很少的時候覺得是在『聽故事』……讀者如當它是一本散文集，便不失為可愛的書，從其中可以發見許多零星的詩意。」〔註40〕朱光潛和灌嬰在這裡所指出的廢名小說的一些獨創性恰都是意識流小說的主要特徵。

李健吾主要是作為富有個性的批評家、翻譯家、戲劇家為人們所津津樂道，其實早在 1933 年李健吾就創作了意識流傾向很明顯的長篇小說《心病》，這部小說比較多地採用了自由聯想的手段，比如在寫到主人公陳蔚成得到他的匯款被舅母吞沒的消息後所引發的複雜心理：

在那漆亮的黑絲的電門的凸圓面上，顯出一個綽約的熟稔的模樣：我想那是母親——她在向我搖頭，哀求我息住我的憤怒……最後我的霧濛濛的視線停在那個突出的電門上，我恐懼地期待著。

李健吾長期在法國留學，作為一個非常敏感的批評家他不可能對當時正在歐洲興起的各種現代主義文學熟視無睹。而實際上他在評價廢名、林徽因等人的作品時是經常從現代主義的角度來切入的，例如他評價林徽因的《九十九度中》，最重要的一點就是他發現作者是用一個個「明淨的鏡頭」來攝取人生的片段的，這和傳統的手法完全不同，因此李健吾幾乎非常肯定地確信林徽因的這部小說受到英國現代小說（意識流）的影響。正因為如此，李健吾也才會在自己的作品對這些手法給與較為嫻熟的運用。

相對於京派的這些前輩作家，蕭乾和汪曾祺在文壇出現的時間要晚一些，

〔註39〕朱光潛：《橋》，載《文學雜誌》第 1 卷第 3 期，1937 年 7 月。
〔註40〕灌嬰：《橋》，《新月》第 4 卷第 5 期，1932 年 11 月 1 日。

但這也決定了他們在意識流手法的使用上卻能夠青出於藍而勝於藍，他們的意識更自覺，手法更純熟，把中國的意識流小說推向了一個更高的水準。蕭乾雖然是在第二次世界大戰中間在劍橋大學專攻意識流文學專業，但他早期的一些創作上實際上已經有意識流的痕跡，在他的代表作《夢之谷》中表現得也更加顯露。這部小說作者以第一人稱的敘述方式交代了一段哀婉纏綿的愛情悲劇，但它其中的不少章節都採用了大段的內心獨白、聯想，從而把現實與夢境交融在一起，給人淒迷朦朧的藝術感覺。小說的開頭寫自己五年後又來到當年故事的發生地，觸景生情，引發了自己內心種種的聯想：

> 迎頭，攔住去路的，正是那棵碩大的苦奈樹。在它沁涼的遮陰下，我平生第一遭嘗到了什麼叫幸福；如今，又像悟了禪的釋迦，明白原來它同時也交給了我什麼叫苦惱……啊，我摸到什麼了！一窩蒲蟲寄生在樹幹一塊挖深了的地方。也許借了回憶，我竟一眼認出那是一片手刻的字跡來哦了，而且是兩個人的名字呢……啊，青春時期的「海誓山盟」！一棵木本植物比那個壽命長多了……踏著鬆軟的土崗，我遙遙地望到了玉塘，池面光滑閃亮如水銀。我又想起五年前那些黃昏，我坐在水濱為一個女孩子吹口琴的事，覺得好笑起來……

顯然，在這裡作者經常由眼前的情景引發出對五年前那段美好而又悲傷的往事的回憶，時空交錯，主人公的意識在不經意間輕輕滑動，像一串綿密的水珠不可斷開，讓人很自然地想到意識流小說。

汪曾祺在剛剛從事文學創作的時候，正是西南聯合大學盛行現代主義文學浪潮之時，因此汪曾祺對意識流手法的運用也主要體現在他的創作早期。應當說，早期的汪曾祺是一個技巧派的作家，非常講究小說形式的新奇，他曾說：「我年輕時曾想打破小說、散文和詩的界限。《復仇》就是這種意圖的一個實踐。」〔註41〕即使後來他越來越回到民族傳統的時候，還能夠寬容對待西方現代派的作用：「有些青年作家模仿西方，這有什麼不好呢？我們年輕時候不都是這樣過來的？有些方法，不是那樣容易過時的，比如意識流。意識流是對古典現實主義一次重大的突破。普魯斯特的作品現在也還有人看。」〔註42〕汪曾祺早期創作的小說《復仇》、《小學校的鐘聲》、《邂逅》、《綠貓》等都採用了意

〔註41〕汪曾祺：《〈汪曾祺短篇小說選〉·自序》，《汪曾祺文集·文論卷》，第194頁。
〔註42〕汪曾祺：《〈撿石子兒〉·代序》，《汪曾祺文集·文論卷》，第215頁。

識流的手法，這在當時的文壇顯得格外耀眼，唐湜敏銳地注意到了這一點：「我知道現代歐洲文學，特別是『意識流』與心理分析派的小說對汪有過很大的影響，他主要的是該歸入現代主義者群裏的。」〔註43〕《復仇》寫一個遺腹子為了替父親復仇歷經千辛萬苦最終找到了殺父仇人，經過痛苦的思考最終放棄了這樣的念頭。小說開頭寫這個復仇青年住宿在寺廟看到周圍的景物引發了自己的多重聯想：蜂蜜、和尚、白髮蒼蒼的母親，最奇怪的是白髮的母親竟然又成了一頭青髮，在眼前幻化為自己的妹妹：

> 貨郎的潑浪鼓在小石橋前搖，那是他的家。他知道，他想的是他的母親。而投在母親的線條裏著了色的忽然又是他的妹妹。他真願意有那麼一個妹妹，像他在這個山村裏剛才見到的。穿著銀紅色的衫子，在門前井邊打水。青石的井欄。井邊一架小紅花……想起這個妹妹時，他母親是一頭烏青的頭髮……他的現在，母親的過去。母親在時間裏停留。她還是那樣年輕，就像那個摘花的小姑娘，像他的妹妹。他可是老多了，他的臉上刻了很多歲月。

這裡復仇青年的聯想根本不是按照現實的、邏輯的方式來進行，而是大幅度、無規則的跳躍，是在人物的潛意識中得以實現的，最真實地逼近了人物的心理世界。和前輩廢名、沈從文比較起來，汪曾祺早期的小說並不是在某個片段、局部的層面上來使用意識流的手法，他是把意識流作為藝術的一種重要的生命和美學原則來運用，也可以說中國現代的意識流小說在汪曾祺的作品中達到了比較成熟的境地。可惜的是，隨著後來時代環境的變化，意識流等西方現代派的東西長期受到擠壓，被強行中斷，汪曾祺剛剛顯露才華的藝術探索也就戛然而止了。

西方現代派大都反感所謂的「模仿說」，他們更傾向於把文學視作一個獨立自足的文學世界，俄國形式主義的代表人物什克洛夫斯基曾說過一句名言：「藝術永遠使獨立於生活的，它的顏色從不反映飄揚在城堡上空的旗幟的顏色。」〔註44〕為了和傳統文學來開距離，表達自己的藝術反叛精神，他們不惜採用隱喻、通感、反諷、暗示、象徵等一系列手法來達到所謂的藝術陌生化，由此也帶來了作品的晦澀難懂。因此，如果採用慣常的文學標準來判斷這些作

〔註43〕唐湜：《虔誠的納蕤思》，見錢理群編《20世紀中國小說理論資料》第4卷第500頁，北京大學出版社1997年版。

〔註44〕什克洛夫斯基等著：《俄國形式主義文論選》，方珊等譯，第11頁，三聯書店1989年版。

品難免會出現很大的偏差。在京派作家中，廢名是非常特殊的一個，他早年的作品清新樸實，但到後期幾乎判若兩人，作品一變而為奇崛、晦澀，周作人在相關的文章中曾提及當時廢名的小說被列入最難懂的行列。對此很多評論家很感困惑，他們甚至對廢名進行了批評，這裡面就包括京派同仁李健吾和沈從文，他們一致認為廢名拋棄了形象化的手段而採用了抽象的方式，作品最終失敗了。倒是朱光潛比較寬容，他說：「把文學藝術分起類來，認定每類作品具有某幾種原則或特徵，以後遇到在名稱上屬於那一類的作品，就拿那些原則或特徵為標準來衡量它，這是一般批評家的伎倆，也是一種最死板而易誤事的陳規……如果以陳規繩《橋》，我們盡可以找到許多口實來判定它是一部壞小說；但是就它本身看，它雖然不免有缺點，仍可以說是『破天荒』的作品。」〔註45〕顯然，對待像廢名後期的作品《橋》、《莫須有先生傳》和《莫須有先生坐飛機以後》就要換一個思路，這些作品的晦澀難懂更多的恐怕是作者的故意為之，卞之琳曾說「廢名喜歡魏晉文士風度，人卻不會像他們中一些人的狂放，所以就在筆下放肆。」〔註46〕如廢名在寫作《莫須有先生傳》時，實際上也是自己內心最苦悶的時期，他對當時的社會人生遂採取了嬉笑怒罵的態度，由此也使這部作品帶有一定的荒誕感。晦澀難懂不應該被簡單視為否定的代名詞，甚至反過來可以說，正是因為廢名的難懂才讓它對我們既有的閱讀經驗和批評標準形成了挑戰，才帶來他作品的深層多重的意蘊。關於這一點周作人曾很有見地的說：「《莫須有先生傳》的文章的好處，似乎可以以舊式批語評之曰：情生文，文生情。這好像是一道流水，大約總是向東去朝宗于海。它流過的地方，凡有什麼汊港彎曲總得縈洄一番，有什麼岩石水草，總要披拂撫弄一下子，才再往前去，這都不是它的行程的主腦，但除去了這些也就別無行程了。」〔註47〕廢名為了達到陌生化的效果，有時採用了隱喻、轉喻、以及語言之間的大幅度跳躍，這些在《橋》中得到了充分的體現，比如《橋》中有這樣的句子：「小林以為她是故意抿著嘴，於是一顆櫻桃不在樹上，世上自身完全之物，可以說是靈魂的畫題之一筆劃罷。」如果不從形式主義語言學的角度來分析就很難把握。形式主義文論強調要把詩學和語言學緊密結合起來加以研究，暗喻、換喻、誇張、諷刺都成為詩學的一部分，從而擴充了語言的意義。而吳曉東在

〔註45〕朱光潛；《橋》，載《文學雜誌》第 1 卷第 3 期，1937 年 7 月。
〔註46〕卞之琳：《〈馮文炳選集〉·序》，第 8 頁，人民文學出版社 1985 年版。
〔註47〕周作人：《〈莫須有先生傳〉序》，《苦雨齋序跋文》第 111 頁，河北教育出版社 2002 年版。

他的《鏡花水月的世界——廢名〈橋〉的解讀》著作中也側重從這樣的角度來考察，他對廢名上面的一段語言做了如下的評論：「廢名的隱喻正創造了一種新的現實，這種現實不妨說是一種隱喻的世界，於是對女兒的嘴的讚美就轉向了對『櫻桃』的擬喻，於是一顆櫻桃便不在樹上，作為喻體的櫻桃彷彿自成世界，比喻的意義也轉移到了櫻桃的意象所承載的『隱喻』界中。」〔註48〕在廢名的作品中，類似於這樣特徵的句式還有很多，只有真正破除了偏見，靜心冥思，才能進入廢名用文字所精心營造的彼岸的世界，而這恰恰要依靠西方現代派詩學所提供的文化背景。

現代性作為 20 世紀對中國知識分子最具有吸引力的一個名詞，其對中國文學的影響是不應該被低估的，在這樣的背景中，追求現代性幾乎成為一個時代知識分子的共識和自覺行為。因為在他們眼中，現代性既是與過去的一種斷裂，也是一種對未來的確信。雖然京派作家與民族文化傳統有著更多更深的聯繫，他們在現代性的探索方面沒有走到李金髮、戴望舒、劉吶鷗等人那麼遠，但他們在藝術思維和手法上的現代意識是客觀存在的，也從一個側面應證了中國現代文化的包容和開放性。

〔註48〕吳曉東：《鏡花水月的世界——廢名〈橋〉的解讀》，第 208、209 頁，廣西教育出版社 2003 年版。

第七章　京派小說的審美理論

　　京派小說在 20 世紀 20、30 年代的文壇上是獨樹一幟的，它有著自己獨特的審美內涵、文化心理結構和個性追求。它既不同於海派小說著力表現現代都市的節奏和情緒，機械文明對人性的扭曲和擠壓；也不同於左翼小說極力暴露的階級矛盾和鬥爭。它始終按照自己的節拍和調子，對一切政治功利、黨派紛爭和文學的商業化保持足夠的警覺和距離，在劇烈變動的時代中保持健康、獨立的尊嚴，在純美的文學世界中構建自己的人生理想和藝術理想，從而顯示出自己的脈動。顯然，這樣的一個文學世界是有著堅實、厚重、系統的文學理論來支撐的，就如同左翼文學以馬克思主義的哲學反映論為基礎一樣，京派小說的審美理論是由周作人、朱光潛、梁宗岱、沈從文、李健吾等人來共同完成的。他們在文藝與人生的關係、文學的獨立、寬容的精神、文學的審美境界和審美趣味等諸多方面都有一系列系統的論述，從而在很大程度上制約和規範著京派文學包括京派小說的形態。

一

　　伴隨著五四新文學運動的發生，文藝和人生的關係問題成為不少文學理論家關注的重點，尤其是寫實派的文學始終把人生和文學的關係看得密不可分，高舉文學為人生的大旗。文學研究會的《宣言》強調：「將文藝當作高興時的遊戲或失意時的消遣的時候，現在已經過去了。我們相信文學是一種工作，而且又是於人生很切要的一種工作；治文學的人也當以這事為他終身的事業，正同勞農一樣。」〔註1〕沈雁冰指出：「文學和人的關係也是可以幾句話直

〔註1〕《文學研究會宣言》，《小說月報》第 12 卷第 1 號，1921 年 1 月 10 日。

截了當回答的。文學屬於人（即著作家）的觀念，現在是成過去的了；文學不是作者主觀的東西，不是一個人的，不是高興時的遊戲或失意時的消遣。反過來，人是屬於文學的了。文學的目的是綜合地表現人生，不論是用寫實的方法，是用象徵比譬的方法，其目的總是表現人生，擴大人類的喜悅與同情，有時代的特色做它的背景。」〔註2〕不僅是文學研究會的成員，其他新文學團體和刊物也紛紛認同這樣的主張。

周作人是京派早期的主要文學理論家，他在五四時期喊出了「人的文學」和「平民文學」的口號，比較系統、完整地闡釋了中國文學觀念的現代屬性，產生了巨大的影響。在文藝與人生的關係問題上，他和當時的文學先驅是保持高度一致：「用這人道主義為本，對於人生諸問題，加以記錄研究的文字，便謂之人的文學。」〔註3〕雖然周作人的文學主張為他贏得了很大的聲譽，但他很快發覺了這樣的理論帶有明顯的功利主義色彩，對文學的個性形成很不利，為此周作人在1923年出版的《自己的園地》中公開亮起了自己文學理論的旗幟：「周作人在他的文藝批評旗幟上寫著兩行大字：『自由——寬容』，『個性——表現自己』」。〔註4〕用周作人自己的話來說：「所謂自己的園地，本來是範圍很寬，並不限於某一種：種果蔬也罷，種藥材也罷，——種薔薇地丁也罷，只要本了他個人的自覺，在他認定的不論大小的地面上，用了力量去耕種，便都是盡了他的天職了。」〔註5〕從中可以看出，周作人著重強調的是作家創作的個性和自由，不再堅守所謂為人生的藝術，而把為人生的藝術和為藝術而藝術的主張都視為功利主義，這和他以前的觀點比較起來，是一個很大的轉變。他說：「泛稱人生派的藝術，我當然是沒有什麼反對，但是普通所謂人生派是主張『為人生的藝術』的，對於這個我卻有一點意見。『為藝術的藝術』將藝術與人生分離，並且將人生附屬於藝術，至於如王爾德的提倡人生之藝術化，固然不很妥當；『為人生的藝術』以藝術附屬於人生，將藝術當作改造生活的工具而非終極，也何嘗不把藝術與人生分離呢？」〔註6〕對於周作人而言，《自

〔註2〕沈雁冰：《文學和人的關係及中國古來對於文學者身份的誤認》，《小說月報》第12卷第1號。

〔註3〕周作人：《人的文學》，1918年12月15日《新青年》第5卷第6號。

〔註4〕錢理群：《周作人論》第213頁，上海人民出版社1991年版。

〔註5〕周作人：《自己的園地》，《自己的園地》第5頁，河北教育出版社2002年1月版。

〔註6〕周作人：《自己的園地》，《周作人自編文集·自己的園地》第6頁，河北教育出版社2002年版。下同。

己的園地》是一個轉折點，他從此放棄了文學對人生的干預，主張文學與社會和人生保持一定的距離，對文學的社會功用也抱有懷疑的態度。這樣的文學主張和周作人此時思想的微妙變化是吻合的。因為此時的周作人正在經歷著從「叛徒」到「隱士」的痛苦轉變，徘徊於入世與出世之間，他的《兩個鬼》的文章形象地描繪了這種狀態：「這兩個是什麼呢？其一是紳士鬼，其二流氓鬼。……有時候流氓佔了優勢，我便跟了他去彷徨，什麼大街小巷的一切隱秘無不知悉，酗酒，鬥毆，辱罵，都不是做不來的，我簡直可以成為一個精神上的『破腳骨』。但是在我將真正撒野，如流氓之『開天堂』等的時候，紳士大抵就出來高叫『帶住，著即帶住！』說也奇怪，流氓平時不怕紳士，到得他將要撒野，一聽紳士的吆喝，不知怎的立刻一溜煙地走了。」〔註7〕大革命失敗後，周作人的思想更加消沉，紳士鬼的一面佔據上風，他幾乎不再相信文學的社會功用：「但是我個人卻的確相信文學無用論的。我覺得文學好像一個香爐，他的兩旁邊還有一對蠟燭臺，左派和右派。」〔註8〕「文學是無用的東西。因為我們所說的文學，只是以達出作者的思想感情為滿足的，此外再無目的之可言。裏面，沒有多大的鼓動的力量，也沒有教訓，只能令人聊以快意。」，「欲使文學有用也可以，但那樣已是變樣的文學了。」〔註9〕到了30年代，周作人開始把目光轉向中國古典文學，從中國文學史的演變和發展中為自己的理論尋找證據，他把中國文學的形態簡單地分成「言志派」和「載道派」，極力推崇以公安派為代表的言志派文學，認為它們能自由抒發作者的情感，相反載道派把文學與人生拉得太緊，失掉了文學的靈性：「言志派的文學，可以換一名稱，叫做『即興的文學』，載道派的文學，也可以換一名稱叫做『賦得的文學』，古今來有名的文學作品，通是即興的文學。」〔註10〕他還把五四文學運動比作明代的公安派、竟陵派文學。「那一次的文學運動，和民國以來的這次文學革命運動，很有些相像的地方。兩次的主張和趨勢，幾乎都很相同。更奇怪的是，有許多作品也都很相似。」〔註11〕從周作人文學理論發展的軌跡來看，他在文學與人生的關係上是經歷了前後期的巨大變化，從主張文學密切反映人生到與人生保持適當的距離，從主張文學的啟蒙作用到文學無功用思想，

〔註 7〕周作人：《兩個鬼》，《談虎集》第 252 頁。
〔註 8〕周作人：《草木蟲魚》，《看雲集》第 14 頁。
〔註 9〕周作人：《中國新文學的源流》第 16、17 頁。
〔註10〕周作人：《中國新文學的源流》第 36 頁。
〔註11〕周作人：《中國新文學的源流》第 26 頁。

這不應該被簡單地視為一種倒退。周作人之所以反覆強調文學的無功用思想，並不是否認文學在宣洩情感、健全心靈上的作用，而是他反對文學的意識形態化，反對文學為某種具體的目的服務。五四文學運動初期，先驅者主張為人生的文學當然有著歷史的合理價值，但不應忽視的是，這種功利主義的文學觀長期來看對文學的發展未必有益，文學畢竟是凝聚作家心血和智慧的藝術創造，更需要作家的獨特個性。周作人的文學思想在某種程度上糾正了五四文學初期功利主義的偏頗，更準確地抓住了文學的實質。

與周作人後期的觀點比較起來，朱光潛、沈從文、李健吾等相對持中一些，在對文學與人生的關係中，他們一方面肯定文學與現實人生的聯繫，肯定文學對健全人格、復興民族精神的功用；但另一方面，他們又對過於狹隘的文學工具價值論抱有足夠的警覺，反對文學與政治和商業的結盟。朱光潛早在 1923年就開始思考文藝與人生的關係問題，與茅盾、鄭振鐸等把文學看作啟蒙精神武器不同的是，朱光潛更多地強調文學對個人的功用，認為文學藝術可以消除煩惱、宣洩情感：「美術何以使人超脫現實呢？一，就創作美術的人說，美術雖借現實做資料，但是對於資料的應用支配，美術家能夠本自己的創造理想，伸縮自由。在現實範圍裏說話，空中決計不能起樓閣。美術便沒有這種限制。所有現實界不能實現的理想，在美術中可以有機會實現。二，就欣賞美術的人說，美術能引起快感，而同時又不會激動進一步的欲望；一方面給心靈以自由活動的機會，一方面又不為實用目的所擾。」〔註12〕在朱光潛看來，文學藝術的功用並不是直接的、現實的功用，更多的是一種廣義的、心靈的作用，是一種無用之用：「美術不但可以使人超脫現實，還可以使人在現實界領悟天然之美，消受自在之樂。」〔註13〕朱光潛後來在抗戰中繼續思考文藝與人生的關係問題並出版了《談文學》一書。他認為「為文藝而文藝」的觀點雖然有一定的道理，但文學依然有著獨特的作用：「文藝是情感思想的表現，也就是生機的發展，所以要完全實現人生，離開文藝決不成。」〔註14〕可見朱光潛並不贊成那種完全抹煞文藝功用的觀點。朱光潛在《文學雜誌》創刊詞中也清楚流露出自己既不贊成「為文藝而文藝」的主張，也反對「文以載道」即把文藝當做宣傳工具的觀點：「任何時代，文藝多少都要反映作者對於人生的態度和他特殊

〔註12〕 朱光潛：《消除煩惱與超脫現實》，《朱光潛全集》第 8 卷第 92 頁，安徽教育出版社 1993 年版。下同。

〔註13〕 朱光潛：《消除煩惱與超脫現實》，《朱光潛全集》第 8 卷第 93 頁。

〔註14〕 朱光潛：《談文學》，《朱光潛全集》第 4 卷第 161 頁。

時代的影響。各時代的文藝成就大小，也往往以它從文化思想背景所吸收的滋養料的多寡深淺為準。整部的文學史，無論是東方的或西方的，都是這條原則的例證。」「從歷史的教訓看，文藝上的偉大收穫都有豐富的文化思想做根源，強文藝就範於某一種窄狹信條的嘗試大半是失敗。」〔註15〕

由於朱光潛在國外受過嚴格的學術訓練，尤其是他長期對西方心理學的學習，他嘗試用西方的心理學來解釋文學現象，這樣系統的觀點就表現在他1936 年在開明書店出版的《文藝心理學》一書中。其實這部書稿早在成書之前就作為講義在清華大學和北京大學等高校使用，產生了很大的影響，它的不少觀點也影響了京派文學，奠定了朱光潛作為京派重要理論家的地位。朱自清在為該書寫的序言中給予很高的評價：「書中雖以西方文藝為論據，但作者並未忘記中國；他不斷地指點出來，關於中國文藝的新見解是可能的。所以此書並不是專寫給念過西洋詩，看過西洋畫的人讀的。他這書雖然並不忽略重要的哲人的學說，可是以『美感的經驗』開宗明義，逐步解釋種種關聯的心理的，以及相伴的生理的作用，自是科學的態度。」〔註16〕在這本書中，朱光潛引入了西方美學家布洛（Bullough）的「心理的距離」（Psychical distance）學說，為文藝與人生的關係進行了詮釋，那就是文藝與人生要保持一定的距離，如果距離太近就會「行為物役」，「凝滯於物」，「名韁利鎖」，距離過遠觀賞者對於作品的背景不能瞭解同樣無法產生共鳴：「創造和欣賞的成功與否，就看能否把『距離的矛盾』安排妥當，『距離』太遠了，結果是不可瞭解；『距離』太近了，結果又不免讓實用的動機壓倒美感，『不即不離』是藝術的一個最好的理想。」〔註17〕按照這樣的理論，朱光潛對文藝中的寫實主義和理想主義進行了評析，他認為寫實派的弊病就在於與現實的距離太近，功用太直接，無法產生美感。而理想派則走向另一個極端，與現實距離又太遠：「藝術是一種精神的活動，要拿人的力量來彌補自然的缺陷，要替人生造出一個避風息涼的處所。它和實際人生之中應該有一種距離……所以嚴格地說，凡是藝術都必帶幾分理想性，都必是反對極端的寫實主義的。」〔註18〕因此，朱光潛理想中的文學是陶淵明的詩，是荷馬筆下的海倫，因為他們產生的年代久遠，人們才能以無功利的心態去欣賞、發現它們的美感。理解了這些，我們也就不難明白為何

〔註15〕 朱光潛：《我對於本刊的希望》，載 1937 年 5 月 1 日《文學雜誌》。
〔註16〕 朱自清：《文藝心理學・序》，《朱光潛全集》第 1 卷第 524 頁。
〔註17〕 朱光潛：《文藝心理學》，《朱光潛全集》第 1 卷第 221 頁。
〔註18〕 朱光潛：《文藝心理學》，《朱光潛全集》第 1 卷第 225 頁。

朱光潛、沈從文等人對有的作家一下筆就是抗戰主題的不滿了。

如果我們認真考察京派小說就會發現它們普遍地與現實保持著距離，往往採取向後看的方式，對往昔的歲月和生活方式充滿留戀，對即將逝去的一切都抱著惋惜和傷感。結果就造成了其與文學主潮的差異，在國家權利意識文學形態占主導地位的時期經常處在文壇的邊緣地位。沈從文曾公開宣稱他對那種用文學方式來作宣傳工具的不滿，他說：「你們多知道要作品有『思想』，有『血』，有『淚』；且要求一個作品具體表現這些東西到故事發展上，人物言語上，甚至於一本書的封面上，目錄上。你們要的事多容易辦！可是我不能給你們這個。」〔註19〕汪曾祺在新時期的一篇文章中回顧自己的創作時說：「三十多年來，我和文學保持著一個若即若離的關係，有時甚至完全隔絕，這也有好處。我可以比較貼近地觀察生活，又從一個較遠的距離外思索生活。我當時沒有想寫東西，不需要趕任務，雖然也受錯誤路線的制約，但總還是比較自在，比較輕鬆的。我當然也會受到占統治地位的帶有庸俗社會學色彩的文藝思想的左右，但是並不『應時當令』，較易擺脫，可以少走一些痛苦的彎路……我從弄文學來，所走的路，雖然也有些曲折，但基本上能做到我行我素。」〔註20〕於是我們看到，沈從文把目光轉向地處偏僻之地的湘西，以大地赤子的情懷一往情深地從湘西少數民族身上追尋往日的光榮，表現出對於人類智慧與美麗永遠的傾心；廢名則全力展現故鄉黃梅縣的淳樸、溫婉、恬靜的風情；蘆焚則在動盪的 20 世紀 30 年代埋頭於關注中原大地沉靜、悄無聲息的鄉村，寫出了一個幾乎停滯的鄉村世界；當然，最能說明問題的當是汪曾祺的創作。假如我們來分析一下汪曾祺創作的歷程，就能清晰發現京派理論家在文藝與人生關係上的印痕。汪曾祺的作品很少有時髦的政治話語，那些諸如啟蒙、革命、解放、階級之類的大詞很少在他的作品中出現過。汪曾祺的第一部作品集《邂逅集》1948 年由巴金主辦的上海生活出版社出版，這裡收錄的幾篇小說大都和當時炮火連天的時代都沒有太大的關聯；《復仇》採用意識流手法描寫人性戰勝復仇心理的微妙過程，《戴車匠》寫作者家鄉工藝高超的修車匠；《雞鴨名家》則以幽雅、閒適的筆調描寫故鄉的風物人情。那裡的人們生活在無拘無束的狀態下，過得幾乎是一種「不知秦漢，無論魏晉」的桃花源般的生

〔註19〕沈從文：《從文小說習作選・代序》，《沈從文全集》第 9 卷第 6 頁。

〔註20〕汪曾祺：《晚翠文談・自序》，《汪曾祺文集・文論卷》第 203 頁，江蘇文藝出版社 1994 年版。

活……共和國成立後，執政黨更加強調作家的集體意識。如果說五四一代的作家創作大部分表達的還是一種個體精神和民間立場的話，那麼 1949 年後作家的創作更多地染有了濃重的官方意識色彩。甚至就連作家個人也被納入到行政組織之中，成為了某個具體「單位」的人。與此同時，作品的主題意識被空前強化，描寫工農兵生活、弘揚英雄主義、愛國主義精神成為文學的風向標。也許汪曾祺對於這樣急劇的時代變化很不適應，他為此擱筆了很長的時間，直到 20 世紀 60 年代初期他才寫了《羊舍一夕》、《王全》、《看水》等寥寥幾部作品。即使這幾部作品，也和當時流行的主題保持了一定的距離，他筆下的所謂先進人物也都是帶著各種缺點的普通人。「文革」時期，汪曾祺經歷了一段痛苦難堪的緊跟政治的悲劇，這樣的慘痛教訓幾乎讓他刻骨銘心。痛定思痛，在汪曾祺復出後不久，他就毫不猶豫地擺脫政治觀念的羈絆，把自己放歸童年，在故鄉的生活中去尋求屬於自己記憶中的那一份輕鬆和安寧，毅然和當時文學流行的啟蒙、改革等主題拉開了距離。他的《受戒》、《大淖記事》、《異秉》、《歲寒三友》等就是在這樣的氛圍中誕生的，尤其是《受戒》幾乎顛覆了人們傳統的文學觀念。京派小說有意識地和現實人生保持距離，雖然常常造成其文學命運的寂寞，缺少所謂的轟動效應，但它卻為文學在歷史的長河中真正贏得了尊嚴和生命。當許多紅極一時的文學作品失去了色澤時，京派作家的作品卻正在搖曳著春色，開得正旺。

二

　　京派理論家不僅在文藝與人生的關係中保持著大體一致的姿態，他們在捍衛文學的獨立、自由、寬容以及追求文學的純正性等方面也呈現出驚人的一致，這樣的文學理念和信仰常使得京派文學與後來處在主流、至尊地位的左翼文學有著明顯的分野和差異，甚至一個時期被當作左翼文學的對立面來清算，其積極意義的一面在很長的一個時期被大大低估了。

　　在京派理論家中，是周作人最早亮出了文學自由、寬容的大旗。早在五四新文化運動中，由於新生的文學常常受到強大傳統勢力的擠壓和排斥，往往處在非常弱勢的地位，如郁達夫的《沉淪》、汪靜之的《蕙的風》、《阿 Q 正傳》等發表後就不斷遭到譴責，正是周作人挺身而出為他們辯護。作為歷史的見證者周作人對那種以裁判、法官、真理等自居的批評家和文學理論非常反感，他認為寬容是文藝最重要的一條準則，離開了這一點，一切都無從談起，甚至會

濫用權威阻遏文學的發展。他說：「個人的個性既然各個不同（雖然在終極仍有相同之一點，即是人性）那麼表現出來的文藝，當然是不相同。現在倘若拿了批評上的大道理去強迫統一，即使這不可能的事情居然實現了，這樣的文藝作品已經失去了他唯一的條件，其實不能成為文藝了。因為文藝的生命是自由不是平等，是分離不是合併，所以寬容是文藝發達的必要的條件。」〔註21〕周作人認為文學的統一實在沒有必要，更沒有益處，反而會扼殺文學的自由發展和個性。在周作人看來，文藝上不能寬容的原因是因為「主張自己的判斷的權利而不承認他人中的自我，為一切不寬容的原因，文學家過於尊信自己的流別，以為是唯一的『道』，至於蔑視別派為異端，雖然也無足怪，然而與文藝的本性實在很相違背了。」〔註22〕周作人所主張的文學寬容和自由的原則對於繁榮文學創作有著十分重要的意義，它觸及到了文學的本性和內在規律，對於現實的文學批評也有著糾偏的作用。如果我們把周作人的主張放在在20世紀20年代後期的背景中，它的價值就會更加凸顯。當時一些激進的批評家如阿英、蔣光慈、郭沫若、成仿吾等拿起了唯物辯證法的批評方法，對魯迅、郁達夫、周作人、茅盾、葉聖陶等人的創作一筆抹殺，態度十分蠻橫，完全沒有寬容的意識，這樣的批評態度在後來的文學進程中時有表現。他們往往充當了法官、裁判的角色，對所謂的異端缺少必要的寬容，所帶來的後果也是觸目驚心的。因此，周作人關於批評自由、寬容的觀點雖然在時代風暴劇烈的中國很少有實踐的機會，也難免被人視作超脫階級的烏托邦思想，但它的合理內核應該肯定，「寬容論始終是周作人思想的一個基本層面，是周作人思想的一個重要標誌，是周作人向中國現代文學界貢獻的一種獨特的思維方式。」〔註23〕

　　周作人所推崇的文學自由、寬容的觀點又被其他的京派理論家所繼承和發揮。朱光潛曾把整個文化思想的歷史劃分為兩個時期即「生發期」和「凝固期」的交替循環。「在生發期中，一種劇烈的社會變動或是一種嶄新的外來影響給思想家以精神上的刺激與啟發，擴大他們的視野，使他們對於事物取新穎的看法，對於舊有文化制度取懷疑、攻擊或重新估價的態度……這種生發期愈延長，則思想所達到的方面愈眾多，所吸收的營養愈豐富，所經過的摩擦鍛鍊

〔註21〕周作人：《文學上的寬容》，《自己的園地》第9頁。
〔註22〕周作人：《文藝上的寬容》，《自己的園地》第8頁。
〔註23〕劉鋒傑：《中國現代六大批評家》，第75頁，北京大學出版社2005年版。

愈徹底，所樹立的基礎也就愈堅實穩固。」〔註24〕和這種「生發期」形成對照的是文化的「凝固期」。在這樣的時期中，文化接近成熟，而新的傳統作為統一的中心對異端則排斥、壓制，文化的發展缺少活力，隨之而來的又是衰落的過程，如此往復。朱光潛本能地對文化的凝固期感到恐懼和不安，而對文化的生發期則懷有熱切的期望：「我們應當儘量延長這生發期，不讓我們努力孕育殷勤期待的新文化思想老早就『溝渠化』，就走上一條狹窄的路，就納入一個固定的模型，就截斷四方八面的灌溉。」〔註25〕從這樣的願望出發，朱光潛創辦《文學雜誌》的本意也在於為各種文學提供發表的園地，促進各種文學流派的發展。在其後不久發生的周作人事件中更能看出朱光潛所持的寬容、自由的理念。1938 年 4 月 28 日一份雜誌刊登了周作人出席「更生中國文化建設座談會」的照片，全國輿論一片譁然，人們紛紛斥責周作人為「附逆」、「漢奸」。朱光潛則堅持認為不要匆忙下結論，更不應對周作人進行人身攻擊，要有寬容的氣度：「我們對自己盡可謹嚴，對旁人不妨寬厚一些。明末東林名士阮大鋮走上附逆的路。周作人尚非阮大鋮可比。在這個時候，我們不應該把自家的人推出去，深中敵人的毒計。」〔註26〕到了抗戰時期乃至國共最後決戰的時期，朱光潛都一直堅持文學的自由發展，反對政治對文學形態的干預和影響。1947年朱光潛在一篇文章中說：「第一，文藝應自由，意思是說它能自主，不是一種奴隸的活動……文藝的要求是人性中最寶貴的一點，它就應有自由的發展，不應受壓抑或摧殘……自由是文藝的本性，所以問題並不在文藝應該或不應該自由，而在我們是否真正要文藝。是文藝就必有它的創造性，這就無異於說它的自由性；沒有創造性或自由性的文藝根本不成其為文藝。文藝的自由就是自主，就創造的活動說，就是自主生發。」〔註27〕朱光潛的這些主張就文學本性來講無疑是切中要害的，但在那樣一個敏感的時期，無形中包含了對左翼文藝的批評，因此這種言論一出現立即受到左翼作家的批評。

　　作為文學批評家，沈從文、李健吾、梁宗岱等人則更是在其文學的批評活動中實踐了寬容、自由的最高批評準則，始終維護著文學的純正和嚴肅。如沈從文對於政治、商業等侵入文學高尚樓臺的現象十分不滿，他認為這兩種情形

〔註24〕　朱光潛：《我對於〈文學雜誌〉的希望》，《文學雜誌》第 1 卷第 1 期。
〔註25〕　朱光潛：《我對於〈文學雜誌〉的希望》，《文學雜誌》第 1 卷第 1 期。
〔註26〕　朱光潛：《再論周作人事件》，載《工作》第 6 期，1938 年 6 月。
〔註27〕　朱光潛：《自由主義與文藝》，載《周論》2 卷 4 期，1948 年 8 月。

對文學的威脅最大，為了避免這樣的結局，作家一定要樹立真正自由、獨立的思想：「一切作品都需要個性，都必須浸透作者人格和感情。想達到這個目的，寫作時要獨斷，要徹底地獨斷。」〔註28〕他不止一次地對葉靈鳳、張資平等的小說提出嚴肅批評，認為他們的文學創作是一種墮落。「張資平，寫的是戀愛，三角或四角，永遠維持到一個通常局面下，其中縱不缺少引起挑逗抽象的情慾感印，在那裡抓著年青人的心，但在技術的精神，思想，力，美，各方面，是很少承認那作品是好作品的。」〔註29〕另一方面他對左翼文學視政治為圭臬的做法也進行了批評：「這些人皆是築於一個華麗與誇張的局面下，文體的與情緒的，皆仍然不缺少那『英雄的向上』與『名士的放縱』相糾結，所以對於『左傾』這意義，我們從各作者加以檢查，似乎就難以隨便首肯了。」〔註30〕甚至當全國盛行抗戰文學主題的時候，沈從文仍執拗地不改初衷，他說：「學術的莊嚴是求真，和自由批評與探討精神的廣泛應用，這也就恰恰是偉大文學作品產生的必要條件。」〔註31〕

　　李健吾和梁宗岱在文學批評領域中的建樹是有目共睹的，他們也以自己的批評準則、風範影響著京派作家的創作活動。作為中國現代自由知識分子，梁宗岱在《憶羅曼・羅蘭》一文中就以這位自由主義知識分子為榜樣，對那些沒有獨立精神的作家進行了尖銳批評：「即當他（指羅曼・羅蘭——作者注）毅然與蘇聯攜手時，他斷不像我們那些充滿了『領袖欲』與『奴隸性』——二者其實是一物底兩面——的革命文學家，連推崇一個作家，欣賞一篇作品也唯人家馬首是瞻：他毫不猶豫地把他底個人主義和人道主義帶到他們中間去。」〔註32〕儘管梁宗岱是受到五四啟蒙主義思想影響成長的知識分子，但他對由五四啟蒙精神所引發的某些工具理性保持著應有的警覺，始終衛護著藝術的純真理想。他在《詩與真》的序言中開宗明義地表達了自己的藝術追求：「在作者底思想裏，它們卻是他從粗解文學以來所努力追求，不偏不倚地追求，而且，假如境遇允許的話，將畢生追求的對象底兩面：真是詩底唯一深固的始基，

〔註28〕沈從文：《作家間需要一種新運動》，載 1936 年 10 月 25 日《大公報》文藝副刊。
〔註29〕沈從文：《郁達夫張資平及其影響》，《沈從文全集》第 16 卷第 189、190 頁。
〔註30〕沈從文：《郁達夫張資平及其影響》，《沈從文全集》第 16 卷第 193 頁。
〔註31〕沈從文：《文學運動的重造》，載《文藝先鋒》1942 年 10 月 25 日第 1 卷第 2 期。
〔註32〕梁宗岱：《詩與真二集》，《梁宗岱文集》第 2 卷第 194 頁。

詩是真底最高與最終的實現。」〔註 33〕如果把梁宗岱的這種追求放置在五四之後中國的文化語境中去理解就顯得尤為彌足珍貴，因為當時盛行的正是文學工具主義的觀念，這種片面強調文學社會價值甚至把文學看成政治附庸的極端觀點實際上扼殺了文學的獨立存在，進而也從根本上取消了文學，這恰是梁宗岱所極力反對的。

　　李健吾也是一位文學自由主義的信奉者，他對 20 世紀 30 年代那種常見的粗暴批評態度十分不滿，他說：「批評變成一種武器，或者等而下之，一種工具。句句落空，卻又恨不得把人凌遲處死。誰也不想瞭解誰，可是誰都抓住對方的隱匿，把揭發私人的生活看做批評的根據。」〔註 34〕在李健吾看來，作為一個批評家最可珍視的就是批評家的獨立人格和獨立批評精神，沒有了這樣的人格和精神，實質上就必然造成文學批評淪為政治工具的附庸。「一個批評者有他的自由。他不是一個清客，伺候東家的臉色……他明白人與社會的關聯，他尊重人的社會背景；他知道個性是文學的獨特所在，他尊重個性。他不誹謗，他不攻訐；他不應徵。屬於社會，然而獨立。」〔註 35〕李健吾這種自由主義文學觀使他的文學批評超越了當時政治的分野和功利主義的束縛，他既對左翼文藝那種峻急的社會學批評保持距離，對右翼文藝運動也缺乏興趣，他始終以審美的情感性作為基點建立起自己的文學批評世界，這樣的執拗和執著在當時的批評界是非常少見的。由於這種獨立的批評態度，他曾經得罪了不少的作家，比如巴金、曹禺、卞之琳、朱光潛等。曹禺的《雷雨》發表後贏得一片叫好聲，李健吾懷抱著對藝術的獨立見解認為《雷雨》受到了古希臘悲劇和拉辛悲劇的影響：「說實話，《雷雨》裏最成功的性格，最深刻而完整的心理分析，不屬於男子，而是婦女。容我亂問上一句，作者隱隱中有沒有受兩齣戲的暗示？一個是希臘歐里庇得斯的 Hippolytus，一個是拉辛的 Phedre，兩者用的全是同一的故事。」〔註 36〕這樣直率的態度讓曹禺很是惱火，但李健吾並不放棄自己的觀點，堅持批評家和藝術家的平等地位。對獨立、自由批評精神的追求，使得李健吾的文學批評在功利主義盛行的時代同樣顯得孤獨。

　　京派文藝理論家和批評家從文學本體出發，對文學的自由、寬容原則的深刻闡釋比起五四運動初期的文學理論有著明顯的進步，對文學的實踐活動也

〔註 33〕梁宗岱：《詩與真·序》，《梁宗岱文集》第 2 卷第 5 頁。
〔註 34〕李健吾：《咀華集·跋》，《咀華集·咀華二集》第 95 頁。
〔註 35〕李健吾：《咀華二集·跋》，《咀華集·咀華二集》第 185 頁。
〔註 36〕李健吾：《咀華集·雷雨》，《咀華集·咀華二集》第 55 頁。

有著現實的意義。如果聯繫到後來我們在諸多文學觀念上出現的偏差乃至於種種悲劇，京派文藝理論在這方面的探索就更具有前瞻性，它是現代文學觀念所達到的新的境界、新的高度，即使在今天，它仍然不失為比較科學、成熟的文學理論。

三

京派理論家由於堅持超功利、超現實的文學自由觀，在文學的審美理想和境界上就不可避免地走向了倡導靜穆、幽遠、平淡的美學主張，無論是周作人、朱光潛還是梁宗岱、沈從文、李健吾等，在這一點上都有著驚人的一致或相似之處，由此也導致了京派小說往往把平和淡遠的境界和超凡絕俗的風度作為最高的藝術目標，達到生命之美與藝術之美的高度統一。

當然，京派文學的這種美學理論是有著淵源的文化傳承關係的。朱光潛是宣揚這種理論的最主要的一個美學家，早在他 20 世紀 20 年代寫作的《給青年的十二封信》中，他就對所謂激烈的十字街頭表示恐懼，勸導青年回到象牙之塔：「可是十字街頭的叫囂，十字街頭的塵糞，十字街頭的擠眉弄眼，都處處引誘你汩沒自我……所以站在十字街頭的人們——尤其是你我們青年——要時時戒備十字街頭的危險，要時時回首瞻顧象牙之塔。」〔註37〕相反，他對那種寧靜的生活狀態則極力推崇：「我所謂『靜』，便是指心靈的空靈，不是指物界的沈寂，或者我還可以進一步說，你的心靈愈空靈，你也愈不覺得物界喧嘈。」〔註38〕其後他在《談美》和《文藝心理學》中也都較為系統地闡釋了這種思想。他曾借鑒西方美學家克羅齊的直覺美學的觀點，把審美過程視為一種完全的凝神觀照，把美感經驗視為形象的直覺。「在聚精會神地觀賞一個孤立絕緣的意象時，我們常由物我兩忘走到物我同一，由物我同一走到物我交注，於無意之中以我的情趣移注於物，以物的姿態移注於我。」〔註39〕1935 年朱光潛在《中學生》雜誌上發表了《說「曲終人不見，江上數峰青」》的文章，他明確地把藝術的最高境界定義為「靜穆」，並引發了魯迅對他的嚴厲批評。朱光潛在這篇文章中說：「藝術的最高境界都不在熱烈。就詩人之所以為人而論，他所感到的歡喜和愁苦也許比常人所感到的更加熱烈。就詩人之所以為詩人而論，熱烈的歡喜或熱烈的愁苦經過詩表現出來以後，都好比黃酒經過長久年代的儲藏，失去

〔註37〕朱光潛：《給青年的十二封信·談十字街頭》，《朱光潛全集》第 1 卷第 23 頁。
〔註38〕朱光潛：《給青年的十二封信·談靜》，《朱光潛全集》第 1 卷第 14 頁。
〔註39〕朱光潛：《文藝心理學》，《朱光潛全集》第 1 卷第 269 頁。

它的辣性，只剩一味醇樸。我在別的文章裏曾經說過這一段話：『懂得這個道理，我們可以明白古希臘人何以把和平靜穆看作詩的極境，把詩神亞波羅擺在蔚藍的山巔，俯瞰眾生擾攘，而眉宇間卻經常如作甜蜜夢，不露出一絲被擾動的神色？這裡所謂『靜穆』（serenity）自然只是一種最高理想，不是在一般詩裏所能找得到的，古希臘——尤其是古希臘的造型藝術——常使我們覺得這種『靜穆』的風味。『靜穆』是一種豁然大悟，得到歸依的心情。它好比低眉默想的觀音大士，超一切憂喜。同時你也可以說它泯化一切憂喜。這種境界在中國詩裏不多見。屈原、阮籍、李白、杜甫都不免有些像金剛怒目，憤憤不平的樣子。陶潛渾身『靜穆』，所以他偉大。」〔註40〕在朱光潛看來，「靜穆」的境界是一種置身於塵世之外的永恆之美，在紛擾的現實面前保持安寧。找到了這種境界，不但文學作品有了詩美，還會啟發人們獲得一種哲學的意蘊。

　　朱光潛的「靜穆」審美觀主要是從西方借鑒的美學資源。早在古希臘時代，柏拉圖就曾描述過這種景觀的美，把人生的最高理想視作對真理的「凝神觀照」。他這樣描繪：「那時隆重的入教典禮所揭開給我們看的那些景象是完整的，單純的，靜穆的，歡喜的，沉浸在最純潔的光輝之中讓我們凝視。」〔註41〕「這時他憑臨美的汪洋大海，凝神觀照，心中起無限欣喜，於是孕育無數量的優美崇高的思想語言，得到豐富的哲學收穫。如此精力彌漫之後，他終於一旦豁然貫通唯一的涵蓋一切的學問，以美為對象的學問。」〔註42〕後來康德、黑格爾等人的美學思想中也把這種「靜穆」作為藝術的最高境界，黑格爾之所以高度肯定希臘古典藝術的成就就在於古希臘人對外在的一切抱著超然的態度從而顯出自由和靜穆。朱光潛所提出的審美境界雖然在那個年代多少有些不合時宜，流露出知識分子對現實政治的超脫，也注定了其四處碰壁的結局。魯迅當時在不同的場合都批評了朱光潛的這種美學主張：「我想，立『靜穆』為詩的極境，而此境不見於詩，也許和立蛋形為人體的最高形式，而此形終不見於人一樣。」「凡論文藝，虛懸了一個『極境』，是要陷入『絕境』的。」〔註43〕但作為一種文學流派的藝術理想和審美追求，也是無可厚非的，它有助

〔註40〕朱光潛：《說「曲終人不見，江上數峰青」》，載《中學生》第60期，1935年12月。

〔註41〕柏拉圖：《文藝對話集·斐德若》，《朱光潛全集》第12卷第110頁。

〔註42〕柏拉圖：《文藝對話集·會飲篇》，《朱光潛全集》第12卷第233頁。

〔註43〕魯迅：《且介亭雜文二集·題未定草（七）》，《魯迅全集》第6卷第427、428頁。

於作家擺脫現實力量的制約，潛心於藝術的創造。

當朱光潛提出把「靜穆」作為藝術理想境界的時候，梁宗岱也不約而同地贊同這樣的觀點。他嚮往著那種澄澈、寧靜的詩歌靈境，為此他不遺餘力地把西方純詩的概念引入中國，渴望中國的現代詩達到像歌德、瓦雷里以及中國古代的李白、王維、陶淵明等人作品的境界和高度。他在闡釋「純詩」概念時說：「所謂純詩，便是摒除一切客觀的寫景，敘事，說理以至感傷的情調，而純粹憑藉那構成它底形體的原素——音樂和色彩——產生一種符咒似的暗示力，以喚起我們感官與想像底感應，而超度我們底靈魂到一種神遊物表的光明極樂的境域。像音樂一樣，它自己成為一個絕對獨立，絕對自由，比現世更純粹，更不朽的宇宙；它本身底音韻和色彩底密切混合便是它底固有的存在理由。」〔註44〕梁宗岱心目中的純詩應該是摒除審美世界以外的任何因素，是一種夢境般、像水晶一樣純淨的世界。而要想進入這樣的境界，藝術家必須要喚起自己的靈感，使自己與審美對象產生精神的契合：「我們開始放棄了動作，放棄了認識，而漸漸沉入一種恍惚非意識，近於空虛的境界，在那裡我們底心靈是這般寧靜，連我們自身底存在也不自覺了……一種超越了靈與肉，夢與醒，生與死，過去與未來的同情與韻律在中間充沛流動著。我們內在的真與外界底真協調了，混合了。我們消失，但是與萬化冥合了。我們在宇宙裏，宇宙也在我們裏：宇宙和我們底自我只合成一體，反映著同一的蔭影和反應著同一的回聲。」〔註45〕與朱光潛熱烈推崇陶潛詩歌靜穆的境界一樣，梁宗岱還把陶潛的詩作翻譯成法語出版，得到了瓦雷里和羅曼·羅蘭的欣賞，羅曼·羅蘭寫信說：「我已經收到你那精美的《陶潛詩選》，我衷心感謝你。這是一部傑作，從各方面看：靈感，迻譯，和版本。那奇蹟，對於我，在這樣一部作品裏，就是它和那最古典的地中海——特別是拉丁——詩的真確的血統關係。賀拉斯和維琪爾都在這裡面找著他們底面目反映著。而在一些和諧的沉思，如：『靄靄堂前林』或『少無適俗韻』裏，我聽見了亞爾班山上一座別墅裏的泉水底莊嚴音樂。」〔註46〕在這種審美理論的影響下，我們看到無論是階級衝突尖銳、社會動盪的年代還是戰火紛飛的歲月；無論是政治、革命的主題話語流行還是啟蒙精神高昂、喧囂的時代，京派小說家們一直陶醉於那種靜穆的靈境中，營造

〔註44〕梁宗岱：《詩與真二集》，《梁宗岱文集》第 2 卷第 87 頁，中央編譯出版社 2003 年版。

〔註45〕梁宗岱：《詩與真》，《梁宗岱文集》第 2 卷第 72、73 頁。

〔註46〕梁宗岱：《詩與真二集·憶羅曼·羅蘭》，《梁宗岱文集》第 2 卷第 198 頁。

出一個個美麗飄渺澄澈的藝術天地。

　　與朱光潛、梁宗岱等從西方移入美學理論不同的是，周作人的審美理想更接近於東方民族的氣質和個性。他對京派作家創作影響比較大的是其提出的「平淡自然」的理想，這在很大程度上和朱光潛提出的「靜穆」的境界非常相似，都具有一種超然脫俗的美。1925 年周作人在《雨天的書・序二》中明確地指出他最渴望的境地就是「平淡自然」：「我近來作文極慕平淡自然的景地。但是看古代或外國文學才有此種作品，自己還夢想不到有能做的一天，因為這有氣質境地與年齡的關係，不可勉強。像我這樣褊急的脾氣的人，生在中國這個時代，實在難望能夠從容鎮靜地做出平和沖淡的文章來。」〔註 47〕1945 年，周作人還說：「那種平淡而有情的小品文我是向來仰慕，至今愛讀，也是極想仿做的，可是如上文所述實力不夠，一直未能寫出一篇滿意的東西來。」〔註48〕周作人的這些話當然有自謙的成分，他的散文恰恰被學者歸入平淡自然的一類，朱光潛稱：「而在現代中國作者中，周先生而外，很難找得第二個人能夠做得清淡的小品文字。」〔註 49〕周作人不僅自己在小品文的創作中積極實踐這樣的標準，而且在他的文學批評活動中也一再地提倡，他欣賞廢名，很大程度上是欣賞廢名平淡樸訥的文風，他欣賞俞平伯大體上也是這個原因。周作人把「平淡自然」作為一種審美標準提出當然有著較為複雜的原因，由於周作人在 20 世紀 20 年代逐漸完成從「叛徒」到「隱士」的一面，政治上趨向保守、調和，在文化心態上也更多地向中國傳統回歸，儒家的中庸思想成為他文化理念上的重要特點，他曾多次表述過這種中庸思想的影響：「我的學問的根底是儒家的，後來又加上些佛教的影響，平常的理想是中庸。」〔註 50〕雖然周作人倡導的「平淡自然」的美學風格和當時社會主潮的疏離是非常明顯的，但這樣的一種美學原則在一定程度上卻更加接近藝術規律的探求，正因為如此，文學風格的圓潤、灑脫和自然才為京派作家所公認。

四

　　作為具有鮮明流派特徵的文學流派，京派小說家的審美意識非常突出。

〔註47〕周作人：《雨天的書・序二》，《苦雨齋序跋文》第 26 頁，河北教育出版社 2002
　　　年版。
〔註48〕周作人：《過去的工作・兩個鬼的文章》第 90 頁。
〔註49〕朱光潛：《雨天的書》，《朱光潛全集》第 8 卷第 191 頁。
〔註50〕周作人：《兩個鬼的文章》，《過去的工作》第 90 頁。

比如他們的選材一般都是平和的，即使是社會矛盾非常尖銳的題材到了京派作家筆下也會經過作家的過濾、處理而具有了溫婉平和的特徵。沈從文曾說：「神聖偉大的悲哀不一定有一灘血一把眼淚，一個聰明的作家寫人類痛苦是用微笑來表現的。」〔註51〕汪曾祺說：「我的作品不是悲劇。我的作品缺乏崇高的、悲壯的美。我追求的不是深刻，而是和諧。這是一個作家的氣質所決定的，不能勉強。」〔註52〕在藝術的表達形式上，他們大都不追求那種緊張、突兀、新奇的方式，而普遍地把「勻稱」、「趣味」、「節制」等審美範疇放在更加重要的位置，從而與當時的海派文學、左翼文學等拉開了距離。

「和諧」是東西方美學史上重要的美學範疇，它實際上代表著古典主義的審美理想，是一種節制、均衡、穩定的美。然而在京派文學活動的時期，無論當時的世界文壇還是中國現代文壇都正在致力於打破舊有的秩序而呈現反叛的姿態，和諧的美學觀念受到前所未有的衝擊。在西方，由於殘酷的戰爭打碎了知識分子的理想，支離破碎的現實讓知識分子陷入苦悶和彷徨，與之相伴的是現代主義思潮大行其道。在中國，五四新文學也恰恰是作為和傳統文學溫柔敦厚相對立面而出現，魯迅所倡導的「立意在反抗，指歸在動作」，「如狂濤如厲風，舉一切偽飾陋習，悉與滌蕩，瞻前顧後，素所不知；精神鬱勃，莫可制抑，力戰而斃，亦必自救其精神；不克厥敵，戰則不止。」〔註53〕的人生哲學和詩學理想被越來越多的人所接受。到了20世紀20、30年代，追求反抗鬥爭的「力」的美學觀被注入了更多的社會和階級意識，尤其是左翼作家更是以空前的熱情倡導「粗暴偉大」的文學：「在技巧方面表現出偉大的力量！要震動！要咆哮！要顫抖！要熱烈！要偉大沖決一切，破壞一切，以表現出狂風暴雨時代精神的力量！」〔註54〕因此李健吾在總結當時的文學傾向時就說：「假如中國新文學有什麼高貴所在，假如藝術的價值有什麼標誌，我們相信力是五四運動以來最中心的特徵。」〔註55〕

京派作家大都受過歐美文化的薰陶，對西方古典主義理想有著普遍的認

〔註51〕沈從文：《廢郵存底·給一個寫詩的》，《沈從文全集》第17卷第186頁。
〔註52〕汪曾祺：《汪曾祺自選集·自序》，《汪曾祺文集·文論卷》第208頁，江蘇文藝出版社1994年版。
〔註53〕魯迅：《墳·摩羅詩力說》，《魯迅全集》第1卷第66、81頁，人民文學出版社1981年版。
〔註54〕阿英：《郁達夫》，載鄒嘯編《郁達夫論》第32頁，北新書局1932年版。
〔註55〕李健吾：《我們所需要的文學》，《清華週刊》第37卷第6期。

同感，體現在文學創作上，就是要求作家行文自然，不違背天性，在作品的有機統一中顯出完美。沈從文要求文學創造出「儼然都各有秩序」的境界〔註56〕沈從文在他的文學批評中也常常把是否具有和諧美感作為重要的標尺。比如他在評價施蟄存時，認為他初期的小說《上元燈》「略近於纖細」、「潔白而優美」，這關鍵是作者「以一個自然詩人的態度，觀察及一切世界姿態，同時能用溫暖的愛，給予作品中以美而調和的人格。」而後來施蟄存的作品「寫新時代的糾紛，各個人物的矛盾與衝突，野蠻的靈魂，單純的概念，叫喊，流血，作者生活無從體會到。這些這些，所以失敗了。」〔註57〕即使沈從文在評價京派作家同仁時也用了同樣的標尺。他評價馮文炳的創作，對馮文炳早期的小說評價很高：「作者的作品，是充滿了一切農村寂靜的美……作者所顯示的神奇，是靜中的動，與平凡的人性的美。用淡淡的文字，畫一切風物姿態……一切與自然諧和，非常寧靜，缺少衝突。」而對廢名後期的風格則頗有批評，說他「離了『樸素的美』越遠，而同時所謂地方性，因此一來亦已完全失去，代替這作者過去優美文體顯示一新型的只是畸形的姿態一事了。」〔註58〕他對馮文炳的《橋》、《莫須有先生傳》評價之所以都很低，就是在沈從文看來，這些作品破壞了和諧美，墮入到惡趣之中。而沈從文本人在創作中也是很認真、嚴格地按照這樣的標準進行的，始終把和諧作為美的境界來追求，儘量節制自己的情緒和衝動。如他的代表作《邊城》雖然寫了一段動人然又憂傷的愛情故事，但作者的本意並不是造就一個哀傷的愛情悲劇，因此在小說的結尾時特意設置了平和淡然的結局：「可是到了冬天，那倒圮了的白塔，又重新修好了，那個在月下唱歌、使翠翠在睡夢裏為歌聲把靈魂輕輕浮起的青年人還不曾回到茶峒來……這個人也許永遠不回來了，也許『明天』回來！」在一些作家筆下可能是轟轟烈烈的愛情悲劇被沈從文塗上了淡淡的牧歌情調。其他如《丈夫》、《長河》、《蕭蕭》、《菜園》等作品所涉及到的都是很尖銳的題材，如果在為人生派作家或左翼作家筆下一定包含著血淚的控訴和反抗，但在沈從文那裡卻把悲劇的人生處理成淡淡情感包裹下的藝術形態。如果把周作人的散文《初戀》拿來分析，京派理論所看重的和諧節制的美學觀念就看得更清楚了。這篇文章寫的是周作人少年時代一段初戀。周作人少年時代在杭州花牌樓居住時鄰居家

〔註56〕沈從文：《雲南看雲集·美與愛》，《沈從文全集》第 17 卷第 359 頁。

〔註57〕沈從文：《沫沫集·論施蟄存與羅黑芷》，《沈從文全集》第 16 卷第 172、173頁。

〔註58〕沈從文：《沫沫集·論馮文炳》，《沈從文全集》第 16 卷第 146、148 頁。

住著一位姓楊的姑娘，兩人雖然沒有說過一句話但周作人卻把她當做自己的第一個戀人。大半年後周作人回鄉的時候卻聽到了那個女孩病逝的消息。文章結尾是這樣寫的：

> 一個月以後，阮升告假回去，順便到我家裏，說起花牌樓的事情，說道：
>
> 「楊家的三姑娘患霍亂死了。」
>
> 我那時也很覺不快，想像他的悲慘的死相，但同時卻又似乎很是安靜，彷彿心裏有一塊大石頭已經放下了。

像初戀這種在不少作家濃墨重彩的題材，周作人卻極力把它淡化，幾乎讓人難以覺察到他的感情，最多是在他的心靈中蕩起一絲漣漪而已。

李健吾在他的文學批評活動中也把和諧作為衡量作品水平高下的主要標準，他非常欣賞沈從文的《邊城》，那是因為「這裡一切是諧和，光與影的適度配置，什麼樣的人生活在什麼樣空氣裏，一件藝術作品，正要叫人看不出是藝術的。」〔註59〕京派批評家對當時的新感覺派和左翼文學評價不高的一個很大原因就是不滿他們那種放縱情感、破壞和諧美的做法。當然，與京派批評家相似的是，新月派的一些批評家也曾提出類似的理論主張，梁實秋說：「文學的效用不在激發讀者的狂熱，而在引起讀者的情緒之後，予以和平的寧靜的沉思的一種舒適的感覺。」〔註60〕人們從中能發現這批自由知識分子所持有的審美觀念在本質上是相通的，帶有比較明顯的古典色彩，古希臘的文明就被他們視為和諧美的最高典範：「中國現在所切要的是一種新的自由與新的節制，去建造中國的新文明，也就是復興千年前的舊文明，也就是與西方文化的基礎之希臘文明相合一了。」〔註61〕這也和他們所奉行的不偏不倚的文學觀互為表裏。京派所倡導的「和諧」美學意識在一定程度上彌補了中國現代文學審美意識薄弱甚至缺失的缺陷，對形成文學獨立自足的審美世界也有一定的推動作用。

與「和諧」的美學原則相適應，京派作家還十分重視文學的「勻稱」、「恰當」、「節制」、「趣味」等一系列問題。沈從文雖然主要是作為一個創作家的角色引起人們關注的，但他對文學理論問題的探討也十分熱衷，甚至很有成就，

〔註59〕李健吾：《邊城——沈從文先生作》，《咀華集·咀華二集》第28頁，復旦大學出版社2005年版。

〔註60〕梁實秋《文學的紀律》，載《新月》第1卷第1號，1928年3月10日。

〔註61〕周作人：《雨天的書·生活的藝術》第61頁，人民文學出版社2000年版。

他專門寫過一些理論性較強的文章對上述的審美概念進行闡釋。在談到文學技巧時，沈從文一方面批評了一些作家無視文學技巧甚至粗製濫造的情形，另一方面對有些作家玩弄技巧、走上形式主義的傾向也同樣反感，他為此開出了一劑藥方，那就是「節制」和「恰當」：「就『技巧』一詞加以詮釋，其真正意義應當是『選擇』，是『謹慎處置』，是『求妥帖』，是『求恰當』。」〔註62〕「文字要恰當，描寫要恰當，分配更要恰當。作品的成功條件，就完全從這種『恰當』產生。」〔註63〕為了形象地說明這個問題，沈從文用了「情緒的體操」作比喻：「這是一種體操，屬於精神或情感內方面的。一種使情感『凝聚成為淵潭，平鋪成為湖泊』的體操。一種『扭曲文字試驗它的韌性，重捶文字試驗它的硬性』的體操。」〔註64〕當然，並非只有沈從文注意到了這些在當時文學創作中凸顯出來的問題，其他的京派作家如朱光潛、李健吾、蕭乾等都注意到了這些問題，這些討論當作為一種美學傾向和原則倡導時，它必定在無形之中會對作家的創作起導向的作用。平心而論，當時的左翼文學對藝術手段普遍地忽視，海派文學在對技巧的運用中又普遍地走向另一個極端，為技巧而技巧，而京派作家的審美理論可以看作對上述這兩種傾向的匡正，帶有鮮明的針對性，其審美意識的空前強化逼近了藝術的內在本質。

「趣味」作為一種審美概念使用主要出現在周作人的文學批評術語中，這一點恰好能見出周作人等前期京派理論家和以沈從文、李健吾、朱光潛等位代表的後期理論家的差別。其產生的影響也主要體現在廢名、俞平伯等周作人弟子的身上，對其他的京派作家則影響較小。不僅如此，周作人所提出的「趣味」甚至被沈從文激烈批評和否定過，沈從文認為正是這種「趣味」導致了廢名後期小說創作的失敗：「趣味的惡化（或者這只是我個人的見解），作者方向的轉變，或者與作者在北平的長時間生活不無關係。在現時，從北平所謂『北方文壇盟主』周作人、俞平伯等等散文糅雜文言文在文章中，努力使之在此等作品中趣味化，且從而非意識的或意識的感到寫作的喜悅，這『趣味的相同』，使馮文炳君以廢名筆名發表了他的新作，在我覺得是可惜的。」〔註65〕這是一種很有意思的現象，值得人們認真思考。

在周作人的批評活動中，「趣味」一詞雖頻頻出現，但他本人並沒有做過

〔註62〕沈從文：《論技巧》，《沈從文全集》第16卷第471頁。
〔註63〕沈從文：《短篇小說》，《沈從文全集》第16卷第493頁。
〔註64〕沈從文：《情緒的體操》，《沈從文全集》第17卷第216頁。
〔註65〕沈從文：《沫沫集·論馮文炳》，《沈從文全集》第16卷第148頁。

系統的闡發，人們只能從他的隻言片語中來窺探。如周作人在評廢名的作品中說：「馮君從中外文學裏涵養他的趣味，一面獨自走他的路，這雖然寂寞一點，卻是最確實的走法。」〔註66〕「這種文體於小說描寫是否唯一適宜我也不能說，但在我的喜含蓄的古典趣味（又是趣味！）上覺得這是一種很有意味的文章。」〔註67〕周作人甚至把「趣味」作為審美判斷的最高標準：「我很看重趣味，以為這是美也是善，而沒趣味乃是一件大壞事。這所謂趣味裏包含著好些東西，如雅，樸，澀，重厚，清朗，通達，中庸，有別擇等，反對者都是沒趣味。」〔註68〕但周作人這裡對「趣味」的闡發明顯失之於寬泛，讓人無從把握，倒是溫儒敏先生的解釋相對簡潔易於理解。溫儒敏解釋說：「周作人所說的『趣味』包括了作品本身與讀者反應這兩重含義。周作人認為好的散文必定是有『趣味』的，而批評欣賞作品也要注重體察『趣味』，『趣味』就成了切入批評的重要角度。」〔註69〕由於周作人生活在20世紀中外文化碰撞交融的時代背景下，他的知識結構和同時代人一樣呈現出罕見的廣博、淵深，不僅對文學的各種體式爛熟於心，即使對文學之外的領域也有廣泛的涉獵，如民俗、宗教、神話學、文化人類學、兒童學、性心理學、醫學、生物學等，這就決定了周作人很看重作品的文化含量，講求知識的趣味性，在作品中顯露自己的才情和個性。在這一點上，廢名、俞平伯等人的作品比較符合周作人的審美理想，理所當然地得到了周作人的賞識。

與其他文學社團、流派的文學理論比較起來，京派文學理論具有很強的現實超越性和形而上的特徵，它始終關注著藝術本體論的建構，關注藝術和宇宙生命的相通，對狹隘的藝術功利思想進行毫不留情的批評，在通往藝術理想的道路上架起了一道彩虹。這道彩虹雖然絢麗，但在20世紀20、30年代虎狼成群、風沙撲面的時代畢竟過於奢侈，因此它的影響只能侷限在一個相對比較狹小的文化圈子之中。然而不可否認的是，他們的理論探索又不是完全懸空的，對現實仍有相當的針砭、匡正，歷史不應如此簡單地遺忘。

〔註66〕周作人：《竹林的故事·序》，《周作人序跋文》第102頁，河北教育出版社2002年版。
〔註67〕周作人：《桃園·跋》，《周作人序跋文》第104頁。
〔註68〕周作人：《苦竹雜記·笠翁與隨園》第60頁。
〔註69〕溫儒敏：《中國現代文學批評史》第34頁，北京大學出版社1993版。

下編　分　論

第八章　廢名論

對於 20 世紀中國文學史而言，廢名的存在猶如魯迅筆下那個孤獨的過客，他執著地行走在自己的藝術世界中，經常處在文壇的邊緣角色，甚至一個時期曾為人們所完全忘卻。關於這一點，當時的批評家劉西渭（李健吾）就曾指出過：「一個那樣和廣大讀眾無緣的小說作家，我問自己，是否真就和海島一樣孤絕。在現存的中國文藝家裏面……很少一位像他更是他自己的。」「唯其善感多能，他所再生出來的遂乃具有強烈的個性，不和時代為伍，自有他永生的角落，成為少數人流連忘返的桃園。」〔註 1〕他一方面談到了廢名的價值，但也指出了他的孤芳自賞、卓爾不群的孤獨和寂寞。隨著上個世紀 80 年代「文化熱」、「文體熱」的出現，廢名重新出現在研究者的視野，他的價值才得以浮出歷史的地表，得到承認。雖然廢名留下的小說並不多，作品集計有《竹林的故事》（1925 年）、《桃園》（1928 年）、《棗》（1931 年）以及長篇小說《橋》、《莫須有先生傳》（1932 年）、《莫須有先生坐飛機之後》（1947 年），如果用當今一些作家動輒年產幾十萬言的標準來衡量，廢名的作品無疑是單薄的。但歷史的嚴酷就在於，它從來都是無情地把大量應景的平庸之作淘洗一空，只留下少數珍珠在歷史的長河中閃爍，而廢名的代表作品理應屬於這樣的珠玉。

一

廢名早年在北京大學讀書，與許多同時代的青年一樣，沐浴著五四新文化

〔註 1〕李健吾：《咀華集·畫夢錄》，《咀華集·咀華二集》第 84 頁，復旦大學出版社 2005 年 5 月版。

運動的精神，對社會的許多現象抱有熱情的關注。廢名曾回憶說：「在五四以後中國社會運動發軔的時候，我正是一個青年，時常有許多近乎激烈的思想，彷彿新時代就在我們眼前，那時同豈明先生見面談話的材料差不多總是關乎實際問題的居多，我的有些意見他也是贊同的，有些意見他每每唯唯，似乎他不能與我同意，但他不打破我的理想。」〔註2〕因此廢名早期創作的《講究的信封》、《追悼會》等作品都能看出作者關心政治、貼近現實的痕跡。即使如《浣衣母》、《柚子》等以自己家鄉作為題材的作品也能感受到其受到了鄉土文學的影響。但廢名很快就放棄了這樣的創作道路，轉而去探索、追求自己獨特的藝術個性，並全力營造出一個詩意的世界，有意識地拉開了和當時文壇盛行的「為人生派」的距離。魯迅為廢名的這種轉變感到惋惜：「後來以『廢名』出名的馮文炳，也是在《淺草》中略見一斑的作者，但並未顯出他的特長來。在1925年出版的《竹林的故事》裏，才見以沖淡為衣，而如著者所說，仍能『從他們當中理出我的哀愁』的作品。可惜的是大約作者過於珍惜他有限的『哀愁』，不久就更加不欲像先前一般的閃露，於是從率直的讀者看來，就只有見其有意低徊，顧影自憐之態了。」〔註3〕魯迅是中國現代啟蒙文學的開創者，從文學啟蒙人生的角度講，他對廢名後期創作的惋惜是可以理解的。但遺憾的是，其後由於現實主義長期被奉為文學創作的最高準則和金科玉律，廢名的這種轉變經常遭到人們的批評，如馮健男在編選《馮文炳選集》的後記中也認為魯迅的觀點是對的，楊義在他的《中國現代小說史》第一卷也說：「當1925年，我國大批小說家愈來愈深刻地感染了人民大眾的戰鬥情緒之際，廢名卻對時代思潮保持一種中立者的寧靜姿態，從而逐漸遠離時代思潮。」「這種陶淵明式的田園風味的小說，不是戰鬥者的文學，自然也不能成為象牙之塔裏的文學，而是樹蔭下閒坐者的文學。」〔註4〕甚至廢名本人在20世紀50年代知識分子面臨巨大精神壓力的環境中也對自己的這種轉變進行了否定：「然而我的政治熱情沒有取得作用，終於是逃避現實，對歷史上屈原、杜甫的傳統都看不見了。」「解放後，大家提出現實主義的口號，我很有所反省，我衷心地擁護，我認為現實主義就是反映現實，能夠反映現實……而我所寫的東西主要的是

〔註2〕廢名：《周作人散文選·序》，轉引錢理群：《周作人論》第394頁，上海人民出版社1991年8月版。

〔註3〕魯迅：《中國新文學大系·小說二集》序，《魯迅全集》第6卷第244頁。

〔註4〕楊義：《中國現代小說史》第1卷第455～456頁，人民文學出版社1986年9月版。

個人的主觀，確乎微不足道。」〔註5〕

　　難道文學的最高價值只能通過現實主義來表現嗎？廢名的創作實踐恰恰對此的回答是否定的。廢名雖然沒有遵循所謂現實主義的創作原則，但他忠實於自己的審美理想，在日常生活的描寫中賦予了詩意的建構和昇華，在鄉村普通的人物身上鎔鑄了自己的感情，充滿了人性的美好和光輝，其作品中丰韻的文化內涵顯然是現實主義所無法涵蓋的。讀懂廢名，需要用另一種文化維度來思考。

　　事實上，廢名的獨到價值有一個人早就看出來了，那就是周作人。周作人作為五四時期產生重要影響的文學批評家，儘管早年的《人的文學》、《平民文學》等張揚的是啟蒙主義的文學精神，但隨著從「叛徒」到「隱士」身份的轉變，在20世紀20年代他把文學批評的重心放在了對作品的審美鑒賞上，強調文學創作的個性，極力倡導文學批評的自由和寬容，推崇平淡自然的文風。他說：「我近來作文極慕平淡自然的境地。但是看古代或外國文學才有此種作品，自己還夢想不到有能做的一天，因為這種氣質境地與年齡的關係，不可勉強。像我這樣偏急的脾氣的人，生在中國這個時代，實在難望能夠從容鎮靜地做出平和沖淡的文章來。」〔註6〕正因如此，他對廢名的作品表現出了濃厚的興趣，幾乎廢名的每一部作品問世，周作人都親自為之寫序或跋來進行評論，這是非常罕見的。在大革命失敗後，周作人和廢名的來往日益密切，特別是在創辦散文週刊《駱駝草》的階段，廢名不折不扣地貫徹周作人的文學理念，儼然和俞平伯一起成為周作人最為賞識的作家。周作人曾說過廢名「實在是知道我的意思之一人。」〔註7〕周作人從自己推崇的審美理想出發，對廢名的作品給予了很高的評價：「我不知怎地總是有點『隱逸的』，有時候很想找一點溫和的讀，正如一個人喜歡在樹陰下閒坐，雖然曬太陽也是一件快事。我讀馮君的小說便是坐在樹陰下的時候。馮君的小說我並不覺得是逃避現實的。他所描寫的不是什麼大悲劇大喜劇，只是平凡人的平凡生活，——這卻正是現實……馮君所寫多是鄉村的兒女翁媼的事，這便因為他所見的人生是這一部分。」〔註8〕

〔註5〕廢名：《廢名小說選・序》，《馮文炳選集》第393、394頁，人民文學出版社1985年3月版。

〔註6〕周作人：《雨天的書・序》，《苦雨齋序跋文》第26頁，河北教育出版社2002年1月版。

〔註7〕周作人：《藥堂雜文・懷廢名》第127頁。

〔註8〕周作人：《竹林的故事・序》，《苦雨齋序跋文》第102頁，河北教育出版社2002年1月版。

實際上周作人亮出的正是獨抒性靈的旗幟，他在廢名的作品中欣喜地找到了自己的理想。因此廢名描寫的現實不能等同於對當時社會現實的簡單複製，也不能看成所謂鄉土文學的一個分支，他是用文學建構起自己一種超脫的、甚至帶有幾分烏托邦色彩的審美世界，這實際上也是廢名的非功利文學觀念的流露。廢名有一篇很重要的文章《說夢》，對我們瞭解廢名的文學思想很有幫助，可惜人們往往關注不夠。廢名曾說：「創作的時候應該『反芻』。這樣才能成為一個夢。是夢，所以與當初的實生活隔了模糊的界。藝術的成功也就在這裡。亞里士多德說：藝術須得常是保持『a continual sliight novelty』。西蒙士（A. Symons）解釋這話道："Art should never astonish." 這樣的實例，最好是求之於莎士比亞。莎士比亞的戲劇多包含可怖的事實，然而我們讀著只覺得他是詩。這正因為他是一個夢。」〔註9〕從中可以見出，廢名對所謂現實的理解和大多數人是不一樣的，他把文學視為「反芻」的過程表達了他對文學步步緊跟現實的反感，而是要求作家有意識與現實保持距離，這樣才能創造出超越時空的藝術精品。

因此廢名的描寫是有所過濾和選擇的，其中很重要的一點就是把日常的生活詩意化了。他全心營造的是一個飄蕩著溫馨、詩情的理想國，那些鄉土作家筆下常見的苦難消失了，取而代之的是自己對生活、對人性的獨特思考。作為廢名故土的黃梅縣展現在讀者面前的是一派原始的、人性淳樸的田園景象，這裡有保留完好的、未被現代文明所瓦解的封建宗法制的社會形態。人和人、人與自然的關係呈現高度的和諧和統一，人性也保持著健康、自然的狀態。如廢名的《竹林的故事》、《菱蕩》、《橋》等作品都鮮明地表現出了這一點。《竹林的故事》雖然是作者早年的一部作品，但其展現了廢名獨特的審美理想，他筆下的鄉村絲毫沒有鄉土作家筆下的沉重和苦難，相反他把其昇華為詩一般的樂章。這裡的人們生活在寧靜的自然中，過著怡然自樂的生活，盡情享受著生命的歡愉，他們對外面的世界毫不關心，即使面對親人之間的生離死別也能坦然面對：「母子都是那樣勤敏，家事的興旺，正如這塊小天地，春天來了，林裏的竹子，園裏的菜，都一天天綠得可愛。老程的死卻正相反，一天比一天淡漠起來……到後來，青草鋪平了一切，連曾經有個爸爸這件事實也幾乎沒有了。」（《竹林的故事》）三姑娘在這種人際單純的環境中長大，自己的心地也

〔註9〕廢名：《說夢》，《語絲》第 133 期，1927 年 5 月 28 日。

如同竹林一般的純淨和美好，沒有受到塵世的污染：「三姑娘的白菜原是這樣好，隔夜沒有浸水，煮起來比別人的多，吃起來比別人的甜了。」《菱蕩》中描寫的小鄉村始終籠罩在溫婉、和諧的氛圍中，人們以自己舒緩的節奏存在著，雖然離城很近，卻遠離現代文明的塵囂，幾乎感受不到任何外在的氣息：「屋後竹林，綠葉堆成了臺階的樣子，傾斜至河岸，河水沿竹子打了一個彎，潺潺流過。這裡離城才是真近，中間就只有河，城牆的一段正對了竹子臨水而立。竹林裏一條小路，城上也窺得見，不當心河邊忽然站了一個人——陶家村人出來挑水。」這樣的一種帶有原始封閉型的環境使得陶家村人們的關係異常簡單，正統的倫理道德的觀念從未對他們發生過什麼影響。

當然最能顯現廢名審美理想的作品當屬他花費 10 年心血所寫的長篇小說《橋》。如果用一種傳統的文學觀念來審視《橋》，那麼《橋》的內容無疑是單薄和平淡的，它沒有追求對現實的深度開掘，也不在意人物典型的塑造，而是敘述了男主人公程小林和兩個女性琴子、細竹的微妙感情。我們看到，傳統作家所熱衷的愛情悲劇和三角關係這些要素統統淡化了，被擱置在一邊，作者凸顯的是一個桃花源的世界。這裡的人們以一種與世無爭的態度生活著，他們三月三看鬼火，在河邊編織楊柳球，在花紅山賞花，在學堂逗笑，青年即使有愛情上的煩惱，也能平靜地對待，彼此之間並不會爭風吃醋……。在這樣的世界中，女性和天真無邪的兒童就成為人類美好童年的象徵。在《橋》中，琴子和細竹是東方女性美的代表，一個嫻靜文雅，一個聰慧浪漫，她們的心靈潔白無瑕，「好比一個春天，她一舉一動總來得那麼豪華，而又自然的一個非人力的節奏。」《橋》中寄託了作者的女性崇拜思想，有些地方閃爍著《紅樓夢》的影響。如書中的程小林說：「我每逢看見了一個女人的父與母，則我對於這姑娘不願多所瞻仰，彷彿把她的美都失掉了，尤其是知道了她的父親，越看我越看出相像的地方來了，說不出道理的難受，簡值得無容身之地，想到逃避。」小林和賈寶玉一樣，把男性視為污濁的代表，而女性則象徵著完美，小林甚至說：「我彷彿覺得女子是應該長在花園裏。」同樣兒童世界也是廢名著力刻畫的，在廢名的眼中，人性最淳樸、天真的一面也存在兒童的世界中，《橋》中的兒童呈現出的童心和童趣自成一個世界，與現實毫無關聯，完全是作者夢想的幻境：

> 小孩攜著母親的手自己牽著羊回家去了。小林動了一陣的幽思，他想，母親同小孩子的世界，雖然填著悲哀的光線，卻最是一個美的世界，是詩之國度，人世的「罪孽」至此得到淨化。

其實，不僅是廢名，連同凌叔華、蕭乾、沈從文等不少京派作家都不約而同地寫到了兒童的題材，這並不是偶合，而是他們審美理想的體現。他們致力探求人性的莊嚴和美好，而現實世界的污濁不堪讓他們深深失望，女性和童年就成了寄託他們夢想的家園，也成為他們逃避現實的避風港，這和五四時期冰心等、王統照等讚美的現代意義的人性並不完全相同。至於廢名作品中致力營造的這種田園牧歌的特點很早就有人看出來了，灌嬰（余冠英）說：「作者對現實閉起眼睛，而在幻想裏構造一個烏托邦……這裡的田疇，山，水，村莊，陰，晴，朝，夕，都有一層縹緲朦朧的色彩，似夢境又似仙境。這本書引讀者走入的世界是一個『世外桃源』。」〔註10〕周作人說：「廢名君小說中的人物，不論老的少的，村的俏的，都在這一種空氣中行動，好像是在黃昏天氣，在這時候朦朧暮色之中一切生物無生物都消失在裏面，都覺得互相親近，互相和解。」〔註11〕當然，對廢名小說進行全面總結、概括的當數沈從文，他用印象主義批評所獨具的詩意的語言評論道：

> 作者的作品，是充滿了一切農村寂靜的美。差不多每篇都可以看得到一個我們所熟悉的農民，在一個我們所生長的鄉村，如我們同樣生活過來那樣活到那片土地上。不但那農村少女動人清朗的笑聲，那聰明的姿態，小小的一條河，一株孤零零長在菜園一角的葵樹，我們可以從作品中接近，就是那略帶牛糞氣味與略帶稻草氣味的鄉村空氣，也是彷彿把書拿來就可以嗅出的。
>
> 作者所顯示的神奇，是靜中的動，與平凡的人性美。──沈從文：《沫沫集·論馮文炳》

以上幾位評論家對廢名的評價都是很精當的，他們分析了廢名獨有的審美理想和審美世界。可惜的是，在 20 世紀 30 年代以及以後相當長的一段時間，階級鬥爭和民族鬥爭成為時代的強音，廢名這種帶有濃重烏托邦色彩的文學必然會逸出時代的軌道之外。但這並不能成為否定廢名存在的理由。當 20 世紀 80 年代伴隨人性、人情的復蘇；人道主義的大旗再次飄蕩在中國大陸的時候，廢名連同他的後來者沈從文像出土文物一樣受到人們的重視也就在情理之中了。

〔註10〕灌嬰：《橋》，《新月》第 4 卷第 5 期，1932 年 2 月。

〔註11〕周作人：《桃園·跋》，《苦雨齋序跋文》第 104、105 頁，河北教育出版社 2002 年版。

二

　　廢名生於 1901 年，應當屬於五四一代的知識分子，當年他在北京大學英文系學習，廣泛接觸了西方大量的文學作品，其在文化選擇上無疑更多擁抱的是現代文化的知識體系，他在早期發表的一些作品也能見出這一點。但另一方面，廢名與中國傳統文化的關係也是十分淵深的，他從小接受的是私塾教育，而他的家鄉湖北黃梅縣是禪宗的聖地，廢名的喜參禪論道在中國現代知識界是出了名的，特別是在五四運動退潮後，他隱居在北京郊外，過著隱居的生活，他在寫作《橋》的期間曾把很大的精力用於佛經的研究。廢名這種徹底的隱逸思想以及向道家的靠攏讓周作人都感到驚訝：

　　「廢名自云喜靜坐深思，不知何時乃忽得特殊的經驗，躍坐少頃，便兩手自動，作種種姿態，有如體操，不能自己，彷彿自成一套，演畢乃復能活動……假如是這樣，那麼這道便是於佛教之上又加了老莊以外的道教分子，於不佞更是不可解。照我個人的意見說來，廢名談中國文章與思想卻有好處，若捨而談道，殊為可惜。」〔註 12〕雖然周作人難以認同廢名的這種做法，但換一個角度來思考，廢名癡迷於中國傳統文化尤其是莊禪哲學的背景對他的創作產生的影響是十分巨大的，忽略了這一點想理解廢名的作品無疑是隔靴搔癢。

　　禪宗是印度佛教的中國化，它是佛教傳入中國之後經歷了漫長的演化和發展逐漸形成的具有鮮明特色和人文情懷的中國本土宗教。中國禪宗摒棄了佛教煩瑣的教義，也不在思辨推理中去作「知解宗徒」，而是強調悟道，在日常生活中通過個體獨特的認識來把握佛心佛性。它對中國知識分子的文化心理和審美情趣產生了重大的影響。「禪宗講的是『頓』悟。它所觸及的正是時間的短暫瞬刻與世界、宇宙、人生的永恆之間的關係問題。這問題不是邏輯性的，而是直接感受和體驗領悟性的。」有時也會出現「你突然感覺到在這一瞬刻間似乎超越了一切時空、因果，過去、未來、現在似乎溶在一起，不可分辨，也不去分辨，不再知道自己身心在何處和何所由來。所謂『不是心，不是佛，不是物。』」〔註 13〕

　　可見，禪宗同樣熱衷於對人與世界關係的思考，要求實現「我」與「佛」之間的合一，追求「萬古長空，一朝風月」的精神境地，帶有明顯的形上特徵。為了達到「徹悟」的終極境界，同樣要消除一切欲望和雜念，始終保持心靈的

〔註 12〕周作人：《藥堂雜文·懷廢名》第 126 頁。
〔註 13〕李澤厚：《中國古代思想史論》第 207 頁，安徽文藝出版社 1994 年版。

純淨，做到「心」、「境」兩忘：「內外空靜，即心性寂滅，如其寂滅，則聖心顯。」「此識滅已，其心即虛，凝寂淡泊，皎潔泰然。」〔註14〕

廢名對禪宗的迷戀必然對他的創作發生了重要的影響，他的一些作品如《菱蕩》、《竹林的故事》、《橋》等都流露著禪宗的痕跡，尤其是《橋》處處充滿了禪意。筆者以為，《橋》與其說是一部傳統意義上的小說，倒不如說是廢名的哲學更準確，因為傳統文學概念中的一些要素都被淡化處理了，它完全是作者哲學理念的演繹。關於這一點，朱光潛先生看得很準確，他說：「《橋》裏充滿的是詩境，是畫境，是禪趣⋯⋯小林，琴子，細竹三個主要人物都沒有明顯的個性，他們都是參禪悟道的廢名先生⋯⋯《橋》是在許多年內陸續寫成的，愈寫到後面，人物愈老城，戲劇的陳分愈減少而抒情詩的成分愈增加，理趣也愈濃厚。」〔註15〕《橋》表面來看可以當作一部文學作品，但把其視為一部表述廢名人生哲學的著作或許更恰當，書中人物可以視為作者的化身，他們年紀輕輕卻經常冒出富有禪意的語言，甚至有時乾脆照搬禪宗的用典，如下面一段對話：

> 「我想應該無人相，無我相。」
>
> 琴子這話一出口，自己感著自己的意思很生澀，自己又實在感著一個成熟的情感，她的靈魂今日不是平日的平靜，自己又說不出所以然來，自己壓迫著自己一個不慣的煩躁——說了那一句話，自己的煩躁果然擠出去了，她真是如釋重負，簡直怕敢再有一個別的念頭了。小林這時看著她——他並未聽清楚琴子的話，也沒有留意她說話，只是忽然看著她的衣服華采，看著她的脂粉氣，好像在一個宇宙的範圍裏頭當下正是這一個人的嚴肅明淨了。《橋·行路》

如果從常理來說，一個涉世未深，也沒有接受過什麼教育的鄉村姑娘出口就是這類充滿禪機的語言確實讓人莫名其妙，實質上廢名借筆下人物之口宣洩了自己的人生哲學思想，因此他筆下的三姑娘、史家奶奶、小林、細竹等淡泊從容、一切隨緣的生活態度呼應了禪宗「不斷不造，任運自在」的人生觀，從他們的身上也折射了禪宗文化的理想。《菱蕩》中的陳聾子顯然也不是現實中的人物，而是禪宗文化的符號載體，他幾十年如一日生活在一個寧靜、閉塞的環境中，泯滅了一切塵世的欲望而悠然自得：

> 陳聾子⋯⋯他來陶家村打了十幾年長工⋯⋯二老爹的園是他

〔註14〕葛兆光：《中國禪思想史》第 240 頁，上海古籍出版社 2008 年版。
〔註15〕朱光潛：《橋》，載《文學雜誌》第 1 卷第 3 期，1937 年 7 月。

種，園裏出的菜也要他挑上街去賣。二老爹相信他一人，回來一文
一文的錢向二老爹手上數。洗衣女人問他討蘿蔔吃──好比他正在
蘿蔔田裏，他也連忙拔起一個大的，連葉子給她。不過問蘿蔔他就
答應一個蘿蔔，再說他的蘿蔔不好吃，他無話回，笑是笑的。

　　陳聾子是一個平常人，過得是一種簡單平凡之極的生活。而禪宗講的「悟
道」恰恰是通過一系列日常化的生活而獲得，它講求的「悟道」不是思辨的邏
輯推理，而是個體的直覺體驗，在日常生活中獲得精神的超越而顯出高雅的境
界：「平常心是道，」「一切聲色事物，過而不留，通而不滯，隨緣自在，到處
理成。」「春有百花秋有月，夏有涼風冬有雪。若無閒事掛心頭，便是人間好
時節。」〔註16〕廢名小說對大量日常生活的描寫實際上是帶著禪宗文化的角度
來觀照的，在看似平淡自然的生活中超越了時空、因果、有無等界限，達到精
神超脫、愉悅的境地。

　　禪宗除了追求「悟」，同時也非常喜歡大自然，它所追求的超塵脫俗的世
界和純淨的心靈往往需要在大自然中來完成，因此許多自然界的景象構成了
禪宗的核心意象：「問如何是佛法大意？師曰：春來草自青。」〔註17〕「問：
語默涉離微，如何通不犯？師曰：常憶江南三月裏，鷓鴣啼處百花香。」〔註
18〕因此，在廢名的作品中，自然景物並不是孤立地存在，它被賦予了特定的
禪意和禪趣，從而引發了禪者生命的覺醒。如《橋》中的許多景物楊柳、春草、
芭茅、金銀花、落日、沙灘、楊柳、橋、楓樹等佔據了很大的空間，這些景物
有的充滿了生命的活力和青春的氣息，如楊柳、翠竹，而有的則空曠、寂靜，
如星群、墳，襯托出生命的渺小和孤寂，如《黃昏》一節中的描寫：

　　　天上現了幾顆星。河卻還不是那樣地闊，叫此岸已經看見彼岸
的夜，河之外──如果真要畫它，沙，樹，尚得算作黃昏裏的東西。
山──對面是有山的，做了這個 horizon 的極限，有意地望遠些，說
看山……

其實，這種描寫接著引出了小林對宇宙、生命的感慨。還有的景物側重空

<hr>

〔註16〕　《無門關》，見李澤厚《中國古代思想史論》第205頁，合肥，安徽文藝出版
　　　　　社1994年1月版。
〔註17〕　《五燈會元卷15·雲門·文偃禪師》。見李澤厚《中國古代思想史論》第210
　　　　　頁。
〔註18〕　《五燈會元卷11·臨濟·風穴延沼禪師》，見李澤厚《中國古代思想史論》第
　　　　　210頁。

靈、靜寂之美，寫出了禪境和人的心物對應關係。不少研究者都注意到「墳」的自然景象在廢名作品中大量出現，如羅成琰說：「最有興味的是《橋》中所描寫的一種特殊的自然意象——墳……而在廢名的作品中，卻經常寫到墳，並且寫得都有特色，尤其是《橋》中。」〔註19〕吳曉東在他的《鏡花水月的世界——廢名〈橋〉的詩學研讀》中也表達了類似的意思，並認為這可能是廢名偏愛古代詩人庾信的名句「霜隨柳白，月逐墳圓」有關。其實，廢名作品中「墳」的意象屢屢出現，恰是禪宗思想的流露，廢名曾說：「我是喜歡看陳死人的墳的，青草年年綠。」〔註20〕廢名作品中的「墳」與傳統文化中淒清、荒涼的寓意不同，而是點綴著青草和野花，充滿了生機，這證明了禪宗對生活、生命的熱愛，難怪小林看見墳感慨道：

> 誰能平白地砌出這樣的花臺呢？「死」是人生最好的裝飾。不但此也，地面沒有墳，我兒時的生活簡直要成了一大塊空白……墳對於我確同山一樣是大地的景致。

這無疑是禪宗生死輪迴觀的詮釋，「悟世間諸苦是小乘悟，悟一切皆幻是大乘悟，但是，若能悟到人自身的佛性，乃是無差別、無苦樂、無生死、無內外的心靈世界，則是最高明的如來之悟。」〔註21〕禪宗消解了生死、苦樂等的差別，要求人們徹悟宇宙、生命的本源，只有把握了這一點，才能理解廢名小說中不少看似莫名其妙的話語中所蘊含的禪機。

禪宗文化對廢名小說的藝術方式也產生了重大的影響，而這種影響往往被學界所忽略了。眾所周知，禪宗起初作為宗教卻最終走向了審美，逐漸對藝術進行滲透，不僅造就了一批禪意盎然的詩歌、繪畫等作品，更對後人的審美理想和理論產生了廣泛、深遠的影響，而嚴羽的《滄浪詩話》就在這樣的背景中誕生的。嚴羽的《滄浪詩話》作為後期中國美學的標準典籍，對後世的影響是有目共睹的，錢鍾書曾評價說：「滄浪別開生面，如驪珠之先探，等犀角之獨覺，在學詩時工夫之外，另拈出成詩後之境界，妙悟而外，尚有神韻。不僅以學詩之力，比諸學禪之詩，並以詩成有神，言有盡而味無窮之妙，比於禪理之超越文字。」〔註22〕在嚴羽看來，詩歌的「興趣」只能在「妙悟」中獲得，而妙悟實際上是一種感性的直接的心理反應，是審美主體觀照外物所產生的豁然開朗

〔註19〕羅成琰：《廢名的〈橋〉與禪》，《中國現代文學研究叢刊》1992年第1期。
〔註20〕廢名：《打鑼的故事》，《馮文炳選集》第379頁，人民文學出版社1985年版。
〔註21〕葛兆光：《中國禪思想史》增訂本第107頁，上海古籍出版社2008年12月版。
〔註22〕錢鍾書：《談藝錄》第258頁，中華書局1984年版。

的心理過程。所以他說：「大抵禪道在妙悟，詩道亦在妙悟……唯悟乃為當行，乃為本色。」〔註23〕嚴羽認為，人們欣賞品味詩歌的原理好比對佛性本身的感受，只能在「妙悟」中才能獲得一個完整的藝術世界：「羚羊掛角，無跡可求。故其妙處，透徹玲瓏，不可湊泊。如空中之音，相中之色，水中之月，鏡中之像，言有盡而意無窮。」〔註24〕而這種「悟」直接造成了其藝術方式的非邏輯性、非常理性及意在言外的隱喻性。這些特點在廢名的作品中都有明顯的體現。

　　禪宗的思維是一種「即是而真」的思維，它以一種赤裸裸的、純然的心靈去諦聽宇宙、生命，並不遵循常理和邏輯。禪宗認為宇宙的真理就在於宇宙自身，因此要求人們不要用通常的邏輯思維來理解禪理。廢名的不少小說在許多人看來是怪異的，這主要是它在結構上打破了傳統敘事文學的方式，和當時中國文壇流行的追捧西方小說理論的潮流形成了極大的反差。茅盾在《小說研究ABC》中對西方式的小說結構曾這樣概括：「我們說小說有結構，便是說某小說從頭至尾是描寫一件事情的發展，或一個目的的完成，所有書中一切動作，都是為了這一事件的發展或一目的之完成之必要而設的：這是近代小說結構的意義。」〔註25〕而廢名的小說顯然沒有遵循這樣的套路，以至於人們很長的時間困惑於它到底是算散文的文體還是小說的文體，周作人在編選《中國新文學大系·散文一集》時就把《橋》的一些章節當作散文選入。而吳曉東在其《鏡花水月的世界》中把其視為「心象小說」。假如我們搞清楚了廢名和禪宗的關係，對於他小說中這種跳躍式的思維方式和斷片化的結構也就容易理解了。《橋》的結構呈現片段化的形式，各個章節之間沒有必然的邏輯關係，自成一體，它所注意的重心也始終不是典型環境和典型人物的塑造，而是禪理、機鋒。如第八章《黃昏》寫程小林一個人在樹下徘徊進而引發了他的種種聯想，句與句之間幾乎毫無聯繫，經常是大幅度的跳躍，如果用正常的邏輯思維的話簡直無從理解：

　　　　看不見了。

　　　　想到怕看不見才去看，看不見，山倒沒有在他的心上失掉。否
　　則舉頭一見遠遠地落在天地之間了吧。

〔註23〕嚴羽：《滄浪詩話·詩辨》，郭紹虞、王文生編《中國歷代文論選》第 2 冊第
　　　　424 頁，上海古籍出版社 2002 年版。
〔註24〕嚴羽：《滄浪詩話·詩辨》，同上。
〔註25〕茅盾：《小說研究 ABC》，吳福輝編《20 世紀中國小說理論資料》第 3 卷，第
　　　　50 頁，北京大學出版社 1997 年版。

「有多少地方，多少人物，與我同在，而首先消滅於我？不，在我他們根本上就沒有存在過。然而，倘若是我的相識，哪怕畫圖上的相識，我的夢靈也會牽進他來組成一個世界。這個世界——夢——可以只是一棵樹。」

如果以結構的獨特性而言，廢名的小說堪稱 20 世紀中國小說的經典，它的藝術思維方式明顯受到中國禪宗思維方式的影響，禪宗對其思維方式和表達方式的影響是以一種或隱或顯的方式存在的。只有瞭解了禪宗哲學，才能破解廢名小說中許多符號所隱含的文化意義和奧秘。

三

廢名小說的價值更在於其在文體上的獨特貢獻，他作品詩化的特徵，語言、風格、意境等美學層面的探索為中國小說的發展做出了不俗的成績並對後來的作家產生了不小的影響，對於這些，廢名本人也是很自信的。即使是在解放後對知識分子疾風驟雨改造的年代廢名也沒有輕易地否定這一點。他在 1957 年為自己小說選寫的序言中說：「就表現的手法說，我分明地受了中國詩詞的影響，我寫小說同唐人絕句一樣，絕句 20 個字，或 28 個字……實是用寫絕句的方法寫的，不肯浪費語言……這有沒有可取的地方呢？我認為有。運用語言不是輕易的勞動，我當時付的勞動實在是頑強。」〔註 26〕這也驗證了周作人對他的評價：「我覺得廢名君的著作在現代中國小說界有他獨特的價值者，其第一的原因是其文章之美。」〔註 27〕「文壇上也有做得流暢或華麗的文章的小說家，但廢名君那樣簡練的卻很不多見。」〔註 28〕如果把廢名的這種探索放置在五四文學初期普遍存在輕視藝術性傾向的背景來考察，意義就會更加凸顯。

廢名在本質上帶有濃重的詩人氣質，儘管他的詩作不多，但我們依然能感受到廢名詩作的獨具匠心之處，注重在短短的詩行中通過象徵、暗示等手法傳達出多種的意蘊，飄蕩著李商隱、溫庭筠等詩作的韻味。如他的《小園》：

我靠我的小園一角栽了一株花，

花兒長得我心愛了。

〔註 26〕廢名：《廢名小說選・序》，《馮文炳選集》，第 394 頁，人民文學出版社 1985
年版。

〔註 27〕周作人：《〈桃園・跋〉》，《苦雨齋序跋文》，第 104 頁。

〔註 28〕周作人：《〈桃園・跋〉》，《苦雨齋序跋文》，第 104 頁。

　　　　我欣然有寄伊之情，

　　　　我哀於這不可寄，

　　　　我連我這些花的名兒也不可說，──

　　　　難道是我的墳麼？

　　還有他的為人們所津津樂道的《寄之琳》：

　　　　我說給江南詩人寫一封信去，

　　　　乃窺見院子裏一株樹葉的疏影，

　　　　他們寫了日午一封信。

　　　　我想寫一首詩，

　　　　猶如日，猶如月，

　　　　猶如午陰，

　　　　猶如無邊落木蕭蕭下，──

　　　　我的詩情沒有兩片葉子。

　　正是這種藉有限表無限、藉剎那表永恆的詩心，廢名寫起小說來也像寫詩一樣的追求，具有明顯的詩化傾向。下面一段為許多研究者所津津樂道的文字表現得最為經典：

　　　　菱葉差池了水面，約半蕩，餘則是白水。太陽當頂時，林茂無鳥聲，過路人不見水的過去。如果是熟客，繞道進口的地方進去玩，一眼要上下閃，天與水。停了腳，水裏唧唧響──水彷彿是這一個一個的聲音填的！偏頭，或者看見一人釣魚，釣魚的只看他的一根線。一聲不響的你又走出來了。好比是進城去，到了街上你還是菱蕩的過客。（《菱蕩》）

　　這些簡約、富有詩意的文字為人們塑造了一個寂靜的審美世界，生發出許多聯想，把藝術張力的效果發揮到最大。

　　對於詩性建構的癡迷，使得廢名有時在文章中直接套用中國古典詩歌的核心意蘊，有時乾把脆詩歌原句照搬過來。如《橋》的下篇第 17 章《今天下雨》寫小林面對細竹、琴子而引發出的想像和聯想，充滿了詩情畫意：「我告訴你們，我常常喜歡想像雨，想像雨中女人美──雨是一件袈裟。」這和李璟的名句「細雨夢回雞塞遠，小樓吹徹玉笙寒」所引發的意境是非常相似的。至於對名句的直接引用則更比比皆是，如「青青河畔草」，「我是夢中傳彩筆，欲書花葉寄朝雲。」「池塘生春草」等。特別指出的是，廢名對中國晚唐詩歌尤

其是李商隱、溫庭筠的詩作有著強烈的愛好，認為他們的作品充滿了幻想和蘊藉。他稱溫庭筠的詞「是整個的想像。」「作者是幻想，他是畫他的幻想，不是抒情，世上沒有那麼美的人。」〔註29〕他稱李商隱的詩「都是藉典故馳騁他的幻想。」〔註30〕但廢名的引用依然有自己個體化的審美經驗，他是在新的文化語境中激活了中國古典詩歌的生命。

廢名小說之所以具有詩化的特點，和他對意境的刻意追求有著緊密的關係。意境是我國獨有的審美範疇，也最能體現東方民族的審美智慧和特徵，不僅在中國傳統文學中佔據重要位置，在中國現代文學中也被作家所繼承運用。20 世紀30 年代京派批評家周作人、李健吾、梁宗岱、朱光潛的文學理論也都強調過這一點，而廢名的小說在這方面的表現尤其明顯。李健吾說：「廢名先生彷彿一個修士，一切是內向的：他追求一種超脫的意境，意境的本身，一種交織在文字上的思維者的美化的境界，而不是美麗自身。」〔註31〕周作人說：「廢名君用了他簡練的文章寫所獨有的意境。」〔註32〕廢名早期的小說《竹林的故事》那個鄉村的三姑娘給人們留下了難忘的印象，她天真、單純、善良的性格和蒼翠的竹林渾然一體地融合在一起，襯托出清幽的意境氛圍；《菱蕩》裏的陶家村、特別是《橋》中到處充滿著作家獨出機紓的意境營造。廢名一方面通過自然景物的描寫來達到營造意境的目的，更多的則是通過象徵、隱喻的方式構建象徵性的意境，在他筆下，「竹林」、「塔」、「橋」、「槐樹」、「楊柳」、「燈」、「金銀花」、「碑」、「墳」等這些具象的事物事實上都具有思辨、哲理的意味，這既是作者對抽象觀念的表達方式，也會使人產生引發超越時空的歷史想像。比如在廢名小說中，「竹林」一般隱喻著青春和清幽，但人們想到的絕不會僅僅如此，各種文學作品中出現的「竹」的意象都會進入讀者的視野，進而產生豐富的聯想。

至於廢名作品的風格，則是學術界一個頗有爭議的話題。大多數研究者往往注意到廢名前期的風格，魯迅、周作人都肯定了廢名前期小說平淡樸訥的風格，如果只以廢名前期的小說集《竹林的故事》、《桃園》、甚至《橋》等作品

〔註29〕廢名：《以往的詩文學與新詩》，載《談新詩》，第 30 頁，人民文學出版社 1984 年版。
〔註30〕廢名：《談新詩》，第 37 頁，人民文學出版社 1984 年版。
〔註31〕李健吾：《邊城——沈從文先生作》，《咀華集·咀華二集》，第 26 頁，復旦大學出版社 2005 年 5 月版。
〔註32〕周作人：《〈棗〉和〈橋〉的序》，《苦雨齋序跋文》第 107 頁，河北教育出版社 2002 年版。

來看，這樣的評價無疑是準確的。但廢名這種沖淡的美學風格在當時並不被推崇，實際上游離於文學主潮之外。由於中國現代文學誕生於一個憂患深重甚至戰爭、災難頻仍的年代，它具有了與中國傳統美學溫柔敦厚迥然不同的風格，強調雄力與宏壯的美成為大多數作家的選擇。在這樣的時代環境中，廢名的作品在不少人眼裏多少是不合時宜的。

廢名後期的作品風格發生了很大的變化，由此造成了其作品晦澀的風格，「廢名君的文章近一二年來很被人稱為晦澀。」〔註33〕許多評論者都對廢名的這種轉變感到不可理解，有的甚至給予了嚴厲的批評。李健吾說：「馮文炳先生徘徊在他記憶的王國，而廢名先生，漸漸走出形象的沾戀，停留在一種抽象的存在……不幸他逃免光怪陸離的人世，如今收穫的只是綺麗的片段。」〔註34〕沈從文認為這是「近於邪僻文字」〔註35〕對於大多人的審美習慣來說，廢名後期的小說尤其是《莫須有先生傳》和《莫須有先生坐飛機以後》無疑形成了強烈的衝擊，要想讀懂廢名的小說確實有相當的難度。但從另一個角度思考，廢名的這種有意的美學追求是對自己和傳統的一個挑戰，他不願單調重複所謂小說寫作的定式，這事實上和當時盛行的俄國形式主義「陌生化」理論有著偶合之處。「藝術的目的是使你對事物的感覺如同你所認知的那樣；藝術的手法是事物的『反常化』手法，是複雜化形式的手法，它增加了感受的難度和時延。」〔註36〕因此，晦澀不應該是一個負面的詞彙，對於廢名這樣藝術反叛者的角色，理所應當地給予寬容和理解。

從文學史的角度看，廢名的影響不是很大，由於廢名的文學世界的獨特性，一般人是很難走進這個世界的，以至李健吾感慨：「他永久是孤獨的，簡直是孤潔的。」〔註37〕沈從文曾經說在 20 世紀 20 年代曾有少數的追隨者，如王墳、李同愈等人，但這些人的影響很小，真正和廢名的作品淵源較深的當數沈從文。但沈從文的創作和廢名是形似而神非，即使是當代的賈平凹、何立偉、汪曾祺等這些人，他們主要借鑒的也是廢名小說抒情化的手法。廢名在 20 世紀文壇依然扮演著獨行者的角色，他創作的許多迷宮仍有待研究者的探索。

〔註33〕周作人：《〈棗〉和〈橋〉的序》，《苦雨齋序跋文》第 107 頁。
〔註34〕李健吾：《〈畫夢錄〉——何其芳先生作》，《咀華集·咀華二集》第 84 頁。
〔註35〕沈從文：《論穆時英》，《沈從文全集》第 16 卷第 233 頁。
〔註36〕（俄國）什克洛夫斯基：《作為手法的藝術》，《俄國形式主義文論選》，第 6 頁，三聯書店 1989 年版。
〔註37〕李健吾：《邊城》——沈從文先生作，《咀華集·咀華二集》，第 26 頁。

第九章　沈從文論

　　如果要概括 20 世紀 80 年代以來中國現代文學研究最熱門話題的話，「沈從文熱」無疑應是其中的一個。沈從文這個 20 世紀 20 年代獨自走出湘西開始文學活動的作家，一方面以自己的天才和勤奮為人們構築了豐富多樣的審美世界，另一方面也在社會的不同時期成為爭議不斷的人物。但有一點可以預言的是，沈從文的研究遠沒有達到所謂飽和的狀態，依然是一個有挑戰性的課題。

　　沈從文的創作活動從 20 世紀 20 年代開始，數量是相當龐大的，單是小說就有短篇小說集 30 餘種，中篇和長篇小說 6 部。沈從文在 20 世紀 30 年代開始受到人們的關注，魯迅曾把他列入「新文學運動以來表現最好的幾位作家之一」〔註 1〕李健吾稱讚他說：「《邊城》便是這樣一部 idyllic 傑作。這裡一切是諧和，光與影的適度配置，什麼樣生活在什麼樣空氣裏，一件藝術品，正要叫人看不出藝術的。一切準乎自然……細緻，然而絕不瑣碎；真實，然而絕不教訓；風韻，然而絕不弄姿；美麗，然而絕不做作。這不是一個大東西，然而這是一顆千古不磨的珠玉。」〔註 2〕雖然新中國成立後沈從文的研究在大陸幾近絕跡，但海外的學者依然對他十分關注，美國學者夏志清在其《中國現代小說史》對沈從文評價甚高，稱「他是中國現代文學中最偉大的印象主義者。他能不著痕跡，輕輕的幾筆就把一個景色的神髓，或者是人類微妙的感情脈絡勾畫出來。他在這一方面的工夫，直追中國的大詩人和大畫家。現代作家中，沒

〔註 1〕尼姆・威爾士《現代中國文學活動》，載《新文學史料》1978 年第 1 期。
〔註 2〕李健吾：《邊城——沈從文先生作》，《咀華集・咀華二集》，第 28 頁，復旦大
　　　　學出版社 2005 年 5 月版。

有一個人及得上他。」〔註3〕金介甫（Jeffrey C．Kinkley）不僅潛心以沈從文為研究對象撰寫了博士論文《沈從文筆下的中國》，還以熱情的筆觸說：「先生的代表作品是世界上好多文學者永遠要看，而且要給自己的子女看的。」〔註4〕這些海外學者對沈從文的評價既代表了沈從文的世界聲譽和影響，也在一定程度上推動了新時期國內學者的研究。一般說來，多數學者都認可沈從文作為京派文學的領袖地位，如朱光潛說：「他編《大公報‧文藝》，我編商務印書館的《文學雜誌》，把北京的一些文人糾集在一起，佔據了兩個文藝陣地，因此博得了所謂『京派文人』的稱呼。」〔註5〕說沈從文的小說創作代表了京派小說的最高成就是符合歷史事實的一種評價。

一

沈從文在晚年回憶自己的創作時說：「從事文學創作，一半近於偶然，一半是正當生命成熟時，和當時新的報刊反映的新思潮接觸中，激發了我一種追求獨立自由的童心和幻想。」〔註6〕綜觀沈從文的小說創作，這種追求獨立自由的童心和幻想一直以自己獨有的方式執拗地存在，折射出作者的理想光環和人性光輝，在中國文壇呈現出一道美麗的風景線。

沈從文對文學有著自己的理解，他特別不同意把文學看做對生活的描摹和複製，認為文學的本質是對生命的探求、美的探求、人性的探求。這反映出他的文學價值觀和當時盛行的觀念有著巨大的差別，在某種程度上也埋下了他日後命運多舛的禍根。沈從文不是輕易附合別人觀念的人，在對文學本質的理解上，他的見解帶有形而上的特徵，也可以說超越了時代。他反覆強調過這一點：「這世界上或有想在沙基或水面上建造崇樓傑閣的人，那可不是我。我只想造希臘小廟。選山地作基礎，用堅硬石頭堆砌它。精緻，結實，勻稱，形體雖小而不纖巧，是我理想的建築。這神廟供奉的是『人性。』」〔註7〕「我有我自己的尺寸和分量，來證實生命的價值和意義。我用不著你們名叫『社會』為制定的那個東西。」〔註8〕「還要用一種溫柔的筆調來寫各式

〔註3〕夏志清：《中國現代小說史》，第147頁，復旦大學出版社2005年版。
〔註4〕金介甫：《給沈從文的一封信》，《花城》1980年第5期。
〔註5〕朱光潛：《從沈從文先生的人格看他的文藝風格》，《花城》1980年第5期。
〔註6〕沈從文：《〈沈從文散文選〉題記》，《沈從文全集》第16卷，第384頁，北嶽文藝出版社2002年版。下同。
〔註7〕沈從文：《習作選集代序》，《沈從文全集》第9卷，第2頁。
〔註8〕沈從文：《水雲》，《沈從文全集》第12卷，第94頁。

各樣的愛情，寫那種和我目前生活完全相反，然而與我過去情感又十分相近
的牧歌。」〔註9〕筆者認為，沈從文對中國 20 世紀文學的一個傑出貢獻就
在於，他衝破了所謂現實主義理論的束縛，以充滿詩情的筆調譜寫了一曲悠
遠、恬靜的牧歌，使文學具有了超越世俗的獨立審美空間，也使文學贏得了
健康和尊嚴。「他的小說具有一種特殊的空氣，現今中國任何作家所缺乏的
一種舒適的呼吸。」〔註10〕時隔 70 餘年，我們仍然為李健吾先生這樣的判斷
而震撼。

　　沈從文自幼生活在地理環境相對閉塞的湘西，由於這樣的原因，湘西幾乎
和外界處在隔絕的狀態，也難以感受到現代文明的氣息。但在這裡湘西人卻有
著自己的生活方式和行為準則，呈現出「優美、健康、自然、而又不悖乎人性
的人生形式」〔註11〕對於沈從文來說，這片風雲激蕩、山清水秀的古老土地，
承載著民族的光榮與夢想，也成為他創作的巨大源泉。「我雖離開了那條河
流，我所寫的故事，卻多數是水邊的故事。故事中我所最滿意的文章，常用船
上水上作為背景，我故事中人物的性格，全為我在水邊船上所見到的人物性
格。我文字中一點憂鬱氣分，便因為被過去十五年前南方的陰雨天氣影響而
來……」〔註12〕凌宇先生把沈從文描寫湘西的作品劃分為三類：原始自然形
態、自在形態與自為形態，從而把沈從文的文學世界上升到哲學層面的考察，
對於我們認識沈從文的創作是頗有幫助的。在沈從文這類作品的筆下，愛情、
婚姻及兩性關係是高度自由的。沒有任何宗法倫理道德的制約，青年男女們以
單純、熱烈、質樸詮釋著愛情的內涵，那就是只能以愛作為唯一的基礎，甚至
湘西的妓女也有不同與現代社會的倫理標準：

　　　　由於邊地的風俗淳樸，便是作妓女，也永遠那麼渾厚，遇不相
　　熟的主顧，做生意得先交錢，數目弄清楚後，再關門撒野。人既相
　　熟後，錢便在可有可無之間了。妓女多靠四川商人維持生活，但恩
　　情所結，卻多在水手方面……尤其是婦人，情感真摯癡到無可形容，
　　男子過了約定時間不回來，做夢時，就總常常夢船攏了岸，那一個
　　人搖搖盪蕩的從船跳板到了岸上，直向身邊跑來……他們生活雖那
　　麼同一般社會疏遠，但是眼淚與歡樂，在一種愛憎得失間，揉進了

〔註9〕沈從文：《水雲》，《沈從文全集》第 12 卷，第 110 頁。
〔註10〕李健吾：《邊城——為沈從文作》，《咀華集·咀華二集》，第 27 頁。
〔註11〕沈從文：《習作選集代序》，《沈從文全集》第 9 卷，第 5 頁。
〔註12〕沈從文：《我的寫作與水的關係》，《沈從文全集》第 17 卷，第 209 頁。

這些人生活裏時，也便同另外一片土地另外一些人相似，全個身心
為那點愛憎所浸透，見寒作熱，忘了一切。——《邊城》

在沈從文看來，青年男女的愛情是最能衡量人性的標尺，因此他把愛情當
作是一種生命力的表現，是自然健康的，這些在《雨後》、《阿黑小史》、《柏子》、
《邊城》等作品中都有充分的表現，而《邊城》作為沈從文的代表作在這方面
表現得尤其突出。書中的女主人公翠翠善良、純潔，猶如山中蒼翠的青竹，閃
耀著青春的美和活力。二老儺送英俊、勇敢，他們彼此互相吸引，深深相愛，
翠翠「夢中靈魂為一種美妙的歌聲浮起來了，彷彿輕輕地各處飄著。」

但他們兩人之間的愛情卻遭到了來自現代文明——一座磨坊的阻擋，然
而二老對此極為蔑視，他對父親順順說：

爸爸，你以為這事為你，家裏多座碾坊多個人，你可以快活，
你就答應了。若果為的是我，我要好好想一下，過些日子再說吧。
我尚不知道我應當得座碾坊，還是應當得一隻渡船；因為我命裏或
許只許我撐個渡船！

即使在沈從文稍晚寫作的《長河》中，現代文明已經開始滲透到湘西，逐
步瓦解著邊地的原始文明狀態時，這裡的年輕人依然對愛情忠貞不貳，作品中
的夭夭面對保安隊長的調戲，保持著女性的尊嚴：

夭夭呢，只覺得面前一個唱的說的都不太高明，有點傻相，所
以也從旁笑著。意思恰恰像是事不干己，樂得看水鴨子打架。本鄉
人都怕這個保民官，她卻不大怕他。人縱威風，老百姓不犯王法，
管不著，沒理由懼怕。——《長河》

在《月下小景》、《龍朱》、《阿黑小史》、《邊城》、《三三》、《長河》等作品
中寄託著沈從文的理想境界，那裡的世界是那樣的單純和美好：「在這真純的
地方，請問，能有一個壞人嗎？在這光明的性格，請問，能留一絲陰影嗎？」
「這些可愛的人物，各自有一個厚道然而簡單的靈魂，生息在田野晨陽的空
氣。他們心口相應，行為思想一致。他們是壯實的，衝動的，然而有的是向上
的情感，掙扎而且克服了私欲的情感。」〔註13〕沈從文筆下的水手、妓女、士
兵、船夫等所謂下層階級身上閃爍的人性和都市文明上層階級的虛偽、貪婪構
成了兩個完全不同的世界。這是一個迷人的、人與自然高度和諧統一的世界，
一切都顯得那麼寧靜、淡遠、契合自然的法則。很清楚，沈從文追尋的這種人

〔註13〕李健吾：《邊城——沈從文先生作》，《咀華集·咀華二集》第27頁。

的自然性，反抗社會禁律的立場頗近似於中國傳統道家的觀念。中國先秦時期
的道家代表人物莊子有感於人與人之間關係的緊張和人性的異化，提出「不物
於物」，「天地與我並生，萬物與我為一」等觀點，要求重新建立人與人、人與
宇宙的和諧關係，要求人們在精神上泯滅主體和客體的界限，與「道」融為一
體。在此基礎上實現對世俗人生的超越，獲得一種精神上和心靈上的絕對自
由。「性者，生之質也。」〔註14〕沈從文也說：「我討厭一般的標準，尤其是偽
思想家為扭曲壓扁人性而定下的庸俗鄉愿標準。」〔註15〕在沈從文看來，只要
捨棄了文明社會所制定的種種戒律，比如金錢等物質形態，階層等社會形態等
社會化的過程，人性自然、健康的一面就會萌發出勃勃生機，進而達到自由的
境地，就像李澤厚所說的：「人必須捨棄社會性，使其自然性不受污染，並擴
而與宇宙同構才能是真正的人。」〔註16〕

　　沈從文未嘗不知道這樣的原始文明面臨著巨大的挑戰而趨向瓦解，也未
嘗不瞭解這種自然狀態的社會被文明社會超越是歷史的必然。在《邊城》中，
如果說人們已經能夠隱約感覺到橫在翠翠、儺送之間的那座磨盤這種物化文
明的威力，那麼在《長河》這部小說中，人們已經清晰看到湧動的時代浪潮正
在無情地拍打著邊地的自然寧靜，把這裡攪動得天翻地覆：「最明顯的事，即
農村社會所保有那點正直素樸人情美，幾幾乎快要消失無餘，代替而來的卻是
近二十年實際社會培養成功的一種唯實唯利庸俗人生觀。」最具有現實感的是
《丈夫》這篇小說。這篇作品描寫鄉村文明在物質文明侵襲下已經分崩離析，
人性開始變異，一些農村婦女跑到碼頭從事妓女的生涯：

　　　　她們從鄉下來，從那些種田挖園的人家，離了鄉村，離了石磨
　　與小牛，離了那年青而強健的丈夫懷抱……做了生意，慢慢的學會
　　了一些只有城市裏才需要的惡德，於是婦人就毀了。——《丈夫》

　　但我們不應據此簡單地把沈從文的這種作品歸於現實主義精神，它不同
於茅盾的《春蠶》、不同於葉聖陶的《多收了三五斗》，也不同於柔石的《為奴
隸的母親》、羅淑的《生人妻》等作品。在沈從文龐大的文學審美體系中，始
終有一個基點，那就是他的理想主義，對愛與美的執著，對重建民族信仰的渴
望。「人事能夠燃起我感情的太多了，我的寫作就是頌揚一切與我同在的人類

〔註14〕《莊子·庚桑楚》，見陳鼓應《莊子今注今譯》下冊第 713 頁，商務印書館 2007
　　　　年版。
〔註15〕沈從文：《水雲》，《沈從文全集》第 12 卷，第 94 頁。
〔註16〕李澤厚：《華夏美學》第 129 頁，天津社會科學出版社 2001 年 11 月版。

美麗與智慧。」〔註17〕即使在階級矛盾、民族矛盾空前尖銳的時代背景下，儘管他多次受到左翼文藝的指責，這位湘西水手依然固守著自己的理想，為這個桃花源式的邊地文明唱了一曲輓歌。「所以忠忠實實和問題接觸時，心中不免痛苦，唯恐作品和讀者對面，給讀者也只是一個痛苦的印象，還特意加上一點牧歌的諧趣，取得人事上的調和。」〔註18〕這種牧歌情懷成為作家心靈的棲居之所，也成為物慾喧囂時代難得的一片精神綠洲。

二

沈從文雖然憑藉自己的奮鬥躋身於大學教授和京派文人的行列，但他的精神氣質和寫作才能更多地表現出鄉土的特徵，他不止一次稱自己為一個「鄉下人」。他說；「在都市住上十年，我還是個鄉下人。第一件事，我就永遠不習慣城里人所習慣的道德的愉快，倫理的愉快。」〔註19〕「坐在房間裏，我的耳朵永遠想的是拉船人聲音，狗叫聲，牛角聲音……我是從另一個地方來的人，一切陌生，一切不能習慣，形成現在的自己的。」〔註20〕他用一支靈秀的彩筆，馳騁在湘西那片原始古老的土地，奇異的民俗風情和鄉土氣息交織在一起，彈奏出中國現代文學華美的詩篇。

作為一個少數民族血統的作家，雖然沈從文的思想有中國傳統儒家、道家的影響，但楚文化和民間文化的影響也是不可忽視的。沈從文的故鄉位於湖南西北部，大體上屬於沅江和澧水流域，在歷史上一直是苗、漢、瑤、土家族等民族雜居之地，就其文化區域來講，屬於湘楚文化。「我們家鄉所在的地方，一個學習歷史的人會知道，那是『五溪蠻』所在的地方。這地方直到如今，也仍然為都會中生長的人看不上眼的。假若一種接近於野獸純厚的個性就是一種原始民族精力的儲蓄，我們永遠不大聰明，拙於打算。永遠缺少一個都市中人的興味同觀念。」〔註21〕這種文化迥異於北方的理性文化，形成了以屈原為代表的詩性和浪漫情調。李澤厚說：「南中國由於原始氏族社會結構有更多的保留和殘存，便依舊強有力地保持和發展著絢爛鮮麗的遠古傳統……在意識形態各領

〔註17〕沈從文：《蕭下集·題記》，《沈從文全集》第 16 卷第 325 頁。
〔註18〕沈從文：《長河·題記》，《沈從文全集》第 10 卷，第 6 頁。
〔註19〕沈從文：《蕭下集·題記》，《沈從文全集》第 16 卷第 324 頁。
〔註20〕沈從文：《生命的沫·題記》，《沈從文全集》第 16 卷第 306 頁，北嶽文藝出版社 2002 年版。
〔註21〕沈從文：《記胡也頻》，《沈從文全集》第 13 卷第 7 頁。

域，仍然瀰漫在一片奇異想像和熾烈情感的圖騰──神話世界之中。」〔註22〕
同時由於地理位置偏僻，作為中國統治階級統一的文化意識形態並沒有完全滲
透進來，反而形成了這裡多姿多彩的民族文化和民間文化。正是基於這樣的文
化背景，沈從文的作品呈現出濃鬱的地域色彩和民族色彩。

　　假如讀沈從文小說，讓人感覺到是在湘西邊地作一次愉快的旅行，這裡的
青山、溪水、弔腳樓、苗寨、碼頭、渡船、橘園等都無一例外地塗抹了作家的
主觀感情，流露了作家濃烈的戀鄉情懷。作者在《邊城》中寫道：

> 　　水中游魚來去，皆如浮在空氣裏。兩岸多青山，山中多可以造
> 紙的細竹，長年作深翠顏色，迫人眼目。近水人家多在桃杏花裏，
> 春天時只需注意，凡有桃花處必有人家，凡有人家處必可沽酒。夏
> 天則曬晾在日光下耀目的紫花布衣袴，可以作為人家所在的旗幟。
> 秋冬來時，人家房屋在懸崖上的，濱水的，無不朗然入目。黃泥的
> 牆，烏黑的瓦，位置卻永遠那麼妥帖，且與四圍環境極其調和，使
> 人迎面得到的印象，實在非常愉快。

　　沈從文雖然創作的小說數量很大，但描寫都市生活並非他所擅長，他的這
一類作品多半停留在觀念化的層次上，缺少藝術感染力。李健吾在回答是喜歡
《邊城》還是《八駿圖》時直截了當地說：「《八駿圖》不如《邊城》豐盈，完
美，更能透示作者怎樣用他藝術的心靈來體味一個更其真淳的生活。」〔註23〕
真正給他帶來世界性盛譽的恰是描寫湘西的系列作品。在他剛進入創作的成
熟期時，蘇雪林就發現了他創作的獨特之處：「他愛寫湘西民族的下等階級，
從他們齷齪，卑鄙，粗暴，淫亂的性格中；酗酒，賭博，打架，爭吵，偷竊，
劫掠的行為中，發現他們也有一顆同我們一樣的鮮紅熱烈的心，也有一種同我
們一樣的人性。」〔註24〕司馬長風評論《邊城》說：「這是古今中外最別致的
一部小說，是小說中飄逸不群的仙女。她不僅是沈從文的代表作，也是30年
代文壇的代表作。」〔註25〕可見，只有一個作家找到了自己最熟悉的題材，他
才能得心應手地駕馭。除了《邊城》，其他如《三三》、《雨後》、《蕭蕭》、《阿
黑小史》、《丈夫》、《長河》等湘西系列的小說也都呈現出湘西的風俗民情。像
《長河》這部長篇，其故事情節的推動是比較緩慢的，人物也沒有佔據作品的

〔註22〕李澤厚：《美的歷程》，第64頁，中國社會科學出版社1989年版。
〔註23〕李健吾：《邊城──沈從文作》，《咀華集・咀華二集》第29頁。
〔註24〕蘇雪林：《沈從文論》，原載《文學》1934年9月1日第3卷第3期。
〔註25〕司馬長風：《中國新文學史》中卷第38頁，香港昭明出版社1978年版。

中心位置。相反,鄉俗風情的描寫卻佔據了相當的篇幅,這從小說各個章節的名稱如「人與地」、「秋」、「呂家坪的人事」、「社戲」中可以看出來。沈從文自己說:「我還將繼續《邊城》,在另外一個作品中,把最近二十年來當地農民性格靈魂被時代大力壓扁扭曲失去了原有的素樸所表現的式樣,加以解剖與描繪。其實這個工作,在《湘行散記》上就試驗過了。因為還有另外一種忌諱,雖屬小說遊記,對當前事情亦不能暢所欲言,只好寄無限希望於未來。」〔註26〕這裡沈從文提到的小說遊記這種式樣其實就是敘事中溶入風情民俗的要素,增加作品的鄉土氣息,當代作家古華的《芙蓉鎮》、汪曾祺的「高郵系列小說」、賈平凹的「商州小說系列」等也都有這樣的特點。

沈從文自幼生活在湘西,對湘西的民族文化和民間文化極為熟悉,「我的世界完全不是文學的世界,我太與那些愚昧、粗野、新犁過的土地同冰冷的槍接近熟習,我所懂的太與都會離遠了。」〔註27〕後來他在北京生活時,接受了周作人翻譯的靄理斯的性心理學觀點,讀了張東蓀的《精神分析學ABC》。而此時又恰逢中國民俗學研究的第一個熱潮。五四新文學運動中,周作人、胡適等極力倡導民俗學研究。1920年12月19日成立了北京大學歌謠研究會,並創辦《歌謠》雜誌,後來又更名為「民俗學會」,搜集的內容也擴大到神話、風俗、方言、故事等。「正是在民俗學會的指導與推動下,更全面地展開了我國民俗學研究,並且很快出現了顧頡剛的《孟姜女故事的演變》等一批最初成果;周作人為之作序的就有劉半農《江陰船歌》、劉經庵《歌謠與婦女》、林培廬《潮州佘歌集》、江紹原《髮鬚瓜》、谷萬川《大黑狼的故事》等。」〔註28〕甚至他們還計劃編輯《猥褻歌謠集》與《猥褻語彙》,以此來窺測中國民眾的性心理。因此,瞭解了這樣的一個文化背景,人們對於沈從文作品中大量穿插的山歌、情歌、傳奇、節日娛樂、宗教祭祀等民間、民俗文化也就容易理解了。

美國學者金介甫認為:「傳統的湘西口頭民間文學,是組成沈從文抒情文學的一股巨流,傳統的作品更顯出鄉土特色。」〔註29〕特別是沈從文一些描寫愛情的作品中,形象生動地寫出了青年男女對唱山歌的情景,給人留下了很深的印象。《邊城》中的大老何二老同時喜歡上了翠翠,按照當地的民俗,兄弟兩人就要通過唱山歌的方式決出勝負,這種歌聲讓少女翠翠放飛了愛情的渴望:

〔註26〕沈從文:《長河·題記》,《沈從文全集》第10卷第5頁。
〔註27〕沈從文:《生命的沫·題記》,《沈從文全集》第16卷第306頁。
〔註28〕錢理群:《周作人論》第169頁,上海人民出版社1991年版。
〔註29〕金介甫:《沈從文傳》第133頁,國際文化出版公司2005年版。

　　爺爺，你說唱歌，我昨天就在夢裏聽到一種頂好聽的歌聲，又軟又纏綿，我像跟了這聲音各處飛，飛到溪懸崖半腰，摘了一大把虎耳草，我可不知道把這個東西交給誰去了。我睡得真好，夢的真有趣！

　　有學者在描述民間文化形態的特徵時說：「它是在國家權力控制相對薄弱的領域產生的，保存了相對自由活潑的形式，能夠比較真實地表達出民間社會生活的面貌和下層人民的情緒世界。」「自由自在是它最基本的審美風格。」「民主性的精華與封建性的糟粕交雜在一起，構成了獨特的藏污納垢的形態。」〔註30〕沈從文有些作品對民歌、民俗的描寫雖然不可避免地有其粗糙、粗俗的一面，缺乏精英文化的雅致和藝術含量，但其內在精神上依然充滿了自由、青春的氣息，讀者並未覺得有什麼不健康的情調。比如，他的作品多次引用了下面的民歌：

　　　　天上起雲雲起花，
　　　　包穀林裏種豆莢，
　　　　豆莢纏壞包穀樹，
　　　　嬌妹纏壞後生家。

　　　　天上起雲雲重雲，
　　　　地下埋墳墳重墳，
　　　　嬌妹洗碗碗重碗，
　　　　嬌妹床上人重人。

　　事實上，這些多少帶些色情成分的民歌恰恰表達了湘西少數民族一種非常健康、不同於傳統道德倫理的文化心態。金介甫的《沈從文傳》引用了大量民俗學、人類學的材料證明我國西南地區的苗族、瑤族、仡佬族、傣族等讓少年男女在一塊玩樂，直到青春期也不分開，他曾引用了一個學者這樣的研究資料：

　　「在貴州，男女兩相戀愛的情歌叫作《馬郎歌》，每一個村子都有一片供青年男女公開自由社交活動的草場，叫作『馬郎坡』，青年男女公開自由社交的活動稱作『搖馬郎』。每到農閒時節，青年的男女們，成群結隊的從一村到一村去『搖馬郎』，他們到了一個村子裏，就在『馬郎坡』上吹蘆葉噓噓作聲，

────────────
〔註30〕陳思和：《民間的浮沉：從抗戰到文革文學史的一個解釋》，見《批評空間的開創》第218～219頁，東方出版中心1998年版。

該村的少女們便盛裝出迎，雙方開始歌唱，在歌聲裏談起愛情來。一次又一次，一年又一年，雙方情投意合了，就可以談婚事，雙方的父母在原則上是不能干涉的。」〔註31〕像這種情形我們在《龍朱》、《媚金‧豹子‧與那羊》等作品中都能見到，呈現出野蠻與優美交織的民間氣息。

除了這類的對山歌，節日文化和宗教祭祀在沈從文此類的作品中也佔據較大的分量。沈從文所描寫的沅水流域一帶，較多地保留了楚文化的遺產。《漢書‧地理志》云：「楚人信巫鬼，重淫祀。」如沈從文的中篇《神巫之愛》、《月下小景》等把神話、民間傳說等穿插在一起，烘托出濃重的宗教情感。他的小說《山鬼》更是直接借用了屈原《山鬼》的篇名，寫一個精靈快活的小夥子到了愛情的年齡獨自跑到一個人跡罕至的山洞裏住了幾天，成了「癲子」。雖然小說沒有直接交代他瘋癲的原因，但聯想到屈原《山鬼》人神戀愛的情景，人們是不難推測的。至於節日，最為沈從文看重的當推端午節了，湘西後生把這個祭奠 2000 多年前偉大詩人的日子演變成生龍活虎的青春節日，成為不折不扣的狂歡節。《邊城》是這樣寫的：

> 每只船可坐十二個到十八個槳手，一個帶頭的，一個鼓手，一個鑼手。槳手每人持一支短槳，隨了鼓聲緩促為節拍，把船向前劃去。帶頭的坐在船上，頭上纏裹著紅布包頭，手上拿兩枝小令旗，左右揮動，指揮船隻的進退。擂鼓打鑼的，多坐在船隻的中部，船一劃動便即刻蓬蓬鐺鐺把鑼鼓很單純的敲打起來，為劃槳水手調理下槳節拍。一船快慢既不得不靠鼓聲，故每當兩船競賽到劇烈時，鼓聲如雷鳴，加上兩岸人吶喊助威，便使人想起小說故事上梁紅玉老鸛河時水戰擂鼓。

沈從文把創作重心放在故土湘西，不僅豐富了小說的表現內容和審美領域，也在一定程度上也呼應了魯迅先生所倡導的「鄉土文學」主張，為 20 世紀 20 年代的鄉土文學增加了實績。魯迅曾對「鄉土文學」做了如下的定義：「蹇先艾敘述過貴州，裴文中關心著榆關，凡在北京用筆寫出他的胸臆來的人們，無論他自稱為用主觀或客觀，其實往往是鄉土文學。」〔註32〕而沈從文自己在回憶中也說過自己的創作受到魯迅所倡導的「鄉土文學」的啟發。雖然沈從文在價值取向上和以魯迅為代表的鄉土作家有著明顯的差別，著重凸現湘

〔註31〕參見金介甫：《沈從文傳》第 145 頁，國際文化出版公司 2005 年版。
〔註32〕魯迅：《〈中國新文學大系〉小說二集‧序》，《魯迅全集》第 6 卷第 247 頁。

西人性的自然和純美，具有較多的道德向善論的傾向，「他甚至把殘酷也寫得美麗，為了不讓『文明』、『愚昧』這類歷史文化判斷妨礙了自己的審美判斷，破壞了對於『美』的沉醉。」〔註33〕但沈從文有些鄉土作品與魯迅等一批鄉土作家則存在著精神的聯繫，像他的《牛》、《丈夫》、《長河》、《貴生》等作品無一例外地表現出作者的啟蒙精神和人道情懷。沈從文在一篇文章中說：「將在另外一個作品裏，來提到二十年的內戰，使一些首當其衝的農民，性格靈魂被大力所壓，失去了原來的質樸，勤儉，和平，正直的型範以後，成了一個什麼樣子的新東西。」〔註34〕他提到的這部作品就是《長河》。與《邊城》比較起來，《長河》缺少了那種悠揚的牧歌情調，更多的是緊鑼密鼓的時代音響。所有人都能感覺出，越到創作的後期，沈從文小說現實性的因素逐漸得到了強化，這些正是他作品現代性的標記。

三

　　至於沈從文在小說創作上的成功，其獨有的藝術風格和創造功不可沒，這一點幾乎是所有的評論家都注意到的。與同時代的作家比較起來，沈從文的創作帶有鮮明的藝術個性，而這恰是作家成熟的標誌。當然沈從文達到這樣的境界並不是一蹴而就的，也經歷了漫長的藝術探索而逐漸走向藝術的自覺。總結沈從文創作的藝術特色，無論是對於中國現代文論的建構還是對於總結20世紀中國文學的創作經驗都是大有裨益的。

　　關於沈從文的藝術特色，研究者的文章都多有論及。有從敘事語言、文體角度的；有從風格、結構、心理等角度的。但筆者認為沈從文小說藝術上最重要的貢獻是他小說的抒情化特徵，他的小說由於增加了散文和詩的要素，創造出了充滿詩意的氛圍和環境，流淌出濃濃的詩情。沈從文說他是「用抒情的筆調來創作。」〔註35〕可見這是他有意識的嘗試。而沈從文在創作的實踐中去努力實現這一點，其成就有目共睹，可以說超過了他的前輩廢名。李健吾說：「沈從文先生是熱情的，然而他不說教；是抒情的，更是詩的。」「《邊城》是一首詩，是二佬唱給翠翠的情歌。」〔註36〕司馬長風評述《邊城》也說：「《邊城》僅約7萬字，可能是最短的一部長篇小說，實際上則是一部最長的詩。全書21

〔註33〕趙園：《論小說十家》第 122 頁，浙江文藝出版社 1987 年 5 月版。
〔註34〕沈從文：《邊城·題記》，《沈從文全集》第 8 卷第 59 頁。
〔註35〕沈從文：《夫婦·附記》，《小說月報》第 20 卷第 11 號。
〔註36〕李健吾：《邊城——沈從文先生作》，《咀華集·咀華二集》第 26 頁。

節，每節兩千到三千多字，每一節是一首詩，連起來成一首長詩，又像是 21 幅彩畫連成的畫卷。」〔註37〕這說明沈從文這方面的成就確實突出。

中國文學中一直具有強大的抒情傳統。由於中國詩歌沒有沿著西方史詩的敘事傳統發展，因而它非常注重內心情感的抒發。到了五四新文學時期，一些敏感的理論家發現西方小說正在經歷由外在客觀冷靜的描寫轉向人物內心深層開掘的趨勢，當時西方的現代派文學正在席捲西方世界，這不能不對我國的現代小說理論產生影響。朱光潛曾說：「第一流小說家不盡是會講故事的人，第一流小說中的故事大半只像枯樹搭成的花架，用處只在撐持住一園錦繡燦爛、生氣蓬勃的葛藤花卉。這些故事以外的東西就是小說中的詩。」〔註38〕這種抒情化的道路主要是要淡化小說的情節而代之以詩的構思；以詩的語言增加文章的含蓄和韻味。

沈從文早年的小說創作因為沉湎於傳統的以情節為中心的敘述模式，造成了他小說語言的拖沓、雜糅，缺乏詩心。夏志清評論道：「雖然這些小說，大體說來，都能夠反映出作者對各種錯綜複雜經驗的敏感觀察力，但在文體上和結構上，他在這一階段寫成的小說，難得有幾篇沒有毛病的。由於他對現代短篇小說結構沒有什麼認識，所有沈從文的敘述方法，都是傳統性的。」〔註39〕蘇雪林甚至在 20 世紀 30 年代就很不客氣地批評沈從文：「他用一千字寫的一段文章，我們將它縮成百字，原意仍不可失。因此他的文字不能像利劍一般刺進讀者的心靈，他的故事即寫得如何悲慘可怕，也不能在讀者腦筋裏留下永久不能磨滅的印象。」〔註40〕這都說明沈從文早期還沒有找到最合適的表現方法。但進入 30 年代之後，沈從文拋棄了以前的敘事方式，把散文、遊記、詩等文體的要素融入小說，「揉遊記散文和小說故事為一」；「半敘景物，半涉人事。」〔註41〕由此給他的小說帶來了全新的天地。

沈從文非常重視小說語言的簡練、含蓄的功能，他借鑒了廢名等人的經驗，把小說的詩化提高到一個新高度，使自己的文學世界掩映在詩情畫意中，給人以豐富的想像空間。看下面幾段文字：

〔註37〕司馬長風：《中國新文學史》中卷，第38頁。
〔註38〕朱光潛：《朱光潛美學文集》第2卷第489頁，上海文藝出版社1982年版。
〔註39〕夏志清：《中國現代小說史》第138頁。
〔註40〕蘇雪林：《沈從文論》，原載《文學》1934年9月1日第3卷第3期。
〔註41〕沈從文：《新廢郵存底》(22)，沈從文文集》第12卷第64頁，三聯書店1984年版。

　　雨後放晴的天氣，日頭炙到人肩上背上已有了點力量。溪邊蘆葦水楊柳，菜園中菜蔬，莫不繁榮滋茂，帶著一分有野性的生氣。草叢裏綠色蚱蜢各處飛著，翅膀搏動空氣時皆蛐蛐作聲。枝頭新蟬聲音雖不成腔卻已漸漸宏大。兩山深翠逼人的竹篁中，有黃鳥與竹雀杜鵑交遞鳴叫。翠翠感覺著，望著，聽著，同時也思索著。──《邊城》

　　那首歌極柔和，快樂中又微帶憂鬱。唱完了這個歌，翠翠心上覺得浸入了一絲兒淒涼。她想起秋末酬神還願時田坪中的火燎同鼓角。

　　遠處鼓角已起來了，她知道繪有朱紅長線的龍船這時節已下河了。細雨還依然落個不止，溪面一片煙。──《邊城》

　　站在門邊望天，天上是淡紫與深黃相間。放眼又望各處，各處村莊的稻草堆，在薄暮的斜陽中鍍了金色。各個人家炊煙升起後又降落，拖成一片白幕到坡邊。遠處割過禾的空田坪，禾的根株作白色，如同一張紙畫上無數點兒，一切光景全彷彿是詩，字句韻腳說不出的和諧，說不盡的美。──《阿黑小史》

　　半個月來，樹葉子已落了一半，只要一點點感風，總有些離枝的木葉，同紅紫雀兒一般，在高空裏翻飛。太陽光溫和中微帶寒意，景物越發清疏和爽朗，一切光景靜美到不可形容。天天一面打掃祠堂前木葉，一面抬頭望半空中飄落的木葉，用手去承接捕捉。──《長河》

　　這些語言空靈、飄逸，簡潔、含蓄，具有詩性的美感和魅力，能引起人們無限的遐思，這主要是因為沈從文把中國傳統文學抒情的特徵給予了很好的借鑒和吸收。他在一篇文章中很有見地地談到中國傳統藝術的智慧：「再從宋元以來中國人所作小幅繪畫上注意。我們也可就那些優美作品設計中，見出短篇小說不可少的慧心和匠心。這些繪畫無論是以人事為題材，以花草鳥獸雲樹水石為題材，『似真』『逼真』都不是藝術品最高成就，重要處全在『設計』，什麼地方著墨，什麼地方敷粉施彩，什麼地方竟留下一大片空白，不加過問。有些作品尤其重要處，便是那些空白處不著筆墨處，因比例上具有無言之美，產生無言之教。」〔註42〕沈從文的文化血統中帶有很深的傳統文化的淵源，其

〔註42〕沈從文：《短篇小說》，《沈從文全集》第 16 卷，第 505 頁。

小說語言融情於景、注重言外之意，彰顯了中國古典藝術的生命。有人說：「如果說《邊城》及其之前的湘西小說是意境圓融以意取勝的唐詩的話，那麼其後期的湘西小說則大多是靈智主理以理取勝的宋詩。如果說前者呈現的是一種抒情詩性的話，那麼後者呈現的則是一種哲理詩性。」〔註43〕這種比喻雖然未必完全恰當，但它大抵揭示了沈從文小說與中國傳統文學詩性的契合。如果說魯迅最早開創了中國現代抒情小說道路的話，那麼沈從文就是一個重要的里程碑，把現代小說抒情化提升到新的高度，其後直接影響了蕭乾、師陀、汪曾祺等一批作家的創作。

沈從文與中國現代小說抒情化相聯繫的另一個藝術成就是其對意境的刻意追求。所謂意境，是通過意象達意的最高境界，「『意境』不是表現孤立的物象，而是表現虛實結合的『境』，也就是表現造化自然氣韻生動的圖景，表現作為宇宙的本體和生命的道（氣）。這就是意境的美學本質。」〔註44〕事實上，意境說在唐代就已經出現，它的精神淵源更可以追溯到老莊的美學。唐代的王昌齡、皎然、司空圖、劉禹錫等人的文章中都曾提到了這樣的概念，司空圖的《二十四詩品》更是觸及到境界的美學本質。在王國維的詩學體系中，「境界說」猶如金字塔的塔尖，是其最具價值的部分，居於核心位置。「詞以境界為最上。有境界則自成高格，自有名句。」〔註45〕他在《人間詞話》中特別提及「有我之境」和「無我之境」的區分：「有有我之境，有無我之境……有我之境，以我觀物，故物皆著我之色彩。無我之境，以物觀物，故不知何者為我，何者為物。」〔註46〕在王國維的「境界說」中，「情」與「景」、「意和象」如水乳交融般地不可分離。意境的審美範疇極大地拓展了中國文學藝術的空間，「文藝在創作和接受中可以非常自由地處理時空、因果、事物、現象，即通過虛擬而擴大、縮小、增添、補足，甚至改變時空、因果的本來面目。」〔註47〕具體到沈從文的作品中來，沈從文擅長通過自然景物和場景氛圍的描寫來創造意境，也擅長通過象徵性的意象來烘托氣氛，使自己筆下的世界構成完整的

〔註43〕陳學祖：《詩意的追尋：沈從文湘西小說的詩性敘事》，《吉首大學學報》（社科版）2003 年第 1 期。
〔註44〕葉朗：《中國美學史大綱》第 276 頁，上海人民出版社 1985 年 11 月版。
〔註45〕王國維：《人間詞話》，《王國維集》，第 1 卷，北京：中國社會科學出版社，2008 年，第 210 頁。
〔註46〕王國維：《人間詞話》，《王國維集》，第 1 卷，北京：中國社會科學出版社，2008 年，第 211 頁。
〔註47〕李澤厚：《華夏美學》第 247 頁，天津社科出版社 2001 年 10 月版。

意象空間。

　　沈從文的作品中，人與自然是渾然一體地存在著，不可分離，就如同「意」和「象」的水乳交融。沈從文筆下的不少人物生活在單純、寧靜的自然世界中，其本身的存在就成為自然界的一部分，具有和諧的美感。在《邊城》中，翠翠恬靜的性格和周圍的環境是那樣的協調，周圍清澈的溪水、蒼翠的竹林孕育了翠翠的純真、自然的天性：

　　　　小溪流下去，繞山岨流，約三里便匯入茶峒大河。人若過溪流小山走去，則只一里就到了茶峒城邊。溪流如弓背，山路如弓弦，故遠近有了小小差異。小溪寬約廿丈，河床為大片石頭作成。靜靜的河水即或深到一篙不能落底，卻依然清澈透明，河中游魚來去皆可以計數。

　　在小說開頭，作者把翠翠置於這樣一個煙雨朦朧、青山綠水的環境中，好似一幅淡雅的山水寫意畫，讀後有餘音繞梁的感覺。而在小說結尾，作者用極為簡潔文字襯托出憂傷、悵惘的淒迷境界：

　　　　可是到了冬天，那個坍坍了的白塔，又重新修好了。那個在月下唱歌，使翠翠在睡夢裏為歌聲把靈魂輕輕浮起的青年人還不曾回到茶峒來。

　　　　……

　　　　這個人也許永遠不會來了，也許「明天」回來！

　　在這樣的藝術世界中，這樣的物景實際上並不是單獨存在的，它揉進了作者的主觀情愫，即不再是無我之物，時時閃動著作者的情感，取得了「言外之意」的效果。其他如《長河》、《三三》、《雨後》、《丈夫》等作品中也處處顯露了這樣的意境。

　　沈從文所處的時代，正是西方的「典型說」長驅進入中國並受到熱捧，傳統藝術被不少作家棄之如敝屣的時代。然而沈從文卻沉迷於中國傳統藝術的廣闊天地之中，「把古典詩歌的善於創造意象，宋元山水畫的精於結構布局，古代白話小說的長於敘述故事，同湘西秀麗多姿的自然山水、古樸傳奇的民間風俗熔於一爐，創造了令人神往的藝術境界。」〔註48〕從這樣的意義上講，對沈從文而言，意境已經不再僅僅是一種語言的形式，而是一種複雜的文化現象

　　〔註48〕方錫德：《中國現代小說與文學傳統》第276頁，北京大學出版社1992年6月版。

和精神現象，證明了他的生命藝術結構中潛藏的傳統詩學的因子依然頑強地存在著。

沈從文雖然癡迷沉醉於中國傳統文化的殿堂中，但作為一個現代知識分子，他的思想卻充滿了開放的姿態，對於西方的現代文化並不拒斥，而這正是那一代知識分子所共有的特點。據凌宇先生在他的《從〈邊城〉走向世界》一書中所透露的資料，沈從文對西方的現代心理學就較為關心，他在抗戰時期創作的《看虹錄》、《摘星錄》等作品採用變態心理學的方法來揭示人物狂亂、分裂的心理狀態，具有強烈的現代主義氣息，與沈從文以前的創作完全是兩個不同的世界，以至於一般的讀者和評論者都很費解。當然，這種完全演繹西方變態心理的方法未必十分成功，但沈從文大多數作品中運用心理描寫的手段來刻畫人物都取得了很好的效果，尤其是《邊城》、《三三》等代表了他的最高水準。

沈從文非常擅長捕捉女性的心理，他對人物心理的揣摩十分透徹、貼切，以至於讓有的女性感歎說，沈從文是個男的，怎麼能夠把女孩子的心理琢磨得那麼透。李健吾說：「沈從文先生描寫少女思春，最是天真爛漫。我們不妨參看他往年一篇《三三》的短篇小說。他好象生來具有一個少女的靈魂，觀察的不是別人，而是自己。這種內心現象的描寫是沈從文先生的另一個特徵。」﹝註49﹞在《邊城》中有幾處都寫到了少女翠翠在初涉愛情時的矜持、羞澀而又怦然心動的細微心理。如在初遇二老時曾因誤解罵過他，然而當她回去聽說此人就是諢名「岳雲」的儺送時，到了家，「另外一件事，屬於自己不關祖父的，卻使翠翠沉默了一個夜晚。」翠翠情竇初開，這種愛情心理是十分含蓄的。然而後來第一個來她家提親的卻是老大天保，進而產生了微妙的心理變化，十分自然、真實：

> 翠翠明白了，人來做媒的是大老！不曾把頭抬起，心忡忡的跳
> 著，臉燒得厲害，仍然剝她的豌豆，且隨手把空豆莢拋到水中去，
> 望著它們在流水中從從容容的流去，自己也儼然從容了許多。

這段描寫惟妙惟肖地刻畫了少女的驚愕和極度失望、掩飾的心理過程，讓人難以忘懷。

沈從文從來不相信寫作有所謂的定式和套路，他有意識地對各種所謂的創作理論進行衝擊：「一切作品都需要個性，都必須浸透作者人格和感情，想

﹝註49﹞李健吾：《邊城──沈從文先生作》，《咀華集‧咀華二集》第 28 頁。

達到這個目的，寫作時要獨斷，要徹底地獨斷！」〔註50〕由此導致了沈從文小說結構的變化多端，自由活潑，為此贏得了「文體作家」的稱號。他的創作有玲瓏剔透牧歌式的文體，有散文遊記體；有寓言體，有受佛家故事影響的敘述體，還有日記體、書信體等等。即使在同一部作品中，他也十分注意內部結構的精緻、和諧，這裡仍以《邊城》為例。《邊城》由 21 章組成，恰似由各個樂部共鳴所組成的一部交響曲，內在的連貫是十分緊密的，然而拆開來看又可單獨組成一個個精美的故事，很好地體現了沈從文追求小說結構和諧、勻稱的美學主張。特別是小說的結尾更是精彩絕倫，為此汪曾祺感慨說：「湯顯祖評董解元《西廂記》，論及戲曲收尾，說『尾』有兩種，一種是『度尾』，一種『煞尾』。『度尾』如畫舫笙歌，從遠地來，過近地，又向遠處去』；『煞尾』如駿馬收韁，忽然停住，寸步不移。他說得很好，收尾不外這兩種。《邊城》各章的結尾，兩種兼見。」〔註51〕沈從文的小說在看似不經意的布局中其實充滿了作者的潛心創造。

　　沈從文對於 20 世紀中國文學而言，並不是所謂的神話，而是一種奇蹟和幸運。蘇雪林在 20 世紀 30 年代就預言「還有光明燦爛的黃金時代等著他在前面」，沈從文確實也以自己斑斕璀璨的文學世界證明了她的預言。只不過對於沈從文來說文學創作道路的艱辛遠遠超越了他的想像，以至於在建國後的政治風暴中他被迫擲筆多年。對於今天出現的沈從文熱，在一定程度上應當看作對於這個作家遲到的紀念，對於一個生性執拗、孤傲的作家，也許這並不是他所願意看到的。對於一個作家來說，還有什麼比作品永遠留在人們的心靈深處更值得驕傲和珍視呢？

〔註50〕沈從文：《習作選集代序》，《沈從文全集》第 9 卷第 3 頁。
〔註51〕汪曾祺：《沈從文和他的〈邊城〉》，《芙蓉》1981 年第 2 期。

第十章　一代才女：凌叔華、林徽因論

凌叔華論

　　在京派作家圈裏，凌叔華的身份比較特殊，這主要是因為在京派文人頻繁舉辦各種文化沙龍、京派文學最為繁盛的時期，她和丈夫陳源在武漢大學任教，居住在珞珈山。大凡這類的活動，她是很少參加的。再則，凌叔華從事文學活動比較早，她和冰心、馮沅君、盧隱、蘇雪林等是中國第一代的女性作家群的成員，其代表作《花之寺》1928 年由新月書店出版，而此時的京派文學尚在形成期，明確的流派特徵尚未完全具備。正因為如此，有人對把遠在武漢的凌叔華列入京派作家是持有異議的。但事實上我們這裡論及的京派既不是一個地域的概念，也不是政治的範疇，而是指其成員有一種大體相近的文化背景、審美理想和追求。凌叔華作品的風格、傾向和京派作家基本吻合，從這點出發，把凌叔華列入到京派小說家的作家進行個案分析仍是合適的。另外，凌叔華和「新月社」成員的關係密切，如她和徐志摩、胡適、沈從文、梁實秋等的關係，而京派作家和新月派作家有時又構成了交叉、重疊的關係，1937 年《大公報》評選文藝獎金時組成的編委名單中列有凌叔華。此外，凌叔華和京派主持的報紙期刊有著較多的聯繫，她的作品如小說《一件喜事》發表在 1936 年 8 月 9 日的《大公報・文藝副刊》上，林徽因編選的《大公報文藝叢刊小說選》也選了凌叔華的《無聊》。正是因為這樣的原因，嚴家炎、楊義、吳福輝、許道明等先生在他們的相關著作中都把凌叔華列入京派作家的範疇給予評介。

　　凌叔華（1904～1990）原籍廣東番禺縣。1904 年出生在一個官宦世家，自幼對文學及繪畫藝術有濃厚的興趣，也受到了良好的教育，這為她日後從事

文學創作提供了良好的條件。凌叔華 1922 年考入燕京大學預科，次年升入本科外文系。凌叔華於 1924 年開始她的文學創作，其成名作是小說《酒後》，1925 年 1 月發表在《現代評論》上。1928 年出版了小說集《花之寺》，1930 年由商務印書館出版了第二個小說集《女人》，1935 年由上海良友圖書印刷公司出版了第三個小說集《小哥兒倆》。另外，凌叔華在海外還出版了其用英文寫作的小說集《古韻》；另有散文集《愛山廬夢影》。凌叔華一生的創作大體都包括在了以上的作品集中。

凌叔華踏上文壇創作之初，其實已是五四運動後的餘波，冰心、馮沅君、盧隱等女作家已經發表了她們的代表作，創作的活力趨於減退。而在這樣的格局下，凌叔華的橫空出世在中國現代女性文學史上就有了格外的意義，那就是她成為五四時代女性作家和以丁玲為代表的第二代女性作家的一個紐結。不僅如此，凌叔華以她獨特的創作題材填補了中國文學史的某些空白，其創作的風格也頗有詩學上的價值。

五四時代的文學為中國文學開闢了全新的現代意識。周作人曾把五四新文學概括為「人的文學」：「我們現在應該提倡的新文學，簡單的說一句，是『人』的文學。應該排斥的，便是反對的非人的文學。」〔註 1〕胡風則描述說：「當時的『為人生』派和『為藝術的藝術』派，雖然表現出來的是對立的形勢，但實際上卻不過是同一根源底兩個方向。前者是，覺醒了的『人』把它的眼睛投向了社會，想從現實底認識裏面尋求改革底道路；後者是，覺醒了的『人』用它的熱情膨脹了自己，想從自我底擴展裏面叫出改革底願望。」〔註 2〕這段文字也把五四文學的精神歸納為人的意識的自覺。中國第一代的女性作家基本上都呼應了這樣的時代主潮，因此其創作就具有了鮮明的時代性。

凌叔華早期創作關心的主題和冰心、馮沅君、盧隱等並沒有太大的差別，婦女的人格和命運在她筆下得到了空前的關注。「我們相信尊重女子的人格和權利，已經是現在社會生活進步的實際需要；並且希望他們個人自己對於社會責任由徹底地覺悟。」〔註 3〕只不過她的目光關注的是自己所熟悉的豪門貴族女性的不幸，這些女性性格溫順，雖然生活在五四時代，但思想比較守舊，大都缺乏激烈的反抗態度，這和馮沅君筆下女主人公的決絕和反叛迥然不同，這

〔註 1〕周作人：《人的文學》，1918 年 12 月 15 日《新青年》第 5 卷第 6 號。
〔註 2〕胡風：《文學上的五四》，《胡風評論集》中冊第 122 頁，人民文學出版社 1984 年版。
〔註 3〕《本志宣言》，《新青年》第 7 卷 1 號。

在她的第一個小說集《花之寺》中表現得特別明顯。如小說《酒後》寫男主人公的妻子采苕仰慕於醉臥在自己客廳的男客人，向丈夫提出讓她吻一下客人：

> 因為剛才我愈看他，愈動了我深切的不可制止的憐惜情感，我才覺得不舒服，如果我不能表示出來。她緊緊的拉住永璋的手道，「你一定得答應我。」

但當她的丈夫答應她的請求時，她卻最終退縮了。這種女性嚮往愛情卻被倫理道德羈絆的顧慮、羞怯心理仍停留在發乎情止乎禮的階段。馮沅君《隔絕》中的女主人公喊出的口號卻是「生命可以犧牲，意志自由不可犧牲，不得自由毋寧死。人們要不知道爭戀愛自由，則所有的一切都不必提了。」而凌叔華的《中秋晚》、《繡枕》等小說中女性的性格則更加軟弱，由於自身傳統因素的侷限，她們在時代的風暴面前如一隻軟弱的羔羊，最終淪為封建禮教的犧牲品。《中秋晚》中的女主人公由於對丈夫的所作所為忍氣吞聲，最終導致家庭破裂的結局。她不僅缺乏應有的反思和抗爭，反而歸咎於命運的安排，這幾乎使人哀其不幸、怒其不爭了。可見她和時代的氣息相隔多麼遙遠。《繡枕》寫一個深閨中的小姐滿懷希望地把繡枕送給白總長，以得到眾人的賞識來為她提親，但這幅繡枕卻遭到客人的踐踏、拋棄，這也象徵著她期盼的愛情被摧折，她只有一味地歎息。凌叔華的這種創作特點魯迅曾做過很精到的評價：「凌叔華的小說，都發祥於這一種期刊（《現代評論》）的，她恰和馮沅君的大膽、敢言不同，大抵很謹慎的，適可而止的描寫了舊家庭中的婉順的女性。即便間有出軌之作，那是為了偶受著文酒之風的吹佛，終於也回復了她的故道了。這是好的，——使我們看見和馮沅君、黎錦明、川島、汪靜之所描寫的絕不相同的人物，也就是世態的一角，高門巨族的精魂。」〔註4〕凌叔華的這種態度是和她的家庭背景相對應的。20世紀30年代初，有論者將文壇上的幾位女作家劃分為閨秀派、新閨秀派和新女性作家這幾類，蘇雪林和冰心是閨秀派、馮沅君和丁玲是新女性作家，而凌叔華則歸屬於新閨秀派。〔註5〕凌叔華由於受到自身的限制，作品題材所反映的廣度是不夠開闊的，筆墨始終關心的是深閨中的女性。但她的這種執著和專一卻為人們認識這群特殊的女性打開了一扇窗戶，在五四光芒照耀下的中國社會中，女性命運的根本改變仍然有漫長的路要走。

〔註4〕魯迅：《中國新文學大系・小說二集・序言》，《魯迅全集》第6卷第250頁，人民文學出版社1981年版。
〔註5〕毅真：《幾位當代中國女小說家》，黃人影編：《當代中國女作家論》第1頁，上海光華書局1933年版。

凌叔華稍後創作的作品題材有所擴大，筆觸也伸向了下層平民，如她的第二個小說集《女人》描寫了不少下層的女性，其主旨仍然屬於個性解放的範疇，但其筆觸仍然是溫婉的，正像沈從文所說：「在中國女作家中，叔華卻寫了另外一種創作。作品中沒有眼淚，也沒有血，也沒有失業或飢餓，這些表面的人生，作者因生活不同，與之離遠了。作者在自己所生活的一個平靜的世界裏，看到的悲劇，是人生的瑣碎的糾葛，是平凡現象中的動靜，這悲劇不喊叫，不吟呻，卻只是『沉默』。」〔註6〕從中可以看出，凌叔華的創作和當時的文學主潮有一定程度的疏離，故而其產生的影響也就比較有限。當凌叔華意識到寫這樣的題材無法再有更大的突破時，她便把重心放在了兒童題材上，自然界的描寫也佔據了較大的空間，成就也就更加明顯。她之所以這樣做，是以人性的美好和自然的寧靜來有意識反襯現實的污穢，在這一點上，她的創作理想和京派文學是相一致的。在京派作家看來，只有在原始風情的農村和兒童的身上才存在著質樸、健康、善良的美好人性，因此沈從文、廢名、凌叔華等小說家有不少兒童題材的作品，像凌叔華的小說集《哥兒倆》基本上都是以兒童的視角來觀察人生和社會的。「童年」在京派作家的眼中不全然是一個人肉體與精神最初的成長階段，其實也寓意著人類的童年時代。在那樣的一個時代中，由於工業文明尚未出現，人與自然構成了和諧統一的關係，它與西方17世紀、18世紀自由主義思想家所論及的「自然狀態」有相同之處，「文藝復興通過復活希臘時代的知識，創造出一個精神氣氛：在這種氣氛裏再度有可能媲美希臘人的成就，而且個人天才也能夠在自亞歷山大時代就絕跡了的自由狀況下蓬勃生長。」〔註7〕凌叔華曾把兒童稱為「心窩上的安琪兒」：「懷戀著童年的美夢，對於一切兒童的喜樂與悲哀，都感到興味與同情。這幾篇作品的寫作，在自己是一種愉快。」〔註8〕她筆下的兒童世界猶如一盞澄明的生命之燈閃爍著人性的光芒：《小哥兒倆》中的兩個兒童因為他們喜歡的八哥被野貓偷吃，就氣氛地準備復仇；但在發現它的正嗷嗷待哺的小貓後，起了憐憫之心，放棄了復仇計劃；《搬家》中的枝兒因為把自己心愛的母雞送給四婆不料被四婆宰殺而痛惜不已。總之，在這些天真無邪的兒童身上，承載了凌叔華對真、善、美的渴望。

〔註6〕沈從文：《論中國創作小說》，《沈從文全集》第16卷第212頁，北嶽文藝出版社2002年版。

〔註7〕羅素：《西方哲學史》下冊，第17頁，商務印書館1982年版。

〔註8〕凌叔華：《小哥兒倆·自序》，見楊義《中國現代小說史》第1卷第287頁，人民文學出版社1986年版。

　　如果說凌叔華作品的題材與盧隱、丁玲、蕭紅、張愛玲甚至冰心等女作家
比較起來略顯逼仄的話，那麼她在藝術世界的探索更值得重視，也更有價值。
由於凌叔華自幼受到非常良好的中國傳統文化的薰陶，尤其是對繪畫有著很
高的造詣，這就形成了其作品獨特的美學元素。凌叔華擅長山水花卉畫，非常
推崇清幽寧靜的藝術境界，她曾經說：「宋元畫家，多有專長，如李成的寒林，
米芾的雲山，……倪雲林的平遠疏淡，蕭然物外，都是格局一個，非模仿可
得。」〔註9〕朱光潛稱讚她的畫：「她的取材大半是數千年來詩人心靈中蕩漾
涵泳的自然。一條輕浮天際的流水襯著幾座微雲半掩的青峰，一片疏林映著幾
座茅亭水閣，幾塊苔蘚蓋著的卵石露出一叢深綠的芭蕉，或是一灣謐靜清瑩的
湖水的旁邊，幾株水仙在晚風中回舞。這都自成一個世外的世界，令人悠然意
遠。看她的畫和過去許多人的畫一樣，我們在靜穆中領略生氣的活躍，在本色
的大自然中找回本來清淨的自我。」〔註10〕雖然詩與畫歸屬不同的藝術門類，
但在中國傳統的藝術中，詩與畫卻有著許多相通之處，所謂詩中有畫、畫中有
詩就成為許多藝術家自覺的追求。凌叔華的繪畫風格追求形神兼備、注重寫
意，而她的小說中同樣顯示了其清逸的風懷和細緻的敏感，這在中國作家中是
非常突出的。如果說朱自清在其散文《綠》中用工筆描繪出了一幅梅雨潭的畫
圖的話，那麼凌叔華則在小說中善於用寫意的筆法勾勒出淡遠的天地，正像朱
光潛指出的那樣：「以一隻善於調理丹青的手，調理她所需要的文字的分量」，
「作者寫小說像她寫畫一樣，輕描淡寫，著墨不多，而傳出來的意味很雋永。」
〔註11〕凌叔華的小說《中秋晚》有幾段都描繪了月光：

　　　　中秋節的那晚，月兒方才婷婷的升上了屋脊，澄清的天不掛一

　　絲雲影，屋脊及庭院地上好像薄薄的鋪了一層白霜，遠近樹木亦似

　　籠罩在細靄中。正廳裏不時飄出熰熰的炊煙及果餅菜肴的氣味。

　　這兒的月光是皎潔的，襯托出環境的靜謐美好，也象徵著主人公的幸福，
但後來「月兒已到中天，那清澈慘白的月光射在玻璃上，格外使人覺到淒寂生
感。」這無形中給美好的事物籠罩了一層陰影，而到了小說的結尾「月兒依舊

〔註 9〕凌叔華：《愛山廬夢影·我們怎樣看中國畫》，參見楊義《中國現代小說史》第
　　　　1 卷第 288 頁，人民文學出版社 1986 年版。
〔註10〕朱光潛：《論自然畫與人物畫——凌叔華作〈小哥兒倆〉序》，載 1946 年 5 月
　　　　《天下週刊》創刊號。
〔註11〕朱光潛：《論自然畫與人物畫——凌叔華作〈小哥兒倆〉序》，載 1946 年 5 月
　　　　《天下週刊》創刊號）。

慢慢的先在院子裏鋪上薄薄的一層冷霜，樹林高處照樣替它籠上銀白的霰幕。蝙蝠飛疲了藏起來，大柱子旁邊一個蜘蛛網子，因微風吹播，居然照著月色發出微弱的絲光。」這無疑是凋敗淒慘的情景了，作者透過畫面的不停轉換暗示了小說的基調和氛圍，具有了「象外之象，景外之景」的含蓄美，這一點恰是中國傳統繪畫的特點。而凌叔華的《瘋了的詩人》這篇小說則用水墨畫的技法為人們勾畫出煙雲空濛、山水一色的景象，主人公置身於這樣的藝術境界之中，不免有超凡脫俗、天地與我同一的感慨了：

> 原來對面是連互不斷的九龍山，這時雨稍止了，山峰上的雲氣浩浩蕩蕩的，一邊是一大團白雲忽而把山峰籠住，那一邊又是一片淡墨色霧氣把幾處峰巒渲染得濛濛漠漠直與天氣混合一色了，群山的腳上都被煙霧罩住，一些也看不見。
>
> 「山萬重兮一雲，混天地兮不分。」他一邊吟詠著這兩句，覺得方才胸中的悶悵都消散了……

作者透過遠近距離和視角的轉換，創造了空靈清澈的境地。而這種藝術效果恰是凌叔華把中國繪畫追求神似、講究韻味的特長融入到現代小說中取得的。

與其他京派小說一樣，凌叔華的小說同樣不太看重情節等要素，也不追求所謂的悲劇意識，她的小說在平淡中多了一份雅致；在敘述中多了一份抒情。楊義先生在他的《中國現代小說史》中認為凌叔華的風格很受英國近代女作家曼殊斐爾的影響，這是很有說服力的。因為與凌叔華關係密切的詩人徐志摩以及她的丈夫陳源都曾極為推崇曼殊斐爾，徐志摩說：「一般的小說只是小說，她的小說是純粹的文學，真的藝術；平常的作者只求暫時的流行，博群眾的歡迎，她卻只想留下幾小塊『時灰』掩不闇的真晶，只要得少數知音者的讚賞。」〔註12〕陳源則說：「因為完全的真實是她的目的，『水晶似的清瑩』是她的標準，所以她作品中的人物才能洞見肺腑的人物，而『清純』一詞，誠如麥雷所說，成為她的特質。」〔註13〕曼殊斐爾因為自身的遭際對女性的命運比較關注，作品風格清新淡雅，抒情色彩很濃，帶有唯美主義傾向。如果我們探究凌叔華的小說，也能發現一些相近的地方，她放棄了對社會悲劇的挖掘，轉而從平常的人世之中寫出人物心靈的悲劇，而且常常用抒情色彩較強的語言烘托出清幽淡雅

〔註12〕徐志摩：《曼殊菲爾》，原載《小說月報》第14卷第5號，1923年5月10日。
〔註13〕陳源：《曼殊斐爾》，載《新月》第1卷第4號，1928年6月10日。

的氛圍，徐志摩曾評價她的小說風格說：「作者是幽默的，最恬靜最尋味的幽默，一種七絃琴的餘韻，一種素蘭在黃昏人靜時微透的清芬。」〔註14〕這樣的特點在凌叔華的小說《花之寺》中表現得尤其突出。這篇小說寫妻子跟詩人丈夫開了一個小小的玩笑。她冒充丈夫的崇拜者，以女讀者的身份給詩人寫信約他在花之寺約會，丈夫興沖沖地趕到卻發現那個人是自己的妻子自然覺得掃興。小說穿插了書信體的方式，而且用較多的筆墨寫出了人物的心理活動：

> 我過著那沉悶黯淡的日子不知有多久。好容易才遇到一個仁慈體物的園丁把我移在滿陽光的大地，時時受東風的吹噓，清泉的灌溉。於是我才有了生氣，長出碧翠的葉子，一年幾次，居然開出有顏色的花朵在風中搖曳，與眾卉爭一份旖旎的韶光。清泉先生，你是這小草的園丁，你給它生命，你給它顏色（這也是它的美麗的靈魂）。

小說的主旨在於揭示現代青年的婚姻困境，卻是通過這種輕喜劇的方式展開，在沖淡平和的情緒中襯托出女性主人公淡淡的哀愁，這樣的方式顯然和作者身上的中庸文化心態相對應的。

欣賞凌叔華的小說需要足夠的耐心和藝術涵養，無奈凌叔華所處的時代正是中國社會動盪、矛盾叢生的年代，更多的讀者需要的是一種充滿強力、震撼力的作品，凌叔華這樣的作品被遮蔽就成為一種歷史的必然，因此當丁玲、蕭紅等大批作家在文壇叱吒風雲之時，凌叔華幾乎被廣大讀者所遺忘了。但文學史不能簡單地如此遺忘一個有才情的作家，正如夏志清所說：「作為一個敏銳的觀察者，觀察在一個過渡時期中中國婦女的挫折與悲慘遭遇，她卻是不亞於任何作家的。」〔註15〕

林徽因論

當今的人們談起林徽因，每每津津樂道於她的美麗和風度，總會談及她的愛情和婚姻。其實，對於京派文學而言，林徽因的地位是無以取代的，她和沈從文、朱光潛等一起成為了後期京派文人集團的領袖。作為一個出色的組織者，她不僅使自己的「客廳」成為名副其實的文化沙龍，還親自編選了《大公報文藝叢刊小說選》並進行熱情的評介，扶植了不少年輕作家。最重要的是，林徽因對文學藝術有著強烈的興趣和天賦，在不長的時間中創作了詩歌、小

〔註14〕徐志摩：《花之寺·序》，載1929年2月10日《新月》月刊第1卷第12號。
〔註15〕（美）夏志清：《中國現代小說史》第61頁，復旦大學出版社2005年7月版。

說、散文、戲劇等多種樣式的文學作品，難怪美國人費慰梅驚歎說：「當我回顧那些久已消失的往事時，她那種廣博而深邃的敏銳性仍然使我驚歎不已⋯⋯或許是繼承自她那詩人的父親，在她身上有著藝術家的全部氣質。她能夠以其精緻的洞察力為任何一門藝術留下自己的痕跡⋯⋯然而，她的真正熱情還在於文字藝術，不論表現為語言還是寫作。它們才是使她醉心的表達手段。」〔註16〕雖然林徽因在文學上的成就主要體現在詩歌創作上，但她為數很少的 10 多篇小說依然顯露出這位女性作家非凡的創造力。林徽因對創作的態度是極為認真的，她曾說：「作品最主要處是誠實。誠實的主要還在題材的新鮮，結構的完整，文字的流麗之上。即是作品需誠實於作者客觀所明瞭，主觀所體驗的生活。」〔註17〕人們有充分的理由相信，如果不是林徽因把主要精力轉向學術研究的話，她的小說成就會高得多。

林徽因出身名門，身受東西方文化的薰陶，在她的身上，集傳統文化與現代文化、東方文化與西方文化與一體。林徽因在她的創作中是自覺地把諸種文化因素融會貫通，她的小說中既有現代性很強的《九十九度中》，也有飄散著東方古老文化韻味的《模影零篇》，這些都表明了作者開闊的藝術視野和胸襟。在林徽因的創作中，《九十九度中》是一篇非常別致的小說，作品以第三人稱的旁觀者角度，描寫了發生在北方都市的眾生相，對都市形態的文明在無形中給予了諷刺，李健吾評論說：「在這樣溽暑的一個北平，作者把一天的形形色色披露在我們的眼前，沒有組織，卻有組織；沒有條理，卻有條理，沒有故事，卻有故事，而且那樣多的故事；沒有技巧，卻處處透露匠心。這是人云亦云的通常的人生，一本原來的面目，在它全幅的活動之中，呈出一個複雜的有機體。用她狡猾而犀利的筆鋒，作者引著我們，跟隨飯莊的挑擔，走進一個平凡然而熙熙攘攘的世界：有失戀的，有做愛的，有慶壽的，有成親的，有享福的，有熱死的，有索債的，有無聊的，⋯⋯全都那樣親切，卻又那樣平靜——我簡直要說透明；在這紛繁的頭緒裏，作者隱隱埋伏下一個比照，而這比照，不替作者宣傳，卻表示她人類的同情。」〔註18〕眾所周知，京派作家大都

〔註16〕（美）費慰梅：《回憶林徽因》，《中國現代作家選集·林徽因》第 332 頁，人民文學出版社 1992 年版。

〔註17〕林徽因：《文藝叢刊小說選題記》，載 1936 年 3 月 1 日《大公報·文藝》第 102 期星期特刊。

〔註18〕李健吾：《九十九度中——林徽因女士作》，《咀華集》第 35 頁，復旦大學出版社 2005 年 5 月版。

擅長描寫鄉村的風俗人情而對都市文明常毫不客氣地進行尖銳的嘲諷，沈從文曾這樣說：「請你試從我的作品裏找出兩個短篇對照看看，從《柏子》同《八駿圖》看看，就可明白對於道德的態度，城市與鄉村的好惡，知識分子與抹布階級的愛憎，一個鄉下人之所以為鄉下人，如何顯明具體反映在作品裏。」〔註19〕在京派作家看來，城市文明無疑是作為一種異化的文明形態存在的，它充滿了卑劣、骯髒、虛偽和貪欲，它在無情地斬斷人與人的和諧關係，逐步瓦解著傳統的倫理和道德，這一切都在強烈地刺激著人們無限的欲望：「享樂主義的世界充斥著時裝、攝影、廣告、電視盒旅行。這是一個虛構的世界，人在其間過著期望的生活，追求即將出現而非現實存在的東西。而且一定是不費吹灰之力就能得到的東西。」〔註20〕城市文明在發展、創造繁榮奇蹟的同時也在滋生著貧窮和罪惡，就像恩格斯所描述的倫敦那樣：「這種街道的擁擠中已經包含著某種醜惡的，違反人性的東西。難道這些群集在街頭的代表著各階級和各個等級的成千上萬的人，不都具有同樣的特質和能力，同樣是渴求幸福的人嗎？……可是他們彼此從身旁匆匆走過，好像他們之間沒有任何共同的地方。好像他們彼此毫不相干，只在一點上建立了一種默契……所有這些人越是聚集在一個小小的空間裏，每個人在追逐私人利益時的這種可怕的冷漠，這種不近人情的孤僻就愈使人難堪、愈是可怕。」〔註21〕在林徽因筆下我們看到社會中形形色色的人被分成了若干等級，上等人過著荒淫的生活，因無聊而爭風吃醋；而下等人卻在烈日下奔跑、中暑斃命，林徽因在不動聲色的冷靜中揭開了現代都市人生虛假的帷幕。林徽因這篇小說從現代性的命題出發，對城市和人之間緊張關係的揭示是相當成功的，其深刻程度一定也不亞於上海新感覺派的作家。

　　這篇小說不僅在觀念上具有現代意識，其藝術手法也帶有很強的先鋒性，它完全打破了中國傳統敘事文學的結構，採用了橫斷式的方式進行組合，人物走馬燈似地紛紛登場，很像電影中的蒙太奇的技法，從而獲得了一種陌生化的藝術效果。正是它藝術上的前衛，以至於這篇小說很多學者都無法接受和理解，只有那些最具有靈犀的批評家方能見出它的價值，李健吾就是這樣的一位

〔註19〕沈從文：《從文小說習作選‧代序》，《沈從文全集》第9卷第4頁，北嶽文藝出版社2002年版。

〔註20〕丹尼爾‧貝爾：《資本主義文化矛盾》第118頁，三聯書店1989年版。

〔註21〕恩格斯：《英國工人階級現狀》，《馬克思恩格斯全集》中文版第7卷第561頁，人民出版社2007年版。

批評家，他為女作家進行了辯護：「奇怪的是，在我們好些男子不能控制自己熱情奔放的時代，卻有這樣一位女作家，用最快利的明淨的鏡頭（理智），攝來人生的一個斷片，而且縮在這樣短小的紙張（篇幅）上。我所要問的僅是，她承受了多少現代英國小說的影響。」〔註22〕李健吾確實別具慧眼，林徽因的這篇小說比較明顯地受到英國女小說家伍爾夫小說理論的影響。作為一個藝術的探索者，伍爾夫對那種講故事、刻畫人物性格的傳統手法進行了顛覆和批評，取而代之去關注自我內心對生活的體驗和感受：「生活並不是一連串左右對稱的馬車車燈，生活是一圈光暈，一個始終包圍著我們意識的半透明層。傳達這變化萬端的，這尚欠認識尚欠探討的根本精神，不管它的表現會多麼脫離常規、錯綜複雜，而且如實傳達，盡可能不攙入它本身之外的、非其固有的東西，難道不正是小說家的任務嗎？」〔註23〕林徽因的這篇小說可以視作中國小說先鋒性的實驗，雖然它未能在文學長河中激起更大的浪花，至少證明了京派作家在吸取傳統文化的同時對世界前沿文化也保持著開放的姿態。

與《九十九度中》充滿現代的氣息相比，林徽因的《模影零篇》則完全是傳統的，大都採用了和凌叔華相近的童年和青春視角，以童年和少年的眼光來追溯人生的喜怒哀樂。值得注意的是《鍾綠》這篇小說，作品中主人公鍾綠美得驚人，最終卻仍然難逃紅顏薄命的結局，她說她最愛坐帆船，不料死在一條帆船上。讓人感到美的短暫，人生無常。作者在一個古老的模式中寓意了個體生命的哲學體驗，那就是愈美好的東西愈短暫、愈難以把握。為了突出這樣的悲劇性，作者以異乎尋常的筆觸多次寫到了鍾綠的美：

> 你想一間屋子裏，高高低低地點了好幾根蠟燭；各處射著影子；當中一張桌子上面，默默地，立著那麼一個鍾綠——美到令人不敢相信的中世紀小尼姑，眼微微地垂下，手中高高擎起一枝點亮的長燭。簡單靜穆，直像一張宗教畫。

> 到井邊去汲水，你懂得那滋味麼？天呀，我的衣裙讓風吹得鬆散，紅葉在我頭上飛旋，這是秋天，不瞎說，我到井邊去汲水去。回來時看著我把水罐子扛在肩上回來！

> 一會兒她倦了，無意中伸個懶腰，慢慢地將身上束的腰帶解下，

〔註22〕李健吾：《九十九度中——林徽因女士作》，《咀華集》第35頁。
〔註23〕（英國）弗吉尼亞·伍爾夫：《現代小說》，伍蠡甫、胡經之主編《西方文藝理論名著選編》下卷，第153頁，北京大學出版社1987年版。

　　自然地，活潑地，一件一件將自己的衣服脫下，裸露出她雕刻般驚
　　人的美麗。我看著她耐性地，細緻地，解除臂上的銅鐲，又用刷子
　　刷她細柔的頭髮，來回地走到浴室裏洗面又走出來。她的美當然不
　　用講，我驚訝的是她所有舉動，全個體態，都是那樣有個性，奏著
　　韻律。

　　林徽因的小說是寂寞的，又是憂傷的。由於生活的優裕她的作品難免被人
視作曲高和寡，甚至被稱作「客廳文學」，這當然是一種偏見。她用不多的作
品寫出了一個女性對於生命的感悟、生存的感悟，雖然沒有馮沅君、盧隱的激
越，沒有丁玲的開闊，也沒有蕭紅的悲涼，那裡面卻閃爍著她的一盞心燈，就
像她在一首詩中所詠唱的：

　　　　如果我的心是一朵蓮花，
　　　　正中擎出一支點亮的蠟，
　　　　熒熒雖則單是那一剪光，
　　　　我也要它驕傲的捧出輝煌，
　　　　不怕它只是我個人的蓮燈，
　　　　照不見前後崎嶇的人生——
　　　　浮沉它依附著人海的浪濤
　　　　明暗自成了它內心的秘奧。
　　　　單是那光一閃花一朵——
　　　　像一葉輕舸駛出了江河——
　　　　宛轉它飄隨命運的波湧
　　　　等候那陣陣風向遠處推送。
　　　　算做一次過客在宇宙裏，
　　　　認識這玲瓏的生從容的死，
　　　　這飄忽的旅程也就是個——
　　　　也就是個美麗美麗的夢。——《蓮燈》

第十一章　蕭乾論

　　在京派作家圈中，蕭乾的經歷和創作道路都是頗為特殊的。雖然他出身貧寒，卻和沈從文一樣通過自身奮鬥成為這個文人集團的重要成員；他最早的一些文章得到沈從文和林徽因等的推薦大都發表在京派的刊物如《大公報》文藝副刊上。如他的《籬下集》出版後，沈從文寫評論說：「朋友蕭乾第一個短篇小說集子行將付印了，他要我在這個集子裏說幾句話，他的每篇文章，第一個讀者幾乎全是我。他的文章我除了覺得很好，說不出別的意見。這意見我相信將與所有本書讀者相同的。至於他的為人，他的創作態度呢，我認為只有一個『鄉下人』，才能那麼生氣勃勃勇敢結實。」〔註1〕這清楚地表明了他們之間的關係。他本人也有一段時間（1935～1939年）成為《大公報》文藝副刊的主編，也始終堅持自由主義文學觀。從這樣的意義上講，蕭乾當然屬於京派作家的陣營，被人們視為京派的後起之秀。但另一方面，蕭乾和當時的巴金、靳以、鄭振鐸甚至思想非常進步、左傾的楊剛都保持緊密的聯繫，他對以周作人為代表的前期京派文學脫離現實、標榜藝術無功利的思想十分不滿，他的創作表現出的情景和大多數京派作家還是有一定的距離，其對現實的關注度是非常高的，這一點，尤其是在蕭乾後期的創作中更為明顯。在正統的京派文人眼中，蕭乾已經成為了旁門邪道的「謫京派」了。可以說，在蕭乾的身上，有京派文學所共有的東西，也有他自身對藝術的某些獨立思考。

一

　　蕭乾早期的創作和京派文學的內在審美精神是基本契合的，比如他往往

〔註1〕沈從文：《籬下集·題記》，原載1934年12月15日天津《大公報》文藝第128期。

以鄉村為基點來反襯、批判城市文明的罪惡以及給人性帶來的扭曲；以兒童為視角來表現人性的美好以此來反襯成人世界的虛偽等等，在創作上也很注意詩意意象的創造及抒情文字的運用，洋溢著意境的美感。在蕭乾的眼中，城市文明不啻為道德淪喪、物慾橫流的世界，它處處以異己的方式聳立在自然人性面前，吞噬著人性天真、善良的一面，使之呈現出異化的特徵。而鄉村文明則代表著真、善和美，是人性自由、率真的象徵。如蕭乾的小說處女作《籬下》就展現了一幅鄉村與都市文明對立的場景，而這一切都是通過一個孩子「環哥」的目光觀察到的。環哥和他的母親住在鄉下，因為被狠心的父親所拋棄只好投奔在城裏的姨母家。在環哥看來，城裏的一切都是古怪的，無法讓人親近：「他呆呆地倚著床沿，開始感到這次出遊的悲哀。他意識到寂寞了。熱戀了兩天的城市生活，這時他小心坎懂得了『狹窄』、『陰沉』是他的特質。」「城市多寂寥啊，聽不見一聲牛鳴，聽不見一句田歌。總是哇呀哇呀的人聲。直到等好久好久，才有了一陣敲門聲。」雖然環哥未必對城市文明的本質有多少真切的瞭解和思索，但他憑著本能覺察到了城市文明所帶來的疏離感和信任危機。「這是一個虛構的世界，人在其間過著期望的生活，追求即將出現而非現實存在的東西。而且一定是不費吹灰之力就能得到的東西。」〔註2〕人與人之間的關係不是那樣的單純，即使是親情之間也帶有明顯的利益衝突。而鄉間的一切則是充滿了詩意般的情調，寧靜、和諧，對孩子有著巨大的誘惑：這裡有善解人意的黃狗，有一俯一仰的高粱，有著許多可愛的小動物⋯⋯環哥無法適應城裏的生活，仍然以鄉下人的方式來生活處世，難免經常處在兩種不同的文化價值衝突中。最終他們無法忍受這種寄人籬下的生活又重新回到了鄉村。從蕭乾所展示的道德價值取向上看，它和沈從文、廢名等京派作家顯然有著一脈相承的聯繫的，他們都是在農村和城市這樣的兩個維度上展現它們巨大的文化差異從而進行著文化批判和文化重構的工作，難怪沈從文在評論他作品時也恰巧從鄉下人的角度來論述，而這一點蕭乾本人也公開承認過。他曾說：「《籬下》企圖以鄉下人襯托出都會生活。雖然你是地道的都市產物，我明白你的夢，你的嚮往卻寄託在鄉村。」〔註3〕

蕭乾自幼出身貧寒，再加上少數民族成分，常常有矮人一頭的感覺，他曾說：「給我幼小心靈打上更深的自卑烙印的，還是貧窮以及生命最初十四年寄

〔註2〕丹尼爾·貝爾：《資本主義文化矛盾》第118頁，三聯書店1989年版。
〔註3〕蕭乾：《給自己的信》，《蕭乾選集》第3卷第274頁。

人籬下的生活。」〔註4〕但慈祥的母親、朋友的友情也溫暖著他，使他感受到人間的溫情和人性的美好、善良：「由於母親的寬縱，我把整個自我都投進昆蟲和植物的世界裏去的。她節省下柴米錢為我買八分的蟋蟀，過冬的紡織娘，還任我同鄰舍孩子去野地採集各色無名的野花。她有許多應當愁的事，她全留給自己，卻不肯分給我一點。在黴濕漆黑的角落裏，她還竭力挖個洞口，使茁長中的我得以披滿陽光。」〔註5〕「然而我從未對人世間失掉過信心。我遇到的好人比壞人多得多。恥笑我窮的是少數，更多的是幫我一把的……我是在朋友堆裏滾大的，因而格外珍惜友情。我能活到今天，有我個人的奮鬥，也由於總不斷得到友人的關注、指點和鼓舞。」〔註6〕這樣的溫情、關愛使得他的作品摒除了仇恨和敵視，而是和其他京派作家一樣充滿著人性的光輝。李健吾曾這樣評論蕭乾的作品：「當我因沈從文先生的《題記》想到喬治桑那段信的時際，特別是她的『可憐的親愛的愚騃，我不唯不恨，反而用母親的眼睛看著；因為這是一個童年，而童年全屬神聖』，我正想把這作為《籬下集》全書的注腳。這是為童年或者童心未眠發出的動人的呼籲。蕭乾先生站在弱者群裏，這群弱者同樣有權利和強者一同存在。」〔註7〕蕭乾作品中有不少都涉及到了兒童的題材，這些孩子心地純真、善良，他們始終保持自然狀態下人的本真與德性，最能代表人類理想的境界，也和京派作家所孜孜以求的人性理想吻合。因此，這些孩子的世界都猶如水晶般剔透玲瓏，和污濁的現實構成了強烈的反差和對比。如《俘虜》中寫以鐵柱為領袖的一群小孩邀請小姑娘荔枝參加他們七月節晚上的燈會，遭到荔枝的拒絕，因為荔枝目睹過像自己父親那樣一路的男人的醜惡，本能地對男性世界充滿敵意，常說：「討嫌的男人」，「我的小咪咪要比一個男人好多了。」鐵柱為了報復荔枝而抓走了她最心愛的貓咪。到了最後，雙方和解，鐵柱不僅交還了荔枝的貓咪，還像成人一樣地保護著荔枝。這裡呈現出的溫情、關愛和《籬下》、《矮簷》中的冷漠、自私完全是兩個截然對立的世界，有人在比較《俘虜》和《籬下》時說：「這篇雖然也拿孩子們做中

〔註4〕蕭乾：《一本褪色的相冊》，《蕭乾選集》第 3 卷第 311 頁。

〔註5〕蕭乾：《憂鬱者的自白》，《蕭乾選集》第 3 卷第 290 頁，四川人民出版社 1984 年版。

〔註6〕蕭乾：《一本褪色的相冊》，《蕭乾選集》第 3 卷第 312 頁，四川人民出版社 1984 年版。

〔註7〕李健吾：《〈籬下集〉——為蕭乾先生作》，《咀華集·咀華二集》第 40 頁，復旦大學出版社 2005 年版。

心人物，寫他們的天真動人之處，但與《籬下》的滋味完全兩樣。前者像一盅湯藥，它卻像一方蜜巢，因為他們根本不同的地方，一個是悲劇，一個是喜劇。」〔註8〕蕭乾不僅寫兒童世界的美好，他還把這樣的人性視角延伸到成人世界，如他的《蠶》、《花子和老黃》、《印子車的命運》等都在一定程度上寫出了人性美的一面，而和現實的關聯並不緊密。蕭乾的第一篇小說《蠶》所表現的社會環境是非常稀薄、模糊的，其側重點所表現的是一對初戀情人纏綿悱惻的愛情經歷，是詩化的人生：

> 有時，梅和我迎著窗口並肩坐著，守定工作的孩子們。一條蠶
> 在我嘴角的痣上織來織去，總也不走。最後是把一根絲拉到同一位
> 置的梅的痣上去。我倆相顧都笑了，笑這淘氣的蠶……

作者借春蠶吐絲的典故詠唱了青年男女愛情的熱烈、忠貞，而對愛情的忠貞不渝恰恰是京派作家健康、優美人性思想的表現。蕭乾的《印子車的命運》、《鄧山東》、《雨夕》等作品雖然有對現實世界的揭露，但其重點仍然是放在謳歌人性方面，對造成主人公不幸命運的社會原因並沒有深究：「他們都是司馬遷沒有敘列的遊俠，『直爽』，『硬中軟』的心腸，然而孤獨，連女人都不光顧的單性生活，也就是種種神秘而實際單純的心田把他們和兒童糾結在一起：一個神聖的火燃起另一個神聖的火……」〔註9〕即使是蕭乾後期的代表作《夢之谷》雖然加強了對現實的批判力量，但作家最投入、讓人最動情的仍然是主人公那段凄美的愛情。對於蕭乾來說，其作品呈現的傾向性和審美的趣味性與京派文學的關係是相當清晰的，其作品得到京派批評家沈從文、李健吾等人的關注也從側面證明了這一點。

二

與其他京派作家比較起來，蕭乾的民主性思想和現代意識又是最為突出的，這和蕭乾的出身背景和人生閱歷有著很大的關係。蕭乾出身於貧民階層家庭，他回憶說：「我是在北京東北城一個角落裏出生並長大的。四十年代當我漂流在外時，每逢想『家』，我的心就總飛向那個破破爛爛的角落。那個貧民區在我的夢境裏永遠佔有一個獨特的位置。」〔註10〕後來蕭乾長大後思想意識

〔註8〕黃照：《籬下集》，原載 1936 年 5 月 11 日《國聞週報》第 13 卷第 18 期。
〔註9〕李健吾：《〈籬下集〉——蕭乾先生作》，《咀華集·咀華二集》第 44 頁。
〔註10〕蕭乾：《憂鬱者的自白》，《蕭乾選集》第 3 卷第 306 頁。

趨向進步：「1925 年五卅慘案時，我已經懂事了。在北新看的一些新書和洋學堂裏耳聞目睹的種種現象，使我的頭腦裏有了反帝的意識。」〔註11〕蕭乾在崇實中學讀書時曾因參加學潮被除名，也上過國民黨黨部的黑名單被迫流亡南方。在大學期間雖然他與京派文人集團中的林徽因、沈從文等聯繫密切，但同時他也受到左翼進步作家如靳以、巴金等的影響，尤其是女共產黨員、北平左翼作家楊剛經常向他傳輸革命觀念，這些都無形中對蕭乾的人生觀和文學觀念發生潛在影響。因此蕭乾的作品在很多方面都與五四新文學傳統保持一致，在人道主義、民主主義和愛國主義等方面都有強烈的表現。

　　五四新文化運動作為 20 世紀中國思想史上一椿意義深遠的大事件，它對中國現代社會和知識分子產生的震撼和影響是無論怎樣高估都不為過的。海外學者周策縱認為五四運動使中國知識分子首次覺察到有徹底改革中國文明的必要，也顯示了中國知識分子對個人人權和民族獨立觀念迅速地覺醒。幾乎所有五四時代的同代人在談起五四時都是充滿了感激之情，一位著名的報人曾經這樣深情地回憶五四：「我是『五四』時代的青年。『五四』開始啟迪了我的愛國心，『五四』使我接觸了新文化……無論如何，『五四』在我的心靈上的影響是終生不可磨滅的。」〔註12〕單就文學而言，它有力地推進了作家思想和文學觀念的現代化，使中國新文學在整體上被注入了一種全新的現代意識。周作人曾把五四新文學概括為「人的文學」：「我們現在應該提倡的新文學，簡單的說一句，是『人』的文學。應該排斥的，便是反對的非人的文學。」〔註13〕胡風則描述說：「當時的『為人生』派和『為藝術的藝術』派，雖然表現出來的是對立的形勢，但實際上卻不過是同一根源底兩個方向。前者是，覺醒了的『人』把它的眼睛投向了社會，想從現實底認識裏面尋求改革底道路；後者是，覺醒了的『人』用它的熱情膨脹了自己，想從自我底擴展裏面叫出改革底願望。」〔註14〕這段文字也把五四文學的精神歸納為人的意識的自覺。這條精神的鎖鏈儘管後來受到某種擠壓和誤解，甚至陳銓借《戰國策》指責「五四的流弊是更進一步使中國士大夫階級墮落腐敗」，但這種論調並沒有太大的市場，恰從一個方面驗證了五四精神已經浸入人們的骨髓，不容質疑。

〔註11〕蕭乾：《憂鬱者的自白》，《蕭乾選集》第 3 卷第 332 頁。
〔註12〕王芸生：《五四重新使我感到不安》，上海《大公報》1947 年 5 月 4 日。
〔註13〕周作人：《人的文學》，1918 年 12 月 15 日《新青年》第 5 卷第 6 號。
〔註14〕胡風：《文學上的五四》，《胡風評論集》中冊第 122 頁，人民文學出版社 1984 年版。

　　五四新文學作為一種嶄新的文學形態，它對人的命運給予了異乎尋常的關注，尤其是普通人的悲歡離合。「我們不必記英雄豪傑的事業，才子佳人的幸福，只應記載世間普通男女的悲歡成敗。」〔註15〕「我們現在需要的是血和淚的文學。」〔註16〕在這種文學觀念指導下，五四時期中國「為人生派」的作家始終把重心放在普通人物身上，對他們寄予了深切的同情。綜觀蕭乾最初發表的小說，絕大部分是反映北京城鄉平民階層的悲慘生活，而且與那些站在雲端俯瞰芸芸眾生的作家不同，蕭乾始終是把自己的情感融注在他們身上，把他們的命運視作自己的命運，因此有一種貼近人生的真實感。我們可以從蕭乾後來的回憶文字中看出他和其筆下主人公生活場景的相似之處，「給我幼小心靈打上更深的自卑烙印的，還是貧窮以及生命最初十四年寄人籬下的生活。」在寫對母親的懷念時說：「她幹活的地方離家並不遠，但是一個月才准回來一趟。所以我雖然有母親，卻好像沒見幾面她就離開人世了。有時由於太想她了，有時是為了缺錢，下學之後就到她那個『宅門』外邊去守候。碰到好心人，興許給我往裏頭捎個話兒，她抓機會溜出來，鬼鬼祟祟地摟我一下，塞給我幾弔錢，就又消失在朱門裏了。」〔註17〕《籬下》寫環哥在姨父家因不懂世事招惹了姨父的不滿，而自己的母親因為寄人籬下對他小心的勸誡：「可不准撒野。這不比咱家。這兒是城裏。又是別人家」。做母親的雖然謹小慎微可最終還是回到了鄉下，小說把一個完全無法把握自身命運、淒淒惶惶的小人物心態刻畫得淋漓盡致。《屋簷》延續了同樣的主題，寫一個寡婦為了孩子的前程而含辛茹苦、受盡了周圍人的白眼，「這是一個心腸軟又不會算計的婦人，微微凸起的眼泡，清臞的顴部，都是愁苦的標誌。她手背上爬滿的青筋印記著她四十多年來在人世間的操勞。」這些題材都富有悲劇性，展示了現實世界的醜惡和不平，更多的是不平和吶喊的聲音。許道明先生在談及蕭乾這類題材時說：「籬下、矮簷是構成蕭乾小說世界最重要的中心場景，它們甚至是一種象徵，提供了人物的前提，規定了他們走向。」〔註18〕蕭乾此類的小說還有不少，如《道旁》、《花子與老黃》、《印子車的命運》等，其濃鬱的悲劇意味已經和京派的審美理論有了相當的距離。蕭乾的作品恰恰驗證，相對於前期京派如周作人、廢名等隱逸空靈的文學追求，後期京派作家由於時代環境的因素明顯

〔註15〕周作人：《平民文學》，載 1919 年 1 月 19 日《每週評論》第 5 號。
〔註16〕鄭振鐸：《血和淚的文學》，載 1921 年 6 月 30 日《文學旬刊》第 6 號。
〔註17〕蕭乾：《一本褪色的相冊》，《蕭乾選集》第 3 卷第 311、312 頁。
〔註18〕許道明：《京派文學的世界》第 303 頁，復旦大學出版社 1993 年版。

加強了對現實的關注和干預，這正是文學流派複雜性的一種表現。

五四文學不僅催生了為人生派的文學，它同樣也高揚著個性主義的大旗，呼喚愛情、自由和人性的尊嚴。郁達夫《沉淪》中主人公那「金錢我不要，名譽我也不要，我要的就是愛情」的呼喊正是人性復蘇的標誌。蕭乾的小說代表作《夢之谷》以愛情為主線，在一段盪氣迴腸的愛情悲劇中同樣暴露了社會對美好人性的壓抑。「《夢之谷》寫的是一場失敗了的初戀。最早啟發我寫它的有屠格涅夫的《初戀》——也是一場破滅了的夢，和拉馬丁的《格萊齊拉》，我愛書中的海景和那天真活潑的女孩。但在這部長篇小說裏，我並不僅僅為一場被摧殘了的戀情唱輓歌，我是想控訴在那個社會裏，窮人連戀愛的權利也沒有，而毀滅這對青年的姻緣的，是一個有『黨部』作靠山的地痞，他憑財勢強橫霸佔了一個孤女。」〔註19〕這部帶有濃鬱自傳色彩的作品把一對青年男女之間的愛情寫得如詩如夢，在他們熱戀的眼光中，一切都那樣的純淨、美好，充滿了童話般的詩情畫意：

> 天空星辰那陣子嵌得似乎特別密，還時有隕落的流星在夜空滑出美麗的線條。四五月裏，山中花開得正旺，月亮像似分外皎潔，那棵木棉也高興得時常搖出金屬的笑聲。當我們在月下坐在塘邊，把兩雙腳一齊垂到水裏時，沁涼之外，月色像是把我們通身鍍了一層銀，日子也因之鍍了銀。

但兩個涉世未深的青年對現實的殘酷缺乏足夠的瞭解，他們的愛情越是熾熱、純潔，其悲劇性就愈發深刻，最終他們的愛情被醜惡的力量所毀滅。從蕭乾這裡所描寫的愛情來看，它和沈從文筆下的愛情還是有著不小的差別。沈從文筆下的愛情大多是在自然狀態下萌生的美好人性的流露，社會現實的力量並不佔據重要的位置，甚至更多的時候是模糊的，理想的成分較為濃重；而蕭乾對現實要敏感得多，他清醒地意識到美好的東西並不能一定長存，因此悲劇感就更為強烈。他在寫作《夢之谷》的時候，自己的思想正在發生變化，他認識到在一個救亡圖存的年代愛情的位置注定要讓位於諸如政治、民族、階級等更為現實的力量：「明知這書還需要照原來計劃的好好重寫一遍，然而我早已沒有了那興致。同胞流的大量鮮血足夠塗抹每個人心上的空白了。我們如今是面對著一隻更猙獰的黑手。在和它搏鬥中，什麼都變得瑣碎渺小了。」〔註20〕

〔註19〕蕭乾：《夢之谷·序》，《蕭乾選集》第1卷第3頁。
〔註20〕蕭乾：《夢之谷·序言》，《蕭乾選集》第1卷第5頁。

「我漸漸學習著忘記自己,而又把廣大人生同自己聯繫起來。於是,像飛翔在藍空中,我開始忽視了瑣細曲折,而試摸到現實的輪廓了。」〔註21〕《夢之谷》既是蕭乾對五四文學個性解放主題的繼承,同時也是一種自我情緒的哀悼和告別,在一個廣闊的時代圖景下,有更大的文學天地在向他召喚。果然,在1935 年爆發的「一二‧九」運動爆發的同時,蕭乾就以這次學生運動為主題創作了《栗子》這篇鋒芒畢露的作品,其對現實的參與是非常迅速直接的。

五四文學在反封建專制的同時,它所萌生出的反帝和愛國主義的思想也越來越明顯,尤其是到 1925 年五卅運動爆發後,反帝愛國的主題成為文學的一個熱點,蕭乾也曾明確地說他就是在五卅慘案後產生了明確的反帝愛國意識。蕭乾大約在 1935 年後完成了創作思想的轉變,他直接以宗教等題材揭露帝國主義罪惡及虛偽,而這樣的題材在同時期的作家中是非常少有的。蕭乾早年生活在基督教的環境裏,身邊的親屬有不少是虔誠的教徒,但蕭乾始終對宗教抱著懷疑的態度甚至說自己是反教的。隨著閱歷的加深,他更多地是從一個弱者的心態對宗教進行質疑:「後來我又從政治和歷史背景看宗教的來歷了……在我眼裏,傳教的牧師同被傳教的男女信徒之間,是一種強者與弱者的關係。1925 年那場反帝風暴進一步教育了我。那以後,每當牧師在臺上用顫抖的聲音對我們說:『你們是有罪的人!』我心裏就問:究竟是誰有罪呢?」〔註22〕蕭乾以宗教為題材的小說有《參商》、《皈依》、《壇》、《鵬程》等。與其他一些作家如許地山、蘇雪林等宣揚宗教的仁慈、博愛不同,蕭乾把西方的傳教士作為進行文化侵略的代言人,對他們進行了直接的揭露和抨擊,其情緒是非常強烈的,就像作品《皈依》中景龍所說:「他們一手用槍,一手使迷魂藥,吸乾了咱們的血,還想偷咱們的魂。」雖然此時的蕭乾並不是一個階級論的信仰者,但中國近代以來屈辱的歷史使蕭乾等知識分子對外國的殖民侵略保持強烈的反感,這是中國知識分子本能的一種表現。

三

作為一個曾經長期在海外生活、學習的作家,蕭乾的藝術視野也相當開闊,對中外文學傳統都有很好的接受。他曾經在《創作四試》中開出了一大堆對自己較有影響的中外作家名單:屠格涅夫、哈代、高爾基、契訶夫、曼殊斐

〔註21〕蕭乾:《憂鬱者的自白》《蕭乾選集》第 3 卷第 299 頁。
〔註22〕蕭乾:《一本褪色的相冊》,《蕭乾選集》第 3 卷第 347 頁。

爾、沈從文、張天翼、巴金、靳以等。難能可貴的是，蕭乾以敏銳的藝術觸角對當時西方正在興起的現代藝術產生了親和力，他同時也列出了很多西方現代派的作家：勞倫斯、伍爾芙、喬伊斯、詹姆士等。事實上，正是這種中西並收的開放心態帶來了蕭乾藝術的新境界。

蕭乾創作的數量不算太多，但他對藝術的追求卻是非常自覺的，為此李健吾曾有過精闢的見解：「看過《籬下集》，雖說這是他第一部和世人見面的創作，我們會以十足的喜悅，發現他帶著一顆藝術自覺心，處處用他的聰明，追求每篇各自的完美。在氣質上，猶如我們分析，他屬於浪漫主義，但是他知道怎樣壓抑情感，從底裏化進造型的語言，揉和出他豐富的感覺性的文字。」〔註23〕蕭乾在創作的氣質上實質上更接近於浪漫主義，他在青少年時代曾經被《茵夢湖》、《少年維特之煩惱》等深深感動過，《夢之谷》就是他藝術最成熟的一個象徵。在這部作品中，作者始終以情緒為線索，把現實與夢幻巧妙地融合在一起，使作品呈現出抒情化的藝術特徵。作者在這部小說中比較多地借鑒了曼殊斐爾細膩、抒情的風格，同時對中國古典文學空靈的意境也有很好地運用。關於曼殊斐爾，蕭乾曾不止一次地在文章中提到：「老闆給了我一個新差使：去紅樓圖書館抄書……這個差使不但對我日後從事文字工作是極好的訓練，也使我精讀了一些作品。徐志摩譯的《曼殊斐爾小說集》就是我一篇篇從《小說月報》、《現代評論》等刊物上抄下來的，那可以說是我最早精讀的一部集子。」「對我來說，最早的一項副食品就是那位新西蘭女作家筆下的小故事。畫面小，人物小，情節平凡。但它們曾使我時而感到無限欣悅，時而又感到深切的悲愴。」〔註24〕在《夢之谷》中，蕭乾把青年男女之間得戀情寫的纏綿悱惻、淒婉沉痛，有很多非寫實的因素，那浩瀚無垠的大海、繁茂的芭蕉、橄欖樹、木棉花都襯托出詩情畫意的境界，故事的情節則被淡化，而「情趣」的作用則凸顯出來：

> 我輕輕扶了她，坐在果樹園鬆軟的土坡上。這是多麼幽美的地勢呀。山巒從後面環抱著我們，谷口外閃亮著一片黃昏的海。連玉塘我們都清楚地看得見，那三角帆船彷彿就飄在腳下。然而我們卻深深隱在果樹的樹叢裏，嗅著濃烈的檸檬和橄欖混合香味。

〔註23〕李健吾：《籬下集——蕭乾先生作》，《咀華集·咀華二集》第47、48頁，復旦大學出版社2005年版。
〔註24〕蕭乾：《一本褪色的相冊》，《蕭乾選集》第3卷第326頁。

蕭乾不僅擅長烘托出詩的氛圍，在大量自然景物描寫中溶入主體的感情和色彩，其實這一點蕭乾正是繼承了中國五四新文學中抒情化的道路。鄭伯奇曾用「清新的詩趣」來評論郁達夫作品的特色：「作者的主觀的抒情的態度，當然使他的作品，帶有多量的詩的情調來。他用流麗而紆麗的文字，追懷過去的青春，發抒現在的悲苦，怎樣能不喚起讀者的詩情來呢？他描寫自然，描寫情緒的才能，也是現代的……自然的景致，與心境的變化，渾然一致。」〔註25〕而且特別應該提到的是，為了加強這種抒情的效果，蕭乾大量使用了第一人稱的敘述模式，這是一種限制敘事的方式，也正是蕭乾現代藝術意識的表露。陳平原在論及 20 世紀中國作家敘事方式時說：「可以這樣說，在 20 世紀初西方小說大量湧入中國以前，中國小說家、小說理論家並沒有形成突破全知敘事的自覺意識，儘管在實際創作中出現過一些採用限制敘事的作品。在擬話本中，有個別採用限制敘事的，如文人色彩很濃的《拗相公欽恨半山堂》；明清長篇小說中也不乏采用限制敘事的章節或段落。但總的來說，中國古代白話小說的敘述大都是借用一個全知全能的說書人的口吻。」〔註26〕但在五四新文學中，西方的小說理論被大量介紹進來，尤其是第一人稱的敘事方式受到重視，沈雁冰曾說：「至於『回憶錄』體小說之盛行，似乎不是德國一國的事，全歐洲——無寧說是全世界——正在盛行著呢！」（沈雁冰：《海外文壇消息》，《小說月報》第 14 卷第 3 號，1923 年。）第一人稱的敘事方式不僅以敘述者的主觀感受來安排小說故事情節的發展，而且使小說徹底擺脫了情節的約束而強化抒情的情緒。以蕭乾《夢之谷》為例，他的這篇小說受到法國詩人拉馬丁《格萊齊拉》的影響，而更重要的是，這種灼熱、真摯的感情是作者親身所經歷的，更適合於採用第一人稱的方式：「1928 年冬去潮州那回，我初次見到海。興奮啊，陶醉啊，我對海有了感情。《格拉齊拉》中的海景和那個玲瓏可愛的女孩子吸引了我……在這部小說裏，我寫了漂泊在南國的一個北方人的心境和尷尬處境。語言不通，人地兩生，好像身在異邦。那位潮州姑娘吸引我的，首先是語言的相通，再有就是身世近似。」〔註27〕第一人稱的敘事方式使作家獲得了真正的自由，從而可以無拘無束地馳騁在藝術的審美世界中。

〔註25〕鄭伯奇：《〈寒灰集〉批評》，《洪水》第 3 卷第 33 期，1927 年。
〔註26〕陳平原：《中國小說敘事模式的轉變》第 66、67 頁，上海人民出版社 1988 年版。
〔註27〕蕭乾：《一本褪色的相冊》，《蕭乾選集》第 3 卷第 350、351 頁。

　　在本書前面的章節中，筆者曾經談到京派小說與西方現代派文學之間存在著事實上的聯繫，這一點在蕭乾的身上體現得相當明顯。雖然蕭乾是 20 世紀 40 年代才在英國劍橋大學攻讀意識流文學的功課，但這並不等於他在這個時候才接觸西方現代派文學，更不等於蕭乾在以前的創作中沒有採用過現代派的手法。儘管他自己一再聲稱自己在寫《夢之谷》中沒有受到過英國意識流小說家伍爾芙夫人的影響，他當時還不瞭解意識流文學。但藝術作為人類的有意識活動，其最高的哲學和美學層次無論中西古今都有息息相通的地方，中西方詩學絕非只有差異而沒有任何相通之處。事實上這種「英雄所見略同」的情景倒是大量出現，而這種相合之處實際上是一種精神上的契合，有時恰是我們追尋的意義所在。比如京派理論家梁宗岱通過瞭解東方的詩歌去發現西方，通過西方的詩歌又反過來觀照東方，這樣雙重的文化身份使得他能從比較詩學的視野中尋找文學相通的規律。他說：「我們泛覽中外詩的時候，常常從某個中國詩人聯想到某個外國詩人，或從某個外國詩人聯想到某個中國詩人，因而在我們心中起了種種的比較——時代、社會、生活，或思想與風格。這比較或許全是主觀的，但同時也出於自然而然。屈原與但丁，杜甫與囂俄（雨果），姜白石與馬拉美……歌德底《浮士德》與曹雪芹底《紅樓夢》……他們底關係似乎都不止出於一時偶然的幻想。」〔註28〕「節奏分明，音韻鏗鏘的短促的詩句蘊藏著深刻的情感或強烈的理想——這特徵恐怕不是希臘和歌德抒情詩所專有，我國舊詩不甘讓美的必定不在少數。」〔註29〕像這樣有意識地把中西兩種不同文化形態體系進行比較從而尋找出「共相」的例證在梁宗岱的文章中比比皆是，這一點也正好說明了藝術現象的複雜性。蕭乾在他的《夢之谷》中大量採用了大量的人物內心獨白、自由聯想、時空交錯、夢境等方式無不顯示出它和西方意識流小說的相近之處，這種手法不僅沒有破壞作品的藝術構思反而使它呈現出豐富的形態和生命。在小說「序幕」一章中，作者寫「我」經過五年之後又一次來到這個南方海濱城市，這裡曾留下「我」的美好回憶，也留下了「我」的絕望和幻滅。作者寫「我」來到當年所熟悉的場景中時時把現實和夢幻、記憶和聯想交織在一起，無形之中突破了現實主義原則的侷限。我們完全有理由相信，如果不是因為隨後爆發的抗戰使得蕭乾倉促結束了這部代表作，蕭乾現代派藝術的才能一定會在這部作品中得到更好地展示。

〔註28〕梁宗岱：《李白與歌德》，《梁宗岱文集》第 2 卷第 101 頁。
〔註29〕梁宗岱：《李白與歌德》，《梁宗岱文集》第 2 卷第 103 頁。

第十二章　汪曾祺論

　　上個世紀 80 年代以來，汪曾祺突然在文壇成了一個人們關注的熱點人物。這位沈寂多年的老作家，在一個通常被認為昏瞆的年齡段裏，卻宛如一朵嬌豔的玉梨花綻放出芬芳，用多彩的文筆搖曳出一個個亦真亦幻的審美世界。是什麼原因使汪曾祺的文學世界充滿了魅力，或者說，汪曾祺的存在對當代文學有著怎樣的意義，他給文學史的寫作提供了一個怎樣成功的範例？本章著重從作品的審美理想、文化意蘊及文體建構等幾方面來進行論述。

一

　　儘管汪曾祺一度成為文壇上的熱點人物，但從文學史的角度考察，汪曾祺在傳統的文學史上卻是始終處在邊緣的角色；對於主流意識的文學而言，汪曾祺的作品始終被排斥在國家主流意識形態之外，沒有成為國家權利意志支持的所謂「廟堂文學」。他自己曾說：「我的作品不是，也不可能成為主流。」〔註1〕如果對汪曾祺的創作經歷進行考察的話，這一點就尤為明顯。老作家柯靈曾對張愛玲的命運感歎說：「中國新文學運動從來就和政治浪潮配合在一起，因果難分。五四時代的文學革命──反帝反封建；三十年代的革命文學──階級鬥爭；抗戰時期──同仇敵愾，救亡圖存，理所當然是主流。除此之外，就都看作是離譜，旁門左道，既為正統所不容，也引不起讀者的注意。……我扳著指頭，偌大的文壇，哪個階段都安放不下一個張愛玲。」〔註2〕其實對汪曾祺又何嘗不是這樣的命運怪圈呢？汪曾祺是在抗戰後期開始發表文學作品

〔註1〕汪曾祺：《晚翠文談‧自序》，《汪曾祺文集‧文論卷》第 229 頁，江蘇文藝出版社 1994 年版，下同。

〔註2〕柯靈：《遙寄張愛玲》，見《張愛玲與蘇青》第 137 頁，安徽文藝出版社 1994 版。

的，當時正是抗日救亡、民族圖存、血與火交織的年代，描寫民族戰爭的救亡文學理所當然地扮演了中心的角色，相反任何淡化這種民族鬥爭的傾向都被看作不合時宜的，這從左翼作家當時對梁實秋、沈從文、朱光潛等人所持的嚴厲態度就可以清楚地看出。然而，汪曾祺初涉文壇拿出的卻是《復仇》、《雞鴨名家》、《戴車匠》、《小學校的鐘聲》等幾乎和現實無涉的作品，而且他公開宣稱：「我對藝術的要求是能給我一種高度的歡樂，一種仙境，一種狂……在那種時候，我可以得到生命的實證。」〔註3〕實際上汪曾祺一開始就排斥了文學的所謂政治教化功能。到了 20 世紀 50、60 年代，描寫新社會的火熱生活、描寫工農兵成為文學的時尚，汪曾祺卻幾乎處在和文壇隔絕的狀態，只發表了《羊舍一夕》、《看水》等很少的作品，同樣和主流文學保持著較遠的距離。等到了新時期復出之後，啟蒙主義精神成為時代的風向標，傷痕文學、反思文學、改革文學等成為時代的主潮，理想主義的光輝和對現實的強烈關注構成了文學的精神維度。但汪曾祺亮相的作品卻是《受戒》，寫的是作者「四十三年前的一個夢。」當時很多人不理解汪曾祺為什麼要寫這樣的一個作品，甚至問寫它有什麼意義？作者說：「我寫得是美，是健康的人性。美，人性，是任何時候都需要的。」〔註4〕對於中國 20 世紀的文學進程而言，汪曾祺是一個孤獨而固執的過客，一直默默地守衛著自己心中的文學理想和信念。

美國美學家布·洛克說：「藝術品不等於從一扇透明窗子看到的外部世界的景象，而是一種獨特的人類觀看世界的方式。」〔註5〕對於汪曾祺而言，這樣的獨特方式就體現為對文學審美意識的把握上。汪曾祺向來反對對文學功用的狹隘理解，反對主題的直露和膚淺，要求文學賦予讀者以生命的歡樂。這種有意識地和國家主流文學保持距離的平和心態卻為他贏得了藝術的生命和青春，他擺脫了創作的急功近利思想，在生活的積澱中形成了自己獨特的藝術觀念和風格。他說：「三十多年來，我和文學保持一個若即若離的關係，有時甚至完全隔絕，這也有好處。我可以比較貼近地觀察生活，又從一個較遠的距離外思索生活。我當時沒有想寫東西，不需要趕任務，雖然也受錯誤路線的制約，但總還是比較自在，比較輕鬆的。……我從弄文學以來，所走的路，雖然

〔註3〕汪曾祺：《藝術家》，《汪曾祺全集》第 1 卷，北京師範大學出版社 1998 版。
〔註4〕汪曾祺：《關於〈受戒〉》，《汪曾祺文集·文論卷》第 228 頁，江蘇文藝出版社 1994 年版。
〔註5〕布·洛克：《美學新解》，第 56 頁，瀋陽：遼寧人民出版社 1987 版。

也有些曲折，但基本上能做到我行我素。經過三四十年緩慢的，有點孤獨的思想，我對生活、對文學有我自己的一點看法，……並且這點看法正像紐子大的枇杷果粒一樣漸趨成熟。」〔註6〕從中可以看出，汪曾祺的文學思想比較多地受到了京派前輩理論家的影響。朱光潛曾在他的不少文藝理論著作中要求作家和現實保持一種若即若離的距離，他借鑒了西方文藝理論家布洛的「心理距離說」，認為目的太明顯、距離生活太近，就會「形為物役」、「凝滯於物」。他說：「藝術是一種精神活動，要拿人的力量來彌補自然的缺陷，要替人生造出一個避風息涼的處所。它和實際人生之中應該有一種『距離』」。〔註7〕另一位批評家梁宗岱也極力主張作家摒棄客觀的描寫，推崇一種靜穆、清澄、和諧、純粹的文學境界：「像音樂一樣，它自己成為一個絕對獨立，絕對自由，比現世更純粹，更不朽的宇宙；它本身底音韻和色彩底密切混合便是它底固有的存在理由。」〔註8〕汪曾祺從來沒有想到使自己的文學作品擔當復興國家、民族的大任，也不想在國家的主流文學中佔據什麼重要的位置，在他看來，這都是對純正文學理想的傷害。相反，他一直陶醉在自己的文學園地中，靜靜地編織著一個美麗的夢境：「我沒有對失去的時間感到痛惜。我知道，即使我有那麼多時間，我也寫不出多少作品，寫不出大作品。」「我的氣質，大概是一個通俗抒情詩人。我永遠只是一個小品作家。我寫的一切，都是小品。」〔註9〕汪曾祺十分滿足於這樣的邊緣角色。

　　基於這樣的文學信念，我們就看到了一個與眾不同的作家。汪曾祺的作品從來沒有什麼宏大的政治敘事模式，也找不到時髦的諸如階級、革命、改革一類的政治話語，他在用一種堅韌抗拒著主流意識文學對文學殿堂的侵襲，在用一種尊嚴抵擋遵命文學對作家主體意識的改造，他的文學始終關心的是人，人的命運，人的尊嚴，人性的美好。這在我們長期的文學模式中恰恰是最陌生和缺失的。高爾基曾在給批評家格隆斯基的信中說：「在我看來，最偉大、最神奇的作品……其標題就是『人』」。但在文學的實踐中，我們卻經常忘記他說的這句話，在很長的時間中，我們要麼看不到普通人在文學中的位置，個人常常

〔註6〕汪曾祺：《〈晚翠文談〉自序》，《汪曾祺文集·文論卷》第203頁，江蘇文藝出版社1994年版。

〔註7〕朱光潛：《文藝心理學》，《朱光潛全集》第1卷，225頁，安徽教育出版社1987版。

〔註8〕梁宗岱：《談詩》，《梁宗岱文集》第2卷，85頁，中央編譯出版社2003版。

〔註9〕汪曾祺：《晚翠文談·自序》，《汪曾祺文集·文論卷》，第202頁。

作為社會、時代的陪襯處在一種渺小的、無關重要的尷尬角色；要麼文學中的人是一種被異化的人，失去了普通人的人性、正常的人性而變成了「高、大、全」的英雄，這在「文革」時期的文學中表現得尤為突出。在新時期的文壇上仍有不少作家熱衷塑造充滿空洞理想的改革英雄，實際上不過是作家的一種「烏托邦」狂想罷了：「烏托邦強大的動力就在於它能從絕頂的混亂和無秩序中拯救世界。烏托邦是個關於秩序、安寧、平靜的夢幻。其背景是歷史的噩運。與此同時，秩序每每都被認為是人間事物所能達到的完善，或者近乎完善。」〔註10〕顯然，20世紀80年代初期中國文壇表面的喧囂和躁動並沒有在本質上改變文學的貧血狀況，因為這也是文學的一種失真現象。而汪曾祺要找回的就是真實、樸素、美好的人情和人性，找回文學生命的根，這在他剛剛復出時發表的作品《受戒》、《大淖記事》等作品中可以清晰地感覺到。《受戒》描寫得是平凡和尚的生活，是一對情竇初開的少男少女美好的戀情，更是一種優美、健康的人性，一個讓人充滿遐想的靜穆的世界：

　　　　小英子忽然把槳放下，走到船尾，趴在明子的耳朵旁邊，小聲
　　地說：
　　　　「我給你當老婆，你要不要？」
　　　　明子眼睛鼓得大大的。
　　　　「你說話呀！」
　　　　明子說：「嗯。」
　　　　「什麼叫『嗯』呀！要不要，要不要？」
　　　　明子大聲地說：「要！」
　　　　「你喊什麼！」
　　　　明子小聲地說：「要——！」
　　　　「快點劃！」
　　　　英子跳到中艙，兩隻槳飛快地劃起來，劃進了蘆花蕩。
　　　　蘆花才吐新穗。紫灰色的蘆穗，發著銀光，軟軟的，滑溜溜的，
　　像一串絲線。有的地方結了蒲棒，通紅的，像一枝小蠟燭。青浮萍，
　　紫浮萍。長腳蚊子，水蜘蛛。野菱角開著四瓣的小白花。驚起一隻
　　青椿（一種水鳥），擦著蘆穗，撲魯魯飛遠了。

───────────────

〔註10〕凱特伯：《烏托邦》，《外國學者評毛澤東》第3卷，第118頁，工人出版社
　　　　1997版。

……

　　作品和當時中國大地上轟烈的改革幾乎沒有任何的關聯，甚至和現實中的人們生活也沒有任何關聯，它是一曲溫婉、動聽的牧歌，作者是有意識地和現實拉開一定的時間距離。汪曾祺的《大淖記事》、《歲寒三友》、《故里雜記》、《晚飯花》等不少作品都帶有這樣的審美傾向。再看《大淖記事》中一段搖曳著詩情畫意的描寫：

> 　　十一子到了淖邊。巧雲踏在一隻「鴨撇子」上（放鴨子用的小船，極小，僅容一人。這是一隻公船，平常就拴在淖邊。大淖人誰都可以撐著它到沙洲上挑蔞蒿，割茅草，揀野鴨蛋），把蒿子一點，撐向淖中央的沙洲，對十一子說：「你來！」
>
> 　　過了一會，十一子泅水到了沙洲上。
>
> 　　他們在沙洲的茅草叢裏一直呆到月到中天。
>
> 　　月亮真好啊！

　　這裡描寫的是一段「纖雲弄巧，飛星傳恨，銀漢迢迢暗度」的愛情故事，也是一種「七月七日長生殿，夜半無人私語時」的似真似幻的夢境。按照正統的文學觀，就會把這樣的作品看作是淡化現實、淡化階級矛盾，當年汪曾祺的老師沈從文就遭遇過這樣的指責。沈從文的處境實際上正是長期盛行的庸俗社會學造成的，汪曾祺對這種蠻橫的做法非常反感，他反問道：「是誰規定過，解放前的生活不能反映呢？既然歷史小說都可以寫，為什麼寫舊社會就不行呢？今天的人，對於今天的生活所過來的那箇舊的生活，就不需要再認識認識嗎？舊社會的悲哀和苦趣，以及舊社會也不是沒有的歡樂，不能給今天的人一點什麼嗎？」〔註11〕對於一個有藝術追求、渴望藝術生命永遠不會老去的作家來說，需要的就是一種獨特的個性和徹底的獨斷精神，從這樣的角度來看，汪曾祺的確與眾不同。他解構了文學敘事中的虛假神聖光環，顛覆了正統的文學教化功能，把它還原為一種具有親和力的人的文學和平民文學，始終把人的尊嚴和價值放置在創作的中心地位。「我的人道主義不帶任何理論色彩，很樸素，就是對人的關心，對人的尊重和欣賞。」〔註12〕表面看起來，文學從美麗縹緲的理想高空中墜落了下來，但卻獲得了一種更加真實的生命，一種洋溢著溫暖、綠色和愛的生命。

〔註11〕汪曾祺：《關於〈受戒〉》，《汪曾祺文集·文論卷》第 227 頁。
〔註12〕汪曾祺：《我是一個中國人》，《汪曾祺文集·文論卷》第 238 頁。

二

　　與同時代的作家比較，汪曾祺的作品無疑更明顯地飄蕩著一種濃鬱的文化氣息，一種傳統的書香氣息，一種根深蒂固的文化眷戀，這使得汪曾祺的作品充溢著豐盈的東方文化神韻，日常的生活在他筆下成為詩意的棲居之地。相信任何閱讀過他作品的人，一定會陶醉在這口清幽的、泛著藍光的文化深井中。

　　關於「文化」一詞的概念，人們的解釋莫衷一是，但按照人類文化學者權威的說法，「文化」就是「傳統」，「是人類以往行為模式的博物館，」「是人類賴以生存的根基」（博阿茲語）「文化是民族的精神。」（本尼迪克語）文化是人類各種或隱或顯的行為模式及其符號化，它既存在於人們日常的生活方式中，也存在於民間的風俗傳統中，更存在於人們深層的精神世界中。正是在這個意義上，汪曾祺的作品復活了被人們所忽略的文化意味。

　　「藝術史對我們的幫助，首先是瞭解那些已經消失了的文明精神。從這個角度看，藝術作品具有一個高於人類精神其他表現形式的巨大優越性，給予我們過去時代完全和綜合的景象，為我們提供只消看一眼就能把握的知識，把過去再現於生活當中」〔註13〕正是在這樣追尋傳統文化的背景下，上個世紀80年代中國文壇掀起了一股聲勢浩大的運動。一些作家認為只有將文學植根於本土文化之上，才能使文學超越單純的道德、政治等主題，從而過渡到自然、歷史、文化與人的範疇。「文學有根，文學之根應深植於民族傳統文化的土壤裏，根不深，則葉難茂。」〔註14〕從文學發展的角度看，文化尋根運動是符合文學自身發展的邏輯進程的，他們把文化的意義進而擴展到民族的精神層面，並把其視作文學創作的重要母題，從而大大增強作品的文化意識和文化含量。汪曾祺曾被視為尋根文學的代表作家，他自己絲毫不諱言傳統文化對其強大的制約心理和影響：「中國人必然會接受中國傳統思想和文化的影響……比較起來，我還是接受儒家的思想多一些。」〔註15〕他的不少作品寫到了草木蟲魚、飲食瓜果、風俗人情、民間藝術等眾多文化載體，對中國的歷史文化有相當的認同感，把民族文化的精神揮灑得淋漓盡致。

　　在汪曾祺眼中，所謂的世俗生活並不是瑣碎庸俗的代名詞，相反它蘊含著一種人生的情懷、詩性的文化。比如吃，這種中國古老世俗的飲食文化在汪曾

〔註13〕喬治‧薩頓：《科學的生命》中譯本第37頁，商務印書館1987版。
〔註14〕韓少功：《文學的根》，《上海作家》1985年第4期。
〔註15〕汪曾祺：《我是一個中國人》，《汪曾祺文集‧文論卷》第238頁。

祺的筆下卻變成了一種流光溢彩的人生境界，具有無窮無盡的魔力。小說《皮鳳山楂房子》寫家鄉的風物：「朱雨橋吃了家鄉的卡縫鯿、翹嘴白、檳榔芋、雪花藕、熗活蝦、野鴨燒鹹菜。」小說《異秉》中寫王二的薰燒絕活：「薰燒除回鹵豆腐乾之外，主要是牛肉、蒲包肉和豬頭肉……這種牛肉是五香加鹽煮好，外面染了通紅的紅麴，一大塊一大塊的堆在那裡。買多少，現切，放在送過來的盤子裏，抓一把青蒜，澆一勺辣椒糊。蒲包肉似乎是這個縣裏特有的。用一個三寸來長直徑寸半的蒲包，裏面襯上豆腐皮，塞滿了加了粉子的碎肉，封了口，攔腰用一道麻繩繫緊，成一個葫蘆形。」寫故鄉的鴨蛋充滿了閒適、悠然自得的文化心理：「我的家鄉高郵，出鴨……高郵鹹鴨蛋的特點是質細而油多。蛋白柔嫩，不似別處的發乾、發粉，入口如嚼石灰。油多尤為別處所不及。鴨蛋的吃法，如袁才子所說，帶殼切開，是一種，那是席間待客的辦法。平常食用，一般都是敲破『空頭』用筷子挖出吃。筷子頭一扎下去，吱——紅油都冒了出來了。」（《故鄉的食物，端午的鴨蛋》）他寫普通之極的鹹菜竟然也飄動著靈性和誘惑：「鹹菜可以算是一種中國文化。……各地的鹹菜各有特點，互不雷同。北京的水疙瘩，天津的津冬菜，保定的春不老……我吃過蘇州的春不老，是用帶纓子的很小的蘿蔔醃製的，醃成後寸把長的小纓子還是碧綠的，極嫩，微甜，好吃，名字也起得好……中國鹹菜多矣，此不能備載。如果有人寫一本《鹹菜譜》，將是一本非常有意思的書。」（《鹹菜與文化》）「民以食為天」，飲食文化記載了東方古老民族的智慧，吃在汪曾祺看來，不僅僅是一種生理性的滿足，更成為人生最愜意、最自由、最灑脫的一種精神狀態，一種美的形式。朱光潛所說的「藝術和美也最先見於食色。漢文『美』字就起於羊羹的味道」〔註16〕的觀點在汪曾祺的作品中得到了具體的闡釋。

　　不僅僅是吃，東方古老文化還有諸多精妙絕倫之處也在汪曾祺的筆下呈現出來，作為一個受儒家文化影響較深的文人，汪曾祺對民族傳統文化的雅韻滿懷著留戀和感激。在他筆下，有餘老五、陸長庚的「炕雞」、「趕鴨」的絕活，（《雞鴨名家》）；有戴車匠精巧手工做出的琳琅滿目的「滑車」（《戴車匠》）；有季匋民的國畫絕技，也有葉三對水果的獨特眼光（《鑒賞家》）；有連老闆的美食「茶乾」，（《茶乾》）也有侯銀匠的精湛手工藝術的傑作銀鈴，（《侯銀匠》）更有中國古老文化的象徵——景德鎮瓷器。（《花瓶》）這些閃耀著東方民族靈性的結晶以一種輝煌然又淒美的方式存在著，就像戴車匠腳下的車床：

〔註16〕朱光潛：《談美書簡》第 25 頁，上海文藝出版社 1980 版。

木花吐出來，車床的鐵軸無聲而精亮，滑滑潤潤轉動，牛皮帶往來牽動，戴車匠的兩標楷體腳一上一下。木花吐出來，旋刀服從他的意志，受他多年經驗的指導……木花吐出來，宛轉的，纏綿的，諧和的，安定的，不慌不忙的吐出來，隨著旋刀悅耳的吟唱。

在汪曾祺筆下，看似單調、乏味的民間製作工藝卻像一首飽含生命的優美的樂曲，而這樣的古老藝術文化在現代社會中卻遭遇到尷尬的處境，也像中國精緻的貴族文化樣式之一的崑曲一樣不可避免地走向衰敗、沒落，小說《花瓶》中景德鎮瓷器的破碎無疑就具有這樣的象徵色彩。汪曾祺不免感慨地說：「車匠的手藝從此也許竟成了絕學，因為世界上好像無須那許多東西，有別種東西取代了。」（《戴車匠》）作者似乎在以悼亡的心態向這些曾經璀璨過的文化樣式做最後的祭奠，然後一一告別。

汪曾祺的作品還大量涉及到民俗文化的描寫。他認為風俗是一個民族集體創作的生活抒情詩。汪曾祺對民俗風情類的著作一直懷有濃厚的興趣：「我是很愛看風俗畫。十六、十七世紀的荷蘭畫派的畫，日本的浮世繪，中國的貨郎圖、踏歌圖……我都愛看。講風俗的書，《荊夢歲時記》、《東京夢華錄》、《一歲貨聲》……我都愛看。我也愛讀竹枝詞……我的小說裏有些風俗畫的成分，是很自然的。」〔註17〕「我的相當一部分小說是寫我的家鄉的，寫小城的生活，平常的事，每天都在發生，舉目可見的小小悲歡，這樣，寫進一點風俗，便是很自然的。」〔註18〕《受戒》、《仁慧》中的放「焰口」，《禮俗大全》中的「開弔」，《歲寒三友》中的「放焰火」，《雞鴨名家》中的「炕雞」等都作為一個古老民族文化的密碼而在作品中綻放出異彩。

但是，「沒有哪個社會和文化是一元的，也沒有哪個社會和文化是完全整合的，任何社會和文化總是代表某種衝突觀點和衝突利益的複合體。」〔註19〕汪曾祺畢竟是受過科學和民主精神啟蒙的知識分子，中國社會20世紀艱難曲折的歷程使他明白一些激進主義者簡單地將傳統和現代二元對立的偏頗和缺陷，更沒有走向文化保守主義。他在認同民族傳統文化的同時，也融入了現代知識分子的理性和自審意識，把民族、民間的傳統文化與國民性的思考聯繫在一起。在《胡同文化》中，汪曾祺批評了老一輩北京人的保守心理：「北京胡

〔註17〕汪曾祺：《〈大淖記事〉是怎樣寫出來的》，《汪曾祺文集·文論卷》第234頁。
〔註18〕汪曾祺：《談談風俗畫》，《汪曾祺文集·文論卷》第63頁。
〔註19〕羅傑·M·基辛：《當代文化人類學概要》第109頁，浙江人民出版社1986版。

同文化的精義是『忍』。安分守己，逆來順受。老舍《茶館》裏的王利發說：
『我當了一輩子的順民』，是大部分北京市民的心態」。小說《異秉》諷刺的是
無聊、灰色的市民生活，《八千歲》則把矛頭對準了市民的阿Q心理。把傳統
文化和民間文化形態一概貶為封建性的糟粕固然偏激，但它隱含的消極因素
也是顯而易見的，對此汪曾祺有著足夠的警覺。在這一點上，汪曾祺和20世
紀中國大多數現代知識分子的價值選擇具有明顯的趨同性。

三

　　對於一個在藝術上有追求的作家來說，文體意識的自覺和成熟無疑是衡
量其藝術生命的重要尺度。在文論史上，文體並不是一個陌生的概念，早在亞
里斯多德的《詩學》、《修辭學》和朗吉努斯的《論崇高》中都曾有論述，在中
國古代文論中，「體」亦兼指文章體式和體性（即風格）兩個方面，《文心雕龍》
中的《體性篇》，就是一篇著名的風格論。而中國新文學的先驅魯迅曾在當時
被許多批評家稱之為「Stylist」，這裡的「Stylist」就是文體家，可見當時的批
評家已經發現了魯迅在文體上的創造和特色。

　　汪曾祺儘管主要的成就在他的文學創作上，但他對文藝理論的關注在作
家中卻是少見的，尤其是在文體問題上發表了不少真知灼見的意見。他始終
反對只把文體作為所謂的形式範疇，他說：「語言不是外部的問題，它是和內
容（思想）同時存在的，不可剝離的。」〔註20〕「小說作者的語言是他的人
格的一部分，語言體現小說作者對生活的基本態度」。〔註21〕他推崇的作家
也是歸有光、魯迅、廢名、沈從文、阿左林、契訶夫這樣文體獨特的作家。
這種充分的文體自覺意識必然使他的作品顯得卓爾不群，「我的作品缺乏崇
高的、悲壯的美。我所追求的不是深刻，而是和諧。這是一個作家的氣質所
決定的，不能勉強。」「我寫不了像伏爾泰、叔本華那樣閃爍著智慧的論著，
也寫不了蒙田那樣淵博而優美的談論人生哲理的長篇散文。我也很少寫純粹
的抒情散文。」〔註22〕汪曾祺的作品有一種獨有的精神氣質和藝術神韻，他
不追求複雜多變、節奏緊張的風格，而是在抒情化、詩化、意境、語言等方
面找到了藝術的歸宿。

　　在汪曾祺的眼中，傳統的如情節、性格、結構等要素並不是作品的內在生

〔註20〕汪曾祺：《中國文學的語言問題》，《汪曾祺文集·文論卷》第1頁。
〔註21〕汪曾祺：《關於小說語言》，《汪曾祺文集·文論卷》第22頁。
〔註22〕汪曾祺：《汪曾祺自選集·自序》，《汪曾祺文集·文論卷》第205、208頁。

命，相反，他的作品師法廢名、沈從文等京派前輩作家，注重對主觀意念、情感、氛圍的把握，把小說當做詩來寫。他多次說：「我的一些小說不大象小說，或者根本就不是小說。有些只是人物素描。」「我年輕時曾想打破小說、散文和詩的界限……不直接寫人物的性格、心理、活動。有時只是一點氣氛。但我以為氣氛即人物。」「我的小說的另一個特點：散。這倒是有意為之。我不喜歡布局嚴謹的小說，主張信馬由韁，為文無法。」〔註23〕汪曾祺有意識地對小說的傳統觀念進行衝擊，我們從他的作品中看見，劍拔弩張、高潮迭起的情節被淡化了，有的幾乎消失，正如廢名所說的，自己躲在作品背後，在用寫唐人絕句的方法寫小說。汪曾祺的《橋邊小說三篇》是懷舊的題材，但小說和散文的界限幾乎消失了，有的連人物也沒有。汪曾祺追尋的是一種主觀抒情的氛圍和意境的創造，他的小說《珠子燈》是一篇揭示封建女性悲劇的作品，但作者著力營造的卻是悲涼的氛圍：

> 她就這麼躺著，也不看書，也很少說話，屋裏一點聲音沒有。
> 她躺著，聽著天上的風箏響，斑鳩在遠遠的樹上叫著雙聲，「鵓鴣鴣
> ——咕，鵓鴣鴣——咕」，聽著麻雀在簷前打鬧，聽著一個大蜻蜓震
> 動著透明的翅膀，聽著老鼠咬齧著木器，還不時聽到一串滴滴答答
> 的聲音，那是珠子燈的某一處流蘇散了線，珠子落在地上了。

這個女性就在這樣的寂寞中終結了一生，而作品反覆提到的「珠子燈」的意象在整體上具有強烈的象徵色彩，汪曾祺對這種意境氛圍的追求，拉開了人事與現實生活的距離，具有朦朧美的藝術效果。

文體現象也是一種語言現象，離開了人類的語言與符號，文化也無法存在。文化學家萊斯·懷特說：「全部文化或文明都依賴於符號。正是使用符號的能力使文化得以產生，也正是對符號的使用使文化的延續成為可能。沒有符號就不會有文化，人也只能是一種動物，而不是人類。」〔註24〕換言之，一個作家只有掌握了語言的諸種要素、骨架，才能真正把握作品內在的文化含義和藝術個性。汪曾祺在文學語言上的貢獻是有目共睹的，他從來都是把語言作為文化和作家人格的屬性，因此他非常講究語言的簡潔、凝練和富有詩意，充分展示作者的主題意識。汪曾祺在語言上的一個重要特點就是超越合乎一般語法的句式和邏輯層次，句和句之間大幅度地跳躍。比如：

〔註23〕汪曾祺：《汪曾祺自選集·自序》，《汪曾祺文集·文論卷》第 192、193 頁。
〔註24〕懷特：《文化的科學》第 33 頁，山東人民出版社 1988 版。

　　抗日戰爭時期，昆明小西門外。

　　米市，菜市，肉市。柴馱子，炭馱子。馬糞。粗細瓷碗，砂鍋
鐵鍋。燜雞米線，燒餌塊。金錢片腿，牛乾巴。炒菜的油煙，炸辣
子的嗆人的氣味。紅黃藍白黑，酸甜苦辣鹹。(《釣人的孩子》)

　　由於受中國傳統文化的影響較深，汪曾祺的文學語言深得古典文學的精
髓、淡雅、洗練，常把詩境和畫境融合在一起，構成獨立自足的藝術世界，就
像朱光潛評論廢名的《橋》時所說的那樣：「《橋》充滿的是詩境，是畫境，是
禪趣，每境自成一趣，可以離開前後所寫境界而獨立。」〔註25〕下面這段文字
就有這樣的特點：

　　欄杆外面，竹樹蕭然，極為幽靜。桃花源雖無真正的方竹，但
別的竹子都可愛。竹子都長得很高，節子也長，樹葉細碎，姍姍可
愛，真是所謂修竹。樹都不粗壯，而都甚看。……竹葉間有小鳥穿
來穿去，綠如竹葉，才一寸多長。(《湘行三記》)

　　整段文字十分雅潔、乾淨，多用四六句式，營造出一種清幽、淡遠的畫
境。汪曾祺還注意吸收民間大眾的語言以及民歌、民謠、筆記記載等，使得語
言活潑、自然，從眾而又脫俗，激活了現代漢語文字的生命。

　　中國當代文學目前正處於巨變之中，歷史邏輯的行程決定了傳統的文學
價值觀必須進行重新的審視和整合。正統的整齊劃一的國家主流意識形態文
學固然有其不可替代的價值，但持有民間立場的文學創作同樣應當贏得人們
的尊重，只有這樣我們才能走向多元共生的時代。汪曾祺的現象不是孤立的，
當它伴隨著歷史的機遇終於浮出地表的時候，我們終於明白，沒有任何一種生
命比對文學信念的堅守更有韌性。

〔註25〕孟實：《橋》，《文學雜誌》1937 年第 1 卷第 3 期。

參考文獻

一、期刊類

1.《駱駝草》，1930 年。

2.《大公報》文藝副刊，1933～1937 年。

3.《水星》，1934～1935 年。

4.《語絲》，1924～1930 年。

5.《文學雜誌》，1937 年，1947～1948 年。

6.《現代》，1932～1935 年。

7.《文學季刊》，1934～1935 年。

二、著作類

1. 吳福輝編：《京派小說選》，人民文學出版社 1990 年 11 月版。

2. 沈從文：《沈從文全集》（1～27 卷），北嶽文藝出版社 2002 年 12 月版。

3. 廢名：《竹林的故事》、《莫須有先生傳》，廣西師範大學出版社 2003 年 3 月版。

4. 廢名：《馮文炳選集》，人民文學出版社 1985 年 3 月版。

5. 汪曾祺：《汪曾祺文集》，江蘇文藝出版社 1994 年 4 月版。

6. 師陀：《師陀全集》，河南大學出版社 2004 年 9 月版。

7. 蕭乾：《蕭乾選集》，四川人民出版社 1984 年 6 月版。

8. 林徽因選輯：《大公報文藝叢刊小說選》，上海書店 1990 年 9 月版。

9. 李健吾：《咀華集·咀華二集》，復旦大學出版社 2005 年 5 月版。

10. 李健吾：《李健吾創作評論選集》，人民文學出版社 1984 年版。

11. 梁宗岱：《梁宗岱文集》，中央編譯出版社 2003 年 9 月版。

12. 朱光潛：《朱光潛全集》，安徽教育出版社 1987 年 8 月版。

13. 李長之：《李長之文集》，河北教育出版社 2006 年 12 月版。

14. 周作人：《周作人自編文集》，河北教育出版社 2002 年 1 月版。

15. 劉增傑編《師陀研究資料》，北京出版社 1984 年 1 月版。

16. 蕭乾：《蕭乾回憶錄》，中國工人出版社 2005 年 6 月版。

17. 張菊香、張鐵榮編：《周作人研究資料》，天津人民出版社 1986 年 11 月版。

18. 鮑霽：《蕭乾研究資料》，北京十月文藝出版社 1988 年 2 月版。

19. 傅光明、孫偉華編：《蕭乾研究專集》，華藝出版社 1992 年 5 月版。

20. 孫玉蓉編：《俞平伯研究資料》，天津人民出版社 1986 年 7 月版。

21. 宗白華：《宗白華全集》，安徽教育出版社 1994 年 12 月版。

22. 嚴家炎：《中國現代小說流派史》人民文學出版社 1989 年 8 月版。

23. 楊義：《中國現代小說史》（1～3 卷），人民文學出版社 1986 年版。

24. 楊義：《京派海派綜論》，中國社會科學出版社 2003 年 1 月版。

25. 楊義：《文化衝突與審美選擇》，人民文學出版社 1988 年 9 月版。

26. 方錫德：《中國現代小說與文學傳統》，北京大學出版社 1992 年 6 月版。

27. 陳平原：《中國小說敘事模式的轉變》，上海人民出版社 1988 年 3 月版。

28. 舒蕪：《周作人的是非功過》（增訂本），遼寧教育出版社 2000 年 9 月版。

29. 趙園：《北京：城與人》，上海人民出版社 1991 年 8 月版。

30. 楊東平：《城市季風》，東方出版社 1994 年 10 月版。

31. 胡偉希等：《十字街頭與塔》，上海人民出版社 1991 年 10 月版。

32. 許道明：《京派文學的世界》，復旦大學出版社 1994 年 12 月版。

33. 錢理群：《周作人論》，上海人民出版社 1991 年 8 月版。

34. 錢理群：《1948：天地玄黃》，中華書局 2008 年 12 月版。

35. 溫儒敏：《新文學現實主義的流變》，北京大學出版社 1986 年 6 月版。

36. 溫儒敏：《中國現代文學批評史》，北京大學出版社 1993 年 10 月版。

37. 陳平原、夏曉虹編：《20 世紀中國小說理論資料》，第 1 卷，北京大學出版社 1997 年 2 月版。

38. 嚴家炎編：《20 世紀中國小說理論資料》第 2 卷，北京大學出版社 1997 年 2 月版。

39. 吳福輝編：《20世紀中國小說理論資料》第3卷，北京大學出版社1997年2月版。

40. 錢理群編：《20世紀中國小說理論資料》第4卷，北京大學出版社1997年2月版。

41. 賈植芳主編：《中國現代文學的主潮》，復旦大學出版社1990年2月版。

42. 王曉明主編：《20世紀中國文學史論》，東方出版中心1997年10月版。

43. 吳世勇編：《沈從文年譜》，天津人民出版社2006年6月版。

44. 杜素娟：《孤獨的詩性——沈從文與中國傳統文化》，華東師範大學出版社2009年2月版。

45. 陳平原、王德威主編：《北京：都市想像與文化記憶》，北京大學出版社2005年5月版。

46. 李歐梵：《上海摩登——一種新都市文化在中國》，北京大學出版社2001年12月版。

47. 許紀霖等：《近代中國知識分子的公共交往》，上海人民出版社2008年4月版。

48. 黃鍵：《京派文學批評研究》，上海三聯書店2002年6月版。

49. 周仁政：《京派文學與現代文化》，湖南師範大學2002年1月版。

50. 劉淑玲：《大公報與中國現代文學》，河北教育出版社2004年11月版。

51. 顏浩：《北京的輿論環境與文人團體：1920～1928》，北京大學出版社2008年8月版。

52. 張新穎：《20世紀上半期中國文學的現代意識》（修訂本），復旦大學出版社2009年1月版。

53. 吳曉東：《鏡花水月的世界——廢名〈橋〉的詩學研讀》，廣西教育出版社2003年8月版。

54. 高恒文：《京派文人：學院派的風采》，上海教育出版社2000年版。

55. 田廣：《廢名研究》，中國社會科學出版社2009年3月版。

56. （美）金介甫：《沈從文傳》，國際文化出版公司2005年10月版。

57. 徐清泉：《中國傳統人文精神論要》，上海社會科學院出版社2003年7月版。

58. 程光煒主編：《文人集團與中國現當代文學》，人民文學出版社2005年11月版。

59. 許志英、倪婷婷:《五四:人的文學》,南京大學出版社 1992 年 10 月版。

60. 唐正序、陳厚誠主編:《20 世紀中國文學與西方現代主義思潮》,四川人民出版社 1992 年 12 月版。

61. 曾小逸主編:《走向世界文學》,湖南人民出版社 1985 年版。

62. 王瑤、樊駿、趙園等著:《中國現代文學研究:歷史與現狀》,中國社會科學出版社 1989 年 7 月版。

63. 朱壽桐:《新月派的紳士風情》,江蘇文藝出版社 1995 年 9 月版。

64. 胡河清:《靈地的緬想》,學林出版社 1994 年 12 月版。

65. 邵伯周:《人道主義與中國現代文學》,上海遠東出版社 1993 年版。

66. 施蟄存:《施蟄存七十年文選》,上海文藝出版社 1996 年 4 月版。

67. 樂黛雲、王寧主編:《西方文藝思潮與二十世紀中國文學》,中國社會科學出版社 1990 年 11 月版。

68. 趙京華:《尋找精神家園》,中國人民大學出版社 1989 年 11 月版。

69. 施建偉:《中國現代文學流派論》,陝西人民出版社 1986 年 12 月版。

70. 劉再復等:《文學研究思維空間的拓展》,工人出版社 1988 年 6 月版。

71. 陳太勝:《梁宗岱與中國象徵主義詩學》,北京師範大學出版社 2004 年 8 月版。

72. 凌宇:《從邊城走向世界》,三聯書店 1985 年 12 月版。

73. 鄧雲鄉:《文化古城舊事》,河北教育出版社 2004 年 1 月版。

74. 余英時:《中國思想傳統的現代詮釋》,江蘇人民出版社 1995 年 8 月版。

75. 余英時:《士與中國文化》,上海人民出版社 2003 年 1 月版。

76. 司馬長風:《中國新文學史》,香港昭明出版社 1978 年版。

77. 夏志清:《中國現代小說史》,復旦大學出版社 2005 年 7 月版。

78. 錢鍾書:《談藝錄》(修訂本),中華書局 1984 年 9 月版。

79. 陳望衡:《中國古典美學史》(三卷本),武漢大學出版社 2007 年 10 月版。

80. 葉朗:《中國美學史大綱》,上海人民出版社 1985 年 11 月版。

81. 李澤厚:《中國古代思想史論》,安徽文藝出版社 1994 年 1 月版。

82. 李澤厚、劉剛紀:《中國美學史》,安徽文藝出版社 1999 年 5 月版。

83. 李澤厚:《美學三書》,安徽文藝出版社 1999 年 1 月版。

84. 徐復觀:《中國藝術精神》,華東師範大學出版社 2001 年 12 月版。

85. 張節末:《禪宗美學》,北京大學出版社 2006 年 7 月版。

86. 葛兆光：《中國禪宗思想史》（增訂本），上海古籍出版社 2008 年 12 月版。

87. 陳鳴樹：《文藝學方法論》，復旦大學出版社 2004 年 12 月版。

88. 葉維廉：《中國詩學》（增訂本），三聯書店 2006 年 7 月版。

89. 陶東風：《文體演變及其文化意味》，雲南人民出版社 1994 年 5 月版。

90. 王一川：《語言烏托邦》，雲南人民出版社 1994 年 5 月版。

91. 童慶炳：《文體與文體的創造》，雲南人民出版社 1994 年 5 月版。

92. 錢中文：《現實主義和現代主義》，人民文學出版社 1987 年 8 月版。

93. 林興宅：《象徵論文藝學導論》，人民文學出版社 1993 年 6 月版。

94. 朱狄：《當代西方美學》，人民出版社 1984 年 6 月版。

95. 柳鳴九主編：《意識流》，中國社會科學出版社 1989 年 12 月版。

96. 張德林：《現代小說美學》，湖南文藝出版社 1987 年 12 月版。

97. 金丹元：《禪意與化境》，上海文藝出版社 1993 年 4 月版。

98. 陳植鍔：《詩歌意象論》，中國社會科學出版社 1090 年 8 月版。

99. 徐岱：《小說敘事學》，中國社會科學出版社 1992 年 9 月版。

100. 伍蠡甫、胡經之主編：《西方文藝理論名著選編》，北京大學出版社 1987 年 3 月版。

101. 韓林德：《境生像外》，三聯書店 1995 年 4 月版。

102. 俞建章、葉舒憲：《符號：語言與藝術》，上海人民出版社 1988 年 4 月版。

103. 朱狄：《當代西方美學》，人民出版社 1984 年 6 月版。

104. 林毓生：《中國傳統的創造性轉化》，三聯書店 1988 年 12 月版。

105. （德）馬克斯·韋伯：《新教倫理與資本主義精神》，三聯書店 1987 年 12 月版。

106. （俄）什克洛夫斯基：《俄國形式主義文論選》，三聯書店 1989 年 3 月版。

107. （德）本雅明：《發達資本主義時代的抒情詩人》，三聯書店 1989 年 3 月版。

108. （波）勃蘭兌斯：《十九世紀文學主潮》，人民文學出版社 1997 年 10 月版。

109. （美）帕特麗卡·勞倫斯：《麗莉·布瑞斯珂的中國眼睛》，上海書店出版社 2008 年 6 月版。

110. （英）昆汀·貝爾：《隱秘的火焰：布魯姆斯伯里文化圈》，江蘇教育出版社 2006 年 7 月版。

111. （德）哈貝馬斯：《公共領域的結構轉型》，學林出版社 1999 年 1 月版。

112.（美）韋勒克：《現代文學批評史》（1750～1950），中國人民出版社 1991
　　年 3 月版。

113.（美）韋勒克：《批評的諸種概念》，四川文藝出版社 1988 年版。

114.（美）丹尼爾‧貝爾：《資本主義文化矛盾》，三聯書店 1989 年 5 月版。

115.（美）蘇珊‧朗格：《情感與形式》，中國社科出版社 1986 年 8 月第 1 版。

116.（美）弗洛姆：《為自己的人》，三聯書店 1988 年 11 月版。

117.（德）M‧海德格爾：《詩‧語言‧思》，文化藝術出版社 1991 年 2 月版。

118.（法）克勞德‧列維——斯特勞斯：《結構人類學》，文化藝術出版社 1989
　　年 12 月版。

119.（英）羅傑‧福勒：《語言學與小說》，重慶出版社 1991 年 1 月版。

120.（英）特伊‧伊格爾頓：《當代西方文學理論》，中國社會科學出版社 1988
　　年 6 月版。

121.（德）黑格爾：《美學》，商務印書館 1979 年 1 月版。

122.（德）黑格爾：《小邏輯》，商務印書館 1980 年 7 月版。

123.（英）戴維‧洛奇編：《二十世紀文學評論》，上海譯文出版社 1987 年 2
　　版。

124.（美）費正清編：《劍橋中華民國史》，中國社會科學出版社 1995 年 1 月
　　版。

125.（法）米蓋爾‧杜夫海納主編：《美學文藝學方法論》，中國文聯出版公司
　　1992 年 2 月版。

126.（美）韋恩‧布斯：《小說修辭學》，廣西人民出版社 1987 年 2 月版。

127.（英）弗吉尼亞‧伍爾夫：《論小說與小說家》，上海譯文出版社 1986 年 5
　　月版。

128.（瑞士）雅格布‧布克哈特：《意大利文藝復興時期的文化》，商務印書館
　　1979 年 7 月版。

129.（德）尼采：《悲劇的誕生》，三聯書店 1986 年 12 月版。

後　記

　　當我在電腦桌前敲擊完本書的最後一個字符時，窗外的世界正是姹紫嫣紅的春天時節。抬眼望去，遠處的青山掩映在一片蒼翠的叢林之中，黃昏的夕陽把天空塗上了一層又一層的晚霞。面對此景，不禁有些懊惱：忙碌之間，竟忘記了領略小和山的清幽之美了。

　　這部書稿是由我當年的博士論文修訂而成的。如今，伴隨著書稿的出版，給我帶來的並不僅僅是喜悅和輕鬆之情，更多的是一種羞慚和不安。十多年前，當我把《京派小說研究》作為自己的研究課題時，不曾想，在疏懶之間，這項工作竟然一拖就是十多年。人生能有幾個十年呵？

　　當然，這並非完全是我的懶惰和懈怠，它也伴隨著我的困惑、失望和思考。對我而言，本來就缺少治國平天下的宏大理想，少年時代一直幻想著背著一柄長劍遊走於煙霞邊地，也曾幻想著在江南的某個村落靜靜地生活，房間裏堆滿自己喜愛的書籍。然而，隨著時間的流逝，它們都成了漸行漸遠的夢境。這十多年間，我目睹過許多人生的悲喜劇，也深深體驗到人生的無奈和叵測，更多時候感到的是學術尊嚴的失落。假如所謂的學術僅僅是獲取名利的工具和手段，那麼它的終極意義又在哪裏呢？有一段時間，我甚至完全忘卻了學術世界的存在：有時躲避在中國古典文學的避風港裏，在一遍遍對唐詩、宋詞的吟誦中打發寂寞的時光。那種「行至水窮處，坐看雲起時」、「萬里歸船弄長笛，此心吾與白鷗盟」、「一蓑煙雨任平生」的畫面在心頭一次次升騰；有時又徘徊流連於湖光山色之間，一次次目送緋紅色的煙霞消失，迎來天空燦爛的星群……不知不覺間，早已把古人所云的「蓋文章經國之大業，不朽之盛事」的

勸告拋擲腦後了。

由於家庭環境的關係，我很早對文學產生了濃厚的興趣，這主要源於我父親的影響。他自幼受到嚴格的私塾教育，後來又接受了新式教育。我印象最深的地方是他成為「右派」被下放到農村勞動改造之時，仍然一手牽著耕牛放牧一手拿著唐詩在吟唱，抑揚頓挫之間，彷彿人生的苦難都被忘卻了。我暗暗猜度，原來文學竟有如此的功用。但等到多年後進入到中國文學專業的領域學習，才發現自己的幼稚和孟浪，文學研究的辛苦甚至枯燥恐怕只有進入到這個領域的人才能體會。我清楚地記得，在大連圖書館和復旦大學圖書館舊報刊資料室裏，經常一呆就是一整天，在一堆堆鋪滿灰塵的報紙、雜誌中度過了自己本應最快樂的時光。

在從事自己的學術研究中，我尤為感激我的父親。他今年已近 90 歲，接受過良好的教育，在烽火連天的歲月中又棄筆從戎成為一名國民黨的軍官。曾親眼目睹了「百萬雄師過大江」的歷史場景，在南京被解放的最後一刻才跟隨國民黨撤離。這樣的經歷使他在 1957 年的「反右」運動中受到衝擊，被開除公職下放農村勞動，成為所謂的「右派分子」。在 20 多年的改造過程中，他始終對生活充滿了信心，從未被人生的苦難所壓倒，在最困窘的時候，竟然依靠書寫對聯出售來維持全家的生計（他會寫一手遒勁有力的柳體）。每每看到他彎曲的身影，我就想起詩人曾卓筆下的「懸崖邊上的樹」：「它彎曲的身體／留下了風的形狀／它似乎即將傾跌進深谷裏／卻又像是要展翅飛翔⋯⋯」對於我來說，這可能是他留下的最寶貴的東西。

同樣我也要把這種感激之情獻給我的母親。雖然她由於一次意外失敗的手術早已離開了人世，但我從來沒有覺得她的離去。正是她溫暖博大的愛，使得自己孤寂的童年塗上了一層亮色，每次給學生講史鐵生的作品《我與地壇》時，我深深震驚於母愛偉大的同時，腦海裏總會浮想起自己的母親。

很幸運的是，在自己學術的求索道路中，我遇見了道德和學養都很高深的幾位導師。是碩士時期的導師彭定安先生和陸文采先生首先把我領入到學術的領地。彭定安先生如今已是耄耋之年，仍然時刻關注我的學術研究，不遺餘力地扶植，可以說自己成長的每一步都凝聚著他的心血。陸文采先生對我也是關愛有加，雖然他已於 2005 年去世，但他對學術的執著和虔誠仍時時在激勵著自己。博士導師陳鳴樹先生尤重思維方法的訓練，使自己受益匪淺，每次看到我發表的文章，仍然興奮不已⋯⋯

　　書稿的寫作雖然是個體的行為，但它更多的是一種友情的凝聚。這部書稿的部分章節曾經在《文學評論》、《江海學刊》、《學術月刊》、《社會科學輯刊》等刊物上發表；自己在學習、工作之中也得到了諸位朋友的熱心幫助，請允許我記下他們的名字：徐中玉、盧今、邢少濤、程炳生、張弘、張耀輝、夏錦乾、莊錫華、張晶、黃昌勇、劉平清、鄭筱筠、李明生、張雲鵬……遠在美國的王珍小姐也經常關心這部書稿的寫作，中國社會科學出版社的黃燕生、王曦老師為本書的出版提供了條件，在此一併感謝。

　　當然，最後還要感激我的妻子黃文麗女士。她也是高校的一名教師，常年奔波在上海和杭州之間，在繁重的工作之餘承擔了大部分家務，使得我能安心寫作。這部書稿的每一部分，也都有她的辛苦和勞作。

　　「生命的泥，委棄在地面上，不生喬木，只生野草，這是我的罪過。」由於作者學識淺陋，呈現在諸君面前這部書稿的不成熟是可想而知的，在此祈求諸君的寬容和諒解，假如有一天你無意間遇到它的話。

文學武

2010 年 4 月初稿完畢於杭州小和山

2010 年 7 月定稿於上海聽濤樓